谈怡中◎著

芜湖市文联『五个一工程』扶持项目

芜湖市文艺精品创作项目

安徽师范大学出版社
ANHUI NORMAL UNIVERSITY PRESS
·芜湖·

图书在版编目(CIP)数据

茨山庵 / 谈怡中著 .— 芜湖: 安徽师范大学出版社,2019.9
ISBN 978-7-5676-4350-5

Ⅰ.①茨… Ⅱ.①谈… Ⅲ.①长篇小说 - 诗集 - 中国 - 当代 Ⅳ.①I247.5

中国版本图书馆CIP数据核字(2019)第194289号

茨山庵 谈怡中◎著

责任编辑: 吴 琼
装帧设计: 丁奕奕
出版发行: 安徽师范大学出版社
芜湖市九华南路189号安徽师范大学花津校区
网 址: http://www.ahnupress.com/
发 行 部: 0553-3883578 5910327 5910310(传真)
印 刷: 江阴金马印刷有限公司
版 次: 2019年9月第1版
印 次: 2019年9月第1次印刷
规 格: 700 mm×1000 mm 1/16
印 张: 23.25
字 数: 360千字
书 号: ISBN 978-7-5676-4350-5
定 价: 68.00元

主要人物表

刘兰英(娘):茨山庵群众,积极拥护新四军南繁芜游击队抗日。

王安葆:新四军南繁芜游击总队队长。

刘大林(化名):新四军第七师副团长。

朱合喜:新四军南繁芜游击队在长林保的主要负责人。

唐开春:新四军南繁芜游击队副排长。

许世春:新四军泾南繁游击队情报站站长。

谈玉礼:新四军南繁芜游击队队员。

高恒发:新四军南繁芜游击队通讯员。

高守余:新四军南繁芜游击队队员。

赵邦发:新四军南繁芜游击队队员。

赵明才:新四军南繁芜游击队队员。

李家发:中国人民志愿军,荣获“中国人民志愿军一级战斗英雄”称号。

汪寄清:民主人士,国民政府龙泉乡副乡长,积极拥护新四军南繁芜游击队抗日。新中国成立后,在安徽省省立图书馆工作。

谈启发:民主人士,国民政府龙泉乡长林保保长,积极拥护新四军南繁芜游击队抗日。新中国成立后,放弃工作安排,回家务农。

卜廷芳:民主人士,中华民国交通部官员。新中国成立后,回南陵家乡教书育人。

菊　花(化名):盛桥茶馆老板娘,积极拥护新四军南繁芜游击队抗日。

赵　莹(化名):茨山庵群众,积极拥护新四军南繁芜游击队抗日。

强斋婆:茨山庵主持,积极拥护新四军南繁芜游击队抗日。

小　关:日军驻南陵分队队长,日本投降后回国。

张昌德:国军一四四师代理师长,投降日本。

李副官:国军一四四师长副官。

谢连长:国军一四四师连长。

目录

第一章

赌博哥棺材前成亲

童养媳残烛中圆房

1940年的一天，我的父亲彭荣华从茨山庵那边回来，手里拎着一挂猪花油，低着头走进茅屋，把猪花油往堂屋那张旧八仙桌上一甩，对娘说：“这是最后一次给妹妮和小旺子带润嘴的油了。”

我娘刘兰英，二十岁，还沿袭着封建时代旧俗，结了婚就把头发用网挽成结，簪在脑后。从头发的梳妆上，告知世人自己已结婚了。她前额留有一排齐眉短发，一对丹凤眼炯炯有神，上身穿着粗布大襟紧身高领褂，下穿粗布大摆裤子，脚穿一双带扣的圆口黑色布鞋，身材高挑。虽然已是两个孩子的妈妈了，但不减姑娘时的风韵。她正坐在门槛上给一岁的我喂奶，三岁的女儿妹妮也就是我的姐姐站在妈妈身旁边啃着生山芋，边看着我吃奶。

娘已好几天没见父亲回来了，今天刚进门就说什么“最后一次……”，便问：“两个孩子这么小，你整天不归家，我们娘儿仨的吃喝你也不管。怎么呐？这一次，你要抗日去？”

娘也听左邻右舍说，日本鬼子来了。

父亲说：“贪炮子，那事我才不干呢。”

“一个大男人，不顾家里的妻子儿女，也不顾国家的危难，有出息吗？”娘又说，“你不如去报名，打几个日本鬼子，也好让我们全家光荣光荣。反正家里有你无你都一样。”

“那你是光荣不起来了，今天我一‘猴子’把你摇给那个黄脸赵玉发了。”父亲说得那样轻松自在。娘一听是把自己当赌注下了，如五雷轰顶，顿时晕倒在门槛上，姐姐妹妮也吓得哇哇大哭。

清朝末年，我的爷爷从桐城逃荒，一肩把我的大伯和家什挑到南陵盛桥，投靠到奶奶的娘家。奶奶和娘的母亲都是刘家姑娘，因父亲的外公外婆讨饭到桐城便将奶奶丢在彭家做童养媳。说是逃荒不如说是投亲，但这里良田都有户主，全家人只好在茶林下周村开荒山种地为生。

父亲彭荣华在家排行老小，男孩当中称老末子，最惯养。十八岁了，叫他读书，就说头疼，一看见字就要得脑膜炎；叫他放牛，就说怕牛，一看见牛就会发抖尿裤子；叫他锄地，就说手会起泡，一看见草就会毒气攻心。

奶奶埋怨爷爷："你做父亲的也不严加管教，长大了'文不能测字，武不能当兵'，喝西北风，嘴巴还要张得正，怎么办？"

爷爷说："儿孙自有儿孙福。"

奶奶从长远考虑，准备趁早给他领个童养媳，以免成人后真的成了懒汉，讨不到老婆，于是就想起娘兰英。娘六岁丧父，母亲改嫁。八岁的哥哥刘兰田由体弱多病的奶奶临时带着，妹妹刘兰花四岁时被送到青弋江一个开布庄的傻子家做童养媳，娘自己被这个姨娘彭家领来做童养媳。

爷爷奶奶为了减少人口吃饭，娘八岁时，就被送到大伯家放牛。因为大伯早就与爷爷分了家，到圩区蒲桥种田了。大妈还要娘背和娘一样高的农具去犁地，早上背到田里，晚上背回来。

这是个桂花飘香的季节。十八岁的三姑，柳眉大眼，梳着齐耳短发，穿着大襟白底印花花褂，蓝色裤子，圆口花布鞋，亭亭玉立，非常漂亮。秋收过后她就要出嫁了。三姑来到大哥家看看娘兰英，并送给她一条花手帕。娘高兴地一把抱住三姑，不停地喊"姐姐好，姐姐好"。三姑放下娘，告诉大伯说："我要出嫁了，家里正好少一个人口，把兰英接回去，不帮你放牛了。"

"兰英虽然只有八岁，在我家又懂事乖巧，又会吃苦做事。走了，我还真的舍不得。"大伯说着抹起了眼泪。

大妈说，她是人家的人，早晚都得走，有什么不舍得的。

娘跟着三姑回到家，小姑迎上来，牵着娘的手跟奶奶说："兰英晒黑了，又累瘦了。"

“这次回来，再也不让你出去放牛了。”奶奶理理娘的衣服领子说。

由于奶奶体弱多病，又患白内障，所有家务都由娘来做，小姑也来帮忙。因为这个家将来就是娘的，所以先吃点苦锻炼锻炼。

一眨眼，娘十五岁了，是个大姑娘了。二十二岁的父亲，青春骚动起来，有时假借喝了酒，进错了门，睡到娘的床上。三姑知道了，回到娘家，揪起父亲的耳朵说：“她是你的老婆，但是她现在还小，等不及啦？下次再臭不要脸，小心你的腿。”三姑一放开耳朵，父亲就跑得无影无踪。

三姑对奶奶说：“兰英越来越大了，在没有圆房之前，让她陪您睡，好照顾您，也放心。让荣华跟父亲睡。”三姑回头问娘，娘也点头答应了。

奶奶六十多岁了，眼睛几乎失明了，气管炎越来越严重。有时嘴张得老大，气都喘不过来。在娘的精心照料下，奶奶勉强度过了秋天，一进入冬季，病情便进一步恶化。在第二年冬至，娘十七岁时，奶奶去世了。

大伯说：“我们有个乡俗，丧事后三年内不能办喜事。”

三姑说：“父亲，那我们就在母亲的棺材跟前把荣华和兰英的婚事办了，好让兰英管管荣华，也免得您操碎了心。”

来帮忙操办丧事的刘宗芳大爷说：“丧事喜事同办，有死有生，圆合了自然，兴旺又从这里开始。”

刘宗芳头戴黑色瓜皮帽，常穿一件灰色长褂，外套一件黑底金黄镶边的马褂，这是他的当家服。他读过几年私塾，这一带大人小孩都称呼他“刘大爷”，不了解的人都认为他是盛桥这一带的“绅士”，实际上他只有两三亩田，仅保温饱。但他为人热情，肯帮助人，处人处事讲公平讲公正，方圆几里的人都比较信任他，谁家闹个小矛盾，都愿意接受他的调解。

爷爷也同意在棺材头办喜事。大伯和大妈商量，都愿意在家里挑出两担稻来帮贴他们。小姑比娘大四岁，前两年就出嫁了，三姑吩咐小姑去房里帮兰英梳妆打扮一下。

喜事办得这样匆匆忙忙，新娘的衣鞋袜都没有，梳什么？妆什么？小姑慌了。

三姑说：“我当新娘时穿的那套衣鞋袜，就结婚那天穿了一次，至今我都舍不得穿，压在箱底。快喊三姑爷回家拿来，就当我送给兰英结婚的礼物。”

娘将长发朝后束起，叠成三折，夹上花夹，穿上三姑做新娘时的红底白碎花大襟紧身短袄，黑色长罗裙。裙子镶嵌着波浪红绸布，格外醒目。罗裙摆动时，红色圆口布鞋偶尔露出裙外，风雅靓丽，楚楚动人，惊呆了四邻八座。有词《点樱桃·青涩》叹曰：

一树初开，谁知风雨淋多少。问枝头鸟，霜打东方晓。
青涩如珠，却摘红当老。林中道，不如芳草，任嚼称时好。

刘宗芳大爷把自己的大襟灰色长褂和马褂脱下来，临时给父亲荣华做新郎服，用孙辈们给奶奶戴的红孝布结了一个大红花，戴在父亲的胸前。娘也披上从邻村借来的红盖头。

宗芳大爷主持婚礼。小姑挽着娘，三姑拉着父亲，一对新人并排站着，同时面对大门外。主婚人高喊：“一拜天地。”新郎新娘合掌朝大门外的豆腐干一般大的天作揖，忽然大雨哗哗下起来。“二拜高堂。”父亲转身拜爷爷奶奶，但由于转得太快，长袍掀起一阵风将供奉在奶奶棺材前的蜡烛灭了。

刘大爷心里纳闷了，所有在场的人都纳闷了，但谁也不愿道出纳的是什么“闷”。这个“闷”的结果到底是什么？谁也说不清。随着刘大爷长而低沉的“送入洞房”，小姑将娘送入洞房。

三间茅屋，大门朝东偏南，两头各有一间披厦。原来父亲和爷爷睡的南厢房被腾了出来，打扫了一下，摆上爷爷奶奶结婚用的半旧的踏板和一张老式木架床，挂上半旧的夏布蚊帐，就做父亲母亲的婚房。外面下着雨，蚊帐上偶尔也滴上几点，房门头上、窗户上贴着红色喜字。小姑见三姑把自己的婚服送给了兰英，她也回家把自己结婚时的被里和被面拿来给兰英的婚床换上。

从此，娘告别了童养媳的身份，成为彭家名副其实的媳妇。

这一天，我家的喜事办妥了。第二天在全村人的帮助下，我家将奶奶送到山上葬了。

一晃一年过去了，娘诞下了一个女娃——我的姐姐——取名妹妮。娘坐月子，没有婆婆，也没有自己的娘来服侍她。爷爷七十多岁了，还起早贪黑忙于种地养活这个家。三姑和小姑商量，每人服侍十天，后十天就让兰英自己照顾自己吧。

父亲彭荣华游荡惯了，家里一时也待不住，田地也无心耕种。娘坐月子，他偶尔买上一斤肉或一斤糖，往家里一甩，就不见人影了，没有看见他给妹妮洗过一次尿布，喂过一次水。

年轻的娘，经常偷偷地流泪。娘想：如果不是自己的父亲去世得早，娘又改嫁，她也不会为了生存才做童养媳，才吃了彭家十年的饭。随着年龄的增长，娘越来越看出这个男人是个不成器的料，不指望他去为国家做什么大事，可他就连自己的家都"糊不住"。娘也想逃脱这个家，逃脱这个男人，但当时哪里都不太平，一个年轻漂亮的姑娘能逃到哪里去呢？逃出了虎窝，说不定又跳进了狼窝。

如果真的逃出去了，娘也会被口水"淹"死——空养了十年，喂狗还能天天看门，喂猪还能年年吃肉，从小领养的媳妇，长大了想逃出去，忘恩负义，不得好报。娘认为这是命中注定的，这一辈子自己就是个苦命人。每当娘最伤心的时候，三姑就会来到身边，嘘寒问暖，关心着她，帮助着她。

姐姐妹妮三岁时，我诞生了。娘给我取名小旺子，希望我长大兴旺富贵。娘虽然辛苦，但对两个孩子的未来充满希望。

父亲二十八岁了，三七分头，一双眼睛总是游离不定。他常常上身穿灰色对襟的布扣大褂，下穿大裤腰裤子，系着麻丝编织的裤带，敞开大褂，裤带多出的接头压在裤子的右侧。有田不会种，有地不会耕，整天在外游荡，哪里有摇"猴子"的，哪里就有他。有诗《魂》曰：

一副皮囊唯缺魂，不知耕读怎当人。
游离根本频捞月，厨下无炊谁最辛。

今天，他把娘输了，而且输给了一个患"黄痨病"的男人。一个活着的丈夫，等于死了，两个幼小孩子有爸爸，等于死了，怎么不让娘顿时昏天黑地，怎么不让娘对下一步忧心忡忡，怎么不让娘对两个孩子的未来充满担忧？娘已走投无路……

第二章 日本侵略血流南陵 赌场卖妻父弃子女

由于日本人的侵略，盛桥肖记茶馆没有了往日的欢声笑语，茶客个个神情凝重。父亲彭荣华早上走进茶馆，找了个空位坐下来，要来一碗稀饭和两根油条。刘宗芳大爷走来说：“日本鬼子要进攻南陵了，他们进攻到哪里，就把哪里抢光、杀光、烧光，见漂亮女的就先把他的男人杀了再抢走。听说日本鬼子占领南京，就杀了三十多万人。”

茶馆老板娘菊花，年龄和娘相仿，也贤淑漂亮，听说日本鬼子要来了，整天魂不守舍，如果真的被日本鬼子抢去，自己怎么活得下去？自家就住在大马路旁，鬼子从繁昌到南陵就走门前过，要抢人自己肯定是第一个。老板娘菊花越想越害怕，就和丈夫肖明商量，赶快停业，跑反吧。

一个三十岁上下的青年坐在进门处右边的茶桌旁，穿着一件钉着大纽扣的灰色高领对襟褂，内穿白衬衫，戴着灰色鸭嘴帽。这个小伙子从昨天奔波到今天早上，还没睡觉，显得很疲惫。他看到菊花那愁煞人表情，从桌边站起来说：“1937年10月5日，日本鬼子的飞机轰炸了芜湖，偷袭了芜湖近郊的湾里军用机场，炸毁飞机十余架，毁坏了机场，使芜湖成了无空防的城市。然后本庄中佐率部队进占芜湖，司令部设在芜湖中学。今年正月，南陵城里就遭到日本飞机的轰炸，他们在开化寺、北门街、南门、十字街等处投弹，南陵县城血肉横飞，民不聊生。”

“他们先用飞机投炸弹进攻，然后再派人来进攻。从形势看，日本鬼子要进占南陵了。”刘宗芳补充道。

在茶馆吃早点的人，个个都惊愕地抬起头，看了看年轻人，接着又是一片慌乱，有的喊起来："快跑反！"

年轻人抬起双手，做了个让大家坐下的动作，说："暂且都不要惊慌，我新四军正在布防，阻止敌人继续南下。"

盛桥本村的一个十八九岁的小伙子，名叫赵明才，问道："你是什么人？怎么得到这些消息的？"

年轻人说："国难当头，我也不隐瞒自己的身份了。我叫许世春，是新四军泾南繁游击队情报站站长，正要将日本进攻南陵的情报送到桂镇乡潘效安书记那里，接应皖南新四军谭震林司令员率领的第三支队到繁昌阻击敌人。"

在盛桥拜望宗家的年轻人谈玉礼，在宗家长辈的陪同下，早上来茶馆小坐。他与盛桥的赵明才、赵邦发和唐开春几人同时来到许世春的面前说："我们正积极策划抗日，决不让他们的侵略野心得逞。"

父亲彭荣华也想站出来参加抗日，可一想到战场上乱飞的子弹，把身子又往回挪了挪。许世春说："国难当头，就是需要你们这些热血青年勇敢地站出来，为国解忧，全民抗日。"

父亲早上吃过早点，表情凝重，低着头走出茶馆，漫无目的地走在乡间小路上。他想：这个世道苦做苦累，挣了万贯家财又有什么用？日本鬼子一来，就翻箱倒柜全抢了。这个世道讨个漂亮老婆又有什么用？日本鬼子一来，就从你手里抢走了。这个世道有子女又有什么用？日本鬼子一来，用枪一挑就没了。这个世道有高楼大厦又有什么用？日本鬼子一来，点一把火就烧了。想到这里，他又仰天哼起了小时候从说书的那里听到的《红楼梦》里跛足道人的《好了歌》：

世人都晓神仙好，惟有功名忘不了！
古今将相在何方？荒冢一堆草没了。
世人都晓神仙好，只有金银忘不了！
终朝只恨聚无多，及到多时眼闭了。
世人都晓神仙好，只有姣妻忘不了！

君生日日说恩情，君死又随人去了。

世人都晓神仙好，只有儿孙忘不了！

痴心父母古来多，孝顺儿孙谁见了？

父亲想跛足道人这首歌好像就是写自己，既没有功名，又没有金钱，不如用老婆换几个钱，虽然买不到功名，但能赌几把，手气好还能赢几个。日本人来了，免得我死“又随人去了”，要是儿女长大了像我对待老父亲一样，不如送人，自己好过个“神仙”的日子。

忽然肩膀被人从后猛拍一掌，他一回头，是一个年龄和自己相仿的小伙子。他长脸短头发，脸和眼珠都有点黄，身穿高领布扣对襟黑褂，大腰粗布裤，脚穿圆口布鞋，原来是茨山庵的赵玉发。

赵玉发拎着用稻草扎着的三根油条，在父亲面前晃了晃说：“这个社会有钱，还不赶快买点好吃的，吃了装在肚子里才算是自己的。我可不存着钱等日本鬼子来拿。”

赵玉发接着又说：“彭小爷，今天上马石正在‘摆摊子’，外地有几个大佬来‘做庄’，腰里有几个，还不去搞几把，留许多钱给日本鬼子啊。”因为父亲在弟兄中排行老小，有时人称“彭小爷”。

父亲正在漫无目的地瞎逛荡，听赵玉发这么一说，就不知不觉地跟着赵玉发来到上马石赌场。

这个上马石，原来是唐朝兵马使李某君回家看望父母上下马的地方。有人认为这里有“升官”的，肯定就有“发财”的，所以在这里摇“猴子”的，坐庄的，下注的，都能“发财”。

今天这个“摊子”是摆在上马石吴贵家里，眼看着赌单赌双的人都大把大把地往腰里揣着票子，父亲口袋空空如也，心里直痒痒。

吴贵看出了他的心思，说：“彭小爷，腰里没带钱吧？不要紧，从我这里拿。”当父亲真的要拿钱下注时，吴贵又急了。吴贵心想：你懒得田不做，地不耕，靠老头子种地养活你全家老小，就三间茅草屋又不值钱，在我这里拿了钱赌输了，不但高额利息拿不到，就连本钱都没得还。所以他虽然说得漂亮，但就是迟迟不拿钱。

赵玉发好像看出了吴贵的心思，说："他没有钱，茅屋也不值钱，但他有个老婆，年轻漂亮还值几个钱。"

吴贵说："我有老婆，他把老婆输给我，我还不敢要。"

有人又接过话茬说："彭小爷真的输了老婆，卖给我，我真求之不得。你不知道，他的老婆兰英贤淑漂亮又能干，为人做事都是那么和善干练。她的亲戚邻居都喜欢她。"

父亲惊愕地问："老婆能卖？"

"做庄"的大佬接茬说："现在谁家里有什么值钱的东西赶快卖，包括老婆。我从繁昌来，虽然谭震林司令员率领新四军第三支队在繁昌峨山头阻击日军，但人家日本人天上有飞机，地下有坦克大炮，新四军只有小米加步枪，我看日本人早晚会把你家洗劫一空的。"父亲听他这么一说，心里想，在这个战乱年代，有老婆孩子反而是累赘，不如把老婆卖几个钱装在自己口袋里，逃到哪里吃到哪里。孩子谁要谁抱去，自己像跛足道人一样，早日过上"神仙"日子。

于是，父亲把牙一咬，说："老婆卖了，你们看值几个钱？"

吴贵说："一个大女人，又不会种田种地，还要供吃供喝。我看十担稻就撑破天了。"

父亲瞪了吴贵一眼说："你根本就没看过我老婆长什么样？就在这里瞎开价。我可以明确地告诉你，没有二十担稻，谁也别提我老婆。"

"你老婆二十担稻，真的让人领回家？"赵玉发惊愕地问。

父亲又拍拍胸脯说："男子汉大丈夫，一言既出驷马难追。老吴，还有在场的赌友们，你们可以作证，我彭小爷今天当着大家的面说的。"

"你的老婆二十担稻，让人领回家。我今天再加你十担稻，三十担稻，我领回家。马上立字据，在场人都签字作证。"赵玉发惊喜得要人作证。

吴贵从房里拿出一张草纸，在灶洞里找了块黑炭沾了点水在石头上磨了磨，用树枝写了个卖老婆的契约，还约定当天交出三十担稻，双方和证人都签了字。

赵玉发拿着契约，对我父亲说："从今天起，你的老婆就不再是你的老婆了，已是我的老婆了。也就是说，你现在回家就不能碰她了，如果你手脚不稳，我会告发你的。三天后，我派轿子把她抬回来，现在让我大姐去陪她。"

赵玉发盘算了一下，现在家里只有五担稻，单双晚稻还能收十五担。但马上把兰英接回来，又添人进口，要留足口粮，只能多出来十担稻。他迅速回家找老母亲商量。

赵奶奶听三儿子玉发说他买了个老婆，这个老婆不但年轻，还是远近闻名的贤惠漂亮的兰英，心里非常高兴，玉发老大不小了，婚姻问题一直是自己的一块心病。

赵奶奶有四个儿子，大儿子结婚后，添了个孙子取名益福。孙子六岁时，她大儿子去世，大媳妇改嫁到泾县去了，二儿子到别村安家落户了，老四还小，就是老三当结婚还未婚，现在好了，一块心病摘了。

老人家转念一想，忧愁又涌上心头。因为三儿子玉发有黄痨病，虽然不那么严重，但日本鬼子占领了芜湖的很多医院，没有什么好医院能治疗。她再一想，不如让他赶紧结婚，留个后，就算走了也值得。于是，赵奶奶首先找到自己的大女婿徐业江，也就是益福的大姑父，让他拿出十担稻，二儿子拿出五担稻，又向左邻右舍借了五担稻。有诗《不逢时》曰：

生不逢时人未老，一身疾患治无医。
春飞独步将消逝，枯木留根待发枝。

当天下午，这些亲戚邻居就过秤把三十担稻凑齐了，交给了父亲。

父亲拿到这卖老婆的三十担稻，底气十足，马上下注，想再赢三十担稻换成钞票，任凭日本鬼子追到哪里，他跑到哪里都有饭吃。

谁承想，繁昌来的两个"做庄"的大佬是玩"猴子"的老手，摇"猴子"能定"猴子"，要它开单它就开单，要它开双它就开双。这两个大佬见父亲有三十担稻下注，心想发财的机会来了，前三把让彭荣华赢了二十担稻。

这时，"做庄"的大佬说："彭荣华手气这么好，不如把五十担稻一把下了注，赢个痛快。”

父亲想想也是，今天的手气不错，就全部下注，赢了就回家，不再赌了。

摇“猴子”的大佬高兴了，拿起杯子盖在碟子上，端起来在空中使劲地摇了三圈，然后往桌上重重地一放。

父亲喜欢赌单，所以把五十担稻全下在单上。摇“猴子”的就这么重重一放，碟子里的“猴子”滚了三圈，就定在双上。

“做庄”的大佬说：“今天，谁下的注最大，谁揭宝。”父亲注下得最大，理应由父亲揭宝。于是，父亲把袖子挪到肩膀，手举到头顶上，再在空中划了三圈伸向盖“猴子”的杯子，猛地一揭，将杯子甩向空中。顿时，现场一阵惊呼，个个瞠目结舌。父亲也没有看“猴子”，看大家的表情，已知三分——自己倒了。

他拔腿就向门外走去，“做庄”的大佬拿出一担稻的钱塞在父亲的口袋里，说：“这是给你早上喝茶的钱。”

父亲想，我已没有能力养活妹妮和小旺子了，只有天天去唱《好了歌》了，就拿这个钱买三斤猪花油，让儿女们最后一次润润嘴吧。

第三章 求救保公所难作为 投奔新四军已撤离

爷爷劝了父亲一晚上，让他看在两个孩子的面子上，怎么也不能卖老婆。爷爷眼看父亲无动于衷，就下跪求儿子，但也无济于事。第二天，大伯、三姑、小姑都来规劝他说："你只有一个老婆，不能卖。你输的三十担稻，我们兄妹帮你还掉。"全家人劝了一天，爷爷急得向父亲又下跪了，姐姐妹妮也下跪了，我被小姑扶着也跪了，父亲始终无动于衷。

这时，三姑提议，把刘宗芳大爷请来劝一劝。刘大爷了解情况后，进门坐在靠旧八仙桌边的竹椅上，双手接着小姑泡来的茶，摸了摸妹妮的小辫子，抱了抱我，再看看哭得死去活来的娘，又看了看其他家人无可奈何的样子，忍不住眼圈红了，说："我承蒙你家老小看得起我，让我来和你说几句。我也不是当官的，没权没地位，也不是有钱的，能使鬼推磨。就从我们是左邻右舍，胜似兄弟的情分上，从心里劝你一句，这个老婆是你家中宝，千万不能卖。我可斗胆说一句，兰英一旦走了，你这个家就会黯然无光，轰然倒塌。这是什么后果？你心里比我还清楚。"

刘大爷喝了口茶，压压怒气，停了停，又说："孙中山先生推翻封建帝制，建立了民国，首先是女不裹脚。胡适也呼吁女不束胸，这说明中国的妇女将会进一步得到解放。什么童养媳，买卖婚姻都会取消，妇女婚姻会得到自由。你彭荣华也是个青年，不去扛枪打鬼子，也不出去挣一两个钱养家，却睡在家里赌钱卖老婆，你还算是人吗？这简直是……"

"畜生"两字刘大爷没有说出口，怕惹急那个"懒"家伙，到时候他就地一歪，还就这么着了，那谁也没办法劝了。

大伯说："荣华兄弟，刘大爷说了这么多肺腑之言，你也知轻重了。现在我们不要求你看僧面，也不要你看佛面，就看在这一对幼小儿女的面子上，回头是岸吧。"

三姑始终陪伴在娘兰英身边，说："兰英好妹子，荣华做出这种让八代祖宗都担骂名的事情，我们全家人都抬不起头。"

"我恨不得吐口水把你淹死。"小姑气急了，对着父亲吼道。

老爷子坐在门旁，只顾抽闷烟。娘含着泪对三姑说："旺子三姑，我不稀罕他这个天下都找不到的懒汉赌棍。可是这两个幼小的孩子怎么办？父母还在就变成了孤儿。"

小姑指着她哥说："你是什么态度？说一说让大家听一听。"

赵家来的大姥姥（姑姑）被这场面感动了，说："荣华如果为了两个孩子，为了这个家，愿意悔过，赵玉发那边有什么刁难，我是他大姐，我来劝他放弃。"

父亲看看自己的老父亲老泪纵横，又看看两个畏缩在大人怀里的孩子，小小的眼里闪出无助的泪花，再看看一屋的人，都用那种祈求的目光看着他，一丝悔意涌上心头。他正准备说话时，盛桥茶馆的老板娘菊花忽然闯了进来。

因为父亲欠着老板娘菊花的早点钱，已有半年没结账了。

菊花曾在茶馆里听说谭震林司令员率领的新四军第三支队在繁昌峨山头阻击日军，五战五胜，以小胜大，粉碎日寇夺取繁昌、扫荡皖南的计划。但日军改道从奎湖南下，因那里没有天然屏障，防守薄弱，敌人已攻破防线，直奔南陵县城了。

菊花喝了口水，说："我已跑了一个圈，把欠茶馆的旧账收一收，准备走了。"菊花看看父亲，又看看周围的人，个个神情凝重，两个小孩眼泪汪汪。

她正在疑惑时，三姑说："天下少有，赌钱把老婆输掉了，儿女也不要了。"

菊花听了，用鄙视的目光看了看蹲在房门边上的父亲，朝他啐了口唾沫，又去帮娘擦了擦眼泪，转身向父亲伸手说：“无论如何，你欠我的早点钱一分不能少，快还给我。”

父亲无奈地说：“繁昌的赌钱大佬送的一担稻的钱，已买了猪花油，就剩这么一点，还给你。”

菊花接过钱，数了数还差一半。“你还欠我一半，必须还给我。”菊花说完，把手中的钱和从自己兜里掏出的一叠钱一起塞在娘的怀里。“等彭荣华还了另一半，你们熬一熬吧。”菊花说完抱着娘眼泪止不住簌簌地掉下来，然后又愤怒地瞪了一眼父亲，转身走出门。

这时，父亲靠着房门站起来，说：“本来我就是个没用的人，没心思做事，又好‘医手指头’（赌博），连老婆孩子都养不活，跟着我也是受罪。刚才听菊花说了，日本鬼子就要进南陵县城了，老婆孩子跟着我就更是死路一条。”

三姑急了，从娘身边站起来说：“老婆孩子到底要不要？”

父亲非常坚决地说：“如果她和孩子不走，我就一把火把这茅草屋烧了，省的让日本鬼子来烧。”

刘宗芳大爷从八仙桌边站起来，说：“荣华兄弟，现在我还叫你兄弟。你不要把话说死，卖不卖不是你说了算的，还有国民政府，妇女还有人权。”

刘大爷建议娘去找长林保的谈启发保长，让他带娘一起去龙泉乡找乡长王德清来处理这个赌棍。如果再不行，就去找谭震林司令员，投靠新四军，也许能寻个出头之日。

长林保保长谈启发，是个临危受命的保长。日本人一侵入南陵，人们为保命纷纷逃散。县长刘靖清率政府人员逃亡到泾县孤峰。日寇再犯南陵县城时，新任县长王建五逃亡至三里店、烟墩。各地的乡保长，能跟县长走的都走了，不能走的就辞职当个平民，以免日本鬼子来了，“枪打出头鸟”。

乡长王德清早就逃亡了，在逃亡之前，对谈启发说：“前任保长因‘身体’原因，要求辞职，你就暂时把这个长林保保长的担子担下来吧。国不能一日无君，这个保不能一日无长。乡里的事，我请汪寄清以副乡长的身份代管一下，你有什么要紧的事就去和他商量。”

王乡长转身走了还没有一个时辰，娘就来到长林保的保公所。这个保公所没有专用房，就设在茨山庵里，保长的办公桌就摆在地藏菩萨的佛龛前。谈启发是个厚道人，为人和善，虽然乡长临时提拔他为一个大保的保长，但他没有“头戴乌纱帽，张嘴如狮吼”的样子，仍然保持原先一介平民的身份。今天又坐在佛龛前办公，烧香的人不认识他，就当菩萨给拜了。

娘一进茨山庵，见菩萨就挨个磕头。到谈保长面前，她以为是菩萨坐在那里，毫不犹豫地磕了头。

娘这几天眼睛都哭花了，确实人和菩萨放在一起都分不清。娘只知道保公所设在这庵里，保长一定就在这庵里，磕着头就说：“谈保长为我做主。”

佛龛前，谈保长说：“你来得不是时候，‘大菩萨’都逃往‘南海’去了，我这个正在过河的‘泥菩萨’，也自身难保。你那混账的彭荣华，我倒想管一管，‘长芦苇打人，有劲使不到头。’”彭荣华赌输老婆的事，谈保长也听到了香客们的议论。

娘说：“你们政府不为民做主了？”

“这不是不为民做主，我们的工作重点开始转移到抗日上了。你和彭荣华的事，我们一下管不上。”谈保长坐在佛龛前俨然一尊菩萨，“在抗日的特殊时期，新四军在繁昌峨山、南陵父子岭抗击日本侵略军，我们要不要给予支持？但上面又交代，不许和新四军走得太近，遇到共产党，也可……”谈保长说到这里，把右手五指伸直放平在自己的脖子上一划，做了个杀人的动作。“我不想杀人，不管什么党，他都是中国人，都是抗日的，生命都是宝贵的。而且他们都是我的左邻右舍，他们家都有老小。我们的保公所设在庵里，我们就想像菩萨那样保佑你们，保佑每一个人，可力不从心啊！”

娘说：“这都民国了，女子都不裹脚了，也不束胸了，说明妇女得到了解放。可政府能让彭荣华卖老婆赌钱吗？”

“你看政府有的在忙着抗日，有的在逃跑，没有时间处理那个混账东西。我想说句不该说的话，那个彭荣华滥赌如泥，养不活你们老小，你何必要跟着他受罪？不如再找条活路。”谈保长劝娘说。

“我是个妇道人家，足不出户，到哪里去找什么活路？”娘为难地说。

“我指你两条可以生存之路，一是去找抗日的大部队，帮他们去烧烧锅，洗洗军衣。如果你愿意的话，我和桥头张的汪寄清联系，他是我们龙泉乡的，是刚刚上任的副乡长。南繁芜游击队的潘效安在他家打长工，让他介绍你到潘效安那个队伍里烧饭去。”

娘听了，觉得谈保长说的和刘大爷说的一样，不同的是一个要她投靠谭震林，一个要她投靠潘效安。不管怎么说，这两个人肯定是贫苦人的大救星了。

“我是两个孩子的妈妈了，不知道人家收不收呢？”娘停了停又问，“菩萨，那你第二条路是什么呢？”娘整天昏昏倒倒，把谈保长当菩萨问了。从此以后就留下个称呼，称谈保长为“谈菩萨”。

“那第二条路，就是改嫁。我了解，赵玉发是有黄痨病，但他善良勤劳，又有责任心，你嫁给他，肯定比嫁给彭荣华好八倍。”

娘找到了保长，但问题没有得到解决。她准备去找抗日部队，那里的妇女能得到真正解放。娘去龙泉乡乡公所找汪寄清副乡长，因为日本鬼子要来了，乡公所也关门了。娘来到桥头张汪寄清的家，汪副乡长的住房是桥头张村子里唯一的砖墙瓦房，大门朝西，两边各有对称的两扇窗户，人字形屋顶东西走向，拱卫着大门内的客厅。娘一看这是“五间两包厢，四水归明堂”的结构。娘也听谈保长说过，汪副乡长家风清白，知书讲厚道。

汪寄清的诗《二十述怀》有曰：

弱冠请缨原未偿，瞻前顾后太茫茫。
时光有限须勤读，书味无穷愧浅尝。
周甲高堂增喜惧，孤眠大被感凄凉。
米盐琐屑家庭事，生计艰难费较量。

诗人二十岁行了冠礼，也有远大理想，愿望是为国家做点有益的事，可惜世事复杂让人心渺茫，自感书味无穷，但少年勤读有限。虽然到了“周甲”之年为“高堂”增了“喜”，可为自己增了“惧”，不能实现自己的理想，却为“米盐琐屑”而“费较量”，怎么不“孤眠大被感凄凉”呢？

在国共两党纷争，日本鬼子又如狼似虎的时期，他始终清醒地行事。除日本人和汉奸外，汪寄清力争在自己的能力范围内尽量地避免两党之间的争端或牺牲。有时南繁芜的新四军游击队来了，蹲左厢房，国民政府的人来了，蹲右厢房，各行其是，互不问津。他家的长工都是“左厢房”的人，他们打“长工”不是为了自己“糊口”，而是为更多的贫苦人“糊口”。实际上，他也在为自己的国家做着了不起的事，实践着自己的“弱冠请缨”。

汪寄清见娘来到他家，连忙让进门请坐，并召唤家人端来茶。娘坐下喝了口水，说明了自己的遭遇，请他帮忙联系新四军游击队。

汪寄清听了，心里一颤，接着皱起了眉头，停了半天才说：“蒋介石命令皖南新四军全部撤离到黄河以北，并趁机围剿皖南新四军。谭震林和潘效安都先后率领南繁芜的新四军游击队暂时撤到苏皖去了。泾县云岭突围的部分新四军，在江北无为成立了新四军第七师，原来在我这里‘打长工’的也走了。”

实际上，新四军第七师刚成立不久，就组建了新四军临江团。师政委曾希圣派该团副团长刘大林（化名）建立新四军南繁芜游击总队，王安葆任队长。他们刚在这里开会，讨论新四军主力北上，建立南繁芜敌后抗日根据地的计划，就抗日活动如何开展进行了讨论，并做了具体部署。会后他们迅速撤离走了。娘含着泪走出大门。娘的第一条活路断了。

忽然，娘想到，地藏菩萨托梦建茨山庵，不就是普度像我这样如入地狱的众生吗？我就出家在这庵里烧烧香拜拜佛，了却此生吧。娘又回到茨山庵，向主持强斋婆提出要留在庵里，强斋婆把头摇得像拨浪鼓。

“我这个庵小，粥少，多一个人都养不活。再说，你还有两个小孩，离不开娘，天天到这里来要吃，我们吃什么？另外，你还这么年轻漂亮，那些孤老头子天天晚上来敲门，连我都睡不安了。我这个庵确实无能为力。”主持强斋婆拒绝娘入庵。

娘想，连普度众生的菩萨都救不了自己，那就失去了一切希望。她迈着沉重的步伐回到那个已倒塌的家。姐姐妹妮迎出门，拉着妈妈的手不放。我张开手臂摇摇晃晃地跑到妈妈身边要妈妈抱。

父亲已将娘的衣服和用品捡到门外放着，不让娘进门了。娘坐在屋檐下的青石块上抱着姐姐和我哭得停不下来。

三姑含着泪说：“兰英，我的好妹子，这个家的福太浅了，不能留你。你也不要留念这个家了，你就走吧，去找条活路吧。”

赵玉发的大姐也含着泪说：“兰英啊，事已至此，你就走吧。到我兄弟家，他们是不会亏待你的，你不嫌弃我们家，我们家更不会嫌弃你的。”

“我这两个孩子怎么办？”娘紧紧抱着两个孩子号啕大哭起来。

三姑说：“这两个孩子，如果都带到赵家，赵家的负担太重，何况赵玉发身体又不好。如果丢给这死鬼荣华，要不到三天，这两个小家伙就会饿死。”

“这样，我把妹妮带回去，养大了愿意做我媳妇就更好，不愿做我媳妇，我就风风光光把她嫁出去。兰英，你这个做娘的愿意不愿意？”

娘听了，一个头磕在三姑面前不起来。

三姑把娘扶起来，又说：“小旺子太小，你先带着，等再大一点，我们再想办法，把他接回来。”

大姥姥（赵家老小都这么称呼）说：“你们放心，小旺子随娘过去，我们肯定当自己家的孩子对待。我家老奶奶听说兰英要做她的儿媳妇，高兴得不得了，早就在家盼着，小旺子过去，她肯定喜欢。”

娘又一个头磕在赵家大姥姥面前不起来。有词《生查子·梦》曰：

难堪初嫁时，红烛光如昼。举案望齐眉，梦里遐思后。
谁知夜雨时，屋漏还依旧。不见护维人，赌场抛衫袖。

第四章 盛桥茶客扼腕痛惜 国民政府其咎难辞

盛桥肖记茶馆的老板娘菊花，借鬼子进攻南陵之机将部分欠的茶款收回。正准备跑反时，唐开春走进茶馆说：“日本鬼子不敢从繁昌进犯南陵，怕紫山岭埋伏着新四军游击队，想从奎湖进犯，目前还没见行动，先开你的业，什么时候跑反，我事先告诉你。”

菊花听了唐开春的话，没有跑反，茶馆继续营业。所有盛桥的人暂时都还在家里，每天早上还有人来茶馆吃早点。人们到茶馆吃早点，除了不愿起火烧锅以外，更重要的是来茶馆交换信息。

前一段时间，人们议论的主题是日本人什么时候会跑到这里来烧杀抢掠，让人最担心的是年轻漂亮的老板娘菊花。大家早上来都提心吊胆，就怕进门见不到菊花，如果见不到菊花，那肯定是被日本人抢走了。一进门，大家不是看茶馆的油条脆不脆，而是看菊花在不在。

今天早上，刘宗芳大爷第一个来到茶馆，一看见菊花在茶馆跑前跑后，一颗悬着的心顿时安定下来。菊花见刘大爷第一个光临她的茶馆，亲自泡上一杯茶送到他面前。

刘大爷呷了一口茶，仔细看看菊花，笑着连声说：“好，好。”菊花听了有点奇怪，日本鬼子就要来了，还“好”什么？其实，刘大爷说“好”的意思是：菊花是盛桥太平的标志。只要菊花在，说明危险还没来。

一会儿，茶馆坐了许多人，见老板娘菊花还喜笑颜开，忙前忙后，大家也就不去议论鬼子了，回过头来问刘大爷，彭荣华把自己贤淑漂亮的年轻老婆兰英逼走了,是怎么回事?

娘被迫改嫁一事,在盛桥一带议论纷纷。父亲好赌懒做不顾家人人皆知,因为刘大爷来做过说服工作,了解事情的原委,所以茶馆的人都来问他。

菊花当时也在场,生气地说:“彭荣华‘一猴子’把自己的老婆给摇了。”

肖明冲着老婆菊花喊道:“你就瞎说,他把老婆输了,两个那么小的孩子,他自己带啊?那不是自找苦吃。”

“你晓得屁,一个男人知道疼孩子,他就会疼老婆。他可不像你,一时见不着孩子就找我,还霸着老婆不离身。两个孩子他也不要啦。只怪兰英的命不好,遇着这样一个窝囊的男人。”菊花说。

“要说是命不好,这倒有先兆。”茶馆的客人听刘大爷这么一说都静下来。

赵明才是同唐开春一道来的,急忙问:“有什么先兆?”

刘宗芳说:“彭荣华是在他母亲的棺材头举行的婚礼。当他和兰英拜天地时,天忽然下了一阵雨。”

菊花接上说:“你看你看,这不是雨,这是兰英的眼泪。这是老天告诉兰英,你和这个男人结婚,将有流不完的泪水。”茶馆吃早点的人,都议论起来,赞同菊花的说法。

菊花接着说:“我最同情兰英了,自己的婚姻自己做不了主。这样年轻漂亮又贤惠勤劳的女人,遇到这样一个赌鬼兼懒鬼,这和遇到日本鬼子又有什么两样?”

“最可恨的是这个‘鬼’,偏偏把她输给了一个有黄痨病的男人。兰英这是从大糠箩里跳到小糠箩里,未来也好不到哪里去。”刘大爷扼腕叹息道。

“兰英这个女人太温柔了,如果天生多一点泼辣劲,也不会落到这种地步。”菊花叹了口气又说,“我有个表妹婉芬,和她同年,也是六岁被繁昌黄得财家领去做童养媳。长到十六岁时,已出落得亭亭玉立,是方圆十几里中最漂亮的姑娘。这时她才知道什么是童养媳。她将要嫁的那个男人,已经三十出头了,还患过小儿麻痹症,歪嘴跛腿,说话嘴里好像衔着大萝卜。”

“我当年到你姨娘家拜年,你的表妹婉芬正好回家。见到我就大哭起来,说自己的命运就是没有菊花表姐好,能嫁这样一个帅气又勤劳的表姐夫,说完就要跟我回家。”肖明激动得说。

菊花拉着脸对肖明说：“你还记得为这事你跪了三天的搓衣板，一天三餐还是我递饭跪着吃的。”

肖明赶紧赔笑脸说：“婉芬那也是瞎说。”

菊花瞪了他一眼，又说：“自从那次回娘家以后，我那表妹回到婆家，表现异常，好像疯了一样。米和锯木屑一起煮饭，说米少饭多耐吃。烧菜抓一把盐，说多吃几餐。洗碗时，把十几个碗摞起来，从灶台端向碗橱时两手故意一松，掉到地上全打碎了。她婆婆积攒了十几年的十块大洋，放在梳妆台的花瓶底部，上面用乱发盖着，被她偷去给新四军抗日。她这个婆婆视钱如命，认为这个未过门的媳妇是个败家的，就在自己歪嘴的儿子面前说，这个女人得了神经病，不能要，赶紧把她打出门。”

刘大爷说：“这样她既能顺利逃婚，又不背骂名。”

“我表妹离开黄得财的家，村里人都说是被婆婆打走的，从一个小丫头片子养成一个水灵灵的大姑娘，结果跑了，又不知被谁抱去享福了。黄得财家懊悔极了，空养了十年。村里人都说他家自己倒霉，怪不得婉芬姑娘。”菊花为有这样一个敢于反抗的表妹骄傲地说着。

唐开春问：“后来怎样？”

“后来，她跑到繁昌中分村，去找谭震林司令员。谭震林司令员知道她的遭遇后，就接收了她，把她安排在宣传队。从此，我的那个表妹婉芬走上了革命道路。之后，她嫁给了新四军第七师的副团长刘大林。”

赵明才听了非常高兴，非要菊花找这个在新四军当副团长的表妹夫，要到这个团当新四军抗日。

菊花说：“你这份抗日热情，我赞成，你参加了新四军，我就多了一份保障，就不怕日本鬼子了。不过，等到过年时，我去姨娘家拜年才能遇到我那新四军团长的表妹夫，到时，我一定介绍你到他部队里去。”

刘大爷说：“我当时也主张兰英去繁昌中分村找谭震林司令员，参加新四军，去帮他们烧烧饭，给新四军战士们洗洗衣服。可惜，兰英去找时，谭震林的新四军部队开走了。”

盛桥的绅士卜庭芳说："如果没有日本鬼子的侵略，国民政府也许会集中精力去办好教育，人人读书，国民素质提高。另外加强社会治安，打击赌博，鼓励劳动致富，彭荣华也许就不会变成懒汉和赌棍。"卜庭芳在南京国民政府交通部工作，因南京被占领后，国民政府迁往重庆，卜庭芳暂时回家省亲。

他在家这几天，也来菊花茶馆坐一坐，喝喝茶，主要是听听来来往往的人交流信息。他也知道日本鬼子想从繁昌侵占南陵，但在繁昌受到谭震林领导的新四军的沉重打击。虽然谭震林的新四军北上了，但繁昌到南陵之间有一些丘陵，地形复杂，日本鬼子怕抗日武装在紫山岭埋伏，还是不敢走这条道进犯南陵。菊花到现在还安然无恙，也就是这个原因。对于兰英被彭荣华赌输卖掉的消息，他也早有耳闻。他和长林保保长谈启发的看法一样，觉得国民政府因为日本的侵略，腾不出手来整治像彭荣华这样的懒汉和赌棍，让许许多多像兰英这样的女人得不到自由和幸福。

唐开春接过卜庭芳的话说："卜先生的话，我不完全赞同。日本人的侵略，是严重影响了国民政府对国家的建设，对社会的治理。但是，如果国民党继续遵循孙中山先生的'三民主义'，继续联共，不发动'四一二'政变，不大肆屠杀共产党，在紧张的抗日形势下不发动'皖南事变'，日本人也不会这么猖狂。常言道'家不和，外人欺'，如果不是国民政府非要内斗，也不至于腾不出手来拯救兰英这样受压迫的妇女。"有诗《兄弟》曰：

一胞兄弟话桑麻，烽火临门共护家。
也许躬耕留半地，迁移蜂蝶闹香花。

卜庭芳听了非常惊讶，问刘宗芳："这人是谁？"

刘宗芳说："他是我们长林保的人，诚实厚道，也勤劳，以打长工为生。"

实际上，唐开春已参加了新四军，现在是新四军南繁芜游击队的副排长，新四军南繁芜游击队总队长王安葆让他隐蔽身份在长林保组织领导抗日活动。时间不早了，卜庭芳、刘宗芳喝了茶就离开了茶馆。

菊花忙说："走好，欢迎下次再来。"

第五章 三青年伸手显大爱 老爷子捶首悔当年

唐开春对赵明才说："我们去看看兰英姐，她这个人太好了。有一次，我在她家门前田里抠黄鳝，结果黄鳝没抠到，手指被蛇咬了一口。兰英姐在菜园里锄草看到了，急忙来到我面前，拿出擦汗的手帕，把我的手腕扎起来，不让毒液流向全身，还帮我吸出了毒液，如果不是兰英姐处理及时，我可能就会中毒死亡了。兰英姐今天遇到这等悲惨的事情，政府管不了，我们一定要管一管。"

赵明才也同意唐开春的看法，说一定要去收拾收拾这个懒汉兼赌棍的彭荣华。这时，唐开春提醒道："我们不能随意伤害老百姓。彭荣华虽然是个既懒又赌的人，但他也是老百姓，不能打他，只能教育教育他。否则会犯错误。"

菊花也提醒他们说："你们注意分寸就行了。"

第二天早饭后，唐开春和赵明才又邀来谈玉礼，三人一道来到我父亲彭荣华家。金秋十月，在盛桥这一带，只要不干旱，就是丰收年。有田种稻，有地栽山芋，还能种豆类、玉米等各种农作物，丰富多样。虽然有日本人侵略，大家躲躲藏藏，但日本人还没有踏进这个地方，抢种农作物还是有时间的。

三人进门看见我爷爷端着一碗煮山芋，拿了一个在手里啃着。桌子上只有一碗老咸菜和一碗白开水。老人家啃一口山芋，夹一筷子咸菜，喝一口开水，这就是爷爷的早餐。大伯、三姑和小姑都说要接他去自己家，他死活不去。他说，他一走，彭荣华这个懒鬼，三天就会饿死。

唐开春在外一看，三间茅草屋摇摇欲坠，屋头上还是三四年前盖的草，几乎烂成泥灰了。杂草把它当作肥地安家落户了，长得郁郁青青。天下多大雨，茅屋里差不多就下多大雨，还变了色——屋外的雨水是无色的，漏到屋里就染成酱油色了。

赵明才风趣地说："彭荣华还赶时髦，不仅桌子板凳是酱油色，连补丁叠补丁的蚊帐也染成酱油色。我们土老巴说是酱油色，实际上是洋人最喜欢的栗壳色。"

谈玉礼伸头看了看我爷爷的房间，蚊帐被子还不那么旧，这是三姑和小姑给做的，也变成了酱油色。他又看看我父亲的房间，没有人。再仔细看看，床上的蚊帐被子都脏得黑乎乎的。床头一只粪桶，里面还有蛆在蠕动。前几天下了雨，房间里的小水凼都蓄满了水。

唐开春叹了口气，兰英姐太不幸了，怎么遇着这样一个人？

赵明才问："彭老爷子，你的那个最疼爱的小儿子到哪里去了？"

我爷爷答他："有四五天没归家了。"

谈玉礼问："赌钱去了？"

爷爷说："他把我那好媳妇兰英赌输了，再也没有钱赌了。我听说，他整天跟场子，哪个赢了，他就伸手，向人家要两个。对外地人就说是护场子的，对了解他的人就说自己混不下去了，救助救助。他这样滥赌是因为日本鬼子来了，没日子过了。"

"那他晚上睡哪里？"赵明才问。

"他跟那些赌博佬单身汉挤一挤，有时挤不下，就拱草堆笼。你看他那个房间怎么睡人？"爷爷回答道。

唐开春感叹道："你儿子落得今天这个地步，日本鬼子的侵略是主要原因，但是您老人家也有责任。古人曰，'子不教，父之过'。如果你从小培养他勤劳不怕困难的精神，日本鬼子来了，他会站出来拿起枪保护自己的妻子儿女，保护我们大家的。能认识到这一点，做到这一点，他也不会赌钱的。"

"那为什么不是母之过呢？"爷爷问。

唐开春说："大部分母亲只是家庭主妇，煮饭洗衣操持家务，在家庭没有地位，没有读书的权利。就是大家闺秀也只是学学琴棋书画，绣绣花，而且不能外出抛头露面，见的世面少。而父亲不同，能读书，能出外闯荡，见识又多，于是教育孩子的重任就落在父亲的身上。”

爷爷回他：“我又没读过书，又没出过门，更谈不上见什么世面。听到南陵的炸弹声，才知道日本鬼子早已侵略中国了。”

赵明才说：“最起码，不劳动就没有饭吃，这个道理您老应该是知道的。彭荣华从小您不送去读书，又不让他劳动，养成了怕劳动的习惯，这不是您的过错是谁的过错？这可是日本人没来之前的事。”

谈玉礼也说：“到成年了，不仅不干事，还经常到赌博场鬼混，您老不知道?”

“不干事也好，赌钱也罢，我认为，儿孙自有儿孙福。今天他落得这等妻离子散、穷困潦倒的境地，不是他命中注定的，也是日本人来了吓的。”爷爷就是推卸责任。

唐开春三人离开彭家茅草屋时，看老爷子太苦了，将他们仅有的“抗日经费”都拿出来塞到爷爷的衣襟里。

他们刚走到后山头上，就遇着彭荣华回来，他的头发上还留有几根稻草屑。

赵明才一见，就说：“彭小爷，昨晚拱草堆笼，肯定手气不咋地。”

谈玉礼一听，他就是彭荣华，上前就要给他一拳，一把被唐开春拦住。

唐开春对父亲说：“谈玉礼是为兰英姐打抱不平，你看看你这个怂样，那么好的老婆你都不珍惜，你还算是人吗?”

谈玉礼忍不住上前就是一推，彭荣华站不住，被推到赵明才的怀里，赵明才就势又把他推到唐开春怀里。唐开春一让，彭荣华一下栽在树丛里，手被划出了血。

父亲彭荣华这时才哭丧着脸说：“我懒到今天这个样子，一半是我父亲的责任，认为我是老末子，天天惯着我。十岁了母亲要我去读书，父亲说，读书是伤脑筋的事，可别把我老末子的脑筋搞坏了。我都十八岁了，第一次下地除草，他生怕我热了起痧子，又怕我手起泡，没干一个时辰，就要我回家休息。从此以后，我一听读书头就痛，一下地头就晕。还有赌钱，也怪老爷子，第一次，我赌钱赢了一个大洋回家，老爷子见了非常高兴，说我将来可能成为赌神，要发大财。所以，我就迷上了赌博。现在，我不但没有成为赌神，反而成了狗熊。我都三十好几了，要我改过自新，我怎么改得过来?”

“你又赌又懒的另一半责任是谁?”唐开春问。

“日本人。”

大家都笑了。父亲说这些话时，爷爷正好站在他们的身后，全都听见了。爷爷懊悔得用双手握成拳头，直在自己那满是白发的头上捶个不停。有诗《谁之过》曰：

一代家无勤学早，栋梁虫腐朽难雕。
悔时欲问谁之过，莫怪天生运寂寥。

唐开春连忙上前一把拉住爷爷的手，说：“您听见了吧，您儿子怪您了吧。”三个年轻人，看到这父子两个的狼狈相，都觉得自己身上的担子重起来，个个心情沉重地离开了。

唐开春说：“兰英姐离开彭家是对的，在他彭家这个罪谁能受得了。不过我要去找找，看看兰英姐现在过得怎么样?”

“她现在已改嫁给我那个宗家赵玉发了，虽然他有黄痨病，但比彭荣华要勤劳得多。”赵明才答道。

于是，他们三人来到茨山庵。赵玉发住的也是三间茅草屋，大门朝东，靠北边有拐屋，但他每年翻修加盖新草，屋子收拾得整整齐齐的。大门前有一个长塘，洗衣洗菜比较方便，过一条田冲，再往北走就是茨山庵。

已临近中午了，他们三人来到赵玉发家门口。唐开春一眼就看见我娘兰英在门口长塘里洗菜，看我坐在大门口啃甘蔗。娘洗完菜走上埂来，一眼就看见唐开春和赵明才，说道：“大兄弟，你们今天真稀客。”又用带着疑问的目光看着谈玉礼。

赵明才连忙介绍说：“他叫谈玉礼，住奎湖，经常上来拜望他的宗家谈启发，是我们的朋友。”

“几位兄弟，快请进屋坐，我来泡茶。”娘赶紧说道。

唐开春抱着我，说：“兰英姐，你受苦了，我们三个听说了你的事。今天，我们去教训了那个懒家伙和赌鬼彭荣华，你猜猜彭荣华今天说了什么话？他走到今天这一步，责任全是别人的。”

“这还用人猜？可把我害苦了。”娘说着，又流下了眼泪。

谈玉礼愤懑地说：“你是他俩的姐，我也就称呼你为姐。我们一定为你打抱不平，谁再欺负你，就等于欺负我的亲姐，我非让他不是断胳膊就是断腿。”

“兄弟啊，这不是为我一个人打抱不平，要为像我这样的姐妹打抱不平。这个童养媳的风气太坏了！这是对女性从小就开始奴役践踏。那些家庭有智障、有残疾的儿子，长大不能做事养活人，是很难娶到媳妇的。这些人家就去生活有困难的家庭领养小女孩，长大就强迫他们结婚。你说这些女孩痛苦不痛苦？”娘越说越伤心。

“我们要想没有人再遭受兰英姐这样悲惨的遭遇，首先要打倒日本帝国主义，建立一个新社会，穷苦的劳动人民自己当家做主。”唐开春说道。赵明才、谈玉礼都点头赞同。

正在这时，赵爸（这是我对赵玉发的称呼）从地里回来，一见家里来了人，先是一惊，后是一喜。原来赵爸与宗家赵明才和唐开春都互相认识，只有谈玉礼陌生些。他们做了介绍，娘又告诉赵爸他们今天来的目的。

赵爸非常客气地说：“几位兄弟，感谢你们关心兰英。你们放心，我身体虽然不如常人，但我一定会好好对待她的，直至我死为止。今天中午一定在我这里吃个没菜的饭，算兄弟看得起我。”

唐开春说：“今天下午，我们在对面茨山庵召开长林保群众大会，那就在兰英姐这里吃饭，下午就近开会。”

赵爸把门外篮子里的青豆、米豆和高瓜都倒出来整理整理，叫娘拿去做几道菜。

第六章 茨山庵召开群众会 长林保激发抗日情

1940年2月，日本人第一次入侵南陵城奎湖街，洗劫一空后离开。南陵县政府人员先后回到县城，第二年设立地方行政干部训练所，先后轮训保、乡镇干部719人。长林保保长谈启发受训后，回来在茨山庵召开群众大会，传达国民政府的指示以及分析目前抗日形势。群众大会的时间就定在今天下午。唐开春、赵明才、谈玉礼他们三人在娘这里吃了饭以后，下午也参加了长林保群众大会。

会场就设在茨山庵前的道场上，把供地藏王菩萨的香案搬出来做主席台。谈保长请来了在家探亲的南京国民政府交通部的卜庭芳，也请来了群众代表刘宗芳，积极抗日青年代表唐开春等。参加会议的还有副保长何义高、何义廷以及保长“助理”朱合喜。

朱合喜是江北人，是个读过书的人。妻子和两个孩子都常住在长林保坝头上的舅舅家，老表何义高、何义廷都是长林保的负责人。保长谈启发就请朱合喜到茨山庵保公所，帮忙写写文字材料，还有建立人口档案。所以有人戏称他是保长“助理”。

朱合喜主持大会。实际上，这个会应该由副保长何义高主持，但何义高没有读过书，不善言辞，就请老表朱合喜代为主持。朱合喜这个青年也是个抗日积极分子，如果他愿意把户口迁过来，谈保长就准备培养他担任下一届长林保保长，可他经常在外地“做生意”，具体做什么谁也不知道。有诗《热血》曰：

烽烟掠过山河泣，热血涌流磨大刀。

纵目家乡谁敢犯，寒光一缕有英豪。

朱合喜先拿起点名簿，点了各个甲长的名字，看他们是否都来了。在目前这个复杂的形势下，每一个长林保的人，今后的小命捏在谁的手里，大家都想通过这个会议弄清楚。

朱合喜再抬头看看现场，扶老携幼，青年男女黑压压一片，就连我父亲彭荣华也拢着袖筒，一人坐在离会场不远的竹丝埂上。实际上这个天气不冷不热，无需拢袖取暖，这是他的习惯，时不时瞄一眼靠近主席台站着的赵玉发和娘，然后又低着头，谁也不看。

朱合喜这时拿起铁皮做的喊话筒说："各位父老乡亲们，感谢你们的抗日热情，积极来参加我们长林保群众抗日大会。下面我们先请谈保长给大家讲话。"

谈保长接过朱合喜手中的喊话筒说："乡亲们，抗日形势就南陵来说，目前是取得了初步的胜利。民国二十七年（1938年）5月28日，新四军一支队司令员陈毅在本县公鸡坦召开部队干部会议，时隔两日，国民政府五十军军长郭勋祺在南陵城内宴请了陈毅，两党合作。同年10月新四军第三支队副司令员谭震林率部进驻繁昌，有效地狙击了日军从盛桥南下。

"自从那以后，也就是去年（1940年）4月26日，新四军老一团在南陵县父子岭抗击日本侵略军，击毙击伤日军317名。同日，新四军三团狙击进犯何家湾的日本侵略军，击毙击伤日军300余名。

"同年5月7日，小股日本侵略军进犯茆村、老鹳嘴等地，少尉栗泽被国民政府军击毙，16日侵略军又在殷家嘴一带骚扰，亦被击退。"

谈保长放下喊话筒，喝了口水，然后紧锁眉头，看着大家，缓缓地说："去年12月下旬，中共皖南特委在本县西乡八都何村何家祠堂召开大会，传达中共中央关于新四军撤离皖南的决定。乡亲们，你们知道这意味着什么吗？"

谈玉礼在人群中喊道："这意味着少了新四军这股抗日力量，我们这里就多一分危险。”

“说得对。”谈保长望了望和自己一个祠堂的谈玉礼，又说，“以后的抗日形势，不容乐观。比如，去年（1940年）2月12日，日本侵略军20余人进犯奎湖街，商店货物被掳劫一空。4月8日，又犯奎湖，掳掠而去。今年（1941年）2月，日本侵略军在奎湖小东桥与北埂两处，用机枪射杀群众20余人，放火烧毁房屋百余间，还抢了很多我们的女同胞。”

会场顿时叹声一片，菊花听到这里，吓得一把抱住我娘。

谈玉礼愤怒得脸都变了色，拳头捏得嘎嘎响。因为他刚刚定亲的住在奎湖街上的女朋友荷花，才刚刚满十八岁，人长得真像奎湖中含苞欲放的荷花，就是这一次被日本鬼子抢到芜湖去的。他一闭上眼，荷花被日本鬼子蹂躏的惨状就出现在眼前。

抗日青年赵邦发紧张起来，心想自己有个漂亮的小妹妹赵莹，才十六岁，一定要保护好她，决不让日本鬼子碰她一根头发。

唐开春看看会场，心想：兰英姐、菊花姐和其他姐妹，都是我们的好姐妹，怎能容忍日本鬼子肆意践踏？如果保护不了她们，那岂不枉为男人？

赵明才想：这些大好河山，这些父老乡亲，我们必须抛头颅洒热血来保护他们。谁侵犯，谁必将灭亡。

谈保长对着喊话筒又说：“县长在这次轮训会上又透露信息，明年要强化乡保甲组织控制，实施五户联保连坐法。抗日形势日趋严峻，保甲的工作也将更加复杂化。”谈保长说到这里，放下喊话筒，摇摇手坐下来，示意自己的话说完了。

朱合喜拿起喊话筒说：“下面我们请南京政府交通部的卜庭芳先生讲话。”

会场里不仅是菊花一提日本鬼子就吓得抱住我娘，很多妇女都不顾开会人多，吓得埋头在自己丈夫身边，不敢露面。小孩吓得躲在爷爷奶奶的大襟棉袄里，只是哭。卜先生讲话，也没人有心情鼓掌。

卜先生放下文明棍，站起来，拿起喊话筒仔细地看了看，“喂喂”试了一下。这不同于在南京交通部开会时用的麦克风，轻轻说一句，声音就被放大几十倍。

卜先生嘴对着喊话筒的元宝口，两腮鼓了鼓气说道：“乡亲们，我在国民政府交通部供职，因在家小住几日，对目前抗日形势不便发表意见，惭愧、惭愧。至于怎样反共，乡里各保自己把握好，慎重对待。这里又没有共产党，操什么心？但只要是抗日的事，我卜某一定支持。”

朱合喜又接过喊话筒说：“下面我们请群众代表刘宗芳大爷讲几句。”

“承蒙大家的信任，让我坐在这个主席台上，还让我说几句。我今天就说一句，现在有的人以日本鬼子侵犯为由，搞得像世界末日来了，田不耕了，地不挖了，整天游手好闲。有的人赌钱卖老婆，弄得妻离子散，堕落得不成人形。如果都像这样，没被鬼子打倒，自己倒把自己给搞颓废了，我们这个伟大的中华民族又有什么希望？我们这个长林保还没有出现抗日英雄，竟然先出现了‘狗熊’。这个人我不说他的名字，大家也知道。”刘宗芳说到这里，彭荣华站起来，两手又拢了拢衣袖，转身向娘和赵爸斜了一眼，走到庵左边的塘埂上，面朝塘水蹲着发呆。

“长林保的青年要离这样的人远一点，要振作精神。我们是老百姓，分不清什么这个党那个派，只要是积极抗日的就要团结，就要支持。在鬼子没来之前，要勤快一点，种好地养好家。”刘宗芳说完把喊话筒递给了朱合喜。

朱合喜又把喊话筒塞给站在主席台旁边的娘，也要她说一说自己的伤心事。娘接过喊话筒，还未张口，眼泪就哗哗流下来，泣不成声地说：“我……我……反对领童养媳，自己的婚姻……自己……做主。”娘说完后，放下喊话筒，抱住菊花悲伤地哭着。

“下面我来讲几句。”唐开春拿起喊话筒说，“兰英姐你不要哭，我代表长林保的青年表态，在国家危难之时，不去赌博，不去做懒惰的人。要拯救像你们这样不幸的姐妹，就要积极抗日，下决心创造一个新社会，让你们得到解放。”

接着他又说：“我们不希望做壮丁，这样名声不好听，一个有模有样的青年被抓去当兵。我们希望自己做主，自觉自愿去选择大多数人信任的队伍，扛着枪走上抗日战场。”

谈玉礼按捺不住激动的心情，走上前接过唐开春的喊话筒用力喊道：“宗家和邻友们，日本人早晚是要来的，谈保长已把形势分析给大家听了。根据奎湖那边的经验，我想告诉你们几点：首先把家里能吃的东西藏起来，在北方叫‘清野’，鬼子来了得不到任何东西，让敌人陷入困境。奎湖水多，无山，东西真不好藏，有的人把吃的藏在荷叶下，不到两天被鱼咬破袋子吃了。盛桥有十里长山，不管在哪个山冲拐坳挖个小洞就能藏粮食。鬼子来了，让他们做个饿死鬼。其次是大姑娘小媳妇，在鬼子来犯时，一定要保护好自己。”谈玉礼说到这里，会场一片哗然，在场的妇女媳妇们都担忧得锁紧了眉头。

谈玉礼接着说：“我说这些，不是让你们害怕，而是让你们愤怒，要反抗。我那未过门的媳妇荷花，才十八岁，被日本鬼子抢到芜湖。后来，我听说，鬼子还找了芜湖的一个画家要给她画像。这个画家在画笔里藏了一把小尖刀，偷偷地递给荷花。画画好后，一个日本军官走进来，荷花也装着很温顺的样子。等日本军官放松了警惕，荷花迅速拔出尖刀，在军官的小肚上、胸口上猛戳，戳死了他。”

谈玉礼说到这里，愤怒地咬了咬牙，接着说：“荷花拿起那个军官的手枪，打开门，见鬼子就开枪。荷花虽然没打过枪，这是她第一次打枪，但也击倒了鬼子。当地驻防的日军小队长赶到时，迎面一枪打向荷花，荷花踉踉跄跄地倒在荷花塘里，变成了荷花仙子。”有词《碧云深·荷花》曰：

临风咽，奎湖香扑浮山月，浮山月，黯然失色，硝烟分别。
如妃出浴不逢节，芜湖血染弦歌绝，弦歌绝，玉身残照，香埋魔窟。

第七章

小旺子过桥跌入溪　螺塘口拦水救出人

朱合喜接过谈玉礼手中的喊话筒代表副保长何义高对今天长林保群众大会做了小结。他说:“今天的会议,不但明确了抗日形势,还学到了抗敌的经验。尤其是借这个会议批评了极个别赌徒和懒汉,鼓舞了民心,提高了抗日热情。现在……”

忽然,对面的山坡上,赵家奶奶哭喊着:“快找人啦,小旺子不见啦!”

赵家奶奶就是我娘现在的婆婆,慈眉善目,待我就像待她自己的孙子一样,很疼爱。

赵爸家到茨山庵要过一条小溪和一条百米长的田冲。当时我三岁,望着赵爸和娘都去茨山庵开会了,我趁赵奶奶放下缝衣针打盹时,跑出门去找娘。刚跑到小溪前,就看到不远处的茨山庵有许多人,还听到刘宗芳伯伯在讲话,说我爸彭荣华又赌又懒,败了家,还看到我父亲彭荣华独自蹲在庵前边的小塘边。

过小溪的木桥时,一个小石头把我一绊,我往前一趴,谁知趴空了,直接趴到小溪里。小溪上游的蒿花塘正在向下游的螺塘放水,我被溪流冲向螺塘。

唐开春、谈玉礼第一个听到呼喊声,急忙跑过去。娘急得边哭边跑边喊:“小旺子,在哪儿啦,娘来抱你啦。”

赵爸边跑边责怪自己的娘:“让你看一个人都看丢了,真是老啦。”

谈保长分析,小旺子可能来找他娘,他失踪的地方,就是他家到会场这一段距离。这一段距离有水的地方，一个就是前面的小溪，一个就是他父亲一直蹲在旁边的小塘。既然他父亲没看见，那就在小溪里找。他对朱合喜说："这里人多，救小旺子的事你就不参与了，你回到庵里把今天开的会总结成一份材料，保存起来，但不能上交。"

现场只听卜庭芳焦急地说："大家都去找人，孩子是将来抗日的新一代，千万不能失去这股未来的力量。"说完也跟着去指挥大家找人。

唐开春站在小独木桥边说："大家冷静一下，寻找小旺子的重点放在小溪上，大家都沿着小溪寻找。小旺子肯定是从庵前的小独木桥上掉下去的，水是向下游流淌的，所以，寻找的重点放在下游。他赵爸你带几个人向上游看一看，防止预测不到的事情发生。我们迅速向下游寻找。"

茨山庵这条小溪，源头在二度张的蒿花塘，宽不足三米，从北下行一里，在茨山庵的门前拐个弯，又向南流到螺塘。小溪通过约十亩水域的螺塘，再继续下流与十里永林溪汇合，最后注入长江，流向东海。

唐开春、谈玉礼、赵邦发三人脱下外衣跳到小溪里一字排开，拨开茭白草。当他们寻到螺塘入口的一座小桥的洞口时，发现流水不畅，同时他们发现朱墩的李大爷也在小桥下寻找着什么。

"我能断定，小旺子不会淹死。"刘宗芳大爷说。

"为什么?"菊花问。

"你们知道吗？这个'螺塘'是地藏菩萨的眼睛。唐代时茨山只有个茅庐，里面住着南京来的少妇刘青，整天烧香拜佛求子，后来生了个儿子叫目连，七岁时也掉到螺塘里，三天之后还活着，被神犬谛听接到九华山，做了地藏菩萨的徒弟。"刘大爷有声有色地说道。

娘一把鼻涕一把泪哭得天昏地暗，半信半疑地喊着："小旺子不要怕，有茨山庵的菩萨保佑你。娘也来啦，娘腰里还有你喜欢吃的毛栗子。"

父亲彭荣华，天气又不冷还是把两只手拢在衣袖里，也跟在寻找人群的后面，一面走一面嘀咕着："刚才我望见小旺子，在小溪那边向我这里一颠一颠地跑着，忽然小身影往独木桥上一趴，一会儿就不见了。我还当这个小家伙看见我躲起来了。如果真的掉进小溪里淹死也是好事，省得多吃几年饭，长大了被日本鬼子给……我料定这个小家伙早晚就有这个下场，所以，我就不养。”

这时在螺塘上游的小桥下，李大爷喊：“小旺子的头卡在桥洞里，还活着，眼睛还向我眨巴眨巴着。快拿锹来，把缝挖大一点。”

唐开春他们三个青年人，也顺水摸到小桥下，看见我两个小脚，嘭咚嘭咚打着水。

李大爷在桥的一边抱着我的头，不让水呛着我。唐开春在桥的另一边抱着我的腿，谈玉礼拿起岸上人送来的锹，拼命挖着筑坝的土，赵邦发站在小桥下，用双手顶住小桥，防止桥下土挖多了，小桥坍塌，造成二次伤害。

因为小桥受堵，小溪上游的水位越积越高。唐开春、谈玉礼、赵邦发三人并排站立，形成一堵墙，拦住水流，让李大爷从桥那边顺利地拽出我。

当李大爷用手抠掉卡住我的泥土时，水很快从我的身体四周漫过来。唐开春用左手抱着我的腿，用右手摸了摸我全身，确定没有什么东西卡住我了，就大喊一声：“李大爷，把小旺子拉出去。”

唐开春话音刚落，李大爷将我迅速拉出桥洞，举过头顶。我全身是泥水，眼睛还眨巴眨巴地望着小溪两边站着的许多人。我看他们有的在鼓掌，有的边擦泪边笑。大家都欢呼雀跃。有诗《救小旺子》曰：

一路寻娘跌入溪，命悬水上佛能携？
震惊好汉如临敌，浪里沉浮伸手提。

娘拨开人群跑过来，脱下我的湿衣服，唯独我的红裤衩没脱。娘自言自语道：“这个红裤衩，水鬼见了都吓跑了，所以才有活着的小旺子。”

菊花解下披在头上的围腰布，来到我身边帮我擦干身上的水。娘脱下自己最爱的结婚时三姑送的红花白底外罩裹住我，把我紧紧地抱在怀里。

卜庭芳先生上前摸了摸我的头，说：“常言道‘大难不死，必有后福’。”

“小旺子真命大，被水冲过这么长的小溪，还正好卡在小桥下。这个小桥好像是生死关，只要过了小桥，流到大螺塘，小旺子，你的鼻子就不出气啰。”

刘大爷说完刮了一下我的鼻子。

“你不是说，螺塘是地藏菩萨的眼睛，小孩掉到螺塘里不会淹死的，还会不出气?”菊花反问刘大爷。

谈保长走过来，高兴地说：“小旺子今天活着，不就应验了刘大爷的话了?但主要是有唐开春、赵明才、赵邦发，还有半个长林保人谈玉礼这样的好青年，是我们长林保人的光彩，我们大家应该感到骄傲。”

菊花又问：“谈玉礼是奎湖人，怎么也算半个长林保人?”

娘说：“菊花啊，好人是没有地界的，他们这些青年到哪儿都受欢迎。”

父亲躲在人群的背后，偷偷地看了我一眼，叹了口气。

菊花怒目对着我父亲彭荣华说：“大家都在急着救你的儿子，你倒好，悠闲地跟着看热闹，一句感谢话都没有。叹气是什么意思？救的不应该？天下只留你这个赌徒懒货？如果都像你，这个世界不又变成动物世界了。小旺子长大绝不会像你，是父亲不像个父亲。日本鬼子都不愿抓你，怕脏了手。长林保哪个山包出了气，生出你这个……”

父亲彭荣华听了菊花的奚落，又从人群中溜走了。

赵爸回家气喘吁吁抱来一床小被子，脸都跑得黄里变白，把被子牵开披在娘的身上，将我裹住。

谈保长见我安然无恙，说：“今天，长林保的群众大会开得很成功，不但激发了抗日情绪，还救了抗日的后来人。现在正式散会。”大家听后都各自回家，赵爸对每一个走过自己面前的人，都帮娘一一道了谢。只有唐开春他们在洗脚穿鞋，慢一步离开。

赵奶奶裹着小脚，直着身子，不能有一点闪失，否则就会失去重心倒下去。她的拐杖每向前移一步距离，小裹脚就向前移两步。赵爸三分钟就走到的路，赵奶奶要走半个小时。她也往出事地点赶，急得满头大汗，一边走一边喊：“小旺子，你不能死，你死了，你的赵奶奶也不活了。”

她拄着拐杖一边摇摇晃晃向前移动着，一边喊：“赵玉发，小旺子如果死了，叫他们千万不要忙着埋，我先跳到螺塘，去找阎王老爷，把他换回来。”还没等她走出自家的稻场，娘抱着我回来了。

菊花回家路过赵奶奶身边，对赵奶奶说："赵奶奶，你不能跳螺塘。你跳进去了，两个尖利的小脚，再加一根尖利的拐杖，非把地藏菩萨的眼睛戳得稀巴烂不可，省点事吧。"

赵奶奶看了菊花一眼，举起手中的拐杖，菊花吓得一溜烟跑了。

赵奶奶见我还活着，连忙放下拐杖要从娘的怀里把我抱过去。娘的身子一侧，背对着赵奶奶，说："没有被水淹死，还要被摔死啊。"

赵奶奶哭了，说："兰英啊，是我疏忽，不该打个盹。就是一眨眼的工夫，这个小家伙就跑得无影无踪，我这双小脚怎能跑得过他？"

娘听了以后，在我的小屁股上狠狠扭一把，说："下次再不听话瞎跑，就打断你的小腿。"说完就帮我洗澡，赵奶奶忙着找衣服。赵爸在螺塘埂上，帮娘请大恩人唐开春、赵明才、谈玉礼、赵邦发和李大爷回家吃饭，表达谢意。

唐开春推辞道："你看你，脸上黄一块、白一块的，病情也不轻，上有老，下又突然添了两个人，这块'天'你顶得够呛啊！"

赵明才接过唐开春的话说："兰英姐虽然烧得一手好饭菜，我们都想吃，可看到你，我们怎么忍心去吃呢？"

谈玉礼叹了口气说："你家那个饭，是兰英姐用眼泪煮的。"

第八章

王安葆欲建游击站
刘大林视察茨山庵

他们正在谢绝赵玉发的邀请时，菊花领着两个人来到他们面前。其中一个四十岁左右，身材高大魁梧，剃着平头，两眼炯炯有神，手里拿着一顶半新的草帽，边说话边摇着纳凉，看来他们走了很多路。这个人上身穿着灰色粗布对襟秋衫，下身穿着大裤腰灰色粗布裤，脚穿一双黑色布鞋，一身农民打扮，仔细看腰间还鼓鼓的。赵邦发心里嘀咕道："这腰里是个'家伙'。"

来人看出他们的怀疑，故意将褂子敞开，用右手抓着衣扣处掀开扇了扇，露出右腰。赵邦发他们一看好像塞的是装有物品的布袋，具体装的什么却不知道。

唐开春心里却一惊，我们新四军南繁芜游击队总队长怎么到这里来了？正要喊时，王安葆故意咳嗽了一声，唐开春心领神会，便不作声了。有诗《王安葆》曰：

风送金陵腥血味，峨山一望溅红阳。
当年公瑾今犹在，昔日英雄尔敢当。
乱石穿空擒恶虎，惊涛拍岸锁奸猖。
南繁遥唤千山应，草木皆疑刀剑枪。

走在王安葆前面的男子面目清秀和蔼，穿着打扮与王安葆基本相同，唐开春不认识。

“你是姐姐吧，我们刚从泾县‘谈了笔生意’路过这里。”面目清秀的男子对菊花说道。跟王安葆一道来的是新四军第七师的副团长刘大林，菊花的妹妹婉芬的丈夫。

刘大林对菊花说：“我刚路过你家，晚了，孩子在找你，你就回去吧。你表妹在我身边很好。我和这几位兄弟聊聊，马上就回江北。”

“几位兄弟，我的表妹婿在这里，你们多担待点。”菊花说完就走了。

王安葆转身问：“刚才听你们说，兰英姐饭菜烧的得味？”

赵玉发点点头说：“就是我老婆。”

“那我们就尝尝她的厨艺。”刘大林看看他们几个年轻人，又看看赵玉发接着说道。

唐开春他们有点犹豫，王安葆说：“别犹豫啦。”拉着他们就走。

娘给我洗完澡，穿好衣服，又削了一根甘蔗给我啃。突然，赵爸带了四个叔叔进来，其中两个叔叔我不认识，听唐叔叫他们“刘老四和王老四”。后来我才知道“老四”是指新四军。

娘听到家里来了人，忙从灶屋出来，手里还拿着淘米箩，正准备淘米。抬头一看唐开春他们来了，她高兴地说：“大兄弟，正想请你们吃饭，感谢你们呢。来了好，快坐，我加点米就行了。”

王安葆说：“他们想吃你烧的饭，又不愿来，是我把你这几个兄弟请来的。”

娘问站在身边的赵明才：“他是……”

谈玉礼接过问话：“他姓王，在家排行老四，所以我们叫他王老四。”

“另一个呢？”娘又问。

“他姓刘，名大林，也排行老四，都叫他刘老四。”王安葆介绍道。

赵爸说：“兰英，他是你娘家人，你俩都姓刘。”

娘问刘大林：“你老家在哪里？”

“我是南陵石铺人。”刘大林说完把我抱起来坐在他的大腿上，我趴在桌子上边啃甘蔗边听他们说话。

“啊！你真是我娘家人。我娘家也是石铺的，只是我六岁被彭家领来做童养媳，至今很少回家。”娘说到这里，眼泪又唰唰地流下来。

刘大林把我转过来，要我喊他舅舅。我也不知道舅舅的含义，就喊了“舅舅”。

娘急忙收住眼泪对王安葆他们说：“兄弟，我去准备几个菜，等会儿我们边吃饭边聊，你们先喝点水。”说完就吩咐赵爸去摘菜，让我剥豆子。刚好鸡上笼，娘在鸡笼里选了只比较大的公鸡杀了。

这时，唐叔到茨山庵找来了朱合喜叔叔，又让赵爸到厨房帮娘烧饭，然后把大门和通向厨房的房门都关了起来，议论起国家大事了。赵明才和赵邦发叔侄两人主动要求到门外望风。因为我是小孩，不懂大人说话的意思，所以就留在他们的身边。

王安葆看了看坐在身边的刘大林说：“本来我们要去茨山庵碰个头，在这里也可以，这户人家和你们的交往较深，可靠。皖南事变以后，新四军撤到江北，江南的抗日力量大大减弱。南陵县的国民政府为加强反共，强化乡保控制，将要实施五户联保连坐法，新四军在江南的活动形势比较严峻。但是新四军在江南是有群众基础的，比如你们和兰英姐，另外还有民主人士汪寄清，长林保谈启发保长，都是拥护新四军积极抗日的。我们打算在茨山庵建个新四军游击站，监督和干扰盛桥老虎头碉堡里的‘皖独’行动。我想让你们四个青年组成一个茨山庵抗日小组，唐开春任组长，负责茨山庵游击战的工作。”

“保证完成任务。”唐开春挺了挺胸脯说道。

“我从姨姐菊花家来，听说长林保在茨山庵开群众大会，我来看看。新成立的新四军第七师，要在江南重新建立，由王安葆负责新四军南繁芜游击队。在茨山庵建立游击站是完全必要的，我相信你们能完成各项任务。”刘大林接着说道。

朱合喜说：“我的两个老表何义高、何义廷都在长林保供职，保长谈启发又积极支持抗日。建个游击站，群众基础好。不过现在的抗日形势进展怎样？有必要向茨山庵抗日小组介绍一下。”

“现在抗日形势仍然严峻。今年9月在欧洲战场上，德军在基辅附近全歼苏联西南方面军，苏军损失66万余人。德军发动台风行动，开始进攻莫斯科。日本御前会议还秘密决定向美国开战。”刘大林说后，喝了口水。

谈玉礼又沉着脸问：“难道抗日战争要失败？”

“一定不会。”王安葆分析说，“希特勒想进攻莫斯科，那不是件容易的事，斯大林已经做好了充分的迎战准备。日本向美国开战，这是好事。这意味着日本又多了一个大国对手。不要看法西斯得胜一时，这预示着法西斯的末日迟早要来临。”话音一落赢得了一阵掌声。

正在这时娘端来香喷喷的红烧小公鸡，说：“你们说什么？这么开心。”

我睁大眼睛告诉娘：“舅舅说，打鬼子。”大家都笑了。

娘把菜都端上来了，有两碗青蒜烧小公鸡，还有青椒炒高瓜丝，青豆炒红椒，一盆小青菜蛋汤，还有米豆，扁豆。虽然荤菜少一点，但素菜可口味美。

赵爸拿出一直放在床肚底下的烧酒，送到桌子上要客人多喝几杯。娘说：“你们今天救小旺子，吃了那么多苦，一定要喝点酒慰劳慰劳。”赵爸拿来小茶盏，摆到各人面前，分别斟上酒。

刘大林抱着我，也要娘坐在他身边，说：“我们来自石铺刘家，我比你小一岁，对你六岁就到彭家做童养媳，我还有印象。”娘听到这里眼泪又唰唰滚下来。有词《木兰香·思娘家》曰：

草堂灯下，端上清茶先问话，过客何来？遥望娘家登土台。

石铺村遇，花戴孩童从此去。命运谁知？泪洒生来不适时。

“我知道姐的不幸，吃够了这个童养媳的苦。你大兄弟一定要把你们从水深火热之中救出来。我家那位，也就是你的弟媳婉芬也是童养媳。十六岁就嫁给那个已经三十出头的男人。那男人还患过小儿麻痹症，歪嘴跛腿，说话嘟嘟囔囔不清楚。”

“这是罪孽啊，女人在这个社会永远没有自己的情，没有自己的爱。唉，不说啦。”娘说完眼泪又唰唰地流下来。

“兰英姐，婉芬可勇敢啦。我听菊花姐说，婉芬在婆家装疯卖傻，吓得那个婆婆把她赶出了门，从此她逃出了苦海。现在嫁给了你的这个大兄弟。”赵明才说。

朱合喜说：“我们要先把日本鬼子赶走，然后再把这个世道改过来，让兰英姐的遭遇不要再出现。”

娘看了看桌上说：“别只顾讲话，赶快喝酒吃菜。”

酒过三巡，王安葆分析了繁昌以南这一带开展游击活动的优势。首先，在皖南事变之前，新四军从泾县云岭到江北无为就从这里来往，谭震林率新四军在繁昌峨山头阻击日军，五战五胜，群众抗日热情高。其次，日军不敢从繁昌经过十里长山进犯皖南，所以，这一带日军没有来过，没遭受什么破坏，农业生产相对稳定。最后，这一带没有接受过日军的反动宣传和管制，所以没有汉奸。这些都有利于开展游击活动。

“不过，南陵县国民政府要加强反共，将要实施五户联保连坐法，开展游击活动，没有群众的支持是很困难的。”唐开春说，“但现在还是国共合作时期，他们是不敢大规模地反共的。”

“在长林保开展游击活动，大家都觉得群众基础好。谈启发虽然是保长，但他认不清什么这个党那个党，他只管这一方少纠纷，多生产，过好生活。”谈玉礼帮宗家表明了态度。

娘说：“你们做大事，走我这里过，如果饿了、渴了，就进来，我给你们烧点吃的、喝的。”

由于夜深了，我的瞌睡来了，娘从刘大林的怀里接过我，塞到赵爸的怀里，让赵爸送我到赵奶奶那里跟益福睡觉。益福比我大，对我非常好。

朱合喜又带领众人到茨山庵，仔细查看了庵的结构和所处的外部环境，大家表示很满意。

收拾碗筷时，娘发现王安葆和刘大林的碗底下各盖着一个大洋。娘追出门，已不见了人影。

这年春节刚过，南陵联防队队长林作如，带着四个联防队员来到我家。当时长林保拉壮丁流传一句民谣：“一脚跨进门，两眼定了神，不是要你家钱，就是要你家人。”

娘一惊，难道他们来抽壮丁？娘心里想：赵爸有弟兄四个，老大早逝留有一子益福，老二过继给了别人家，老三赵爸病魔缠身，只有老四身体健康，但他要养赵奶奶还要照顾侄儿益福。根据当时国民政府拉壮丁的规定：三抽一，五抽二。赵爸家抽壮丁不符合规定，现在只有兄弟俩，其中一个还病歪歪的。那他们来干什么呢？

林作如戴着黑色大盖帽，身穿黑色警服，腰系黄皮带，挂着盒子炮。据说县里开会，他和县长一样坐主席台。随从四人穿着随便，只是每人扛着一条长枪，其中三条还是土枪。

林作如瞄了一眼娘说："今天我们来不是抓壮丁，就你家赵玉发送给我们，我们都不敢要。要了他，马上就要给他准备棺材，不等到抗日战场就病死了。只是有一件事想了解一下，据说一个新四军的副团长刘大林和新四军南繁芜游击总队队长王安葆到你家来过，还吃过饭？"

娘说："刘大林是我娘家兄弟，哪个还不让他到姐家来？至于他在干什么，这是他的事，我也不好问。"

林作如心里想，这也是实话，一个妇道人家，足不出户，她怎么知道。于是他站起来说："今天我是奉县长的指令来调查的，了解新四军第七师在长林保以及在南繁芜的活动情况，打扰了。"说完带着四个随从走了。

保长谈启发经常登门串户，宣传讲解国民政府为了强化乡保甲组织控制，实施五户联保连坐法。这一天，谈保长宣传到赵爸家，娘泡上茶递给谈保长。谈保长深深地吸了一口气，一股清香扑面而来。他说："这茶真香，我一到你这儿，就想喝一口。"

赵爸有点精神不振，坐在一旁说："我这一户想和别人联保，谁都不干。我家经常有亲戚来帮做事，就有人说我家来了新四军，这不就把另外四户'连坐'了？"

娘接着说："是啊，上次我娘家大兄弟来了，县里就派林作如队长来调查。这今后哪家还敢走亲戚呀？"

"实际上，这件事我早就知道了。五华山'打猎'的，经常夜里下山打猎。你那大兄弟到你家来的头一天晚上，五华山就来了两个'打猎'的，打了一只野兔在我那里烧着吃。他们要求我保证他们不出事。到你家来的那天晚上，我在墩山路守着，一直等他们从你这屋里出来，才把他们送出长林保。”谈保长边品着茶边说着。

“唉，这一次没有‘连坐’，可我那几个兄弟以后怎么办？来了，怕连累了我们；不来，这里的事又怎么做？”娘担忧道。

谈保长说：“现在还是国共合作的抗日时期。我们这里只有小股日军一下进，一下退，还不敢从繁昌经过我们长林保进县城，相对来说比较平静。家里来人，只要在外不乱说，不留下依据，政府也没办法深究。”娘听谈保长这么一说，心里就有底了。

第九章 妹妮病危烧香求医 皖独字签诈善送药

娘怀孕已近十个月了，但仍在地里挖山芋、砍柴。因赵爸身体带病，不能过度劳动。每到中午娘就把早上的山芋热了热，把仅有的一点米粥端给我一碗，端给赵爸一碗，自己吃山芋。

娘刚端上碗，茶林的三姑来了，紧锁双眉对娘说："妹妮前几天发热，流泪，流鼻涕，双眼发红，怕光。我来时还呕吐，腹泻。我想尽了办法，就是不退烧。"

"三姑啊，你用了什么办法？"娘问。

"前天下午，我在菜园里浇菜，妹妮就躺在家里床上睡着。太阳下山我浇好菜园，回家把妹妮抱起来，让她坐在房门槛上。她靠着门框，也不说话。我忙着烧晚饭，饭好后，我喊妹妮吃饭。不像往日，一喊妹妮，她就蹦蹦跳跳趴到饭桌上。这一次，喊了三声，妹妮都没有动。我感觉不对劲，来抱妹妮，发现她脸上泛红而且滚烫。于是我晚上也没给她吃饭，就把她洗了洗，抱到床上睡了。"三姑介绍妹妮生病的经过。

娘着急地说："我问你用了什么方法给妹妮退烧？"

"我以为妹妮中了什么邪，当天晚上，先请邻居的王大爷查了《玉匣记》。《玉匣记》上说，那天（十九日）正北得之，枉死妇人鬼作祟。上热下冷，呕吐酸水，四肢沉重，不思饮食。用黄钱五张，西南三十步送之，大吉。我听了有点像，就照上面送了。"

娘含着泪又问："妹妮好些了吗？"

三姑说："第二天上午，妹妮是清醒了许多，脸上也不那么烫手。一到下午，又发热，而且还昏昏沉沉的，眼睛闭得很紧。我知道你怀孕，行动都不便。三姑爷出远门了，要几天才能回来，我就喊那个赌鬼荣华来想想办法。他来都不来，还说什么，领出去的姑娘泼出去的水，她生病与我有什么关系。唉，妹妮、小旺子命真苦，活着的老子，就像死了老子。"

"后来呢？"

"我下午，把妹妮抱到下周村，请郭老奶奶给看看。"

"郭奶奶看了怎么说？"

"郭奶奶说是妹妮的奶奶要带她走，要她陪自己在地下去讨饭。"

"那怎么行，孩子来到这个世上，不到三年就离开了自己的妈，没有好的吃，没有好的穿，等她长大了，说不定会遇上花果满园的好日子。告诉郭奶奶，让她奶奶打消这个念头。"娘又哭着说，"妹妮奶奶应当拖她儿子彭荣华去搀她讨饭，清明、冬至又不烧纸钱，让老人家在底下受穷、受苦。"

"郭奶奶说，要想妹妮病好，就要多烧纸钱给她奶奶，有了钱，她奶奶生活就不用愁了。还要一只五斤以上的大公鸡，杀生祭祀把妹妮奶奶送走，不让她再来找她的孙女了。"

"那就烧啊，买纸钱我出，大公鸡我这里有。"

"你已经不是她奶奶的媳妇了，买纸烧，可能收不到。只有儿子买纸钱儿子烧，妹妮奶奶才能收到。可是，妹妮的父亲不干。"三姑无可奈何地说。

"我买纸，让她的孙子小旺子烧钱总能收到吧？"

"这个应该行吧。"三姑说。

事不宜迟，一家人今晚就准备按照郭奶奶说的做。娘吩咐赵爸背着我跟三姑一道，去看一下姐姐妹妮，并帮妹妮把纸钱烧给奶奶。娘自己准备明天一早就去茨山庵给妹妮烧个香，再求菩萨保佑。

赵爸有病，背我只走了两三条田埂，脸上就冒汗了。三姑背起我大步流星地穿过一条条羊肠小道，先经过盛桥菊花家茶馆旁边的小店，三姑把钱放在我手上，自己拿了纸钱，让我付钱，意思是让奶奶知道这些纸钱是她孙子买的。然后，我们又经过下周村郭奶奶家，三姑告诉她，今晚把妹妮的奶奶送走。最后来到了茶林王村三姑的家。

我一进门，就看见妹妮姐裹在被褥里，睡在堂屋的竹床上。我踉踉跄跄跑过去喊："姐。"姐紧闭着眼，迷迷糊糊地睡着，听到我喊她，侧过脸来，慢慢睁开眼睛。她还认得我，从被窝里伸出滚烫的小手拉着我的小手露出笑容。这是她几天都没有露出来的笑容。姐的手紧紧地拉着我的小手说："小旺子，我想娘，我也想你。"

"姐，我也想你，娘也想你。"我说完不知不觉地哭了。有词《丑奴儿·弟盼姐》曰：

满锅山芋柴烧后，伸鼻闻香，抱放门旁，捡个轻吹先给尝。

一家离散谁心碎，娘泪垂裳，几次爬岗，唤姐猫猫门里藏。

妹妮由于高烧，毫无气力地放下我的手，又闭上了眼睛。

天黑下来，路上没有行人时，赵爸牵着我，三姑一手拎着大公鸡，一手拎着篮子，篮子里放着纸钱和杀鸡的刀，还有妹妮穿过的衣服，一道来到茶林、马山嘴、下周村的交汇处。郭奶奶已站在那里，黑影子映在地上，吓得我直往赵爸屁股后面躲。我们都站定，郭奶奶画了个圈，让我站在圈里。她烧起纸钱，左手握着大公鸡的翅膀和鸡头，右手从三姑手里接过刀。三姑急忙走进圈里抱起我，把我的头藏在她的怀里，不让我看，怕我害怕。郭奶奶嘴里念叨了几句，又在地上指指画画了一会儿，便说："成了。"然后把那只大公鸡塞到自己带的篮子里，头也不回地走了。

第二天一大早，娘就到茨山庵烧香，祈求菩萨保佑妹妮。娘问主持强斋婆，女儿妹妮生病了，应当求哪个菩萨？

"观世音菩萨大慈大悲，普度众生，循声救苦，时时刻刻牵挂着一切受苦受难的生命，应该求她。但茨山庵是地藏菩萨的地盘，烧香时不能漏了他。"强斋婆说。

娘要在强斋婆那里买三炷香。

"三炷香是为自己祈福，你是为你女儿祈福，要买六炷香，因为六炷香是为两辈人祈福。”强斋婆想增加点收入，所以也在庵里卖香。

娘就买了六炷香，来到观音菩萨面前，点燃后高举过头作揖，许愿道：“大慈大悲的观音菩萨，保佑我妹妮香到病除，如果要追究她前世的罪孽，就算在我的身上，惩罚我吧。”娘说完，就重重地给菩萨磕了几个头。当娘抬起头时，蒲团已经被泪水浸透了。娘站起身，走到地藏菩萨前上香跪拜，头也磕得咚咚响。

强斋婆说：“你烧香乱磕头。不能对地藏菩萨猛磕头。你的头在地上磕得那么响，惊动老阎王，看到这么多人向地藏菩萨烧香叩头，到时候嫉妒心一颤，不该拉进地狱的也拉进地狱，你的女儿可能就是其中之一。”娘惊愕了，赶忙站起身问怎么办。

强斋婆拎着蒲团说：“这个蒲团是你弄湿的吧，带回去，晒干了送来。”娘接过蒲团，泪水又唰唰地流下来。

强斋婆接着说：“要真心想你女儿的病好，就在家里拿个金首饰或玉首饰来开光，然后初一、十五再来净手焚香，否则视为不敬。你女儿的病怎能好呢？”

“我哪里有什么金和玉？”

“那你就把妹妮的生辰八字写在红纸上带来，再带五斤香油，我们给她开个‘普光’。香油是用来涂阎王嘴的，让地藏菩萨再劝他多吃斋，少拉人魂魄，将来也好成佛。”主持强斋婆给娘拿出一个挽救的办法。

娘一一照办了。

第二天上午，妹妮姐好像有所好转，要喝水，要吃锅巴。三姑很高兴，可是妹妮一喝水就吐，锅巴只在嘴里打转吞不下去。到了下午，又发烧了，还呕吐、嗜睡、昏迷、惊厥，开始大小便失禁了。三姑忧心妹妮的病情更严重了，正在束手无策时，三姑爷从外地回来了。一进门，三姑爷看见妹妮病成这样，对着三姑就发火了，质问她为什么不送医院？

“我请下周村郭奶奶看过，她说是妹妮死去的奶奶找妹妮去搀她讨饭。我已替妹妮烧了许多纸钱给她了。唉，妹妮奶奶真可恶，她还缠着妹妮不放。她娘也到茨山庵烧香，求菩萨了。”三姑辩解说。

“糊涂！你的糊涂会送掉妹妮这条鲜活的生命。快把住院需要的用品准备一下，跟我走。”三姑爷也不顾自己的劳累，进门没坐一下，没喝一口水，抱起妹妮就往医院跑。

茶林王村距离南陵县城有八里路，从西门口进去往东三百米就是县医院。三姑爷抱着妹妮，一路小跑，浑身汗湿，三姑跟在后面也跑得气喘吁吁。一进医院，三姑爷和三姑惊呆了，整个医院空空的什么也没有，只有两个年逾花甲的瘦老头在看门。

1944年春，日寇再犯南陵县城，新任县长王建五逃亡至三里店、烟墩。日军先后两次掠走大量物资包括医疗器具和药品后弃城而去，县医院医生只好离开医院逃生。这两个老医生以看门为由留在医院，给城里和乡下那些病人诊个断把个脉，好让他们知道自己生的是什么病，病能用土方法治好就好，不能治好也让他们弄个明白。

南陵县医院是个两层小楼，楼顶盖的是灰色小瓦，大门朝南。妹妮被抱进医院，两位老医生一个看大门，一个把三姑爷他们引进一个小病房。老医生叫三姑爷把妹妮放在病房里的小床上，一把脉，一摸脑门，扒开眼睛一看，说：“这个小姑娘得了脑炎。”

“请医生快给我妹妮抓药。”三姑急了。

老医生说：“小姑娘的病情已耽误了治疗的最佳时期，你们要赶紧去找消炎的药。”

“这上哪里去弄呢？”三姑急得在病房里直打转。

三姑爷想把妹妮往芜湖弋矶山的医院送，可芜湖现在被日本鬼子占领，走繁昌或走奎湖都有日本鬼子把守，进不了芜湖。

三姑趁老医生不在病房，对三姑爷说：“你赶快去找妹妮娘，一去告诉她娘，妹妮得的是脑炎，非常危险；二是让她想办法能不能弄到药，我在这里等着。”三姑爷觉得有道理，拔腿就向茨山庵跑。天黑时，三姑爷上气不接下气地跑到赵爸家。

娘听了三姑爷说妹妮的病是脑炎，还没有好，而且还加重了，眼泪又扑簌簌掉下来，边哭边问三姑爷：“你们把妹妮送到医院，医生怎么说？”

“现在最重要的就是想办法弄到药，妹妮才能得救。医院的药全被日本鬼子抢走了。”三姑爷把情况都做了说明。

“我可怜的妹妮，你是那么听话，那么懂事，那么可爱，为什么菩萨不能保佑你？这可恶的日本鬼子，自己家里不待，跑到人家来抢，你这抢了我妹妮的命了。”娘一边哭一边骂着日本人。

“五华山这边有新四军，问问他们有没有？”三姑爷试探地说。

娘含着泪说：“上哪儿去找他们？”

娘和三姑爷急得束手无策时，唐开春和谈玉礼来了。娘突然高兴起来，吩咐赵爸给他们倒茶。唐开春说：“兰英姐，刘大林副团长过江时，一再嘱咐我们要保护好群众。”

“我刚刚从奎湖过来，有可靠情报，日本鬼子可能在10月底要进犯南陵。我来通知谈保长，做好防范准备，顺便来看一下你。”谈玉礼说。

“谢谢大兄弟的关心。我有个事想求你俩帮个忙。”娘把妹妮生病的事简单地说了一遍。

唐开春思索了片刻，说：“妹妮的病已进入高度危险期，必须今晚救治，过了明天，可能就来不及了。到江北新四军医院，来回要三四天的时间，五华山这边新四军游击队的经费都是自己筹措，药品很短缺。”谈玉礼急得直打转。

今年(1944年)3月29日，国民党军一四四师代理师长张昌德部正式投降日本，被编为“皖南独立方面军”，设“皖南特别行政区长官公署”进驻南陵县城。张昌德自任中将司令，司令部就设在徐家大屋。

唐开春忽然想起菊花，说：“张昌德在日本的支持下，进驻南陵，肯定有药品储备。他在盛桥老虎头建了一座碉堡，派了一个连的兵力轮流放哨，经常到盛桥查访。他一到盛桥必到菊花茶馆吃饭，菊花和他比较熟。张昌德也听说菊花的表妹夫刘大林是新四军的副团长，现在又是国共合作时期，他对菊花不敢怎么样，菊花有什么要求，张司令还是愿意帮忙的。”“你的意思是找菊花帮忙弄到药？”谈玉礼问道。于是，赵爸搀扶着娘，和唐开春、谈玉礼、三姑爷一行人摸黑来到盛桥找菊花。

这天晚上，张昌德司令也得到通知，日本鬼子要进占南陵。他提前到盛桥查访，从老虎头碉堡过了一趟，就来到菊花茶馆要了个包厢吃饭。

唐开春在盛桥路上对同来的赵明才说："我们是茨山庵抗日小组，群众有困难我们要帮助解决。"他们来到菊花家门口，因为门口有哨兵站岗，进不去。赵明才就转到屋后厨房的窗口，见菊花正在炒菜，就轻轻地喊了声："菊花姐。"

菊花听见窗外有人喊，回头一看是赵明才，连忙放下锅铲，叫来肖明继续炒菜，自己从后门溜出来。

菊花跟着赵明才来到隔壁的小巷里，凑前一看，一把拉住娘的手，说："兰英姐，这个大黑天，你还挺着大肚子，摸这么远的路到我这里有什么要紧的事?"

唐开春就把妹妮得了脑炎，急需治疗的事跟菊花说了一遍。菊花沉思片刻说："你们在这里等一会儿，我来想想办法。"

菊花转身回到厨房，端上一碟花生米，还没到包厢门口就哭起来，边哭边用围裙擦眼泪。司令张昌德看见菊花突然哭得如此伤心，就问怎么回事。菊花边哭边说："刚才我娘家来人报信，我姐六岁的女儿，活泼可爱的，不知怎么得了脑炎，快要死了。这上哪儿去弄药?"

张昌德的一位李副官听了，说："我们司令部卫生室可能有药品。"菊花一听，他们司令部有药，马上央求张昌德说："你是菩萨，快救救我那可怜的侄女。"

张昌德这时端起一杯酒一饮而尽，放下杯子又夹了一粒花生米送到嘴里。"李副官，司令部卫生室确实有药吗？就是有，那也是战备物资啊。"张昌德明知故问道。

这时菊花哭得更厉害了，菜也没心思烧了，眼看桌子上就没有菜了。张昌德这才放下筷子说："李副官，既然司令部有药，那你就取一支来给菊花，虽然是战备物资，老百姓的命也要救啊。"

李副官想想，盛桥离南陵县城有十里路，来回要跑二十里，又没车，这个苦吃大了，就说："司令，您批个条子，让菊花家里人自己去取。"

张昌德说："那也行，你去取笔和纸，我来写。"李副官从公文包里拿出纸和笔，递给张昌德。张昌德写好后签上自己的大名，折叠成小方块，递给了菊花。

"肖明，快把炖老母鸡端上来。"菊花边喊边从后门跑出来，把条子用布包好，递到娘的手里，说，"兰英姐，这下妹妮有救了，快去拿药。"

娘又把布包和小马灯递给唐开春："大兄弟，就劳驾你和赵明才、谈玉礼陪三姑爷去拿药，送到医院，救我那苦命的妹妮。"娘说完又哭起来。

他们一路小跑来到县城，大半夜的街上又没有路灯，一片漆黑，死一般的寂静。唐开春拎着小马灯从西门找到东门，又从南门找到北门，才在北门小猪行的对面发现了挂有"师部卫生室"牌子的房子。卫生室里面黑灯瞎火，没有人值班。三姑爷知道再拖延下去，小妹妮真的没命了，但又无计可施。

十月是收获的季节，各种农副产品纷纷上市，本应交易活动频繁，但南陵县城到了太阳挂屋头时，街上只有三两老头老太拎着马桶往大街上的排水沟里倒粪便。城里的姑娘都在离城较远的乡下找人嫁了，小伙子也投靠乡下的亲戚，帮忙种田去了。一个三国时期就建立的，周瑜为第一任县令的繁荣的春谷县（南陵县），现在整天没有车辆来往，没有闲步街头的人群，没有商品交易，没有灯红酒绿。原本一座古老而又朝气蓬勃的城市，如今变成了一座死城。

看到自己的县城如此凋零破败，他们悲从心起。忽然对面小猪行开门了，走出一个老头。三姑爷连忙走过去问："请问老人家，这个卫生室的人什么时候上班？"

小猪行的老板是个瘦老头，人称老瘦，如果称一称，老头只有六十斤出点头，确实很瘦。他说："这个卫生室，只有其牌，没有其人。五十二师才挂牌时，是有几个卫生员来过，老百姓也来看病，都以没有药为由而被拒之门外，后来就关门了。日本鬼子来时，也砸门进去看过，什么也没有，就走了。"

唐开春他们三个年轻人也来到小猪行门口。谈玉礼问道："老人家，张昌德的司令部在哪儿？"实际上，"皖独"的司令部，就在县医院斜对面的徐家大屋，中间隔一条马路，因为徐家大屋大门朝南，背靠着马路，牌子挂在前大门上，所以他们找不到。

“我是开小猪行的，哪里知道这些大人物的事?”猪行老瘦说。

三姑爷说：“我们到医院去看看妹妮，再问问医生司令部在哪里?”他们刚走进医院时，就听到三姑边哭边喊：“妹妮快醒醒，妹妮快醒醒。”看门的老头医生听到哭声，快步来到病房，一看妹妮已昏迷不醒，再翻开妹妮的眼睛，瞳孔已经放大。有诗《急救》曰：

最爱鲜花眼不睁，抱怀喂水两腮红。
送医急救无汤药，一命难求战火中。

谈玉礼他们还抱着一线希望，拿出张昌德的批条给医生，说这是驻南陵张昌德司令亲自批的条子，同意给药救妹妮。看门的老医生接过唐开春手里的纸条一看，惊呆了说：“这是一张抓捕你们的字条。”原来字条上面写着“送字条之人，疑是新四军。因缺药谎称小孩生病，见之即抓。张昌德亲笔”。

因为救妹妮的时间紧急，又是晚上，他们没有看纸条上写的是什么。

三姑爷说：“好险哪，这是菩萨蒙了你们的眼睛，如果真的找到了司令部，把你们抓起来，不是新四军也是新四军，非死不可。要是你们出了事，我们怎过得去?”谈玉礼、赵明才顿时满腔愤怒，唐开春撕碎纸条撒向臭水沟。

忽然，病房里传来三姑的哭喊声：“妹妮！ 妹妮！”老医生走进来，摸摸妹妮的脉搏，又把手指放到妹妮的鼻前，然后拿起妹妮的一件外衣盖在妹妮蜡黄的稚嫩的小脸上。

唐开春、谈玉礼、赵明才看到这样一条鲜活的小生命被战乱夺走了，个个泪流满面。三姑爷用带来的破被单，把妹妮裹起来，唐开春抱着走在前面，其余人在后面跟着向茶林走去。

“日本的侵略，使我们多少民众失去信心，懒的更懒，赌的非要倾家荡产，更让人揪心是生病没有药医。”他们含泪掩埋了妹妮后，唐开春感慨地说。

第十章

益福失亲三妈做鞋
赵爸买布后桥遇险

三姑来到茨山庵赵爸家，娘知道妹妮病故后，叹了一口气说："这个茨山庵的菩萨，只让人烧香，不替人办事。"然后，一阵昏厥瘫倒在地上，脸色苍白。

赵爸和三姑急忙上前把娘扶起来。这时，娘牙关紧咬，满脸大汗，半天才吐出一句话："这个丫头又投胎来了。"

这天，我失去了妹妮姐姐，但娘又给我生了个妹妹，说是妹妮又投胎来给娘做伴，叫我哥哥了。

三天之后，娘叫我进房看妹妹。我抱起襁褓中的妹妹，轻得像个丫丫葫芦，闭着带有血色的小眼。"小妹！"我一声喊叫，小妹一惊，向我瞄了一眼，又紧闭上眼睛。娘说："小妹虽然不算宝，我们就把她当'宝'吧，再带娘名字中一个'英'字，就叫宝英吧。"

益福八岁了，跟奶奶过，剃着小偏头，穿着粗布小白褂，外罩一件粗布大褂，下穿一条大腰黑裤，脚穿一双他父亲留下的鞋，脚小鞋大，拖着走路。虽然鞋不合脚，但人不失机灵。他也跟我进了娘的房看妹妹宝英。他从我怀里抱过妹妹，还跟她说话："小妹妹，你看这个太阳又红又亮，可惜到处有枪声，你为什么不躲着要跑出来？"

娘坐在床上，注意到了益福的脚，眼泪又簌簌地掉下来。心想，益福也是个苦命的孩子，这么小就失去父亲，娘又改嫁到很远的地方去了，奶奶老了，眼又花了，缝补都看不见了。娘看着益福，起身下床，接过益福怀里的宝英，放到床上，转身蹲下来，用手量了量益福的小脚。

我们看完小妹妹出来，娘就忙开了：先找到笋衣剪成益福脚大小的鞋底，然后又找来些零星的破布片用米糊贴满笋衣的两面，每面贴了三层后，铺上刚刚摘来的棉花，再用为宝英出世做的新衣剩下的布角，蒙在鞋底的表面。娘又找来麻线纳起鞋底，半个月后，一双密密麻麻布满针眼的鞋底纳好了。

这时，娘将晒麦子的圆形大篾扁拆开，剪成鞋帮的样子，在里面铺上黄表纸，再将铺鞋底剩下的碎布片，用米糊一块一块地贴在黄表纸上，贴了好几层后，晒干做鞋帮。

娘不舍得用王安葆和刘大林丢下的两块大洋，拿出益福大姥姥包给宝英出世的喜钱，叫赵爸到县城十字街那家老布店买一尺半黑洋布做鞋帮面。

赵爸说："现在都怕日本鬼子，哪个还敢开店卖布？"

"十字街那家卖布的店主老鲁很仁义，他认识我。你从后门去找他，就说是我叫你来找他的，就说冬天到了，我家的孩子都打着赤脚，想找你匀尺把布给孩子做双鞋过冬。"娘说。

第二天一大早，赵爸在家用开水泡了碗饭吃，就往县城赶。当他快到后港桥时，就见几个当兵的扛着枪在盘查。赵爸就问从桥那边过来的人，才知道是"皖南独立方面军"的兵，主要是查有没有人带枪进城。赵爸听从城里过来的人说东门、龙门桥、后港桥都设了卡，心里想：反正我又不是新四军，身上又没有枪，怕他什么。于是，就挺着胸过桥。当兵的看见赵爸，一脸蜡黄，空着手，问都没问，就让他过去了。

赵爸径直来到十字街，从小南街穿过去，按娘说的敲开了老鲁的门。老鲁从门缝里看了看赵爸，问道："你是什么人，来找我有什么事？"赵爸就把娘叫他来的原因说了一遍。老鲁听说是茨山庵兰英家来的人，非常客气，马上让赵爸进来，又叫人倒茶。

老鲁说："兰英这个女人贤惠漂亮，我每次挑着小货担子下乡时，总是在她的稻场上坐一会儿休息。兰英马上从家里倒碗开水给我解渴。看到她的遭遇让人心酸。那时，我真想把她带到街上来找个婆家，可她就是不愿，说什么自己从小是人家养大的，不能白吃人家的饭。这倒好，被人给赌了卖了，又被你这个病鬼买了。兰英的命哪有这么多的不幸！”

赵爸说：“我虽然有病，但我对家庭是负责任的，会尽我最大的努力让她过得好。”

“你比那个赌鬼是要好得多。”老鲁说完转身进屋，搬来一匝黑洋布说，“这布不是我藏得紧，早就被抢走了。”

赵爸说：“兰英只要我扯一尺五做鞋。”

老鲁说：“日本鬼子马上要进城了，这布就更难搞了，还是多带几尺回去，大小人都做双鞋。”

“我没带那么多的钱。”赵爸发愁了。

老鲁说：“这是我送给你的。”他先扯了一尺五，然后又扯了四尺，能做几双大人的鞋。赵爸把那一尺五的布折起来塞在鞋肚里，把那段四尺布围在腰上，用大裤腰的裤子包住，再用布裤带子扎紧。有诗《老鲁》曰：

肩挑货担当商贾，交换桑麻人不欺。
国难当前家有难，送纱共度雪霜期。

赵爸谢了老鲁的关心，走出小巷。这时已接近中午，赵爸赶到后港桥时，当兵的已换了岗，有个当官模样的带着四个兵，守着入桥口，好像更严了。

赵爸像来时一样过桥，这下被拦住了。其中一个当兵的要搜他身，赵爸急了，两手使劲把腰护住。他越捂腰，当兵的就越知道有玩意。当官的上前解开赵爸的裤腰，果然发现腰上围了四尺黑洋布。赵爸好像见过这个当官的，使劲地想，终于想起来了：那天晚上，到菊花家找菊花搞青霉素给妹妮治病，从窗外看见他陪司令张昌德在盛桥菊花家吃饭，还听见有人叫他李副官。

李副官说：“把他捆起来，跟我到司令部去。”

然后一个兵押着赵爸，另一个兵把搜出的黑洋布一头挂在刺刀上，在街上边走边喊：“我们抓住一个给新四军送布的新四军。”他们从北门城墙头上走，再从北门进街，一路喊到十字街。老鲁听到喊声，赶紧从小巷出来，一眼就看到赵爸被抓了。老鲁就跟他们来到西门徐家大屋。“皖南独立方面军”的司令部就设在徐家大屋的后厅，指挥部设在徐家大屋前厅。张昌德见抓到个新四军，非常高兴，这是近期的巨大收获，要李副官亲自当众审问，过后还要嘉奖。

“你叫什么名字，是不是茨山庵那边五华山的新四军游击队派你来的？”李副官看了看四周的人群，威严地说道。

“我叫赵玉发，不认识五华山的新四军。”

“有谁证明？”

“盛桥茶馆的老板娘菊花。”

“你讲那老远的人认识你有什么用，就现在有没有人证明你不是新四军派来的？”

“没有。”

“那就按新四军论处。”李副官严厉地说。

赵爸有点害怕了，这个世道杀错人又不犯法，说你是新四军就把你杀了，家人还不敢来收尸。这回我要做冤死鬼了。

正在这时，老鲁从人群中站出来说：“我可以证明。”

“你是什么人？是不是一伙的？”李副官问。

“我就是本街上人，姓鲁，左右邻居都可以证明我不是新四军。”

“那你说说，他是什么人？”李副官问。

老鲁说：“他是我乡下的一个朋友，他家里太苦了。冬天来了，老婆孩子都没有鞋穿。这不，我从家里的箱子拐找到一块布送给他。”老鲁不敢说自己是开布店的，更不敢说布是他卖的。老鲁停了停又说：“你看他，虽然年纪不大，但黄痨病缠身，新四军要他干什么？他愿意马上参加你们的队伍，你接收吗？”

李副官看看赵爸，是有黄痨病，心里有点害怕起来，因为刚才在后港桥上抓过他的手。现在又没有任何证据证明他是五华山新四军派来的，如果再扣押他，让外界知道了，说我们连无辜群众都逮。李副官想到这里，嘴对门外一歪，做了个放人的动作。

老鲁看出了李副官的意思，急忙上前把赵爸手上的绳子解开，顺手拿下枪头上的黑洋布塞在赵爸的怀里，说："快回去，你那坐月子的老婆在等你回家给孩子洗尿布呢。"

赵爸走出西门徐家大屋，又回头进去要李副官写了张条子，挂在胸前，让每一个岗哨的哨兵知道，他是被抓错的。后港桥站岗的看到赵爸，老远就问："你刚刚被抓进去，现在又回来了，是不是逃出来的？"

赵爸指了指自己的胸前，站岗的看了看赵爸胸前的纸条，上面写着："因为有传染病，被新四军遗弃的人。"站岗的捂着鼻子，摆摆手。

赵爸回到家，太阳已下山了。娘问："你怎么这么晚才回来？"

"还算回来了，不是老鲁，差一点就被'锤子'逮去，当新四军枪毙了。"赵爸一屁股坐在大门槛上，上气不接下气地喘着。娘倒来一碗水，赵爸一饮而尽，然后把经过说了一遍。想不到，为给孩子做双鞋过冬还经历了这么大的风险。

第二天，吃过早饭，娘让我去把益福叫来，让益福来试试鞋，正好合脚。益福惊讶地问："三妈，这是您为我做的？"

"是啊，可怜的孩子，冬天到了，一双鞋都没有。三妈专门为你做双鞋，让你穿着虎头虎脑。"有词《好事近·做鞋》曰：

霜染叶摇红，大雁鹏程南落。赤脚怎随冬去，看针飞茅阁。

亲离欲问在何方？此后不如昨。唯有半行关爱，让少年欢乐。

"谢谢三妈！"益福高兴地抱着新鞋去告诉奶奶。赵奶奶看了鞋，感动得热泪盈眶，拄着拐杖来到娘这里说："兰英啊，月子里是不能做针线活的，难为眼睛，也难为手。你不顾自己的身体，还给益福做鞋，我真的不知道怎么感谢你了。"

"都是自家人，能关心到的，就尽力吧。"娘说。

"唉，我家赵玉发有你这样的好媳妇，是上辈子积的德，可惜玉发福分太浅啦。"赵奶奶说着流下了泪。

第十一章

永林溪忽见陌生人
长林保防进鬼子兵

正在这时，保长谈启发和刘宗芳来了。赵爸连忙搬出板凳放在门口稻场上，请他们坐下。赵爸还要泡茶，被他们拦住了。刘宗芳大爷说："我到泾县的一个宗家那里住了一些日子，今天刚回来经过你家门口，就想来看看。这不，在后面的大路上遇见了谈保长。"

"我走家串户，是通知你们，准备跑反。据可靠消息，日本鬼子要从奎湖进驻南陵。"谈保长说。

"今年春上，日寇侵犯南陵县城，新任县长王建五逃亡至三里店、烟墩。日军先后两次掠走大量物资后弃城而去。"刘大爷说。

"县政府为防事变，将档案文卷捆扎成挑，逃亡时枪兵押送。为防日军空袭，还临时移到香油寺办公。"谈保长说。当时南陵的下东、北乡，几乎成为沦陷区，敌伪人员进进出出，各种势力盘根错节，情况复杂。县政府根据情况，成立了三个军事组织，即：下东北六乡联防中队，任命张道政为队长；上东六乡联防中队，派县政府指导员周组吾为队长，后改为南陵县东北乡办事处，周组吾任办事处主任；三里、戴汇一带的联防中队，由童村区长张如飞兼任队长，后撤销区的建制，改设三、四两个联队，以方佩玉、邓铁峰为队长。这些地方武装，名为协同乡保推行抗日工作，维护社会治安，实则增加人民负担。

娘听外面有人说话，走了出来，看见谈保长和刘大爷都分别打了招呼。赵爸说："她为我添了个闺女，让我当爸了。"

“闺女好，闺女好。”刘大爷对娘说，“我从泾县回来，就想起你，特意过来看看，目前还能过得去？”

“没有日本鬼子的侵扰，穷日子慢慢过是能过得去。这不日本鬼子又要来了。”谈保长烦恼起来。

正在这时，菊花气喘吁吁地跑来了，见谈保长和刘大爷也在这里，说：“我听说日本鬼子侵占南陵后，可能要扫荡长林保，准备跑反。往哪里跑安全？”娘连忙端条小椅子，牵着菊花的手，让菊花坐下。

刘宗芳说：“日本鬼子害怕新四军，新四军在哪里住过或打过仗，一般情况下，他们不轻易侵犯那里。”

谈保长对菊花说：“刘大爷的意思是说，新四军在繁昌峨山头打败过日本鬼子，五华山又有新四军在打游击。茨山庵又靠近这两个地方。”

“菊花，你跑反，就往茨山庵跑，离我家又近，来我家我俩还能聊聊天。”娘拉着菊花的手说。

“我先躲进茨山庵庙里，求菩萨保佑我，真保不住，我就躲到兰英姐的床肚底下。”菊花说。

“地藏菩萨知道日本人要造‘恶业’，所以就托梦建茨山庵，普度你们这些众生。刘大爷说得对，鬼子一来，你就躲到茨山庵的菩萨后面，再把你两个孩子塞到菩萨肚子里。万一被日本鬼子搜到了，就说自己是菩萨的老婆，两个孩子是菩萨生的，有可能躲过一劫。”娘打趣地说。

“昨天，我茶馆里突然来了五个年轻人，个子不高，都穿着便衣，腰里都鼓鼓的，脸上布满杀气，其中一个戴眼镜的说话，听口音不是本地的。我们说‘高瓜’炒肉丝，他说‘茭白’炒肉丝，其余四人从进门到出门都没有说话。吃完饭，那个说话的年轻人问我，去紫山岭怎么走？”菊花说。

“我听说，这是日本人准备侵占南陵，在‘皖独’的配合下，做的前期侦察，以便全面准确地掌握新四军的活动情况。”刘大爷说。

“我也听何老三说，昨天有几个年轻人，沿着永林溪一直往上走，他们见到任何人都不说话。几个人远远看到菜坝埂边两人合抱的大枫树时，还想象枫树到了秋天时，叶红如霞，映红浮云的场景，个个脸上露出喜悦的笑容，边说着什么边兴冲冲跑向枫树。”谈保长说。

“这几个人，最爱秋天的枫叶？”刘宗芳好奇地问。

“何老三还告诉我，其中一个戴眼镜的年轻人指着枫树问他，那是不是红枫，到了秋天枫叶就红了。他说是。一个矮矮的人兴奋得叽里呱啦地朗诵着好像是唐诗。戴眼镜的人听完，用中文也朗诵起唐代杜牧的《山行》——远上寒山石径斜，白云生处有人家。停车坐爱枫林晚，霜叶红于二月花。他们向往金秋十月永林溪美景，都说这就是杜牧《山行》诗中的景色，杜牧肯定来过，个个兴奋得忘乎所以。”谈保长说，“实际上还有个诗人，写了一首描写永林溪的诗，还没有传出，日本人就侵略过来了。诗《永林溪》曰：

稻谷钩沉一片香，清溪飘逸岸花黄。

风弹红叶鱼听曲，弯里炊烟煮杜康。”

“这首诗更具特色，把永林溪的景色描写得淋漓尽致。”刘宗芳大爷说。

菊花说：“昨天晚上，那个谢连长在我茶馆里吃完饭走后，唐开春、赵邦发、赵明才来到茶馆，说他们在菜坝抓鳖，也看见了这几个人。”

娘说：“昨天傍晚，我出来收尿布，遇到唐开春来还我茅镰刀，说这几个人见到唐开春他们戴着草帽，穿着蓑衣，躲在大枫树下抓鳖，掉头就向赵村走了。这几个人可能是日本鬼子的侦探，他们认为抓鳖的是新四军的侦探，才跑的。”

刘宗芳分析说：“这几个人可能就是日本鬼子的侦探，从奎湖到南陵沿着永林溪侦察，看看紫山岭南边有没有新四军。”

“根据唐开春、赵明才的反映，日本侦探也把他们当成了新四军的侦探，吓跑了。据我判断，沿着永林溪，越往上越安全。”谈保长说。

“兰英姐，你这里是永林溪的上游，是不是也算安全？”菊花问。

“像你这样漂亮的老板娘，到哪里都不安全。”赵爸取笑道。

“今天跑反，我就往你家跑，我不怕你。”菊花瞪了赵爸一眼。

“日本鬼子进驻南陵，要扫荡长林保，我还有十几户没通知到。我要赶快去通知，藏好粮食，准备跑反。”谈保长说完转身走了。

“我也要去泾县投奔宗家。兰英，看到你比以前好一些，你大爷和大婶就为你高兴。”刘宗芳转身也要走。

“这大老远的来了，吃过中饭再走吧？”

娘挽留道，刘大爷边走边摆摆手。菊花也回家带孩子去了。

这时，赵家大姥姥来了，六岁的锦屏屁颠屁颠地跟在后面跑着。娘急忙迎上来，抱起小女孩，说：“锦屏，来看小妹妹的吧？”

锦屏点点头，“嗯。”然后跑进房里，扭扭宝英的小鼻子，要她喊姐姐。

赵家大姥姥，就嫁在上马石徐家，大姑爷徐义昭勤劳厚道，家有几亩良田，不是日本鬼子来了，日子也算过得平安。娘坐月子，大姥姥忙前忙后。她心里知道，自己的三弟有病，亏待了兰英。所以，她这个做大姐的要多跑跑，家里缺什么，总要从自己家里带来。日久见人心，娘也就把大姥姥当作自己的姐姐了。

这不，日本鬼子要来了，又要跑反了，大姥姥第一个跑来，要娘抱着宝英往她家里跑。娘说：“你家与我家只隔两里路，我前头跑到你家，后面日本鬼子不就到了。我还是先待在家里看变化吧。”大姥姥心里想，这倒也是。于是，大姥姥每天都要来墩山路听风声。

第十二章 风景优美小关描绘 物产丰富大佐赞叹

日本侦察小分队队长小关，在南陵做了前期侦察后，回芜湖报告给日军驻芜湖司令高品大佐，说："我们侦察小分队，从奎湖经南陵县城到盛桥往北一路顺畅，没有遇到新四军。"

"你说说那里有什么特点？"高品问道。

"风景优美。永林溪水流清澈，溪两旁的枫叶到了秋天，如早上的红霞，映红溪水，又像姑娘的红丝巾，镶嵌在一片金黄的稻谷中间，弯弯伸向紫山岭，犹如一幅山水画，挂在天边。"小关绘声绘色地描绘着。接着他又说："唐代的诗人杜牧可能去过，还写了诗《山行》。听说现在又有个诗人，也写了诗《永林溪》，读了让人回味无穷。等我请个书法家，书写出来送给你。"高品大佐兴奋地看着窗外，朝天伸了伸双拳，说道："哟西，哟西。还有呢？"

"物产丰富。永林溪主要种植的麻壳仙，煮熟酥软可口，吃了以后，让人难以忘记。"有诗《麻壳仙》曰：

外壳虽麻米似珠，晶莹剔透更清酥。
香闻百里招来客，一碗刚盛又唤呼。

"哟西，哟西。"高品大佐揉揉肚子，好想马上就吃上麻壳仙。小关接着说："到下半年，我们在茨山庵就能吃到谈家村的荸荠。据说谈家村荸荠的特点是大而圆，颜色鲜红，甜而细腻。清朝时，谈家村的荸荠是贡品啊。"

“以前，谈家村每年都要向皇宫进贡荸荠。这一回，谈家村要向我进贡了。”高品大佐高兴地说。

小关接着说：“永林溪还有山芋粉丝，更好吃。这种粉丝，是在山芋洗出的最优质淀粉里加入少量苏打和明矾，加水揉匀，然后捏成小团放进有许多小眼的漏瓢里，用拳头捶击，瓢底就漏出细丝，进入开水锅煮熟捞起来，挂上架子由风吹干。这种粉丝下在锅里也晶莹剔透，久煮不断，口感爽滑。”

高品大佐听后，转过身抹了抹口水，回过头连连说：“哟西，哟西。”

“还有盛桥茶馆老板娘菊花，既年轻又漂亮，是烧美食的能手。尤其是做的老母鸡炖粉丝，味道更是美绝了。”

“哟西，哟西。还有会做美食的，口福，口福。”高品大佐连连赞叹。

小关又说：“我们在永林溪东边的小山上，看见一个小男孩在割草，他叫益福，脚上穿了一双手工做的布鞋，既美观又结实，穿在脚上舒服养脚。问他是谁做的，他说是他三妈做的。”

高品大佐听后，低头看看自己的脚上天天穿着的深筒皮靴，晚上也没有一双布鞋换脚，说：“让她也给我做一双。”

“还有一个姑娘叫赵莹，今年十六岁，一米七的高挑身材，梳着两条长辫，柳叶眉，两只水汪汪的大眼睛忽闪忽闪，好像会说话。樱桃嘴，一笑起来，两排洁白整齐的牙齿，让人看了就喜欢。还有诗人写词赞美她。”小关描绘着赵莹的美丽，然后又朗诵了词《深院月·少女》：

“花有露，月当楼，令色红酣岭外州。
春到夜长难入寝，一生谁与渡金秋。”

高品大佐听后，坐不住了，一拍桌子，对小关说：“你马上带一个分队，从奎湖进驻南陵，安排好我的住处。把那个赵莹也接到我的住处，等我进驻南陵。”

小关一个立正：“嗨咿。”

1944年4月14日，日本侵略军侵占南陵县城。因为南陵有“皖独”张昌德司令的驻守辅助，高品大佐就派了一个日本小队来，任命小关为队长。

小关记得去年10月底，自己率领日军六十余人，由奎湖街向南陵进犯。当他们进入阮村渡时，受到堵截，后被击退，还被俘走两人。小关当时回到芜湖，报告大佐高品说："我们到阮村渡时，受到五十二师官兵猛烈阻击。算我们逃跑得快，不然我们六十多人一个都回不来。我们有两个士兵被一个叫谈玉礼的拖到奎湖里去了。"

高品大佐气得直骂，而后对小关说："你现在前往南陵县城，拿着我的手令去见张昌德，要他立马来芜湖见我。"

小关和翻译黄达生来到司令部。小关跷起二郎腿坐到藤椅上，只嚷嚷，要张昌德来见他。正在这时，张昌德走进他的司令部，见有来人，疑惑地转头看看李副官。

"报告司令，小关要见你。"李副官急忙立正行礼报告，并指向坐在藤椅上的小关。张昌德听完报告后，转身一个立正，向小关行了个军礼。小关仍然架着二郎腿坐在藤椅上，从上衣袋里掏出高品大佐的手令交给张昌德。

张昌德急忙弯腰接过来看完后，回头喊道："李副官，快准备条船，天黑时，我们从漳河坐船到芜湖。"

天一黑，他们从北门龙门桥登船，秘密来到大佐高品在芜湖的军事指挥部。

张昌德一进门，大佐高品就问："去年五十二师，阻击我军进入南陵，谈玉礼还掳走我两名士兵，这个人逮住了吗？"

"大佐阁下，勿急，我们正在抓这个人。"

"混账。"大佐高品一拍桌子，站起来问道："到现在，这个人还没抓住，我们进占南陵，安全有保障吗？"

"我们那两个士兵呢？"小关问。

"报告大佐，谈玉礼把你那两个士兵逮住，送给了五十二师。"李副官弓着腰低着头。

"那个谈玉礼是不是新四军？"大佐问道。

"他是奎湖的抗日积极分子，不知道他现在是不是参加了新四军。"李副官说。

高品大佐一听怒发冲冠，拔出枪对着李副官说："混账，你们就不能给他扣个新四军的帽子，把他枪毙了。这个谈玉礼不是新四军，也是个新四军，你们不抓，你们也私通新四军。"

张昌德见大佐怒视着自己，吓得浑身冒汗，急忙解释道："大佐请明察，绝对没有，我们对大日本帝国忠心耿耿。"

高品大佐转念一想，我们进占南陵，还要利用他们，便缓和下来说："今天给你们一个立功赎罪的机会，我们进占南陵，前期先给我准备好。在这件事上，就看你们的努力，否则……"

张昌德连忙说："大佐放心，我一定办得让您满意。"小关领着张昌德和李副官走出大佐的指挥部，送他们上了中山桥下的一只小船，由青弋江划向漳河回到南陵司令部。

今天，小关率军正式进驻南陵，要张昌德立即召开师级以上干部会议，部署任务，并要尽快抓捕疑似新四军的谈玉礼。李副官汇报时强调："我们把抓捕的重点放在长林保，长林保的保长谈启发是谈玉礼的宗家。我们同时对谈启发保长实行监督，如有窝藏不报，也把谈保长作为新四军论处。"会议还讨论了如何迎接日本大佐高品进城，同时还研究了其他事项。

张昌德司令特派李副官亲自蹲点盛桥老虎头碉堡，帮助谢连长征粮、抓捕新四军以及谈玉礼，还每天都派人到谈家村监视。

长林保的人记得，去年10月底得到消息，由于五十二师在奎湖阻击了日军的进犯，谈玉礼又趁机逮住了两个日本兵，迫使日军暂时取消了进占南陵的计划。菊花听到这个消息高兴得跳起来，带着女儿肖欢和儿子肖贺一道回家。娘带着我送他们走到墩山路小桥的一棵大枫树下停了下来，我捡起一片红枫叶送给肖欢姐，肖欢姐把它插在小辫子上，又高兴得要我帮她捡了许多枫叶，扎成一把，真像一朵大红花。她举手插在我胸前的衣缝里，拍着小手说："弟弟戴大红花参军打鬼子了。"

娘那时抬头看了看两人合抱那么粗的大枫树，枫叶鲜红，感叹道："我们的日子要像这枫叶一样红红火火，那有多好啊！"菊花也叹道："是啊，我们的日子有这样红火，肖贺、小旺子也都能念书了。”

可今天，日本鬼子真的侵犯南陵了，而且还不走了。娘又听说小关一进南陵就要抓谈玉礼，高品大佐要来“娶”赵莹，非常着急。

第十三章

拯救中华望妹舍恋 偏遇日寇登门强娶

娘正在为谈玉礼的命运发愁时，唐开春来了。娘一见高兴地说：“大兄弟，今天在这里吃饭。有什么事，吃过饭再说。”娘很快烧好几个拿手菜，端上桌子。娘说：“我们边吃边聊。”

“我今天是受赵邦发的委托来的，他想把自己的妹妹赵莹许配给谈玉礼。他在日伪占领区坚持抗日，巧妙周旋，减少了群众损失，立了大功。赵莹也长成大姑娘了，如果不给她许个婆家，被小鬼子盯上了，不仅赵家不太平，就连长林保都不太平。这不，让我来，请兰英姐你说合说合。”唐开春向娘说明来由。

“这是好事啊，谈玉礼不知道什么时候到我这里来，来了我一定把这个媒做成。”娘开心地说。

娘又望了望唐开春说：“兄弟，你也老大不小了，也该找个姑娘成个家了。”

唐开春笑笑说：“我是个穷苦人家出身，上无片瓦，下无寸土，娶了人家姑娘不能住草堆里吧。现在又是抗战时期，随时都有牺牲的危险，等我们胜利了再说吧。”有诗《责任》曰：

一代青年责不同，挥刀向敌打冲锋。

家乡岂让他人占，血换和平情暂封。

日本人为了报复，经常扫荡奎湖，并且挨家挨户搜查谈玉礼。谈玉礼秘密逃到长林保，一看谈保长家门口有不三不四的人在晃悠，就知道这是“皖独”为防止自己躲到保长家里，正在监督谈保长。谈玉礼无路可走时，想起了兰英姐。娘和赵爸一见谈玉礼就非常高兴，忙把他拉进屋里。赵爸倒水，娘从锅里拿来几个熟山芋，递到谈玉礼手里。

谈玉礼边吃边说：“在奎湖我捉了两个日本鬼子后，张昌德到处逮我。”

“我进城买鞋布被张昌德抓过，他为什么投靠了日本人？”赵爸问。

“国民党将军顾祝同要改编一四四师，张昌德急了，他想投靠共产党，但共产党有纪律必须遵守，他就投降了日本。”谈玉礼回答道。

“盛桥老虎头碉堡里的谢连长经常过来强行收粮收钱，都是为了日本人，如果不交，就以新四军论处。现在种田的，都是原始种法，几千年了都没有改良，又没有肥料，每亩每年的产量只有三四百斤。又要交租，一年的收入，一家人吃饭都不够，家家都穷得叮当响。交不上钱粮，就都当新四军枪毙了。这等于是杀鸡取卵。人都杀光了，来年又有谁来种田呢？旱地就更不用说了，种田没肥料，没人培育新品种，粮食产量低得惊人。”赵爸说了一大堆埋怨张昌德的话。

“你们不用急，等抗战胜利了，我们先办好教育，培养更多的人才，科学兴农，科学兴国。到那时家家稻仓都是满满的，钱袋子都是鼓鼓的，孩子都念书读大学。”谈玉礼向赵爸描绘着将来的美好。

娘说：“他们抓你，就在我们这里躲一躲。唐开春来过我这里，说赵邦发想把妹妹赵莹嫁给你，让我给你牵线搭桥。我正愁着到哪里去找你，这不，我前头愁，你后头就来了。我看这姻缘已成功了一半。我去过赵邦发家，赵莹姑娘跟我很投机，现在是大姑娘了。”

“可是……”谈玉礼听了反而为难起来。

“可是什么？赵莹这个漂亮的姑娘，你不把她娶了，难道送给日本鬼子？盛桥老虎头碉堡的谢连长对赵莹早已垂涎三尺。如果不是日本高品大佐指定要的人，早就被谢连长占去了。”娘已看出赵莹姑娘的处境很危险。

“现在是战争年代，为了抗日，我可能要流血牺牲，不能让年纪轻轻的赵莹姑娘成为寡妇。”

“你和唐开春说一样的话，你们这一代青年为了我们这些受苦人，把自己的性命都赌上了。小旺子，他们这种精神你可不能忘啊！”娘望着我说。

“大兄弟，你娶了赵莹，可能也挽救了赵莹。”赵爸劝道。

谈玉礼想想也是，在这个社会，一个美丽的大姑娘的命运总是悬在火头上，结婚对她们来说也是一种呵护，于是说：“我听兰英姐的。”娘看谈玉礼表了态，急忙叫赵爸带着谈玉礼去告诉赵邦发。

这是接近冬季的一个月头，月牙刚刚从半空中和星星照了个面，就羞羞答答地隐藏到戴公山的背后躲起来了，只有启明星在黑幕中挣扎。

赵爸和谈玉礼趁着星光走进赵莹的村子。走近赵莹家门口时，发现有两个背着枪的影子，在大门口微弱的蜡烛灯光下来回晃动，屋里也有许多人在走动。

谈玉礼谨慎起来，拉着赵爸隐藏到邻居的屋角边，观察动静。由于距离较远，听不清里面的人说什么。于是他俩又绕到赵莹家屋后。赵莹家三间房子是用泥和水拌匀后，揉成团，垒到半人高，然后用竹竿卷起草棍，插在下半截泥墙上支撑上半截墙，能隔风，但不能隔音，这叫草帘墙。

赵莹家的后墙迎北，已是深秋，晚风刮来，有点寒冷。赵爸身体有病受不了，躲到背风的角落里了，只有谈玉礼趴在半截土墙上，侧着耳朵贴着草帘听着。

“李副官，今天光临寒舍，有何贵干？”这是赵邦发的声音。

“听说贵府，有个妹子，叫赵莹，已长成一个人见人爱的大姑娘了？”一个阴阳怪气的声音传来。谈玉礼判断，这个讲话带有四川音的人肯定是李副官。

“你怎么有闲工夫关心起我家妹子来了？”赵邦发的语气毫无感情。

“我想为你妹子做个媒，让老阎王在我的阳寿簿上添个十岁，不知贵府给不给面子？”谢连长说明来意。

“我妹子已有相好的了，这怕给不了面子。”赵邦发直接拒绝了李副官。

“那你家妹子相好的是谁？”谢连长惊讶地问，心想，我天天就在你家门口转悠，只要有青年来，我就把他当新四军逮了，至今没看见哪个青年来过。

“把我介绍的和他比一比。如果各方面条件要低于那个相好的，我立马就走。”李副官提了个难题。

赵邦发正在犹豫时，李副官催促道：“你不告诉我，我去问二老。”

赵莹的父母都是老实巴交的农民，一见谢连长带着李副官进门，立马跑得无影无踪。今天，李副官来为女儿提亲，这件儿女大事，他们都不敢露面，只能让儿子赵邦发来周旋。

妹妹赵莹见有当兵的来提亲，又怕又羞，躲在房里不出来。她也听哥哥提起过谈玉礼，说他是个有担当的青年，想让他做自己的妹婿。

赵莹十五岁那年，谈玉礼来赵莹家找过她哥，但她哥去赵明才那里了。谈玉礼从奎湖走到盛桥已经很累了，就在赵莹家坐下来歇歇。赵莹的爸妈都下了地，赵莹倒来开水递上，问：“你找我哥哥有事吗？”

谈玉礼一边点头，一边看了一眼赵莹。眼前这个小姑娘非常美丽，待人接物是那样的热情，活泼可爱。赵莹看着谈玉礼不但帅气，也非常亲切，感觉在他面前无拘无束。谈玉礼笑着问：“我该叫你什么？ ”

“你就叫我小姨吧。”

“啊，比我还长一辈？你这丫头的黄毛，还没有长全，就想做长辈，那就等着吧。”

“做长辈，还要等什么？”

“等你长大了结了婚，生了孩子，就是长辈了。”谈玉礼的一句话说得赵莹羞得面泛红晕，像一朵开放的牡丹花那样好看。

她低着头，一手抓着长辫放在胸前，右手食指不停地绕着辫梢。赵莹的这一表情和动作，深深地印在了谈玉礼的心中。

“妹妹想不想读书？”谈玉礼问道。

赵莹说：“晚上，我一闭眼，就背着书包上学堂了，坐在明亮的教室里，背着唐诗宋词。一睁眼，学校又不见了。”有词《蝶恋花·梦》曰：

蝶恋花红谁恋著。欲问春风，一阵书声付。绿绕草堂文墨作，孩童此处心倾注。

墨恋纸张长卷负。吟诵诗词，数学还勤务。设计雄鹰云雾吐，穷追倭寇烟为墓。

今天，她躲在房门后面，想静静地听一听，李副官提的亲是谁？是不是谈玉礼？

第十四章 怀抱赵莹扒墙逃脱 夜敲卜门拦路化险

李副官不耐烦地在赵莹家堂屋里来回踱着步，催促说："你快说出赵莹的相好到底是谁？我们还是有礼数的，不夺人所爱。再不说，我就不客气了。"

"你快说。"谢连长也急于知道，哪个青年有这样大的胆子，敢抢我眼皮底下的美女。

赵邦发咬了咬牙，冲出三个字："谈玉礼。"

李副官听后哈哈大笑起来："好呀，你把妹妹嫁给一个疑似新四军的谈玉礼。你知道吗？他是一个逃犯，我们正在捉拿他。"

赵邦发问道："他犯了什么法让你怀疑他是新四军？"

"日本军人'友好巡查'奎湖时，谈玉礼逮了两个日本兵。他不是新四军，敢干这种事？"谢连长拍着桌子说。

"我给你妹妹介绍的这个人是一个军队的大佐，是驻芜湖警备司令部的司令官，一个大官，嫁给了他，不但吃香的喝辣的，还能过东海出国定居。到时，你们全家也跟着沾光。"李副官缓和了语气，笑着说。

"大佐是哪个国家军队的官，他叫什么名字？"赵邦发问道。

"那我就把话明说了吧，也不藏着掖着了，他就是高品大佐。"

赵邦发听了，差一点晕过去，要把自己妹妹嫁给日本鬼子。赵邦发缓了缓神说："他是日本人，在中国杀人放火。你是中国人还要把自己的同胞往火坑里推？"

"你是井底之蛙，看不到外面的世界。日本人胸怀大志，自己的国家繁荣了，还要帮亚洲许多国家繁荣，这叫‘大东亚共荣圈’。他们到中国来，是想帮中国先繁荣起来。中国人不理解，说他们侵略，还用枪打他们。所以他们火起来，杀了几个中国人。”赵邦发第一次听到这样的说辞。

“我这个井底之蛙，曾经闻到一股血腥味，日本人在南京杀了三十万人，血水都流到我的井里了，难道这就是几个人？”赵邦发语气有些愤怒。

“战争嘛，就是让那些不接受日本东亚共荣思想的人死。杀完了，日本就把中国也改为日本了，可以一心一意地繁荣一个大的日本了。”李副官一谈到日本，兴奋得滔滔不绝起来，“我还告诉你，日本不但占领了大半个中国，还占领了马来西亚、新加坡、菲律宾等国家。日本将是亚洲的霸主，你我将来都是日本的子民了。我说这些，就是让你不要耽误了你妹妹的前程，否则，你妹妹会责怪你这个当哥哥的。”

“我妹妹虽然是个农村姑娘，但她知道当汉奸可耻。要她嫁给一个日本鬼子，遗臭万年。这事我们全家不会同意，她也不干。”赵邦发果断拒绝了李副官的提亲。

“你先不要这样武断。我们司令的女儿就想嫁给高品大佐，可惜太小了。我听司令说，等女儿长到十六岁，就让她和高品大佐结婚。介绍你的妹子赵莹和高品大佐结婚，目的是把高品大佐留住，一是以后再娶他女儿，二是利用日本繁荣的经验，来发展繁荣南陵。你妹子跟高品大佐结婚，也就是为我们司令做了贡献，也为家乡做了贡献。”谢连长这是胡说八道，这些话要是传到张昌德那里，非枪毙他不可。

“你就叫高品大佐等司令女儿长大再结婚。想用我妹妹‘救急’，做他的牺牲品，绝不可能。李副官，让你妹妹做这样的事，你愿意吗？”赵邦发反问道。

“我要有妹妹，我要把她嫁给我的下级，他们会听我的命令。”

“为什么不嫁给日本人？”

“我妹妹……”李副官结巴了半天，说，“我现在没有妹妹，有了妹妹可能也不干。”

“那你今天为什么要强迫我妹妹嫁给日本人？”

“这是我奉我们司令的命令。”李副官坐在板凳上，站起来理理军装，说，“没时间跟你多说了，我已经按照我们中国的传统，先上门按礼节提亲。如果不识相，那就来硬的了。这叫先礼后兵。”

“你要抢人？”

谢连长叫来几个端枪的，说：“准备砸门抢人。”

赵莹听房门外谢连长喊砸门，止不住哭泣着跑到床后躲起来。谈玉礼听到谢连长喊人砸门时也吓了一身冷汗，想想前女友荷花被日本人糟蹋的情景，一股热血涌上心头，正想绕回大门，扑上去与李副官和谢连长拼个你死我活。刚转身，忽然听到堂屋的右边房间里有哭泣声，他走过去耳贴草帘墙仔细一听，是赵莹的声音。谈玉礼喊道：“赵莹，赵莹，我是谈玉礼。”

赵莹一听是谈玉礼，连忙将嘴贴近草帘墙，说：“快来救我，快来救我！”谈玉礼用力拔掉草帘墙，把赵莹从半人高的泥巴墙里抱出来，也不放下，就往村外跑。有词《深院月·嫁》曰：

风冽冽，月凄凄，少女婚姻鬼怪提。无奈小家留不住，一缘随与挽弓骑。

赵爸也迅速反应过来，这不是谈玉礼拔草墙救出了赵莹吗？他紧追其后，也消失在夜幕中。赵邦发见李副官要砸门抢人，吓得一身冷汗，一步抢到妹妹的房门前，用自己的身子堵住房门。谢连长对堵住房门的赵邦发说：“今天，有两条路让你选择，一是放着鞭炮，把妹妹送到高品大佐的府上，让高品大佐乐不思蜀；二是抓住谈玉礼，也把你们抓起来，以新四军破坏‘大东亚共荣’的罪名全部枪毙。”

“动手，砸门抢人。”李副官一声令下，谢连长一脚甩出去，门没踢开，痛得哇哇叫。张昌、张德等士兵一拥而上，其中两个士兵分别架着赵邦发拖出大门，张昌和张德同时喊着“一二三”，一脚将房门连框踢倒。

谢连长一个箭步蹿到赵莹的床前，掀开被子，想趁机占点便宜，再送给李副官，但发现被子中空空无人。这时他惊诧地抬起头，发现床后墙上有个大缝，再走近一看，卷草的竹子被拔掉了。李副官紧跟着进了赵莹的房间，发现人跑了。他命令张昌和张德从后墙缝拱出去，分头追人。赵连长来到大门外，把赵邦发捆起来，准备送司令部按新四军论处。

这时，一直躲在墙角的赵莹父亲急了，不能眼睁睁看着儿子让李副官带走，当新四军枪毙了。他偷偷地跑到卜庭芳家，敲门喊道："卜老弟，卜老弟。"因为他们都住不远的邻村，见面都称兄道弟。卜庭芳本想好好睡一觉，明天一早上路，去重庆陪都交通部报道。

"都半夜了，赵兄有什么事？"卜庭芳边起床穿衣边问道。

"那个'皖独'的李副官和这个老虎头碉堡里的谢连长，晚上带着几个扛枪的来到我家，强迫我女儿赵莹嫁给日本高品大佐。我女儿偷偷跑了，他们就抓我儿子赵邦发，说他私通新四军，正准备送到小关那里。"赵莹的父亲焦急地说。

卜庭芳听后赶紧穿上军服，拎着马灯，往赵家赶。

李副官绑着赵邦发刚走出村口，被迎面赶来的卜庭芳挡住。李副官把马灯提到胸前，照了照来人，只见卜庭芳身着国民党军装，还有军衔，比自己官位高几倍，连忙一个立正，行了军礼，说："长官，有何贵干？"

谢连长跟在李副官身后，一见是卜庭芳，连忙上前小声对李副官介绍说："这是回家探亲的卜长官，他认识我们司令张昌德。对我们原一四四师的遭遇非常同情，但对我们投靠日本非常反感。"有诗《怒》曰：

无心握笔做文章，身着军装向列强。

最怒家乡兵器冷，寇来藏起把民伤。

"赵邦发是我的邻居，他犯了什么罪，要将他捆了？"卜庭芳问。

李副官心里想，我们抢他妹妹送给日本人，这本身就是个"勾当"，说赵邦发是新四军更是无稽之谈。如果再闹下去，假如日本失败了，我们就没人同情了。说不定捆赵邦发的绳子解下来，转身就会捆上自己。到那时，我和司令都要被押上军事法庭，审判后就押赴刑场……

“长官,对不起,我们不知他是你的邻居。我们一四四师投降日本,也是被逼的,还望您在国民政府多美言几句。”李副官想留条后路。

李副官转身对谢连长说:“我是叫你们把他带到师部帮我们送信,你们为什么把他捆起来?还不让他回去!”

“长官,还有什么吩咐?”李副官回身敬礼道。卜庭芳没有回礼,也没有回答,只是站在原地未动。赵邦发的父亲连忙走过去,把他拉到卜庭芳的身边,要儿子磕头感谢。卜庭芳急忙弯腰扶起赵邦发。

这时,李副官和谢连长带着他们的人,趁机溜之大吉了。

赵邦发拎着马灯和父亲一道,将卜庭芳送回家。

赵邦发父子回到家,心里一直有个疑问,这个丫头是怎么跑掉的?他们走进赵莹的房里,发现床后草帘墙被拔掉,这才明白,丫头从床后跑了。但跑到哪里去了呢?他们要出去找赵莹,可去哪里找呢?赵邦发想了想,说:“我们先去茨山庵兰英姐那里看看。”于是父子俩摸黑出门了。

谈玉礼不知哪来的那么大的劲,将赵莹一直抱到茨山庵,来到娘的门口才将赵莹放下。赵爸喊娘开了门。娘看见几个黑影站在门口,再靠近仔细一看,娘惊讶地喊道:“这不是赵莹吗?快进来。”娘拉着赵莹的手,赵莹拉着谈玉礼的手跨进了门。赵爸进来,随后关上了门。

赵莹被吓得到现在还没有缓过神来,好歹一直被抱在谈玉礼的怀里,得到了安全和温暖,也是从来没有体会过的安全和让姑娘神往的温暖。谈玉礼将赵莹遇到的一切,简单地跟娘说了一遍。娘听后,催赵爸赶快去烧水,让赵莹洗洗。

“赵莹,你和谈玉礼是缘分。今天上午你哥请唐开春来让我为你和谈玉礼牵线搭桥,我正愁着找不到谈玉礼,可唐开春前脚出门,谈玉礼后脚就来了。我一说你的事,他先是高兴得不得了,后又紧锁眉头,说现在是打仗,不宜结婚生子。经过我的再三劝解,他才同意去看你。正巧遇到李副官要把你送给日本鬼子。”娘告诉赵莹。

“你这丫头真走运,多亏谈玉礼来得及时。否则,你现在就被日本人抢去了。”赵爸说得赵莹羞得低下头。

娘说:“赵莹呀,谈玉礼不但救了你,还抱了你。你不是他的人,也是他的人了。”

“谈玉礼抱你的时候,别人虽然看不见,但你心里清楚,哪个男的抱着女的有那么规矩?姑娘被男的抱,就是哪个男的老婆。你被谈玉礼抱了,你就是谈玉礼的老婆了。”赵爸有些胡言乱语,目的是让赵莹更坚定这份姻缘。

“我就是谈玉礼的人了,他走到哪里,我也就随到哪里。”赵莹说话的时候,左手握着辫子,右手的指头不断地绕着辫梢,羞红了脸。

“谈玉礼,你已说过你最爱赵莹姑娘,娶她也是你梦寐以求的事。你俩的婚事,今晚也就算定下来了。”娘说。

赵爸说:“我建议你俩喝碗交杯茶,以示定情。”娘将他们碗里的剩茶倒掉,重新斟上一碗新茶。谈玉礼端起茶,赵莹也端起茶,两人同时举碗缓缓交臂伸向自己的嘴边时,大门突然推开,吓得赵莹手一松,茶泼湿了胸前,碗也掉到地上一分为二。她一把搂住谈玉礼,把头紧紧地埋在他的怀里。

谈玉礼也被推门声吓了一跳。他一把抱住赵莹,向后退了一步,才缓过冲力,再侧过头来看看进门的人,原来是赵邦发和他的父亲来找赵莹。谈玉礼这才转回头,贴着赵莹的耳朵说:“你父亲和你哥来了。”赵莹从谈玉礼的怀里转过脸来,一看是她的父亲和哥哥,这才推开谈玉礼。

父亲举手伸出食指朝女儿鼻子一刮,说:“一个大姑娘,还没出嫁,就抱着人家小伙子,你不怕丑,我还难为情呢。”

“这是您老吓得。”哥哥赵邦发帮妹妹解围道。

娘又忙着给两位倒上茶,对赵莹的父亲说:“赵叔,他们俩的大媒,我已做成了。今晚老阎王在我的阳寿簿子上加了十岁。”

“兰英,感谢你!如果没有你及时做媒,就没有谈玉礼及时救出赵莹。那今天晚上,赵莹就是……我们一家也就是‘汉奸’了。”赵莹父亲感慨道。

“谈玉礼,你和我妹妹的婚事就这样定下了。至于什么时候结婚,你自己决定。”赵邦发说。

第十五章 庵旁搭屋姑娘结婚 村中搜粮少年报信

“现在‘皖独’到处找我，捉拿我，我又不能回家，你这儿我也待不下去了。我还是去江北找新四军第七师，把自己的归属落实好，再回来结婚，不能让赵莹跟我拱稻草笼。”谈玉礼面对姑娘赵莹一脸愁容。

“你到江北，我也去。”赵莹赶忙道。

“赵莹也不能回家了，躲过初一，但躲不过十五。只要日本人一进入南陵，高品大佐又会要李副官来抢人。谈玉礼，你还是把赵莹带到哪个山冲拐坳，搭个草棚躲起来吧。”赵爸担心地说。

谈玉礼发愁道：“我是奎湖人，到盛桥这里来是因为宗家在这里，又结交了你们这些好朋友，离开你们，又不能去江北，又有哪个山冲拐坳能让我俩容身呢？”

“谈玉礼，你去找谈保长，看能不能在茨山庵的侧面披个下屋，你两人先把婚结了，省得日本人又惦记着你这个姑娘。一个姑娘结了婚，别的男人也就死了心。”娘对赵莹说。

当晚，谈玉礼和赵邦发去找谈启发保长。谈玉礼说完自己潜逃到这里的原因后，赵邦发接着说：“我的妹子长大了，‘皖独’的李副官来抢人，要把她送给驻芜日军司令高品大佐。我们一家不愿把自己的姑娘往杀人魔鬼怀里送，更不愿背‘汉奸’的骂名。在这紧急情况下，才让谈玉礼娶了我妹子，他俩早就有情有义了。”

“‘皖独’已向全县各乡保打了招呼，一旦发现谈玉礼立即扭送到他们的司令部。在这个情况下，谈玉礼带了赵莹不能回家，也不能住赵莹娘家，这个……你们有什么好办法？"谈保长为难地问。

"兰英姐建议她们在茨山庵披个下屋结婚，不知谈保长你有什么意见？"赵邦发试探地问。

"那也好，以庵作掩护。"谈保长答应了下来。

在赵莹哥哥赵邦发和唐开春、赵明才等人的帮助下，为谈玉礼和赵莹结婚的下屋搭好了。当晚，娘就为赵莹他俩举行了婚礼。婚礼很简单，从茨山庵里的菩萨身上解下两条善男信女们送的披红，一条挂在谈玉礼身上，一条扎在赵莹的头上，就算披了红盖头。又从菩萨的香案上拿来两支已烧过的，还剩半截的蜡烛，点燃在赵莹新婚的床前。这个床是用土块垒起来的，再担上竹子，铺上稻草，上面是赵莹的爸从自己家里抱来的被子，半新半旧。两人先拜了天地，娘又把赵莹的父母拉到婚床前坐下，让两个新人又拜了父母。婚礼一结束，其余的人都退出来，让菩萨做了他们的邻居。有词《深院月·洞房》曰：

房透冷，烛微红，借庙鸳鸯清若空。深夜互依人不寝，痛谈华夏怎更宗？

1944年4月，小队长小关一进南陵，所有对敌防务都交给张昌德。小关想做的第一件事，就是把赵莹抢来，讨好高品大佐，可惜计划落空了。第二件事，就要让高品大佐吃到南陵的土特产麻壳仙和山芋粉丝。

小关为这事还专门召开了日中会议，决定由李副官配合谢连长，在长林保挨家挨户搜查麻壳仙和粉丝。小关化装侦察时来过长林保，看到永林溪的美景，回去几个晚上都没有睡好觉。这一次，虽然侵占了南陵，但长林保他们不敢贸然再来，因为五华山的新四军经常到长林保来打游击。李副官亲自监督谢连长，带着张昌和张德扛着枪，还抓来了唐开春和赵明才做挑夫，一个挑着稻箩装粉丝，一个挑着稻箩装麻壳仙。他们一行人首先来找保长谈启发，领着他们挨家挨户搜查粉丝和麻壳仙。

谈保长心里想，我要是带着你们“皖独”，在长林保挨家挨户搜查粉丝和麻壳仙，我就成了汉奸了，又不能推托，就说：“粉丝是冬季生产的，本来就不多，过年时各家各户都当最佳菜肴吃完了，至于麻壳仙也所剩无几。有的人家过年都没有米下锅，何况这个青黄不接的时候。”

“这怎么可能？我听说，这两个东西是这里的特产，肯定有人家留了。请保长带我们挨家挨户搜搜看。”李副官不相信。谈保长没有办法，只好带路。谢连长背着盒子炮跟在谈保长的后面，只要谈保长步子慢一点，谢连长就把盒子炮拍得啪啪响。

路上，李副官对谈保长说：“你跟我们干，日本人胜利了，我保举你当龙泉乡乡长。”

谈保长不屑地说：“谢谢李副官的举荐，鄙人没有那个能耐，当日本人的乡长。就是今天当了，明天恐怕就没命了。”

“什么？你不信任日本人？”谢连长拔出盒子炮。

这时，赵明才大声喊道：“我们首先把李副官带到彭荣华家搜搜看。他不常在家里烧锅，粉丝和麻壳仙都没吃，可能藏在哪个粪桶拐里。”

“谁家有粉丝和麻壳仙，快拿出来送给高品大佐。”唐开春一路向父亲家走，一路喊着。

谢连长大喝一声：“给我闭嘴，这不是喊人藏起来吗？”

赵明才见谢连长不许喊，心想长林保的各家各户都不知道，怎么办？正在这时，他看见一个十来岁的放牛娃在路边割草，便拉了拉他，趁众人不注意轻声说：“快去通知长林保的各家各户，日本鬼子派人来搜粉丝和麻壳仙，让他们赶快藏起来。”

割草的孩子非常机灵，跑到前面挨家挨户地喊：“有粉丝的，有麻壳仙的快藏起来，日本鬼子派人来搜了。”有诗《放牛娃》曰：

不背书包牛喂草，只因烽火到茨山。
临门枪举粮搜尽，疾步传呼每户关。

第一个听到割草孩子喊声的是刘宗芳大爷,他迅速出门问是怎么回事?问清缘由后,把自己留着吃的粉丝和麻壳仙,迅速藏到离家百米远的菜园旁的蒿草堆里,然后又跟着割草孩子分头通知各家各户。

谢连长来到父亲彭荣华家不敢进去,就派张昌进去。一会儿张昌捂着鼻子跑出来,说什么也没有搜到,只把父亲"搜"出来了。

"你家这个房子,为什么不盖新草?雨漏得房子都要倒了,还敢在里面睡觉?"李副官问道。

"李副官怎么关心起民生了?"父亲揉揉睡眼说,"房子盖得再好,日本鬼子来了,一把火就没了,不如不盖,糊弄一天是一天。"

"你家有粉丝和麻壳仙吗?快拿出来送给高品大佐,他们知道是你送的,不会烧你的房子。"谢连长劝父亲说。

"我就知道日本鬼子要来,所以房子也不盖,田也不种,地也不耕,老婆孩子也不要。让你们高兴而来,扫兴而归。"父亲懒散地说。

"那你吃什么?"李副官问。

"原始人没有房子,也不种田地,但他们也活下来了,我想我也能活下去。"

"你家老爷子呢?"唐开春问。

"被板石岭的三姐接走了,她家有粉丝和麻壳仙。"这是父亲在说谎。

"李副官,我们就到板石岭他三姐家去搜。"赵明才建议说。

"板石岭村庄比较大,户数多,粉丝和麻壳仙也不少,不如就上那里搜一搜,说不定搜到的粉丝和麻壳仙能够高品大佐吃几年。"唐开春也建议说。

谈保长心里想,这两个小青年想引"灾"出门。板石岭是竹海桂花生长的山区,田少地少,村里的人吃的都是自己编制的竹制品到山外换来的吃食。另外,那里经常有新四军第七师过江来打游击。

"胡说,那里是山区,你们是不是想把我们往新四军第七师那里送?"谢连长驻盛桥老虎头碉堡里,对麻桥联三一带的地理环境略知一二,把眼睛朝唐开春一瞪说。

李副官把手一挥说:"我们遇到第一家就这么穷,赶快搜第二家。"

谈保长又领着他们来到刘宗芳大爷家。李副官一看，这倒像一户人家，草屋盖了新草，场基上很干净，还有柴垛，但就是没看见养鸡鸭猪这些牲口。

李副官问谈保长："这户人家怎么不养牲口？"

谈保长觉得好笑，说："他们一年的收入，除了交租，剩下的都不够人吃，养牲口喂土啊。"

"嗯？你这是什么语气？"李副官拉下脸说。

"这是我们的口语习惯，也是事实，不信你到他家搜。"谈保长说。

"刘宗芳，快出来。"谢连长认识他，就喊道。刘宗芳大爷帮放牛娃通知完各家各户，刚刚回到家，就听到外面有人说话，便从屋里走出来。李副官看了看刘宗芳大爷，穿着虽然有补丁，倒还干净，不像第一户那个人是个懒汉。他是个生活有安排的人，家里肯定有点"货"。

"这是我们的李副官。"谢连长介绍说。

"这位乡亲，日本人漂洋过海来到中国，来到南陵，帮我们建立'大东亚共荣圈'，也就是来帮我们建设南陵，繁荣南陵，让你们过上好日子。所以，你们要有所表示。"李副官见人就宣传日本人来中国的目的。

"长官，不用你宣传，我们也知道日本人到中国来是干什么的。"刘宗芳懒得理会李副官。

"你想抗日？"谢连长又把盒子炮拍得啪啪响。

"不敢，不敢。我是说我们这里人杰地灵，物产丰富，不怪你们和日本人喜欢我们这里。"

"不要跟我东拉西扯了，高品大佐就喜欢吃你们这个地方的粉丝和麻壳仙，藏在哪里？快拿出来。"谢连长催促道。

"报告，我们搜遍这个家的每一个角落，没有发现我们要的东西。"

"报告，我在他家的锅里发现一碗用麻壳仙煮的青菜粥，还有点霉气。"

李副官问："这碗粥里的麻壳仙，是怎么回事？"

"今天我不舒服，想吃红米粥，我就在米缸底下发现了几粒剩下的霉了的麻壳仙。不信，请长官闻闻。去年下半年，我是收了几担麻壳仙，也漏了几斤粉丝，可是只留下一点过年，剩下的都卖给了盛桥茶馆。这个季节，青黄不接的，哪家有这些陈货？”

李副官接过碗闻了闻，确实有一股霉气，心里想，像他这户人家都搜不到我们所需要的粉丝和麻壳仙，去搜其他人家估计也搜不到。“走！”李副官手一挥，让谈保长继续带路。唐开春和赵明才走在最前面，一旦发现没有得到消息的人家开着门，他俩就绕道避开。他们跑了大半个长林保，但家家都紧紧地锁着门。

第十六章 端枪逼问孩子护母 山芋充饥布鞋代粮

李副官奇怪了，大白天的怎么家家都锁门，这是谁在背后送了信？他气不打一处来，心里想，我该要有所行动了，不然，我这一天就是白跑了，回去怎么向司令交代？几个扛枪的走在前面，不知不觉来到茨山庵。李副官正要过桥走向茨山庵时，娘看见了，喊："谈保长，今天陪长官搜查新四军啊？渴了吧？快上我们家喝口水。"

"李副官，谢连长，大家也累了，让他们歇歇喝口水吧。"谈保长建议道。

原来娘看到割草孩子从自家报完信，刚进入茨山庵里向谈玉礼和赵莹报信。如果不把李副官和谢连长拦住，谈玉礼就要和他们迎面相撞，赵莹又要被逮住。谈玉礼如果被逮了，性命怕是保不住了。娘急中生智，假装客气，留他们喝水。谈保长也知道谈玉礼和赵莹面临的危险，也极力要求到娘的家里喝水，让谈玉礼他俩有足够的时间躲藏起来。

李副官看了看娘，穿着朴素，眉清目秀，是个善良的农家妇女，请喝水也没有什么恶意。一碗水下肚，李副官说："永林溪的水就是不同，清、纯、解渴。上次小关队长来永林溪侦察时，就对这里的景、水、粉丝和麻壳仙赞不绝口，高品大佐听后，更是日夜思之。"

李副官又喝了一碗水，说："这位大姐，家里还有多少粉丝和麻壳仙，都拿出来送给驻芜司令高品大佐吧，了他的一个心愿，也好激发他们为南陵的建设作出贡献。"

"长官，你看我这一家人，老的有病，不能下田下地，还有这两个小的不能干事，张口还要吃，就靠我这个妇道人家，奔波在田间地头，在这个青黄不接的季节，哪里有什么……”

“你们不是关门闭户，就是说没有这没有那的，对大日本帝国来南陵不怀一点好意。看来我不动真格的，你们还以为我这枪是烧火棍。”说着李副官拔出腰间的手枪指着娘，同时跟着来的张昌和张德也跟着端起枪对着娘。

我吓得急忙上前，一把抱住娘，三岁的妹妹宝英吓得哇哇大哭。娘抱起妹妹宝英，面不改色心不跳地站在三支黑洞洞的枪口前。

谢连长这回没有拔枪，他看着这一家老小，那个枪好像长在盒子里，就是拔也拔不动。

谈保长上前站到李副官面前，一边压了压枪口，一边对娘说：“就你这一家人，还有陈货？如果有恐怕也是赵玉发晚上出去偷的。你们这些跟着来的人，还不快去搜搜。李副官，你别急，让他们慢慢搜，千万别开枪，对门茨山庵每天都有善男信女在烧香求福，五华山的新四军时常也跟着混进来。你一开枪，枪声传过去，我们这几个人恐怕不是他们的对手。弄不好，你这三四条枪带不回去，性命也要丢在这里。”谈保长又介绍着这里的环境险恶。

李副官看了看谢连长，谢连长也知道这里的危险，说：“等搜出她家有藏着的，我们再开枪打死她们，就算她们花钱买了我们的子弹。不然，我们就白费了几颗子弹。”

“报告，她家米缸里没有一粒米，还有几片山芋干。”

“报告，她家屋前屋后什么吃的也没有，菜园里还有一畦青菜。”

谢连长指着娘说：“你告诉我，是谁给你们报的信？只要你告诉我他是谁，我就不找你了。否则……”

“长官，她的家境，你也看到了，确实穷得连饭都吃不上，你要是敢对日本人这样凶巴巴的，日本人不敢进南陵，也就没有今天这档子事。”唐开春强压着怒火说。

“你要的东西，她家又没有，要他们的命又有何用？你如果要了小关的命，你的名字就威震全国了。”赵明才气呼呼地说。

“你们两个想逼我抗日？人家有飞机大炮，你抗他们，那不是找死。”谢连长瞪着眼说。

益福听到娘的家里闹哄哄的，就跑过来看个究竟。李副官看到这个小男孩脚上穿的布鞋，就想起上次小关来这里侦察回去汇报时，讲到永林溪旁的茨山庵有个叫兰英的布鞋做得好，晚上换脚特别舒适，高品大佐也想要一双她亲手做的布鞋。“她是我三妈，她的布鞋做得最好，穿在脚上最舒服。”益福也站到娘的面前，护着娘说。

“那你就以鞋代征，送给高品大佐和他的部下，每人一双，大约一百双，否则……”李副官拍了拍身上的枪说。

“你要我做鞋，哪来的布？我又没钱买。”娘为难地说。

“上次不是陵阳城里的老鲁送布给你做鞋吗？现在还叫他送布给你帮驻芜司令高品大佐做鞋，可能老鲁的积极性更高，拿出他所有藏布。过两个月，让小关带人来取。到时鞋没有做，你就是抗日分子，小关的指挥刀就要给你这个叫小旺子的和这个叫宝英的当马‘骑’了。”李副官指着娘说，赵爸吓得脸由黄变白。有诗《叹息》曰：

本是炎黄一脉承，浮移信念助洋兵。

昂扬入户逞威武，应想魂归哪处生。

“这个任务就交给你谢连长，到时完不成，就拿你是问。”李副官继续说道。

唐开春和赵明才听了李副官对兰英姐的强硬要求后，决定暂不与他对抗，因为这样反而有充足的周旋时间。“兰英姐，你心灵手巧，做这几双鞋，犹如高品大佐枪挑中国人，他一刀一个，你一针一双。”唐开春故意讽刺道。

“高品大佐枪挑的是抗日分子，你又想抗日？”谢连长又瞪着眼珠子说。

“你看，我们挑着稻箩跟在你后面屁颠屁颠的，这不是拥护高品大佐‘进驻’南陵吗？”赵明才忙解释说。

“太阳快要下山了，粉丝没有搜到一根，麻壳仙没有搜到一粒。唉，我们长林保太穷了，没有给李副官长脸，实在抱歉。”谈保长说。

“赵明才，天已经晚了，五华山的新四军就要下山了，我俩再不走，被他们逮着了，当汉奸毙了，真的要当冤死鬼了。”唐开春说着就要撂下稻箩。赵明才也要撂下稻箩。

“谁敢跑？”谢连长拔出盒子炮。

“你们还请我们吃饭啊？”唐开春故意问道。

“你俩等等，跑了一天虽然没有搜到粉丝和麻壳仙，但有一户人家肯定有，那就是盛桥茶馆的菊花家里。”李副官说。他和谢连长带着张昌和张德离开了茨山庵，回到盛桥，直接走进菊花茶馆。

菊花一见李副官和谢连长来了，说：“长官今天在长林保搜了一天粉丝和麻壳仙，收获怎样？”

“在长林保是一根一粒都没搜到，但他们都说卖给你了。这些东西没有，我不好交差啊。”李副官故意在菊花面前表现出为难的样子。

“跑了一天了，到现在还饿着肚子。长林保的人一点都不热情，见了我这个老熟人也躲，没人留我们吃饭。”谢连长委屈地说。

“长林保的人不留你吃饭也是应该的，这日本鬼子来侵犯，你不带兵去打他们，反而还投降他们，帮他们到家里搜吃的。本来就兵荒马乱，天天跑反，哪家有米请你吃饭？”菊花没好气地说。

“你是个妇道人家，我懒得和你计较。”李副官显得很疲惫。

“饭没有，热水应当有啊，可惜一口水都没得喝。只是在回来之前，才在茨山庵门前的兰英家喝了口水。她热情留我喝水，心里肯定有什么鬼。我不敢确定，也就装了糊涂没说。”谢连长说。

菊花想，兰英姐想掩护的肯定是谈玉礼和赵莹，因为他俩就临时躲住在茨山庵边的小下屋里。“你这个人真难伺候，不请你喝茶，你说人家不热情，请你喝茶，你说人家心里藏着鬼，做人真难啊。”菊花叹息道。

“没劲说这些了，快去煮麻壳仙饭，再煮几碗粉丝汤，让我吃个够。”李副官迫不及待地说。

“我这里是买了人家两斤粉丝两斤麻壳仙米，不过这是张司令让我留给小关的。如果你吃了，以后，我就让司令问你要。”菊花为难地说。

李副官一听，连忙摆摆手，说："好吧，你就随便弄点什么吃的吧，只要能填饱肚子就行。"粉丝和麻壳仙有了，李副官一颗悬着的心一下安定了下来。张昌德司令早就安排好了，真是有远见。不管多少，反正有了就行，能塞一下高品大佐和小关的嘴巴。"不过，我今天在长林保的收获还是不小的。"李副官吃饱后对菊花说。

"你有什么收获?"菊花问。

"高品大佐最想吃的粉丝和麻壳仙，你这里有了。他最爱穿的布鞋，今天也落实好了，我要刘兰英做一百双。"

"你要她做那么多，你给布吗？你给工钱吗?"

"什么布和工钱，让兰英自己解决，到时我就要鞋。"李副官又拍了拍腰上的枪。

"巧妇也难为无米之炊。你不是把我兰英姐往死里逼吗？现在还有人在抗战，谁胜谁败还没有预期，你要为自己留条后路，不然到时都死无葬身之地。"菊花利用司令这位老顾客做王牌，说道几句，李副官也没有办法。

"那该怎么办?"李副官想想自己的后路，是光明大道，还是悬崖峭壁，确实是个未知数，反而没有了主张。

"你自己去城里，向小关要，就谎说自己在长林保又抓来了几十个壮丁来壮大队伍，对付抗日的新四军，需要军服，让他从日本运布来。"菊花帮李副官出点子。

第十七章

李副官谎称等到秋
李家发勇挡冲来牛

第二天，李副官拎着两斤粉丝两斤麻壳仙米，带着几个扛枪的，来到小关队长指挥部。“哟西，哟西。我今天有粉丝汤吃了，也有麻壳仙米饭吃了。”小关一见李副官高兴了。

李副官毕恭毕敬地站在小关面前，左手递上用稻草捆的一斤粉丝和用袜筒装的一斤麻壳仙米，又递上右手拎的一份，说：“这是送给高品大佐的。”

小关接在手中，掂了掂，把脸一沉说：“怎么就弄了这一点，你这是和大日本帝国假合作，真抗日。”

“不，不，我是诚心诚意和你合作，只是老百姓的合作思想还没有转过弯子。”

“你不是有枪吗？他们怎么没有积极上交粉丝和麻壳仙？”小关横着眼说。

“你们要的这些东西都是去年生产的，由于土地贫瘠，产量低，过了年后，长林保的各家各户几乎没有剩余。你手上拎的这一点，还是从盛桥茶馆老板娘的马桶拐里搜出来的，是老板娘菊花留给我们张司令吃的。”李副官故意抹杀了司令的心意。

“什么？你们张司令比我和大佐还重要？”小关恼怒了。

“小关队长，息怒。你们在我心中的地位比我们那个张昌德司令重要。这不，我把她家搜了个遍，才把它搜出来送给你和高品大佐。”李副官表现出一副忠诚的样子道，“小关队长别急，我以大日本皇军的名义向长林保的保长谈启发下达了命令，扩大麻壳仙的种植面积和山芋的种植面积，保证下半年有足够的粉丝和麻壳仙供应驻芜和驻南陵的皇军。你先尝尝鲜，中秋节以后就有更多的新的出来了。”麻壳仙寒露过后才能收割。粉丝要到小雪后才能生产。显然，这是李副官在糊弄小关。

小关听后，也没有办法，指着李副官说：“以我进南京的脾气，你早已是我刀下鬼了，还有那些长林保的刁民，我会一口气杀得一个都不留。”有诗《小关的刀》曰：

共荣全凭一尖刀，拔向中华口袋掏。
窈窕裙围高挑起，低头狂笑血滔滔。

“你们要像在南京一样，把南陵以及长林保的人都杀了，等于把你们最爱吃的土特产也‘杀’了。只要有人在，就有吃到的希望。”

“入乡随俗吧，只有让口水流到中秋节了。还有布鞋，那个兰英做了吗？”小关转过话题问鞋的事。

“鞋的事，那个兰英正在积极准备布料，马上动手做。不过……”李副官说话有些吞吞吐吐。

“不过什么？快说。”

“长林保有几十个青年人，听说你们大日本帝国来南陵积极要求参加我们的队伍，配合你们收拾那些与你们作对的新四军。”

“长林保的青年觉悟有这么高，这是好事啊。哪有什么‘不过’的？”

“这些人参加我们的队伍，每人要发一套军装，还有每人一条枪，请求小关队长给想点办法。”

“枪现在没有，军装也没有，布还有几丈，你先拿去给他们做一件上衣，裤子自己解决。”

李副官听了，高兴得不得了，左一个谢谢小关队长，右一个谢谢小关队长。李副官骗到了布，回来让菊花送了三尺布给娘做鞋，不够的仍然要娘自己想办法。其余的自己留下给他的老婆孩子每人做了一条裤子，上衣不能做，做了也不敢穿。穿了就被日本人认出来，到时李副官吃不了就兜着走了。裤子不要紧，上身穿件大褂子，能遮一部分，不显眼。

那天傍晚，李副官带着他的人离开茨山庵以后，唐开春又回到娘这里，问道："兰英姐，是不是看到一个十来岁的割草孩子，给你们报信？"

"是的，这个割草孩子去了茨山庵，谈玉礼听了他的报信，牵着赵莹到五华山去了。"

"你们认识这个割草孩子吗？"赵明才问。

"我认得，在茶林的三姑家里，他带我一起玩过，那里的小朋友都叫他春生哥。"我插话道。

"小旺子，他的大名你知不知道？"唐开春问。

"我不知道，我三姑知道。"

"哪天他三姑来了，我来问一问。你俩挑着稻箩跟在李副官的后面，不理解的，认为你俩做了他们的狗腿子。但我知道你俩在谈保长的配合下，不知不觉地干扰了李副官和谢连长的搜查。"娘说。

正当他们高兴地议论着这次"搜查"时，我的三姑和三姑爷来了。"这么晚了，你俩怎么来了，没吃饭吧？"娘说。

"我们刚听割草回去的春生说，日本人派'皖独'的李副官在茨山庵挨家挨户搜查。春生还告诉我，两个大哥哥偷偷地要他假装割草给每家每户报的信。"三姑叙述着。

"要春生报信的就是他俩。"娘指了指唐开春和赵明才说。

三姑父在边上瞅准了三姑喘息的机会，插嘴道："你们这些青年做得对，在不流血的情况下，也能保护群众，这也是抗日。"

"他三姑，你说的那个春生姓什么？"唐开春问。

"他姓李，名叫李家发，今年才十一岁。这个孩子，虽然只有十来岁，可机智勇敢呐。"

"哦？"大家都很惊奇。

"清明节，我把小旺子接过去，给他奶奶挂纸钱。春生和几个小放牛娃正在山上放牛。我走到山上，把小旺子从我背上放下来，他摇摇摆摆地跟在后面向他奶奶的坟墓走。有一条小牯牛，突然勾起长脸，睁圆大眼，把自己的两个牛角尖朝前，冲向小旺子。”三姑描述着那天惊险的一幕。

“啊，清明节那天还发生过这样的事？”娘又抱着我仔细地看起来，怕我伤着哪里。

“春生眼快腿快，发现小牯牛冲过去要挑小旺子。他一声怒吼，便脱下自己的黑褂子，迎面猛跑几十步，一把将小牯牛的眼睛蒙上，抱住牛头，抓住牛鼻子。小牯牛眼前一片漆黑，失去目标，也猛地停住了脚步。”三姑描述着那天春生奋不顾身的一幕。有诗《牛》曰：

耕云锄雨最辛勤，角向山坡护碧芬。
疑是童来争野草，奋蹄欲挑怒声闻。

“我家与这条小牯牛，近日无仇，往日无冤，为什么要挑我家小旺子？”娘奇怪地问。

“小旺子那天穿着红褂子，在小牯牛面前晃动，它认为小旺子在抢它的草，所以要来挑小旺子。”三姑爷解释道。

“牛是色盲。使小牯牛生气的主要原因，是小旺子在它面前老是晃动。”唐开春很有见识地说。

“春生这么小，就这么勇敢，长大一定是个英雄。”娘赞叹道。

第十八章 南陵过端午走漳河 龙舟渡鬼子翻入水

高品大佐在芜湖“血裹刺刀”有功，已升任南京警备司令部司令官，松井龟一大佐接管芜湖的第一天要来南陵过端午节。小关队长在“皖独”的配合下，北到盛桥，西到戴塘桥，南到峨岭山头，东到石浦，全城戒严。端午节的头一天清早，松井龟一骑着高头黑马，在卫兵的护卫下，一路浩浩荡荡从芜湖向南陵进发。当他们前进到芜湖与奎湖交界处时，需坐渡船过河。原来渡口每天都有人摆渡，可今天渡口空无一人，渡船也不见了。

松井龟一问身边的警卫藤木：“没有渡船，这是怎么回事？”

藤木说：“这次到南陵过节，是保密的。只有驻守南陵的小关一人知道，消息不会走漏。”

松井龟一的一队人马站在漳河边，望河兴叹，无法过河。忽然，由西向东划来六条船，船上还扎着彩色的龙头。每条船上有九人，两边四人划船，一人在船头擂鼓，划船的都按鼓的节奏整齐划一地向前游动，这是奎湖端午节的赛龙舟。

当一队龙舟到达渡口时，藤木找来翻译黄达生喊话：“喂，请划船的快靠岸，皇军要船过河。”

“我们这是天上的龙，端午节下凡视察民情，看有没有什么鬼子侵略我们。”这是谈玉礼在领头的龙舟上喊话。

李副官在茨山庵搜查时，谈玉礼得到李家发的报信，就牵着赵莹跑到五华山，在五华山寺庙里躲避。晚上，偶然遇到新四军泾南繁游击队情报站站长许世春。

“你是奎湖的谈玉礼，我在盛桥茶馆见过你。听说，你们茨山庵抗日小组在敌后的抗日活动搞得有声有色，今天怎么上了五华山？”许世春问他。谈玉礼把“皖独”在长林保帮日本人挨家挨户搜粮的情况做了介绍，为防止被“皖独”搜到，他和妻子赵莹跑到这里躲避。

当晚，谈玉礼和赵莹被安排在一个很安全的地方住下来。第二天上午，朱合喜、许世春还有唐开春来到他们的临时住处。赵莹见来人有话要说，就拿起扫帚来到小院。

谈玉礼看到唐开春非常惊讶，说：“你昨天不是帮李副官搜粮吗？怎么也到这里来了？”

“我是来向新四军南繁芜游击队领导汇报昨天茨山庵抗日小组活动情况的，再请示下一个抗日任务。”

“原来如此。”谈玉礼明白了。

“你们昨天的任务完成得非常圆满，成功地挫败了‘皖独’在茨山庵一带的搜粮计划。我们新四军南繁芜游击队还有一个新的任务要交给你们。先请许世春站长介绍一下情况。”长林保“助理”朱合喜说。

“据可靠情报，侵华日军驻芜湖的松井龟一大佐，准备在奎湖渡河去南陵过端午节。南繁芜游击总队得到这一情报后，非常重视，立即召开会议，决定给予打击。在物色人选时，朱合喜想到了你们茨山庵抗日小组，尤其是谈玉礼。奎湖是你的家乡，环境和人都熟悉，配合唐开春来完成这项任务比较合适。你们要讲究策略，不要和日伪力量发生正面冲突，就是给日本鬼子制造麻烦，让他们没有安定的日子过，给松井龟一看看南陵老百姓的智慧和勇敢。”朱合喜明确责任并强调说。

唐开春和谈玉礼接受任务后，找来赵明才商定了一个具体方案。谈玉礼领着唐开春和赵明才连夜赶到奎湖。谈玉礼把奎湖赛龙舟的青年们组织起来，唐开春选了六条比较好的木船，连夜扎上龙头，变成了龙舟等着端午节的到来。

“喂，皇军过河去南陵过端午节，不是侵略。”翻译黄达生回答道。

“我们这是龙舟，不是中华民族的子孙，就不能登上这个龙舟。”唐开春边喊边摇着桨，龙舟飞快地向前游着。

眼看就要穿过渡口了，藤木急了，说：“全部端起枪，谁第一个摇过渡口，就第一个打死谁。”谈玉礼听不懂日语，继续摇桨前进。翻译黄达生连忙把藤木的话翻译过来。翻译的话还没有落音，“叭、叭、叭……”枪声接连响起来。唐开春手一挥，喊道：“停、停。”六条龙舟参差不齐地停在河中间。

“快靠岸，不然死啦死啦的。”藤木喊叫着。

“靠岸，靠岸。”唐开春指挥着，六条龙舟一字排开，将龙头一致向南，龙尾向北岸靠去。六条龙舟上都隐藏着两个水性好的青年，在龙舟掉头的刹那间，翻入水底，隐藏到向南的龙头底下。站在北岸的人看不见，龙舟上的人也没少，日军不易察觉。

龙舟齐刷刷地靠上北岸。藤木举着指挥刀，把龙舟上的人往下赶，打鼓的抱着鼓也被赶下来，每条龙舟上只留两个人划桨。然后，士兵把松井龟一的大黑马先牵到龙舟上，为了节省龙舟上的空间，松井龟一仍然骑在马背上。每条龙舟上了十个日军，松井龟一的龙舟上有大黑马，便少两个日军。

龙舟在水上晃动得比较厉害，松井龟一坐在马背上一把抱住马脖子，回过头看看岸上，自己的队伍都上了龙舟，便命令出发。龙舟离开北岸，向河南岸驶去。当龙舟快要行驶到河中心时，忽然摇晃起来。松井龟一差点从马背上被摇掉到河里，大黑马也受惊嘶叫起来。

“死啦死啦的，是不是想害我们？”藤木举起指挥刀指着摇桨的谈玉礼吼道。

“不敢，不敢。这是船小人多，河面上又有风造成的，再加上摇桨不一致，所以摆动的幅度就大。要不，让六条船都听我喊号子，统一举桨，统一落桨，这样就能让所有的船平稳前进了。”谈玉礼面对藤木的屠刀，面不改色心不跳地说。

“哟西，哟西。”藤木放下指挥刀同意了。

“摇啊摇，摇啊摇。”因为没有鼓，谈玉礼很有节奏地放大嗓门喊着摇桨的号子。

藤木看看六条船都齐头向南前进，船也稳当不少，一颗悬着的心落下来。

正当六条船并行到河中心时，“摇啊摇——”突然，谈玉礼把“摇”字的音拉长了，“摇”字也喊得特别重。这个“摇”声一落，只见六条船齐刷刷向一个方向倾斜。随着一阵嚎叫声，六条船翻个底朝天。还没等落水的日本鬼子反应过来，每条船下隐蔽的水手迅速将船拖向北岸。北岸上的唐开春和赵明才等人也都迅速下水将六条船翻过来，一个个又上了船。

“摇啊摇，摇啊摇。”在一片欢乐的号子声中，六条船又齐头并进向西划去。有《阮郎归·春谷渡》曰：

漳河端午赛龙舟，忽闻众楚咻。马蹄扬起向沙洲，刀横欲断流。

春谷渡，阮郎羞，菖蒲酒对酬。鼓停举桨岸边游，水中洗血仇。

五六十个日本鬼子，一起翻落到河里。会水的喝了几口水勉强地游上了岸，还有的落到水中，根本没冒头，就被河水卷走了。松井龟一的大黑马，翻落水中，利用水的浮力，迅速仰起头，奋起四蹄，划着水向南岸游去。在大黑马落水的一刹那，松井龟一紧紧抓住马鞍，两腿夹住马身，才没有被马甩开，被驮上了岸。藤木在上船时，就站在大黑马的屁股后面，翻船时，藤木站不稳，身子一歪，手正好碰到了马尾巴。他像抓到一根救命稻草一样，抓住不放，被大黑马拖上了岸。这个翻译黄达生是本地人，会游泳，在翻船时，他一个猛子扎到岸边。

松井龟一上了岸，也不下马，也不敢脱下潮湿的衣服，只抹抹湿漉漉的头发，回头看看河里，还有人在水中挣扎。“快给我集合点名，上来多少人？”松井龟一命令藤木道。藤木拿出口哨，“嘟——嘟——嘟——”，所有的“落汤鸡”在南岸上站成一排。“报数！”藤木一声令下。“一、二、三、四、五……二十五。”后面没数了。松井龟一看看河中还有人在一上一下地挣扎着，命令上岸的人，在保证自己生命安全的情况下，把枪伸到水中拉人。

岸上的人从河中又拖上来十五个，松井龟一先是命令其他人帮他们吐水，又帮着没吐水的做人工呼吸，还特别强调头要朝着东北方向。最后还有五人没有了生命迹象。松井龟一在藤木的陪同下，对躺在河埂上五个人的死亡，做进一步确定。

当他俩检查到第五个，也就是翻译黄达生做人工呼吸的那个日本鬼子时，头没有朝东北放着。松井龟一一看，拔出指挥刀指着翻译吼道："他的头没有朝东北，你的，死啦死啦的。"黄达生有点莫名其妙，这个人死了，头朝东朝西放着不都是一样，为什么非要把你们日本死人的头朝东北放着？藤木看到黄达生惊诧的目光时，说："你们中国有句成语叫'狐死首丘'。"

"什么意思？"

"你是个中国人，这个都不懂，真的太可悲了。"松井龟一蔑视地看了翻译一眼。

"你们中国古代的战国时期，有个叫屈原的诗人，因遭人忌妒与陷害，得不到楚王的信任，被放逐到外地。他在被放逐的困苦生活中，写下许多反映人民愿望与现实矛盾的诗篇，他的《哀郢》诗写道：'鸟飞反故乡兮，狐死必首丘。'古代传说狐狸如果死在外面，一定把头朝着它的洞穴。"松井龟一是个中国通，头头是道地说起中国的文化来。

"你的笨蛋，'狐死首丘'就是比喻不忘本或怀念故乡，也比喻对故国、故乡的思念。"藤木讥笑着黄达生。松井龟一接着说："我们日本人在你们中国死了都要头朝东北埋着，要向狐狸学习，不忘自己的故乡，永远怀念自己的故乡。"

黄达生听了，心里想，我今天做了汉奸，已被故乡唾弃了，就是怀念故乡，故乡也不接受啊。黄达生又想，自己死了头朝故乡，故乡人不让；头朝东北方向的日本，日本人又骂自己臭不要脸，又不是日本种。这真是死无葬身之地了。有诗《缺失》曰：

人缺灵魂骨不香，硝烟漫卷失城乡。
躬身屈向三升米，还为一官替鬼忙。

忽然，有一队人马来到岸上，打断了黄达生的思绪。"报告龟一大佐，我们奉队长小关的命令，来接你们到南陵。”李副官从南陵赶到奎湖渡口来接大佐。

“哟西，哟西。”松井龟一这下放心了。多亏大黑马，才没被河水淹死，才侥幸活着站在这里。但是，他不敢再往前走了，因为去年小关到奎湖时，被那个叫谈玉礼的逮了他们两个人走了。这下有李副官来接他，就放心多了。

松井龟一回头问藤木：“还剩多少人？”

藤木清理了一下现场，说：“报告大佐，我们出发时是五十八人，现在还有三十三人，有五个没有救活，另二十二人被河水冲走了。”

“李副官，你去奎湖找几个良民，帮我们把这五个为大日本帝国牺牲的官兵，一律头朝东北埋在这河埂的北面，好让他们能看到自己的家乡。”松井龟一命令道。

“是。”李副官又派了几个背枪的去奎湖抓来了五个老头。

五个老头往河埂上一站，看到五个日本鬼子躺在那里，其中一个最年长的说：“皇军，长官，你们放心地走吧。这五个‘睡’在那里，不愿走的皇军就放心地交给我们。”

“如果你们不把他们埋葬好，你们就死啦死啦的。”藤木举着指挥刀在他们头顶上晃了晃，然后就向渡口走去。

日本鬼子走后，这五个老头，一人拖一个，将鬼子的尸体扔到河中，让这些侵略者顺河漂吧，漂到长江，再漂去东海，去见他们的父母吧。

第十九章 菊花炖醇香绕屋梁 龟一尝玉腿缠银丝

松井龟一大佐他们在“皖独”李副官的护送下，赶在太阳正要落入戴公山口时，到达南陵陵阳街。小关和“皖独”司令张昌德带着各自的队伍，武装整齐列为两队，在徐家大屋指挥部门前迎接，但街两边门户都紧闭着。龟一大佐骑在大黑马的背上，左边腰上挂着指挥刀，右边挂着希特勒送给他的勃朗宁，行着军礼，走在迎接队伍的中间，身上湿漉漉，帽檐上滴着水，脚下也滴着水。有诗《大和人》曰：

身挂战刀骑大马，陵阳城进大和人。

街门紧闭无人接，狼狈一呼飞土尘。

藤木紧跟在大黑马的屁股后面，马尾巴时不时还撩着他的脸，每前进一步，都留下水印。后面的士兵也都咯吱咯吱地踩着湿鞋跟在他的后面。

小关看到龟一大佐全身是水，也就没有把他接到自己的指挥部，直接安排住进了藉山大酒店。原来藉山大酒店的主人，已随县“大老爷”跑反到泾县了。这个酒店由张昌德的情人刘雪经营着。

“尊敬的龟一大佐，我们晚宴已备好，请入席。”司令张昌德热情邀请道。

“混账，你的居心大大的不良。大佐的衣服全都是湿的，你是想他着凉生病，死在南陵？”小关冲着张昌德吼道。

张昌德连忙叫来卫兵，给大佐打热水洗澡。龟一大佐在酒店的房间里，也不脱衣。一会儿，藤木笑着走出房间，对李副官说："你还不快去把长林保的赵莹接来帮大佐洗澡。"

李副官一听，龟一大佐也问他要赵莹，不解地问藤木："龟一大佐也要赵莹?"

"高品大佐到南京上任前，在芜湖光移交了一把'裹血的刺刀'。没有姑娘激励，龟一大佐还有积极性让刺刀再'裹血'吗?"

李副官听了，恍然大悟，原来如此。"自从那天晚上，赵莹跑了，至今都找不到人。现在，到哪里去找赵莹呢?"

张昌德司令认真听了李副官的报告说："你不能说个谎，糊弄一下。"

"这——"

"跟我走。"张司令带着李副官来找小关。

"队长，龟一大佐要长林保的姑娘，可这个姑娘赵莹早已跑到江北谭震林那里，当了新四军。现在你要把她找来，那不正好给了她一个暗杀大佐的机会?"张昌德说。

李副官在张昌德后面，连连点头："我问长林保的保长谈启发要人，他亲自看见赵莹过的江。"

小关走进大佐的房间，他还是穿着湿衣服，坐在那里不肯洗澡，就劝道："大佐喜爱的赵莹，被一个流氓撬门入室给抢走了。现在这个女人疯了，身上又臭又脏。"

"大佐要不要她了? 如果还要……"藤木接着还没说完，大佐就摇摇手，自己去洗澡了。其实小关和藤木也不愿意为他去找什么花姑娘。陵阳城里的姑娘全都跑到乡下去了，谁也找不到。时间都不早了，肚子都饿得咕咕叫，谁有那个心思?

小关和张昌德都在酒店客厅等着大佐。大佐洗好澡，在藤木的陪同下，来到客厅，坐在酒桌的最上席。大佐一坐下，小关和张昌德就坐在龟一大佐的两边，一会儿小关帮他夹菜，一会儿张昌德帮他舀汤。但是大佐都谢绝了，桌子上的乌龟、老鳖，鱼虾，他都不伸筷子。喝一口酒，就坐着不动。藤木知道大佐的心思，喊道："还不快上……"话音未落，李副官就把一锅老母鸡炖粉丝端上来，放在大佐面前。

“哟西，哟西。”大佐还没拿起筷子，小关便将两个鸡腿拽下来，交叉放在大佐碗里。

张昌德夹起粉丝，放平筷子又绕了三圈放到大佐碗里的鸡腿上面。藤木帮大佐把鸡汤舀满。李副官说：“请大佐先用手抓起鸡腿。”大佐抓起鸡腿，嫩白的鸡腿上面挂着粉丝，晶莹剔透。李副官又说：“这是南陵的特色菜，叫‘玉腿缠银丝’。”

大佐先啃了一口鸡腿，又吃了一筷子粉丝，再喝一口鸡汤，抬起头深深地吸了一口气，然后反复咂着嘴道：“鲜，鲜，鲜。”有诗《玉腿缠银丝》曰：

清炖鸡鹜点金黄，千缕银丝牵沸汤。
鲜嫩晶莹山海味，勺提大喝满唇香。

“这‘玉腿缠银丝’是谁做的？”大佐反复体会着余味问道。

“这是我请盛桥茶馆的老板娘菊花做的。”张司令献殷勤道。

“这个菊花既年轻又漂亮，还烧得一手好菜。”小关补充道。

“把她叫来让我见见。”大佐有点急切道。

张昌德想，这个菊花是我“暗恋”的女人，多次向菊花暗示过，菊花都没有一点反应，又不能硬来，硬来怕菊花反感，下次去茶馆吃饭时，在我碗里下毒怎么办？不管怎么样，我喜欢的女人，不能让你大佐占了便宜，便说道：“不过，她为烧这桌菜，人已累倒了，现在正发着高烧。”

“还不快去治疗？”大佐催促道。

“南陵这个地方，有个习俗，有病了，认为是魔鬼附身，先到茨山庵烧香，然后再请他们那里的郭奶奶烧纸钱驱送，不能见陌生人。”李副官帮司令圆场道。

“你是说，菊花为大佐炖了‘玉腿缠银丝’后，就生病，就魔鬼缠身了，你这不是说大佐是魔鬼吗？”小关瞪着眼说。

“菊花误解了，我不是魔鬼，我是‘救世主’。”大佐笑了。

藤木也兴奋地说道:“龟一大佐一来南陵,就有人吓病倒了,这说明我们大日本帝国威震四方。”

张昌德点头称道:“是,是,连南陵县国民政府都吓跑了。”

“就连繁芜两县政府官员都流亡了。”小关接着说。

“他们都流亡到哪里去了?”龟一大佐问道。

“南、繁、芜这三个县的官员,都分散流亡到泾县茂林及其附近的焦石铺、章村一带。”李副官回答道。

龟一大佐向小关要来地图一看,说:“这三个政府,流亡得都不远,是不是在等反扑的机会?”

“他们没有反扑的能力。南陵县的罗立光与王建五在茂林办理交接手续后,罗立光接任县长,即向皖南行署汇报,准备将政府迁回县境刘店乡(烟墩)。翌年正月,选定刘店乡松树窠汪村为县政府驻地,调集三个中队分驻经村、刘店、桂村,形成犄角防卫。但这些都是纸上谈兵,不堪一击。”张昌德轻蔑地说。

“这些地方小武装,哪能和我们日本皇军相比?”藤木得意地说。

大佐连连点头,又问道:“南陵县的三个中队有哪些武器装备?”

“县政府的自卫队兵源来自躲避抓壮丁的青年,三个中队整年不发饷,士兵衣衫褴褛,纪律涣散,士气不振,只有几根土炮筒子,几乎没有战斗力。”张昌德回答道。

“哟西哟西。”大佐连声说。

“大佐是中国的‘康王’,在南陵渡河被翻船落水,是‘泥马’迅速驮过河,有神保佑,还在乎那三个小分队?”小关比喻道。

“我不想做那个逃亡的‘康王’,我是那所向披靡的金兀术,欲挽干戈回日月,中原奚忍见倾沉。”龟一大佐自比金兀术。

“对,对,大佐不是‘泥马渡康王’,是‘金陵气运留英主,竟产英雄获相遇’。这是马奉神的旨意来相救英雄大佐的。”张昌德奉承道。

“我认为这个救大佐的神,就是茨山庵里的菩萨。”李副官说。

“为什么?”张司令问道。

“根据我的判断，今天在南陵渡口佯装划龙船的，就是谈玉礼他们。因为谈玉礼不敢回奎湖，经常和唐开春、赵明才、赵邦发这几个人，在长林保的茨山庵鬼混。茨山庵的菩萨知道他们要加害大佐，所以就跟着他们来到南陵渡口保护大佐。”李副官绘声绘色地说道。

“神马渡过康王后，立即变成泥马，身上还湿漉漉的。如果我们明天去茨山庵，看看那个菩萨身上湿漉漉的，就是那个菩萨救的大佐。”李副官又补充道。

“哟西。明天趁长林保的人在家过端午节，我去茨山庵给菩萨烧灶香，感谢他们的保佑。”龟一大佐说。“大佐您不能去，茨山庵离五华山太近，新四军经常到茨山庵从事抗日活动。”小关阻拦道。

“明天端午节，就派藤木和李副官再带上大郎和小郎，穿便衣化装成香客，去茨山庵帮您烧香还愿。”小关接着建议道。

“明天，藤木去茨山庵，我干什么？”龟一大佐问道。

“明天早上，我陪您到陵阳城里参观。”张昌德安排道。

“大佐阁下，南陵是个安全的地方，您就放心地休息吧。”李副官说。

“明天是端午节，为了大佐的安全，你们必须加岗加哨。”藤木对张司令说。

“是，是。”张昌德对站在旁边的李副官说，“这事由你安排。”

原来是一人一岗，李副官给增加到三人一岗，原来是五步一哨，李副官增加到三步一哨。张昌德司令就和他的情人刘雪住在龟一大佐右边的房间，小关和他的情人刘霜住在左边房间。

第二十章 花季姐妹含苞欲放 内外色魔抱怀蹂躏

这个刘雪和刘霜姐妹俩都是李家发邻村农家的漂亮小姑娘。张昌德驻守南陵，经常来村树林打猎，到刘雪家喝水。那时刘雪才十六岁，亭亭玉立。张昌德看在眼里更喜欢在心里，每次来都要带点小姑娘喜欢的发夹、手帕送给她，目不转睛地看着刘雪，看得刘雪这个小姑娘不知所措，清秀的瓜子脸羞得像一朵红色的牡丹花。

张司令对刘雪的喜爱，李副官看在眼里，提议道：“司令既然喜欢这个小姑娘，就把她娶回去，帮你泡泡茶，暖暖被子。”

“蒋委员长只有宋美龄一个夫人，我已有十房夫人了，已是老蒋的十倍了。在封建时代，这样是要杀头的。”张昌德忧虑道。

“我们现在已不属于中华民族了，我们投靠了日本，就是大和民族了。老蒋领导不了我们，您娶再多的夫人，他也管不着。”李副官说。

“话不能说绝了。我虽然投靠了日本人，日本最后战败了怎么办？战败了，他们自己回国了，不会把我们也带到日本去。所以，蒋委员长我还是不愿得罪的。在南陵我是不会让蒋委员长的人流血的。日本的妄想破灭了，我这匹‘好马’还有回头草吃。”张昌德说。

“我知道的是‘好马不吃回头草’，您怎么说……”李副官疑惑道。

“不吃回头草的马，并不是好马，那是匹犟马，是匹死马。你想，一匹马飞奔到悬崖边，下面是一望无垠的大海，这匹马不回头吃草，再向前没有草吃，只有坠悬崖，落大海，你说它是不是死马？在这样的环境里，作为‘马’来说，哪里有草，就到哪里吃，生存是第一要务。”听着张昌德的教导，李副官点头称是。

“刘雪这个小姑娘，人见人爱，您把她娶回去，对老蒋说是您的小保姆，对日本人要公开说是您的小姨太，不然，小关会把刘雪从您身边抢走。”李副官建议道。

“唉，你一提她，我的眼前尽是她的影子。”张司令叹息道。李副官领会了到司令的意思。于是他带上谢连长去做刘雪父母的工作，让他们同意把刘雪嫁给他。

这一天，李副官和谢连长带着一排荷枪实弹的大兵，齐刷刷地开到刘雪家门口，分两排站着。十五岁的妹妹刘霜，也是个美丽的姑娘，见了当兵的站到自己家门口，感到好奇，从房间里拉出姐姐看热闹。刘雪的父母还以为又是来打猎的，准备烧开水。

这时，李副官开口说话了：“大叔、大婶请坐，今天我是来给你家闺女刘雪提亲的。”

“长官，你要把我家刘雪许配给谁？”刘雪的娘问。

“我们司令……”

李副官的话还没说完，刘雪的父亲高兴地问：“张司令的公子也有我家刘雪这般大了？”

“张司令只有女儿和你家刘雪是同年，今年也十六岁，正在四川老家读中学。”李副官说。

“那你今天要把我家刘雪介绍给司令家什么人？”刘雪父亲问。

“是我们张昌德司令要娶你家女儿刘雪做姨太。”谢连长抢着回答道。

实际上，张昌德不敢称刘雪为姨太，他怕日后蒋委员长算他的“账”。刘雪的父母都惊得张大着嘴，说不出话来。刘雪本身就是个涉世不深的小姑娘，对男女之事还不够理解，更没有什么抗争的能力，只有听天由命。

“这可能不……”刘雪的父亲半天才缓过神来，一句话还没说完，只听外面的两排大兵，在排长的号令下，一会儿立正，一会儿稍息，一会儿向左转，一会儿向右转，一会儿又端枪指向刘雪家的大门，一会儿又喊瞄准……

刘雪的父母一看，这是来者不善，表面上是来提亲，实际上是来抢亲的。

“二位同意不同意?”李副官催问道。两人不说话。

“二位沉默，那就是同意了。”谢连长转身朝大门外喊道，“快把聘礼送过来。”排长捧着各种花布进了门，又从口袋里掏出五个大洋放在花布上。

“这些花布是张司令给刘雪的嫁衣，这些大洋是报答二老对刘雪的养育之恩。赶快请个裁缝把嫁衣做了，十天之后，张司令来接人。”李副官指着花布和大洋说完，转身走出大门，带着那一个排的大兵扛着枪走了。

刘雪的父母自认是胳膊扭不过大腿，只好按李副官的意思办了。也就在这一年，高品大佐派小关“进驻”南陵。这个日本人在南陵要做的第一件事，就是要“皖独”的张昌德司令，在南陵给他找个年轻漂亮的姑娘。

张昌德为了得到日本人的信任，就想起自己的小姨子刘霜，如果和小关建立了“亲戚”关系，那自己和日本人的关系就更牢靠了。

张昌德又以打猎为名，带着刘雪来到茶林的家，吃过中饭后，要刘霜跟他们到南陵街上去玩几天。小姑娘刘霜非常高兴，因为长这么大，没有上过街，还不知道“街”是什么样子。父母还没答应，她就跟着姐姐一路蹦跳离开了家。

当天下午，张昌德给了刘雪两块大洋，让她去街上给刘霜买两套新衣和鞋。可惜，她们从西门跑到东门都没买到一件衣服，因为街上的人都跑反了，没有人开店。刘霜随姐姐刘雪回到张昌德住处，张昌德对刘雪说:“既然没买到衣服，那就把你穿的新衣服和鞋，拿出来给刘霜换上，晚上我们要见一个重要客人。”

“哪位重要客人?”刘雪问。

“到时你就知道了。”

晚上，张昌德带着刘雪和刘霜姐妹俩，来到队长小关住处。小关穿着日本和服盘坐在房间里的床上，品着黄山毛峰茶，一见门卫领着张昌德和“姨太”刘雪进来了，后面还跟着一个窈窕的小姑娘，忙客气地起身让座，还泡了茶。

“队长阁下，这是我十姨太刘雪，这是她的妹妹刘霜，今年十六岁，特意来拜访你。”张昌德介绍着。

“哟西，哟西。”小关把刘霜拉到自己身边，紧挨着自己坐着，时不时摸摸刘霜漂亮的小脸蛋，搂搂她的腰。

一个涉世未深的小姑娘挨着一个日本鬼子落座，又紧张又害怕，小脸一会儿泛红，一会儿泛白。

“小姑娘，不用害怕，你我亲如一家。”小关说完，情不自禁地要亲刘霜。正在这时，李副官来报：“报告司令，城外发现有新四军活动，正向司令部靠近。”

张昌德立即起身说：“刘霜不能回我那儿了，不安全。刘雪你迅速跟我回去，收拾收拾东西，再来小关这里躲避。”张昌德说完拉着刘雪就出了小关的门。

第二天，刘霜发现自己的姐姐刘雪和那个“姐夫”张昌德，一直都没来接她，感觉到这是“姐夫”的蓄意安排，要把自己送给这个日本人。

“我姐姐，怎么到现在都不来接我？”刘霜故意问道。

“张昌德司令已经把你送给我了，怕你不愿意，故意这样安排的。”

小姑娘刘霜朝天叹了一口气，说：“这也许就是命吧。那个张司令，娶我姐姐时，还送了许多花布做嫁衣，还送我父母许多大洋。你送给我和我父母什么呢？”小姑娘刘霜十分天真。

“我们大日本是来帮你们的，做了这么大的贡献，你们中国送个小姑娘给我，还要什么布、钱的。如果你要，就去找张昌德要，或者找你们那个县的国民政府去要。”小关板着脸说。小姑娘刘霜看了看小关的脸色，吓得不敢作声了。

刘雪紧跟着张昌德回到住处，发现张昌德不急于收拾。

“新四军不是要来偷袭吗？”刘雪问道。

“这是我用的‘姊妹分离计’，讲新四军来了，目的是让你离开，让刘霜留下。”张昌德高兴地道出了秘密。

“你竟把我妹妹送给日本人做情人。”刘雪叹息道。一对姐妹花，一朵被日本人糟蹋了，一朵被汉奸糟蹋了。有词《一剪梅·悲》曰：

一剪寒梅白雪中，霜下初争，冰上新茏。柴扉门外戏东风，山也欢呼，水也叮咚。

满院香迎万木葱，枝若肌丰，花比桃红。可怜雨打烂泥封，月又灰蒙，日再沙笼。

几天之后，刘雪的父母听说张昌德把刘霜送给日本鬼子做了情人，夫妻俩眼前一黑，都病倒了。刘雪的父亲悲愤地叹道："我们刘家上辈子造了什么孽？养了两个女儿，想她们成凤，结果成了汉奸和日本鬼子的情人，这让我出门怎么见人?"

李家发来找刘家姐姐刘霜一道放牛，他知道刘雪姐姐被那个"司令"带兵来"娶走"了，可这几天连刘霜姐姐也没有看见了。他问刘家的大伯大妈，两人不回答，只是泪湿眼眶。后来李家发才知道，漂亮的姐姐刘霜被送给日本鬼子小关了。从此以后，李家发失去了两个好姐姐，他恨死这个汉奸张昌德了，更恨死日本鬼子了。

张昌德认为和小关是连襟了，有了他撑腰，在南陵可以更加肆无忌惮地增加人民负担，坑害人民。

第二十一章

籍山酒店大佐遭袭

市桥河岸副官调查

龟一大佐在籍山酒店的房间，窗户朝南，窗户下边就是市桥河，清水潺潺。河那边就是文星阁，也叫魁星阁。半夜时分，大佐起来小便，忽然发现一团火从河那边的魁星阁上向自己的窗户飞来，很快就穿入纸糊的窗户，落到床上起火。说时迟，那时快，大佐拎起小便桶，泼到床上。接着一团又一团火飞过来。龟一大佐招架不住，睡衣都烧着了，连忙脱光身上的衣服，穿着裤衩，打开房门朝外边跑边喊："八格牙路，八格牙路。"

籍山酒店正门朝北，两层小瓦楼，绿树环绕。为了龟一大佐的安全，张昌德和小关商议，把他的住宿安排在一楼，以便发生危险快速撤离。哨兵们都守卫在籍山酒店的正门，南边靠市桥河比较安全，就没有安排守卫。然而，危险偏偏就发生在这认为"安全"的地方。

这些从河那边飞来的"火箭"光，被树荫遮挡了，哨兵们又打瞌睡，都没发现。睡意蒙眬的哨兵，忽然被大佐的喊声惊醒，迅速跑进大佐房间救火。

张昌德拉着刘雪，小关拉着刘霜，分别从自己的房间跑出来。张昌德看见龟一大佐房间着了火，放开刘雪指挥救火。龟一大佐跑出来，吓得一把抱住来人。他一摸头上还有长发，知道这是个女的。刘雪还以为是张昌德，借着火光贴脸一看，还有八字胡，这才知道是龟一大佐，因为白天见过面。她不敢喊出声音，所以拼命挣脱，可是怎么也挣脱不开，被龟一大佐抱到了张昌德睡的房间。龟一大佐本想抱一个人陪他躲避危险，没想到在这黑灯瞎火里抱了一个漂亮又年轻的女人。这时，他仔细地从头到脚看了看这个女人，问道:“你是谁?”

“我是司令张昌德的小姨太。”刘雪故意强调了“司令”,目的是想用他的名头来保护自己。大佐一听,自己在黑暗中抱的这个女人就是张昌德年轻漂亮的“小姨太”。他对刘雪早就垂涎三尺,又不把张昌德放在眼里,哪里顾得上那么多。

张昌德指挥哨兵们把大佐房间的火扑灭了,回头来找刘雪,没有找到,便转身摸到自己的房门口,发现门是关的。他推开门又摸摸床上,睡着两个人。这时,张昌德才想起床头上的马灯,拿起来点着一看,看见刘雪跟龟一大佐睡在一起。他顿时怒火满腔,一把拉起刘雪,拿起枕头底下的手枪。但他又放下了,瘫坐在床沿。

龟一大佐在马灯的光照下,找了一条裤子穿上,看了看张昌德怀里白生生的刘雪,心里感到一种从未有过的满足,说:“今天晚上,在你的防区,谁在放火暗杀我?是不是新四军?敢对抗大日本帝国,破坏大东亚‘共荣’?”

小关带着几个哨兵到处找龟一大佐,当他听到大佐在张昌德房间责问张昌德时,连忙跨进门把龟一大佐保护起来。刘霜也跟着进了屋,看到姐姐躺在张昌德怀里哭泣,就知道发生了什么。

“这是谁要放火烧死大佐阁下,难道真是新四军?你张昌德心里肯定清楚,一定要追查你的责任。”小关欲将这次安全责任全部推卸到“皖独”的身上。有诗《市桥河》曰:

一水弯弯流百家,街灯点点市声哗。
忽扛膏药旗桥过,不见波光见火花。

“大佐阁下来南陵视察,日中戒严范围扩大到城外十里,北到盛桥,西到戴塘,南到峨岭,东到石浦。每个日军派十个‘皖独’的士兵配合巡逻,新四军插翅也难飞进来,绝对不是抗日组织所为。”李副官说。

“闭嘴。”藤木带着一帮人,也寻找到这里,听到李副官在辩解,一步跨进门,拔出手枪对着李副官的脑袋。张昌德面对日本人的指责,没有说话,心里想，这就是日本人的本性，指责别人不需要任何理由，也可以制造理由。

龟一大佐来南陵视察，夜宿遇火偷袭，这是“日中”联合部署防务的意外，怎么能把责任全部推卸到“皖独”头上呢？他趁机霸占我的女人，我不敢说一句话，这就是强盗逻辑，张昌德想。

这时，龟一大佐走上前，摆了摆手，示意藤木把枪放下，说：“现在需要他配合我们找出纵火的真凶，责任暂不追究。”

“明天你必须把调查结果，写成书面材料给我。”藤木说。

当晚，小关和藤木给龟一大佐重新安排了一个新的住处，加强了保卫，具体住哪里，对“皖独”都保密。

第二天是端午节，张昌德命令李副官在警卫中抽几个得力的人，去调查昨晚的纵火事件。他和小关陪着龟一大佐吃过粽子和五香蛋，就去视察城区防务。

李副官带着几个人站在市桥河边的魁星阁下，看了看大佐昨晚睡的窗口，有几支一尺左右的细竹签，上面绑着烧焦的棉球漂在河面上，还漂着一只毛被烧秃的乌鸦。李副官再一抬头，发现对面河埂边有一棵茂盛的柳树，伸向河中的枝丫上有一个鸟窝。在魁星阁上，还发现几把丢弃的自制竹弓。李副官把脑袋一拍，自言自语道：“纵火原因找到了。”

李副官将纵火调查报告写好后，交给司令张昌德一看。司令看后笑了，赶忙又传给藤木看。藤木看后，认为不可能，把脸一沉，说：“八格牙路，八格牙路。”

小关接过调查报告，只见上面写道：“纵火暗杀大佐，只是个误会。经调查：我们日中驻地部队官兵的子女白天出门玩耍，忽见大佐临时住宿窗后有棵大柳树，树上有一窝乌鸦，已经飞出觅食了。不知谁家孩子想出奇招，等乌鸦晚上回窝时，自制‘火箭’，也就是在竹签上绑棉花，点上火，站在市桥河那边的魁星阁上，用弓射向乌鸦窝，想烧窝捉乌鸦。不料，他们的部分‘火箭’，飞入龟一大佐的住宿，烧着了大佐的被子和衣服。”

龟一大佐从小关手里接过报告看了看，将信将疑地对小关说：“真有这样的事？”

小关也不想真的有新四军进城偷袭大佐。如果真的是新四军干的，虽然表面上追查"皖独"防务的责任，但自己还是要被追究责任的。李副官能找到这样一个起火原因，也说得过去，连忙回答道："有可能，有可能。"

"假设不是孩子射乌鸦，是新四军要暗杀大佐阁下，那新四军没有达到暗杀的目的，是不会烧着了大佐的住宿就离开的。他们趁着大火会向大佐房间开枪射击的。"小关分析道。

"这些调皮的孩子，让我虚惊一场。"龟一大佐暗自高兴，如果没有这一场火，也就没有和刘雪的艳遇，这就叫祸福相依。他连忙来到刘雪的身旁，牵起刘雪纤细的嫩手，把她从张昌德身边拉到自己的身边坐下，举起雄黄酒要刘雪陪她一饮而尽。

张昌德见状，要替刘雪陪大佐喝干。可大佐的两眼直盯刘雪看，高兴地一饮而尽，将空酒杯底朝天举在刘雪面前。刘雪无奈咬了咬牙，仰头张嘴倒下这杯雄黄酒，呛得眼泪直流。张昌德心疼地走过来，要帮刘雪擦泪，但大佐用手臂一挡，自己从口袋里掏出手帕帮刘雪擦泪，边擦边说："中国古语曾说，'饮了雄黄酒，病魔都远走'。"

小关举杯要大家同饮一杯雄黄酒，驱"魔"保安全。张昌德无奈回到自己的位子上，举杯而没心思喝酒。刘霜看大佐"劝"姐姐的酒心急，但想不出办法去阻止。端午节的酒桌上，驻陵日中两军领导人，酒过三巡，兴致大增。有诗《端午节》曰：

菖蒲艾草靠门香，粽裹端阳酒更黄。

竞渡骚人祈百福，却招鬼魅戏陵阳。

龟一大佐说："我来南陵，渡河没淹死，睡觉没烧死，有佛光独照，我必须烧香还愿。谁愿意为我去庙里烧香还愿？"一桌人都沉默了，谁也没有主动站起来，愿意帮大佐去还愿。谁都能想到，风险太大，一不小心就会把自己的小命"还"掉。

龟一大佐正感到失望时，小关站起来说："南陵有个茨山庵，庙大，佛佑四方，去那里还愿，肯定灵验。不过……”

“不过什么？”大佐问。

“因为那里的新四军活动频繁，群众抗日情绪高涨。”李副官熟悉茨山庵的情况，接过话茬介绍说。

张昌德也站起来说：“我方就派李副官带队去还愿。”

“因为是为我去还愿，没有我大日本帝国的军人参与，菩萨是不会领情的。”龟一大佐说。

“我方就派藤木带领三个精干随从，都化装成普通百姓跟随李副官进入茨山庵，焚香还愿。”小关给还愿做了具体部署。

“我们能否把驻守在盛桥老虎头的谢连长和他的人也调到茨山庵，保护藤木他们？”李副官请示。

小关说：“这是我们的秘密行动，兴师动众目标太大，反而不安全。”

“就按照这个方案执行。”大佐拍板道。

藤木一听，身上冒出了寒气。心里想，这在异国他乡，又是把别人杀了，抢占别人家，一旦离开自己的群体，这些异国的鬼魂都不会饶了我们的。更何况，他们还有活着的不断地反抗着我们的人。但军令如山，也只有遵照执行了。

“什么时间出发？”藤木问道。

“今天下午去。”小关说。

“白天去，安全系数太小。”李副官胆怯道。

“今天晚上去，比较安全，趁黑灯瞎火的，潜入茨山庵，就是新四军进来了，也分不清哪个是菩萨，哪个是还愿的人。”张昌德说。

“那也就只有这个时间段比较安全，就这样决定了。”小关拍板了。还愿的事安排妥当之后，下午，大佐要看看南陵的景点。

张昌德道：“南陵最主要的景点是小乔墓，其次是文风塔。”

“司令部我们设在这个徐家大屋，这也是个景点。”李副官补充道。

龟一大佐在小关的陪同下，走向小乔墓。张昌德溜到后面，派了四个卫兵，偷偷地用轿子把刘雪送回茶林的娘家。

李家发胸前挂着妈妈用彩线绣的老虎兜，里面还装着个咸鸭蛋，站在村口和他的小伙伴们比谁的妈妈手巧，谁的鸭蛋大。正在这时，一顶小轿抬过来，小伙伴们好奇，也围个长方形，让李家发站中间，学着抬轿的模样，跟在轿子后面走着。轿子在刘家门口停下后，一个卫兵掀开轿帘，走下一个烫着卷发，戴着金耳环，身穿紫红色白碎花旗袍，脚穿粉红色高跟鞋的女子。虽然穿着光鲜，但满面愁容。

刘雪一下轿，就看见了李家发，眼泪簌簌掉下来，说："我生下来，要像春生兄弟一样是个男孩多好啊！"说完连忙上前拉着李家发的小手。李家发也从自己的老虎兜里拿出咸鸭蛋送给刘雪。

刘雪偷偷地告诉李家发："日本鬼子杀中国人，侵略中国，那个抢了我的张昌德司令，他不打日本人，还做了汉奸。今天晚上，有三个日本人化装成老百姓，跟李副官一道去茨山庵烧香，为龟一大佐还愿。"

第二十二章
小乔墓镌刻传世联
陵阳城品读惊魂魄

端午节的中餐后，龟一大佐在小关和“皖独”司令张昌德的陪同下，来到南陵城北的中山公园，小乔墓立在其中。“它是托梦而建。乾隆四十四年（1779年），当时的知县高怡梦见小乔，诉说她的墓在香由寺侧，随时都能被平没，遂令典史江鲲在香由寺西苑，重建小乔墓。”小关说。

“哟西。那时，清朝乾隆皇帝正决定编辑《明季奏疏》一书，以使天下万世知道明朝灭亡的原因，同时也可垂示将来，永为殷鉴。”大佐说。

“龟一大佐对中国的历史比我这个中国人还精通。我只知道孙中山把清朝的最后一个宣统皇帝溥仪赶出了皇宫。那时，我还跨马准备从四川来接应。”张昌德说。

“‘殷鉴’个屁，这大半个中国，不还是被我大日本帝国‘共荣’了。”藤木是晚上去茨山庵还愿，所以下午也护卫着大佐观光。

“正因为中国的物产丰富，文化源远流长，所以，我们拿着枪把他们……让我们占有。”小关说半截留半截。

“周瑜曾经做过春谷（南陵）长，小乔死后葬在南陵，是有依据的，为世人所公认。”大佐分析道。

“如果，小关在南陵死了，埋在马山嘴，几百年后有人要问，这个日本人怎么埋在中国？人们翻开历史一看，原来日本人曾开着飞机，拖着大炮，端着刺刀来到中国，小关队长也来到南陵。”张昌德开起了小关的玩笑来了。

藤木拔出手枪对着张昌德说：“你的意思是我们大日本会失败回老家？”

实际上，张昌德并没有这个意思，仅仅是玩笑而已，他已经把日本人当成自己人了。

龟一大佐说："不必动怒，日本的强大，是任何人都打不败的。"小关没有计较，因为还有许多事，要靠张昌德去办。他扒开遮住墓碑的杂草，让大佐欣赏碑文。龟一大佐看到小乔墓前有一块巨碑，上面阳刻着"东吴大都督周公德配乔夫人之墓"的字样。

"周瑜是庐江舒城人，东吴战将。正如您所说，他曾经做过春谷（南陵）长。"小关向大佐介绍说。

"你是日本在春谷（南陵）县的首任春谷长。你和周瑜一样也是战将。"龟一大佐夸奖道。

"他于建安三年（198年）来到南陵任职。三国时代战争频仍，作为重要军事将领的周瑜时常离开南陵出征，为奠定东吴基业建立了功勋。"小关继续介绍说。

"我们和周瑜一样，离家'出征'，为大日本帝国建立'功勋'。"大佐对自己身边的几个日本军人说。

"周瑜后因伤病卒，时年36岁。芜湖古城花街、南陵县香由寺旁还存有周瑜点将台。"小关介绍说。

"英雄英年早逝，战争中的'英雄'，不是战死，就是伤病死，我们也在内。"龟一大佐情绪低落道。

小乔墓两侧阴刻着对联，引起了大佐的兴趣。第一联的上联是安徽宿松文人许文权撰：

千年来本贵贱同归，玉貌花容，飘零几处？昭君冢、杨妃茔、贞娘墓、苏小坟，更遗此江左名姝，并向天涯留胜迹。

下联是安徽芜湖儒士陶宝森撰：

三国时何夫妻异葬，纸钱酒杯，浇典谁人？筤篁露、芭蕉雨、菡萏风、梧桐月，只藉他寺前野景，常为地主作清供。

大佐对中国文字很了解，但对这副对仗工整、蕴意深刻的长联，但想领悟还是有难度的，便让李副官帮他抄录下来，闲暇时再请教高人解释这副对联蕴含的深意。

但是，大佐还能领悟到一点点，比如“冢、茔、墓、坟，并向天涯留胜迹”。这就让大佐产生了联想。如果自己在中国战场上死了，还有小关等士兵将领就地埋葬，有了冢、茔、墓、坟，这不给中国留下了“胜迹”，让中国人永远记住自己是个魔鬼吗？到那时，中国人愤怒起来，撬开坟墓，把我们挫骨扬灰。还有“夫妻异葬”，这更让大佐吓了一大跳，自己战死了埋在中国，妻子死了埋在日本。这“夫妻异葬”不是说自己吗？将来后辈们准备了“纸钱酒杯”，找不到自己的坟墓，又“浇典谁人?”自己的将来“只藉他寺前野景”了。龟一大佐越想越怀疑这副对联是针对自己写的，越想越有点惊悚。

小关也有感慨：“谁‘贵’谁‘贱’，千年后都得同归一处‘坟墓’。我们虽不是‘玉貌花容’，但我们是‘英雄风貌’，可惜我们从自己家乡日本举刀来血染中国，‘飘零几处’，说不定自己又要在这异国他乡留下什么‘冢、茔、墓、坟’，最后还不能魂归故里，不能同归一处。”

接着他们看了第二联：

乔公少女，德配周郎，至今黄土一抔，犹思美人颜色；
江左名姝，留芳满寺，至此音容千古，也增本地风光。

默默地又看了第三联：

柴桑月冷，痛佳婿早岁云亡，从此点将台高，相对青茔痛不朽；
铜雀春深，问阿姊而今安在？留得埋香孤冢，免教红粉任飘零。

“皖独”司令张昌德看了这两联，感触很深，他说：“我也是一位‘安邦定国’的将领，我不像周瑜，只‘德配’乔公一家的女儿小乔，我有十余家的女儿都争相‘德配’了我。将来她们‘千古’了，青茔十座，为本地要增十处‘风光’名胜。”

“我来南陵想找个‘乔公少女’‘德配’，可惜没有周瑜那样的好运。不知‘阿姊而今安在’何方？”龟一大佐感叹道。

“而今的‘乔公少女’，被你们日本人抢了、杀了，都‘飘零’了，都‘埋香孤冢’了。”一直默默无言的刘霜，不知从哪儿来的那么大的勇气，从小关的身后站出来说。

“你敢对大佐‘动粗’。”藤木又拔出枪指着刘霜说。

龟一大佐心里想，小关在南陵也比较寂寞，张昌德把小姨妹送给他，能使小关安下心来驻守。于是叹了口气，向藤木又摆了摆手。

日本的这两位官员本来都带着雅兴来到小乔墓的，看到小乔墓碑上刻着的对联，预感到自己未来的悲凉，情绪一落千丈。忽然，藤木在小乔墓旁边的草丛里发现了一块石板，上面也刻着一副对联，是模仿小乔墓对联格式而写，上联是：

唐皇时因鉴真东渡，沧海淼漫，身命何惜？兴戒坛、缮道场、建寺舍、传宗律，此与东瀛结佛缘，且看中日交友谊。

下联是：

甲午来是枪炮西横，烽烟天连，血流谁止？占东北，进北平，屠南京，霸远东，不顾他人今生死，常为历史空惋惜。

张昌德一看，头冒冷汗，心里想，什么时候新四军进了城，在这块石头上刻下抗日对联。幸亏藤木不认识中文。张昌德用身子拦住石碑，说：“我们去夫子庙看看。”

李副官看了也大惊失色，急忙拦在石碑前，催着说：“走，走，我们去夫子庙，去夫子庙。”

小关看见藤木蹲在他俩背后看着什么，他推开张昌德和李副官，来到藤木身边，也蹲下看石碑上的对联，心想：我们的戒严范围大，封锁严，新四军怎么进城做了这么大的动作，我们居然没有发现？

龟一大佐看看张昌德和李副官有点异样，好像要掩盖什么，又看看小关紧锁眉头，好像发现了什么，也连忙来到小关的身边。他仔细阅读起来，看了上联，非常高兴，说：“鉴真和尚去日本讲律受戒，是藤原清河大使向唐玄宗禀奏的。我母亲就是藤原清河的第二十世孙女。我舅祖宗藤原清河当时是驻唐大使，亲自安排了鉴真和尚的第六次东渡，最后东渡成功。可惜我舅祖宗在这一次东渡中遇难。”

“藤木也是藤原清河的后代了？”李副官问道。

“我肯定是藤原清河的第二十一代子孙。”藤木说完，脸上露出骄傲的表情。

“我没有听母亲说过藤木也是藤原清河的后代。”

“藤木可能是遗腹子，是藤原清河在中国娶的姑娘生了藤木，藤原清河遇难后，就给另一个姓藤的抱养了。”小关推测道。

“我们日本姓藤的就是一家。”藤木要把自己纳入中日友好的家庭里来。

“原来藤木还是半个中国人。”张昌德说。

“鉴真东渡的主要目的是弘扬佛法，传律受戒。从此以来，日本律仪，渐渐严整，师师相传，遍于寰宇，促使佛教被确定成为日本的国家宗教。鉴真的这个贡献非常大。”李副官说。

“鉴真除讲授佛经，还详细介绍了中国的医药、建筑、雕塑、文学、书法、绘画等技术知识，对中日经济文化交流做出了杰出贡献。”龟一大佐说。

“中日的祖辈们这样友好，到你们这一代，为什么背叛了？拿着刺刀来到中国，什么坏事都干。”刘霜听了他们的对话，忍不住流着泪说。藤木听了刘霜的话，从石板前站起来，怒目圆睁。

“你怒什么？你还是半个中国人呢。”刘霜也怒目对藤木吼道。

藤木看看小关，走开了。他心想：我要说我不是中国姑娘生的，那也就否认了我是藤原清河的遗腹子，同时也就否认了我是藤原清河的后代。

“从甲午以来，日本就有计划，把中国的版图刷新为大日本帝国的。”龟一大佐说。

“我们想合二为一，成为一个国家，你们又不接受，所以，就举着刺刀来到中国，先征服你们这些女人，让你们女人跟我们日本人生孩子，以后孩子就像我一样是半个中国人。我们小关队长‘娶’了你，以后你为他生了一群孩子，等他们长大了随父亲姓，住在南陵，那南陵都是日本的了。”藤木跟刘霜解释道。

“白日做梦！”刘霜又对藤木吼道。也许是这副对联让几个日本人都有些震撼，对于刘霜含有抗日情绪的言语，都没有理睬。如果在南京，刘霜早已被扒皮破肚了。

龟一大佐又看看下联，没有做任何评论，也没有去追究撰写这副对联的人，转身说：“我们再去看看文风塔吧。”

李副官领着大佐他们一行人来到文风塔下。小关介绍说：“这座塔始建于宋哲宗元祐年间，原为崇教寺塔，明代因寺迁移而更名为文风塔。”

龟一大佐抬头看看文风塔，正北面为“文峰璧立”，西面为“雁塔题名”，南面为“金石榜”，又看看文风塔西北面有一株古柏，主干圆直，萦回滋生，枝干粗壮，细叶葱茏。有诗《南陵文风塔》曰：

文峰璧立雁题名，金石榜人遇炮横。
古柏临风时有诉，由于抗日笔停耕。

“九百年来这座古塔一直是南陵的象征，并流传着‘南陵县人离县十里看不见宝塔就想家’这样一句话，足见南陵人民对这座宝塔的眷恋之情。”小关又介绍说。他们又围绕文星阁走了一圈，文星阁俗称魁星阁，为南陵胜景之一。清乾隆四十七年（1782年）由乡绅捐资建造。松井龟一观赏了南陵城内的名胜，余兴未消，还要欣赏南陵城外的风景。

第二十三章 鬼仙叹四神护陵阳 骚人来诗笔写佳景

小关进城才个把月，接到龟一大佐要来南陵县城视察的通知后，知道他一定会观赏这里的名胜，连续几天都没有休息，把维持会长找来，陪同自己和张昌德了解了小乔墓、夫子庙、文风塔等名胜，以便回答龟一大佐欣赏了这些名胜之后提出的问题。

关于南陵城外的风景，小关和张昌德事先没有准备，都不了解，便找来了维持会长。但维持会长平时喜欢打牌，对于这些文化古迹不感兴趣，所以也不清楚南陵有哪些风景。他推荐了十字街开布店的老鲁。老鲁年轻时挑着小货担走东乡跑西乡，对于南陵风景了如指掌。

老鲁被李副官和维持会长带到“皖独”司令部的徐家大屋，张昌德指着面前的龟一大佐和小关说：“今天请你来，是要你向皇军介绍一下南陵城外有哪些风景。”

老鲁想，向日本人介绍南陵的风景名胜，不涉及政治和军事，也不算是汉奸。

“你先说说南陵城外，有哪些风景？”小关说。

“南陵县城是块风水宝地。”老鲁一语惊人。

“何以见得？”龟一大佐问道。

“请你们把南陵地图拿出来，我指给你们看一看。”

“南陵地图是我的军用地图，怎么能给你看？”小关严辞拒绝。

“我这里有张民用地图，可以给你看看。”张昌德司令叫李副官拿来地图铺开挂在小关的南陵军用地图的布帘上。

老鲁犹如一位军事指挥员，站在地图前，把右手向上一扬说："南陵地形犹如一位将军骑着的骏马，在昂首奔腾。南陵县城犹如这徐家大屋，坐北朝南而居。中国风水往往以左为青龙，右为白虎，前为朱雀，后为玄武，为最贵地。南陵县城东（左）有青龙山，为青龙，还有一条青弋江穿山而过；西（右）有戴公山，也叫工山，为白虎；南（前）有'峨岭横云'，即为朱雀；北（后）有麻桥的团山，即为玄武。"

龟一大佐和小关听了介绍，又看了地图，确实如此，惊讶地看着老鲁。

老鲁接着又说："青龙、白虎等四神作为方位神灵，各司其职护卫着的城，可称之为'四神地'或'四灵地'。南陵县城就具有这样的环境，你们说是不是风水宝地？"

"从风水角度看，南陵是块风水宝地。既然是风水宝地，必然'人杰地灵'。从古至今，这里有哪些'人杰'？"小关给老鲁出难题。

"三国时期吴国著名将领、战略家周瑜在这里当过春谷（南陵）长，管理南陵。他的老婆小乔死了就葬在夫子庙边。"老鲁对南陵的历史还是比较了解的。

"以后，你们南陵写历史，一定要把小关写进去，他是从日本来你们南陵的首任外国'春谷长'。"松井龟一说。

"正因为如此，南陵的人民对青龙、白虎、朱雀、玄武四神起了疑问，为什么没有护卫住南陵这个城，让倭寇侵犯了？"

"你说我们是倭寇？侵犯了南陵？"藤木拔出手枪对着老鲁。

"我说的是五华山的'矮匪'，经常闯进城来杀人抢劫。"老鲁故意转移对象说。

"让他继续说，还有哪些人杰？"松井龟一向藤木摆了摆手说。

"著名的还有北宋官吏徐绩，南陵人。他极力主张'生财有道'，也就是反对依靠持刀杀人抢劫生财，尤其是去别的国家和民族抢劫生财。由于奸佞当道，后辞官还乡。他写诗《归田咏》道：

脱却乌纱辞却官，红尘万虑了无关。
野蔬春酒随时乐，径菊山花带笑看。
万里乾坤由放浪，四时风景任盘桓。
流来白石滩头水，醉里讹听响佩环。

可惜当今有人明知道持刀杀人抢劫别人的财物是罪恶，但他们不像徐绩那样解甲归田，反而更惨无人道。”

“你是不是在‘指桑骂槐’，骂我们日本人‘生财无道’，又‘惨无人道’？”藤木又怒不可遏。

松井龟一又向藤木摆摆手，说：“我何尝不想‘脱却乌纱辞却官，红尘万虑了无关’，回到日本‘野蔬春酒随时乐，径菊山花带笑看’。可不行啊，‘共荣’的重担还落在我的肩上。好心得不到好报，还被你们骂，什么‘生财无道，惨无人道’。不谈这个，你再说说，还有哪个是‘人杰’？”

“南陵还有个清光绪年间任两淮盐运使、福建按察使、护理漕运总督的徐文达，你们的司令部就设在他的家里。”

“这个就是徐文达的徐家大屋？”松井龟一问道。

“正是。”老鲁继续说道，“你们住的这个徐家大屋，光绪十年（1884年）建造，除花园庭榭外，房屋九十九间半。相传在清朝封建社会唯有王爷可建百间，凡臣民府第住宅如超过一百间则有欺君之罪，有满门抄斩的危险。徐文达再三斟酌，方形成此规模。”老鲁介绍说。

松井龟一听老鲁这么一介绍，兴趣来了，沿着大屋的回廊一步步欣赏。厅堂前均是精雕细镂了各式图案的折扇门，后面立有折叠屏风。厅内宽敞，窗明几净。

“光绪年间，徐文达在赈灾养民方面有突出功绩，对南陵县福利事业和名胜古迹的建设提供了大力资助。”老鲁补充道。

“我们到南陵来，也给你们作出‘突出贡献’，可是你们南陵的人总是跟我们对着干，我们的愿望不好实现。”小关说。

“南陵有万亩牡丹园，和溶洞、奇石、瀑布融为一体，形成西山花海石林风景，还有古秘幽邃的乌霞寺风景。但是，那里都是新四军游击队的抗日游击区，你们无法看到。”老鲁听了觉得好笑，改换了话题，介绍丫山美景。

藤木听了拔出手枪晃了晃，说：“大日本想要去的地方，谁敢拦着？”

“为了安全，暂时不去，那些新四军游击队，依靠那些溶洞、奇石，还比较猖獗’。等我们‘皖独’去收拾了，再接龟一大佐和小关队长去欣赏。”张昌德安慰藤木说。

“有好景，必有好诗，否则再好的景也苍白无力。”小关说。

老鲁说：“茨山庵有个叫‘狗尾巴草’的诗人，写了首词《蝶恋花·西山春景》：

暖日柔风霞万片。梦醒姚黄，红满西山远。绿照云裳谁不见，天涯此处神明赞。石里沉香天外看。石外骚人，石里风流唤。欲恋花心愁不断，情留不让临风叹。”

“词是好词，石是骚人，花是沉香。为什么不让‘情留’，还‘临风叹’？”龟一大佐疑问道。

“这是不让举着刀枪来中国的人，‘情留’‘沉香’。”老鲁解释道。

“你三句话离不开影射我们大日本，我们是举着刀枪来中国的人，我要‘情留’‘沉香’，你们能挡得住吗？”藤木指着老鲁的鼻子说。

“什么中国人日本人，我认为都是一家人，就是亲兄弟也有操家伙互骂的。你们来南陵，我支持配合，老鲁等人还不习惯。日子长了就习惯了。”张昌德司令开导藤木说。

“历代有哪些诗词大家来过南陵，留下诗词作品没有？”松井龟一问老鲁道。

“唐代大诗人李白，又称诗仙，携儿女来南陵居住。为国家、为苍生作贡献是他的夙愿。受好友的举荐，天宝元年（742年）被唐玄宗征召进京，走前留下著名诗句《南陵别儿童入京》：

白酒新熟山中归，黄鸡啄黍秋正肥。
呼童烹鸡酌白酒，儿童嬉笑牵人衣。
高歌取醉欲自慰，起舞落日争光辉。
游说万乘苦不早，著鞭跨马涉远道。
会稽愚妇轻买臣，余亦辞家西入秦。
仰天大笑出门去，我辈岂是蓬蒿人。”

老鲁介绍着，并声情并茂地朗诵起来。

“诗仙李白一来南陵，你们又是‘烹鸡’，又是‘酌白酒’热情招待。可我们大日本‘著鞭跨马涉远道’来到南陵，没看见你们这样招待我们。”小关怒道。

“我代表南陵人民，用茨山庵的粉丝炖老母鸡招待龟一大佐，这是过去皇宫里都很难吃到的土菜。”张昌德司令补充道。

“我们南陵人民，正是受到了李白诗句的影响，你们日本人一进南陵，他们就‘仰天大笑出门去’，也高喊‘我辈岂是蓬蒿人’。”老鲁介绍李白的诗句在南陵起到的作用。

“这些‘蓬蒿人’，不参加我们‘皖独’投靠日本，被我们和皇军抓住了，就要像割蓬蒿一样，割掉他们的头。”李副官批评南陵的‘蓬蒿人’不应该参加新四军游击队。

“南陵就诗仙李白来过，还别了儿童入了京，徐绩和那个‘狗尾巴草’诗人又是本地人，诗词文化还不……”

“南陵的诗词文化深厚着呢。”老鲁打断松井龟一的话说，“唐代诗人贾岛，在《送友人之南陵》的诗中告诉友人，到了南陵，‘好趁江山寻胜境，莫辞韦杜别幽居’。”

“我们不想出城‘寻胜境’，城外‘有人’在盯着我们，还是‘幽居’安全。你先介绍介绍，等你们中国改用了我们大日本的国号，我们再亲临欣赏。”小关对老鲁说。

“明明知道城外茨山庵的抗日活动‘猖獗’，还派我晚上去那里还愿。这次肯定是有去无回了。”藤木站在松井龟一身边失望地低头想道。

“南陵的‘胜境’如山，前面我们介绍了西山的花海石林，另有‘工山(戴公山)削翠’，是南陵的方位神白虎，有诗为证：

白云飞去又飞来，万壑千岩指顾间。
天半芙蓉争削翠，案头一点是工山。

还有‘鹅岭横云’，是南陵的方位神朱雀，也有诗曰：

为问金鹅事有无，岧峣岭矗片云孤。
陵阳自昔称仙令，化作翩翩叶县凫。

这两首诗是明代文学家、诗人梅鼎祚所作。”老鲁继续介绍。

松井龟一站在徐家大屋二楼，向西看到戴公山，果然芙蓉峰耸入云霄，峥嵘陡峭，叹道：“真是‘芙蓉争削翠’”。

大佐又向南远眺，山形似鹅，旁舒两翼，山色苍蔚，云气缭绕，还有“仙令”窦子明和“大金鹅”的传说，又赞叹道：“好一道‘鹅岭横云’的景象。”

“南陵还有水的‘胜境’。”老鲁接着说道，“南陵东边的青龙山下，真有一条‘青龙’穿山而过，那就是青弋江，是南陵的真正方位神‘青龙’。明代诗人方海以《清弋波光》为题写了一首诗：

长江渺渺界西东，绉縠波光弄小风。
疏月回摇千顷白，落霞平散一川红。
客行舟楫如天上，人鉴形容似镜中。
最喜澄泓清见底，尘缨欲濯有谁同？

青弋江江水清清，微风阵阵，水波在阳光下泛起粼粼白光，渔船荡漾其中，风光旖旎。”

“这次回芜湖，请张司令送我从青弋江走，我要领略一下青弋江的水‘回摇千顷白’，‘澄泓清见底’的景象。”松井龟一说。

“青弋江是国军五十二师的防区，也是新四军游击队活跃的地方。上次皇军的十余艘商船在青弋江上被劫持，我们到现在还没弄清楚是五十二师干的，还是新四军游击队干的。大佐走那里回芜湖，不等于送羊入虎口？还是走奎湖回芜湖，那里也有奎湖‘胜境’。老鲁快给大佐介绍介绍，哪个诗人去过，写过诗？”张昌德司令想打消松井龟一的危险想法。

“南陵奎湖烟波浩渺，云蒸霞蔚，鸥鸟横空，气象万千，两岸桑麻披野，稻麦压垄，牛羊出没，也风光旖旎，宛如一颗璀璨的明珠，镶嵌在江南圩区这方广袤肥沃的土地上。古往今来，吸引了李白、梅尧臣、秦仁管等无数文人雅士流连忘返，并留下了如《奎湖赋》《奎湖晚眺》《菩萨蛮·奎湖揽胜》等诸多脍炙人口的瑰丽诗文。如清代举人王葆卿在《奎湖夜泛》一诗中所云：

月下扁舟任往来，奎湖夜景畅游怀。
一轮珠跳波心碎，十里花香水面开。
隔岸渔村收钓网，哪家灯火上楼台。
凭栏极目皆成色，佳句何须剪烛裁。

诗中不难看出诗人当时月下泛舟对奎湖夜景的真实描述和自然流露的欢悦心情。这也是众多游人月下泛舟奎湖的一个缩影。”老鲁对奎湖美景的仔细描述，让松井龟一等日本人听了，顿时提升了精神，十分向往。

“奎湖虽然‘十里花香水面开’，可惜不欢迎我们日本人，到处下‘钓网’，我们一去，他们就‘收钓网’，把我们皇军也当‘鱼’收到网里。”松井龟一从美景的幻觉中回到现实，对天空怅惋了一番。

“我们进驻芜湖时，就来到奎湖‘视察民情’，结果被国军五十二师阻击。那个谈玉礼把我们落在队伍最后的两个皇军捉了，至今生死不明。”小关愤愤地说。

“更可气的是大佐来南陵过端午节，渡河时，又被谈玉礼的‘赛龙舟’骗了。载我们渡到河中间时，他一个暗号把所有的‘龙舟’掀翻了，好多皇军被淹死了。”藤木咬牙切齿地说。

“等我们‘共荣’中国后，把他们捉来，用他们的血祭奠太阳旗。南陵的山水优美，古代大诗人都来题了诗。县城的四个方位神有三个都题了诗，可是麻桥的团山，没有诗人来游览题诗，这是个遗憾，使这块风水宝地，‘宝’有残缺，有瑕疵。”松井龟一道。

“我当年挑小货担去茨山庵，进庵给地藏王菩萨烧了香，想菩萨保佑我走路不打磕绊。那次我烧完香，在庵里转了一圈，突然发现地藏王菩萨斜对面的墙壁上有字迹，我仔细看了看是一首《麻桥团山》：

崇高云切一峰平，翠竹浮天百鸟鸣。

玄武登攀惊上界，千山呼唤草皆兵。

此诗署名为茨山庵‘狗尾巴草’诗人。你们能说南陵这块风水宝地有残缺吗？玄武神还是聪明的，他怕自己的力量小，抗不住邪恶，就联合千山的力量来共同对抗邪恶保南陵。”老鲁不经意记下的这首诗，使南陵的风水更加完美。

“‘玄武’和‘千山’能有那么大的能耐‘护南陵’？我们不还是进了南陵城？说明我们皇军想到的地方，谁也挡不住，护不住。”小关不屑一顾地说。

“你们从芜湖到南陵来，为什么不敢走麻桥团山这边过来？”老鲁反问道。

没等小关回答老鲁，松井又问道：“南陵有哪些经济资源？”

“南陵的东北部是圩区，是鱼米之乡，西南部是低山丘陵，铜矿储量较大，非金属矿种类繁多，为南陵县主要优势矿产。但没有我的老家四川荣昌县丰富。”张昌德说。

“张司令的意思是要我放弃南陵，到你的家乡荣昌去？”小关疑问道。

“荣昌离国民党的陪都重庆不远，我们皇军目前还进不去，等把南陵这些东部地区的占领地巩固后，再派藤木去当‘荣昌长’。现在我们通过老鲁的介绍，已了解到南陵的风景还是优美的，经济资源还是丰富的。我命令小关队长，一定要巩固好这块占领地，等‘统一’了中国后，把你们的亲戚朋友，都从日本迁过来安家落户，生儿育女，世世代代住下去。我们日本那个小岛，让人非常担心，一场地震或者一次海啸就会消失得无影无踪。我的家以后也安在南陵，春季一家人到西山看牡丹，七月三十到茯山庵参加地藏王法会。”松井龟一对未来做了具体安排。

“报告大佐，晚餐已备好。”小郎来催用晚餐了。

“藤木和大郎、小郎同我一道用餐，吃好了，晚上还有行动。”松井龟一故意用“行动”掩盖“还愿”，以免造成不良影响，毕竟不是军务。

第二十四章
春生报信藤木还愿
茨山唱戏目连救母

太阳已坐在戴公山顶上，就像鲸鱼顶着一个大球，在告诉人们，明天还有新的故事即将发生。

李家发听刘雪说，今晚“皖独”的李副官要带三个日本人来茨山庵帮松井龟一大佐还愿。他要趁这个机会报复这几个日本家伙。怎么报复呢？李家发忽然想到那天在茨山庵割草，遇到的一个大哥哥，后来听小旺子的娘喊他唐开春。去哪儿找唐开春呢？李家发想，我先去茨山庵小旺子家，小旺子的娘肯定知道。端午节的晚上，茨山庵庙前搭台唱目连戏。李家发的父亲和母亲也准备来看戏，李家发找借口说要先到茨山庵小旺子家看看小旺子。

李家发一进门就说：“小旺子娘，我来是有件重要的事告诉你们。”

“什么事？快告诉我。”娘急忙问。

李家发把日本人今晚来烧香还愿的事告诉了娘。娘听了，连忙解下围腰布，去找唐开春。刚一出门，谈玉礼和赵莹来了，这是我娘请他俩来吃晚饭，因为端午节要唱目连戏，白天在排练戏，没时间来。

“谈玉礼，你来得正好，春生刚才来告诉我，今晚有三个日本鬼子，要化装成老百姓跟随李副官来茨山庵烧香还愿。今晚，这里唱戏，群众又多，日本人又有枪，到时他们发疯了，茨山庵就血流成河了。”娘说。

“好样的，从小就有爱国爱家之心。”谈玉礼赞扬了李家发，又说，“兰英姐别急，我马上去汇报。”

目连戏台搭在茨山庵的大门前，用毛竹作架，多柱幡，增添花灯，分三层，上为“天堂”，中为“人间”，下为“地狱”，配以相应道具纸扎，分层表演。

唐开春从后台检查完了师父牌位走到前台，再看看戏台两侧的对联，发现这副对联是以“目连”分嵌张贴于台柱上：

目击时艰，唤海内亿万同胞，保卫祖国；

连遭鬼祸，拼江东八千子弟，誓扫倭奴。

这是抗战期间，目连戏的台柱都贴这样的对联。

赵邦发正在准备目连戏演出前的“禅俎”。这是目连戏演出习俗，在台口正前方约八十米处建一上尖下方的神台，神台上供有猪头三牲，神台中立一丈余高的青竹，招来东南西北中五路邪恶之神，称“五猖”，供奉起来，以防这些邪恶之神利用唱目连戏人多的机会做坏事，如偷东西、抢劫、放火、调戏妇女。

演出结束有“免俎”仪式，也叫放“五猖”。这一仪式，使看戏的男女老少胆战心惊。五路邪恶之神一放出，见到漂亮的姑娘就把魂魄抢走调戏，见有不顺眼的人就让人家人魂分离，地藏王防不胜防。

唐开春和赵邦发把目连戏演出前的准备工作都做好，又检查了一遍，确保目连戏顺利演出，这才放下心来去吃饭。

正在这时，谈玉礼带着李家发找到唐开春、赵明才，还有赵邦发。李家发又把李副官他们今晚来茨山庵还愿的情况说了一遍。

龙泉乡副乡长汪寄清也听了长林保保长谈启发的汇报。他想，在特殊时期，戏场的群众安全最重要，要防止有日本人在自己的辖区伤人。尤其是戏台两侧的抗日对联，会刺激日本人的敏感神经，所以要严加防范意外发生。

晚上，汪寄清也来到茨山庵，一到保公所，就听到唐开春向他汇报李家发送来的消息。他首先找到谈保长和朱合喜商量，立即召开目连戏演职人员的紧急会议，会议由朱合喜主持。

“今晚‘皖独’的李副官带三个日本人来茨山庵，这是茨山庵的最大安全隐患。本来我想去请示新四军南繁芜游击队总队队长王安葆，但时间紧迫，也只有我们自己拿出防范措施。李家发这个小家伙，人小鬼大，刘雪回家说的话，引起了他的重视，及时送消息到这里。藤木帮松井龟一大佐来茨山庵还原的事，我也略知一二，消息是可靠的。”朱合喜说。

唐开春代表戏班，针对日本人今晚来还愿提出了自己的看法，并征求了在场的乡保领导的意见。朱合喜一听，说：“我俩想法不谋而合。”就如何行动，会上又做了周密安排。

目连戏一般是太阳快落山时开锣，唱至次日太阳出山时休息，此谓“两头红”。若连演三天，每天一本，谓之“三本三开台”；只唱一天，谓之“一本三开台”。因为是抗战时期，茨山庵的目连戏暂定只唱一天，“一本三开台”。

戴公山昂着头刚吻到太阳，目连戏就准备开始。唐开春带着目连戏演员先来到后台，向供奉目连戏师父的牌位拈香叩拜。此外尚有“守斋”“发笔”“化马进香”“送子”“赶散”“闻太师驱邪”等。仪式隆重，避讳十分严格，就连台下观众，无论多少皆从中划分男女区域，不得伙杂。

今晚，目连戏唱的是《目连救母》。全剧叙述傅相笃信佛教，救孤济贫，死后升天；其子掉入螺塘，下落不明，妻刘氏失望开荤毁佛，打僧骂道，被罚地狱受苦；后其子被地藏菩萨收为徒弟，母亲劝子回家结婚生子，其子不愿，从此出家，法号“目连”。目连为救母入十八层地狱，终赎母衍成正果。由于该剧宣扬礼义仁孝，因果报应，崇佛尊道敬儒，故南陵民间祭祀还愿盛典，必搬演目连戏。有诗《南陵目连戏》曰：

叱咤僧尼还毁佛，只因子念木鱼缘。
空门独具谁违戒，地狱当家人断烟。
儿入黄泉祈赎罪，戏生春谷有夸言。
词华不似西厢艳，更比西厢孝义全。

在唐开春领着演员在后台拈香叩拜目连戏师父时，前台朱合喜代表乡保，拿起铁皮喊话筒，做了简短的开幕讲话。他说：“长林保的乡亲们，我们在端午佳节的晚上，在茨山庵前唱目连戏，祈求菩萨保佑我们长林保的平安，保佑长林保各家各户的山芋和麻壳仙获得大丰收。”

“咚咚哐，咚咚哐……”的锣鼓一响，目连戏正式拉开帷幕。第一个上场的是唐开春扮演的地藏王，他一边表演，一边借着戏台上吊着的两盏大灯的灯光，观察戏台前大路上的来人。他隐约看到赵邦发站在禅俎边的小桥上，这是李副官和藤木他们来茨山庵的必经之路。

“居幽冥无私，虑疑然清静。法轮转菩提下普度众生。”唐开春念着地藏王的开场白。赵邦发站在禅俎前，等着李副官和藤木他们过来。娘站在离赵邦发不远的地方，以一个草堆作掩护。当李副官带着藤木走近时，娘佯装从岔路走出来刚好遇到他们。

“在家把女儿哄睡着了，来晚了，天漆黑的有点怕，遇到你们壮个胆。你们是哪个村的?”娘说完来晚的原因后又问。

“你问我们是哪个村的干什么?”李副官带着四川口音凶巴巴地说。

“我听出来了，你是李副官吧。这下我们看戏的人安全了，李副官来保护场子，不怕日本鬼子端着机枪，把看戏的扫了，感谢，感谢。”

“我是带客人来还愿的，可不是要来保护你们什么安全的。”李副官说。

娘走过桥，赵邦发连忙上前递一炷香给娘，说：“请在禅俎前烧炷香，地藏王会保佑你幸福安康。”娘迅速走到禅俎前磕头上香，又迅速来到戏台前，摘下头上的白毛巾向台上挥了挥。唐开春借着灯光一看就知道，这是日本人来了。

当李副官和藤木、大郎和小郎等四人走过桥，赵邦发也迎上前，给每人递上一炷香，要他们在禅俎上点燃。李副官有点不情愿，藤木更不耐烦。“来看目连戏的人，如果不在这禅俎上烧香，五猖一旦放出，他的魂魄第一个就会被五猖拖走。”赵邦发解释不上香的后果。

“危言耸听。”李副官接过香抛到禅俎上。赵邦发也听出来这个四川口音的人就是李副官。在黑暗中，赵邦发又化了装，李副官没有认出他。

“八格牙……”紧跟藤木后面的大郎，控制不住自己的情绪说话了。但他刚蹦出三个字，就被藤木转身捂住了嘴。赵邦发明白了，跟在李副官后面的是三个日本人，李家发送来的信息一点不错。藤木、大郎接过赵邦发手中的香，转身扔到桥下的小溪里。小郎把香握在手中，虔诚地插在禅俎上。李副官回头也看见了。

这时站在赵邦发不远处的朱合喜，也看清了四个黑影。“刚才听说你们是进庙烧香还愿的，请你们稍等，我进去告诉一下主持强斋婆，让他们准备好香火迎接你们。”赵邦发说完转身跑向戏台。

“入空门独具悟性，因目连母违戒律如来有令，断尘念僧与俗水火不容。参禅者善修身如守禁城，为我徒昼防六贼夜惺惺。”李副官被戏台上“地藏王”的唱腔吸引了。他仔细回味着唱词，好像有指桑骂槐之嫌。“僧”和“俗”好像指的是中国人和日本人，两者是“水火不容”的。还有什么“昼防六贼夜惺惺”，白天防着日本人，晚上比白天还清醒。那我和藤木、大郎、小郎晚上来到这里，他们难道也清楚地知道了？李副官想到这里不寒而栗，回头看看有不认识的人围在他和藤木几个来人身边佯装看戏。

唐开春扮演的“地藏王”唱完之后，接着赵明才扮演的目连上场了。“读完贝叶经，耳不闻人世间欲海滔滔。”赵明才在水袖的掩护下，抬起右手伸出四指念白道。唐开春明白了，来了四个不应该来的人。

“地藏王”对“目连”道：“今日十殿阎君请我同会地府，为了一犯妇法外逍遥……被那五殿判官查出。”

“判官执掌生死簿，阎君惩治作恶人，又何必惊动菩萨？”“目连”念白道。

“只因这犯妇非比寻常……”“地藏王”接着唱道，“那犯妇却也曾受禅戒坐伴青灯，年纪轻熬不住形单衾冷，最难容，尼与僧莲花座下盟三生。”

李副官听到这里又吓出了一身冷汗。这“犯妇”不是指日本人吗？在唐朝时，鉴真东渡就把中国的佛教传到日本，日本人“也曾受禅戒坐伴青灯”，可他们“熬不住”侵略的野心，跑到中国来，与张昌德“莲花座下盟三生”。

第二十五章

戏台上鬼卒锁恶魔
庵堂里倭奴明是非

忽然，谈玉礼扮演的黑衣鬼爷带着穿着绿衣、白衣、红衣共六个鬼卒上台，在黑暗中做着摸路行走的舞蹈动作。黑衣鬼爷边舞边念白道：“世人阳间休作恶，恶人自有恶鬼魔。望乡台上回头望，奈何桥上无奈何。”

李副官听了，直冒冷汗，心想：日本人在中国这个“阳间作恶”，他们已走上“奈何桥上无奈何”，可我们“皖独”成了日本人作恶的帮凶，我们也跟着上了这个“奈何桥”。藤木和大郎、小郎听不懂南陵方言，但都被戏台上的舞蹈吸引住了，这个舞台动作语言，他们是看得懂的。

“鬼卒们。”黑衣鬼爷又大声喊道，“带犯妇刘青，一步一棍打上滑油山。”

“雾沉沉黑暗暗黄泉路上。”赵莹扮演的犯妇刘青唱完幕后台词，被六个鬼卒用六根长铁链牢牢捆着，用棍打上台。

“长官爷，一声喊心惊胆丧，小鬼紧逼催裂碎肝肠。”赵莹刚唱完犯妇刘青的戏词，谈玉礼扮演的黑衣鬼爷紧接着向台下喊道“走，上奈何桥。”

赵邦发听到台上谈玉礼的喊声，问：“谁是还愿的，一个一个地跟我来。”

李副官一行人跟着赵邦发，被朱合喜拦住了。他对藤木说，“你不是还愿的吗？鬼爷在喊你了，快跟他去。”大郎和小郎要跟藤木一道去，被娘等人拦住了，说：“在菩萨面前还愿，挨着来，菩萨才弄得清楚谁来还愿了。”

赵邦发把藤木领进庙，必须走地狱这层戏台进庙门。因为目连戏台就是拦门而搭，《目连救母》这出戏是在地狱这层表演。藤木刚踏上台，就听鬼卒们齐声喊道：“走，走，走。”两个绿衣鬼卒站在犯妇左右两边拽着铁链。

“我踏上奈何桥一步一摇，鬼门关张血口隔断阴阳。众鬼们逼命来到佛堂。”赵莹唱完后，在绿衣鬼的拖拽下，向庙门走去。眼看就要进入庙门时，突然一个转身，两手点地接连翻了三个跟头，动作利索漂亮，引得台下一片掌声。

正在这时，藤木不见了，两个紧跟绿衣鬼后面的白衣鬼也不见了，只听哗啦啦两条铁链锁人的声音。这是唐开春利用赵莹精彩的舞台动作，转移李副官和另外两个日本人的注意，将一上台的藤木围住。早已安排好的两个白衣鬼用手中的道具铁链，在众演员舞台动作的掩护下，将藤木捆到庙里，穿过后门，挂到后山的树上。一会儿，赵邦发站在板凳上，摸摸藤木已经没气了。

“阿弥陀佛，你双手沾满了中国人的鲜血，你应该过奈何桥，上滑油山了。”唐开春说完，又道，“去，叫第二个日本人。”两个白衣鬼卒又回到台上。

这时，赵莹稳稳地站住，又给台下观众一个漂亮的亮相——凤凰展翅，接着又唱道：“忙登上望乡台极目远望，隔愁云穿惨雾再望家乡。”

李副官听了赵莹凄惨的演唱，毛骨悚然。在这里“望乡”的，不就是我和藤木他们吗？我望的是四川家乡，藤木他们望的是日本家乡，要是我们都走上了奈何桥，谁也回不了家乡。李副官想到这里，忽然有人在拉他的胳膊。他转头一看是大郎，意思是想问他能不能进去？李副官看看周围问道：“藤木怎么没出来？”

“他还完愿，主持正在请他喝茶。”赵邦发撒谎道。

“那你跟他去吧。”李副官对大郎说。

“将犯妇刘青提押上滑油山。”黑衣鬼爷命令道。这时绿白红六个鬼卒，带着六根铁链扑向前台，赵莹向后台一个后翻动作，六个鬼卒一字排开转身向后台。

赵邦发大声喊：“上！”众人将大郎推向台上。“进去。”这次是两个红衣鬼用铁链顺势捆住了大郎，也拖到后山挂到另一棵树上。一会儿，赵邦发摸摸大郎的鼻孔，向唐开春摇摇手。有诗《鬼》曰：

黄泉鬼卒链挥扬，誓把阳间鬼捉光。

谁举刀来人作鬼，鬼将一索锁寒乡。

唐开春在微弱的烛光下看见了，知道大郎没气了，又合掌祷告道：“阿弥陀佛，这是日本人自己让你魂丢异乡，你要想自己的家乡，就在滑油山上看看吧。”

“看滑油险峰绝壁高万丈。”赵莹唱着又连续翻了几个空心跟头，落在前台，观众又是一片掌声。李副官和小郎被舞台吸引，根本就没看清大郎怎么进庵门的，就看见一群鬼卒涌向后台的庵门。

“还有还愿的请跟我来。”赵邦发来到李副官身边喊道。

李副官见藤木和大郎进去还愿到现在还没有出来，便问道：“他俩还完愿了，怎么到现在还没出来？”

“主持又邀请大郎陪她喝茶呢，还让我出来再邀请这位朋友。”赵邦发说完，拉着小郎就走。小郎见藤木和大郎进了茨山庵门，到现在没有出来，胆怯了，感觉有不祥之兆，拉着李副官的胳膊不敢走。

李副官也感觉事情不妙，想进去看个究竟，说：“我俩一道进去吧。”他们刚迈步，就被朱合喜拦住。

“主持强斋婆请的是这位朋友，又不是请你。”朱合喜站在李副官和小郎的中间，把两人拉开。

赵邦发拉着小郎就走。这时，赵明才扮演的目连奔上台与母亲见面。黑衣鬼爷领着六鬼卒绕台退到一旁，正好把台后的庙门拦得严严实实。李副官又没有看见小郎是怎么进庙门的，但发现戏台上少了两个绿衣鬼。

同样，在舞台动作的掩护下，小郎一上台，就被两个绿衣鬼用道具铁链捆住，拖进庙里。准备送向后山勒颈时，朱合喜进了庵门，借着烛光，看见小郎还是个毛头小子，说：“慢，我来问问，他们日本国内人民是怎么看待这场战争的？”

“你今年多大？”唐开春问。

“我是个中学生，今年才十六岁。”小郎在日本就学习中文，沟通很顺畅。

“为什么要打中国？”唐开春接着问。

“在学校读书时，老师跟我们说，中国地大物博，自然资源丰富，如铁矿、煤炭等，我们日本缺少。还说中国有许多姑娘，非常美丽，说我们去了要‘娶’谁就‘娶’谁，我知道这是诱惑。更重要的一点是中国积贫积弱，一打就倒。”小郎介绍日本国内对这场侵华战争的教育引导。

“对这场战争你怎么理解的？”朱合喜问道。

“我们在国内，也常聚在一起讨论这个问题。我们都认为，发动这场侵华战争肯定是错误的。自己家锅里缺米，为什么要跑到人家锅里抢？人家姑娘长得漂亮，人家愿意嫁给谁就嫁给谁，为什么我们去了，要‘娶’谁就‘娶’谁，这不是抢人家姑娘吗？我们也祈盼天下和平，梦想和平。”从小郎的语气里，听出来这是他的肺腑之言。有诗《梦》曰：

鸽衔橄榄向阳飞，祈盼和平共举杯。
春到花园迎彩蝶，万方聚议鳜鱼肥。

“你知道，藤木和大郎在中国干了哪些坏事？”朱合喜又问道。

“我是刚来到南陵才认识他俩的，但在日本国内，人人都知道他俩的大名。”

“为什么？”唐开春问道。

“因为，他俩在南京开展杀人比赛都得了奖。日本国内的大小报纸刊登了他俩的照片和‘事迹’，家喻户晓。我看了，几晚上都没睡好觉，一闭眼，就看到许多无头的鬼在窗前晃动。”小郎说。

“藤木和大郎一进这茨山庵的门，就被菩萨看出来杀人太多，是要得到报应的。于是，菩萨就放出东南两‘猖’，将他俩分别给‘报应’了。”唐开春说。

“‘善恶报应，祸福相承，身自当之，无谁代者。’这是佛家的《无量寿经》中讲的，也是鉴真和尚传到日本的。”小郎好像懂得很多。

“你要知道，中国人民是伟大的，坚强不屈的，誓死抗战到底的。”唐开春坚定地说。

“我知道，中华民族是个伟大的民族，对于入侵者利用各种方式进行着不屈不挠的斗争，保卫着自己的家园。”

“你是怎么看出来？”唐开春问。

“端午节前一天晚上，也就是昨天晚上，有人‘箭烧’龟一大佐住处，虽然被李副官谎说是我们驻军子女的恶作剧搪塞过去，但明白人都知道这是中国人民抗日的一种方式。”

“这就是他们唱目连戏的人干的。”朱合喜指了指身边的唐开春说。

“中国的大部队在前线和你们作战，在你们后方的普通群众也不能闲着，就连李家发这个十来岁的孩子也知道爱国抗日，给我们通风报信。你们现在已处于人民战争的汪洋大海之中，是注定要失败的。”朱合喜说。

“我也相信正义一定会胜利的。”这个日本青年对自己面前的中国青年肃然起敬道。

“我看你是进步青年，对中国人民是心存友好的，还没有做出对不起中国人民的事。明天回到南陵，告诉松井龟一和小关，藤木和大郎上了‘滑油山’，这是菩萨的意思。”唐开春道。

“是，是，是。”小郎连连称道。

朱合喜、汪寄清、谈保长以及长林保的副保长都没有离开戏场，防止意外发生。

第二十六章 放五猖精心设诈局 问副官当面说谎言

这时，台上目连见完母亲，还难舍难分，“地藏王”出场，挥起拂尘隔断母子。

“呔，鬼卒们，把犯妇押上滑油山。”随着地藏王的一声喊，黑衣鬼爷把“犯妇”押到戏台中，赵莹表演着上滑油山的动作。这时，目连戏接近尾声，赵邦发跪在禅俎前，点香烧纸。

“放五猖。”随着地藏王的又一声令下，“啪——砰——”赵邦发点燃的双响炮冲天而起。

台上的“犯妇”按照“地藏王”的要求，临时插入中“猖”的情节。双响炮一响起，“犯妇”忽然倒下口吐白沫。台下一阵骚动，有人喊道：“台上的她中了中路‘猖’啦。”

“啪——砰——”，双响炮又响起，戏台北边又有人在喊：“这里又倒下一个人，口吐白沫啦。”这是赵明才卸了妆，从人缝中溜来，佯装中了北路“猖”。

“啪——砰——”，赵邦发点燃最后一个双响炮时，应声倒在禅俎边上。“不得了啦，看五猖的人中了西路‘猖’啦。”突然有人喊道。

茨山庵主持强斋婆带着小郎来到李副官身边说：“你们亲眼看到了，唱目连戏必须先将东、南、西、北、中五路恶鬼请来，坐在禅俎上享受供奉，派人看住他们。戏唱完后，还要把他们放走。这些不老实的家伙，一放出，看到不顺眼的人，就把他们魂魄拖走。这不，中、北、西三路‘猖’已拖走三个人的魂魄了。”

李副官问道:“怎么没看到东、南两路‘猖’拖人呢?”

“这两路‘猖’早就把不顺眼的人拖走啦。”唐开春说。

“哪两个人给这两个‘猖’拖走了?”李副官又问。

“那两个人来时,把上禅俎的香扔到小溪里了,没有给他们烧香,猖早就不顺眼了。”李副官听了朱合喜的话,心里一惊,难道藤木和大郎……

“小郎,我们快去找藤木和大郎。”

“他们早就被东南两路‘猖’,赶上滑油山了。”

“你亲眼看到了?”李副官疑惑地问。

“端午节在茨山庵唱目连戏是想还愿菩萨,保佑长林保平安,下半年获得山芋和麻壳仙的丰收。不知道谁来看戏得罪了五‘猖’,拖走了戏场上五个人的魂魄。”谈启发保长拿着铁皮喊话筒站在戏台前喊道,“五‘猖’拖了谁家人的魂魄,赶快抬回家,能还魂的就更好,不能还魂的,就安葬了吧。”

娘跑到戏台北边喊道:“这是我的小兄弟中‘猖’了,赶快来人,抬到我家。”朱合喜听到喊声跑过来,抬起赵明才就走,刚抬出人群,赵明才就叫他们放下。

娘又跑到禅俎边喊道:“哎呀邦发也中‘猖’了,快……”娘的话音未落,李家发首先跑来要背赵邦发。

唐开春也跑过来,说:“你年纪太小,会压伤的。我来背。”李家发捡起赵邦发的鞋,跟在后面向我家走去。一到门口,赵邦发就从背上溜下来,说:“谢谢你。”

谈玉礼在台上也喊起来:“不得了啦,我的老婆被中路‘猖’拖上滑油山啦。”然后趴在赵莹身上“号啕大哭”起来。赵莹忍不住扑哧笑了。谈玉礼急忙用戏服做掩护,盖住了赵莹的脸。好歹戏台高,李副官在台下没看见。

“我的大妹子,你又没侵略人家,杀人家人,这个‘猖’怎么也把你给拖了。”娘走上台也悲伤地“哭”起来。

谈保长故意大声说:“人都死了,哭什么,还不快背回去装进‘棺材’。”看戏的,大部分都被这“恐怖”场面吓坏了。有的人认为这其中必有“诈”,但不知道其中“诈”的原因。

茨山庵的目连戏唱了大半夜，放“五猖”，又折腾了小半夜，等看戏的人都散尽，东边红了。李副官带着小郎随着四散的人群，跑得两脚不沾灰，怕自己也被“猖”拖了，一口气跑到盛桥菊花茶馆。这时，天已大亮。

戏即将结束放五“猖”时，菊花听到人在喊，戏台北边被“猖”拖了一个，禅俎前也被“猖”拖了一个，戏台上又被“猖”拖了一个，知道今晚出事了，而且出大事了。她拉着同来看戏的姐妹，赶快离开了茨山庵。

菊花回到家见肖明正在做早点，也没上床睡觉，接着起火烧水煮粥。一会儿，李副官和小郎气喘吁吁地跑到茶馆坐下，只见两人满头大汗，拿起桌上的茶壶，把昨晚剩的茶倒满一碗，咕咚咕咚地喝起来。

“你们在哪里偷牛来，被人逮着逃出来的吧?”菊花明知故问道。

“昨晚，茨山庵出事了，而且出大事了。”李副官喝了一碗水，稍停片刻说。

“你唱戏，我看戏，还出什么大事?”菊花故作惊诧道。

“茨山庵唱目连戏，放什么五‘猖’，把我带来还愿的两个日本人，给‘放’不见了，这让我怎么向大佐交代?”李副官焦急地说。

“看戏的姑娘多，说不定你那两个日本人，又不知道缠着哪个姑娘去了。”菊花说。

李副官想想，这也有可能，又说：“天亮了，也应该回来了。”

“他们已乐不思蜀，还想回来？要么上门做人家女婿了，要么把人家姑娘趁夜带回老家日本了。”菊花说。

李副官听了，觉得这是不可能的事，但心里乐了，他已有向大佐交代的托词了。

“小郎啊，你回去，大佐不会把你怎么样，可我要掉脑袋了。我们一道出来的，这一回去，你活着，我被杀了。你是日本青年是有情有义的……”李副官想和小郎套近乎，让他统一说法。

小郎想，你也是该杀之人，背叛自己的祖国，背叛自己的人民。但如果我不跟你统一说法，日本人的大部队就会开来扫荡，茨山庵就会被飞机大炮毁掉，长林保的每家每户就会被杀光。我不能在茨山庵留有千年遗憾。有诗

《小郎》曰：

不愿中华遭浩劫，盛唐友谊再传承。
虽然难抗军中令，恶事岂能轻易行。

小郎喝口水，抬头看了看李副官，沉默不语。

李副官见小郎没说话，认为他默认了。这时，肖明正在炸油条，李副官等炸好一根，就拿一根，自己吃半根，小郎吃半根，一共吃了二十根，两人才用衣袖擦擦嘴，离开了菊花茶馆。“我们这是小本买卖，两位大人吃了……”菊花追到门外想要点成本费。

“我今天在你家吃的可能是断头餐，如果回去不被大佐枪毙，回来一定加倍付钱。”李副官边走边说。

小关陪松井龟一共进早餐后，两人都来到小关的指挥部。大佐一坐下就问：“藤木他们几个昨晚去茨山庵帮我还愿，这都吃过早饭了，怎么还没有回来？”小关也不知道什么原因。这时张昌德来向龟一问安。小关又问张昌德。

“茨山庵有个惯例，每年端午节晚上唱目连戏，祈求保平安和丰收，从太阳下山唱到太阳出山，这叫‘两头红’。”张昌德说。

“你是说，藤木在茨山庵还过愿还在看戏？”龟一疑惑地问。

“可能他们正走在回家的路上。”小关说。

正在这时，李副官和小郎狼狈不堪地来到徐家大屋指挥部复命。松井龟一见藤木和大郎没跟他俩一道回来，问道：“还有两个人呢？”李副官看看小郎，小郎又看看李副官，谁也不敢说话。

“李副官，你快说，是怎么回事？”小关催促道。

“李副官，我们是让你负责带他们去还愿的，一切安全由你负责。如今你回来了，他们丢了。你不说清楚，就地枪决。”龟一恼怒了。

李副官吓得双腿发抖连忙说：“我们一行四人去茨山庵还愿时，恰逢茨山庵在大门前搭台唱目连戏，人山人海，谁也不认识我们。不过……”

“不过什么？我两个日本朋友是怎么丢的，快说。”张昌德也恼怒了。

“不过那个演目连母亲的最漂亮，藤木看到她就跟去了后台……”

“亏了藤木，年纪轻轻和漂亮的老婆刚刚结婚，就应征到中国战场，一待就是五六年，遇到姑娘控制不住自己，情有可原。那我问你大郎是怎么回事？”小关问道。

“大郎看到盛桥茶馆老板娘菊花，也不知追到哪里去了。”

龟一问小郎是不是这回事，小郎装作听不清李副官说什么，只是“糊里糊涂”地又是摇头又是点头。“这次去茨山庵还愿，不但丢了两个人，还‘傻’了一个人。”小关看看小郎的傻样说。

“我命令今天扫荡茨山庵，找回藤木和大郎。”龟一对小关和张昌德下命令了。

李副官听大佐下命令了，心想：我这是在撒谎，张昌德司令如果到盛桥茶馆见到菊花，问起此事，这不露馅了吗？到时自己真是死路一条。“慢，还有……”

小关打断李副官的话，催促道：“还有什么话，快说。”

“唱目连戏要放‘五猖’，谁知这五个‘恶魔’一放出，看到不顺眼的人，就把他的魂魄拖走了。一会儿，东、南、西、北、中就有五个人倒地死了。”

“你查没查，这五个人当中，有没有藤木和大郎？”张昌德问。

“因为夜黑无光，人多又嘈杂，有的被误认为是自己家的人被抢着抬回去，连夜埋了。说‘五猖’拖的都是恶人，不能等天亮，否则被人看到了，传扬出去，这户人家就没面子，就要夹着尾巴走路了。”

实际上，盛桥老虎头碉堡里的谢连长也带着几个人，穿着便装来看戏了。在黑暗中也遇到了穿便服的李副官以及他带来的几个陌生人。谢连长站在离李副官不远的地方，亲眼看见两个黑影先后从李副官身边出来，进了庵就不见了。谢连长今天是擅自离队来看戏的，就是发现情况，也不敢出面，否则就要面临军法处置。目连戏还没结束，就带人先跑回盛桥，如果被李副官撞见，那就麻烦了。

第二十七章

大佐报复拆庵建堡
主持阻拦烧香送佛

李副官说是唱戏放“五猖”，“放”掉了藤木和大郎。“一派胡言。”龟一听了一拍桌子说。

“唱目连戏，放五猖，这是南陵一种古老的戏曲剧种，我也多次看过。”张昌德说。

“我一进驻南陵，就对南陵的文化做了深入的了解，南陵目连戏，王阳明曾经评曰：‘词华不似西厢艳，更比西厢孝义全。’由此可见演出时代久远。”小关很有兴趣地说。

接着，他们又把老鲁找来，对目连戏做了进一步介绍说：“据我县民间老艺人忆述师辈，明清时期，名伶辈出，班社应邀走遍江西、徽太及江淮之间。清代同治时的《江南通志》就有‘目连戏伶人多为南陵人’的记载。”

“唱戏是民间的一种文化活动，是一种娱乐。怎么会放‘五猖’，弄死人？”松井龟一不解地问。

“‘五猖’为邪恶之神，在人间常做坏事，偷东西、抢劫、放火、调戏妇女。但他们又喜欢恶作剧，把偷抢来的某一家的东西，又放到另一家去，要是闻到某人身上有血腥气，杀过人，就把他的魂魄拖上滑油山，再过奈何桥，最后送到地狱。”老鲁又介绍道。

松井龟一想，藤木和大郎在南京杀了那么多人，全身都散发着血腥气，他俩走到哪里，狗就咬到哪里，不怪这些“五猖”要拖他俩的魂魄往地狱送。好歹我自己没去，要是去了，第一个就把自己的魂魄拖走了。可能自己还赖在奈何桥上，大骂谷寿夫，“五猖”应该先去把谷寿夫拖到地狱，自己才甘心，是他要我们滥杀无辜的。亀一想到这里，叹了一口气，中日两国信奉的都是一个佛祖，这个佛祖迟早是要找我“算账”的。

“中国的老百姓对‘五猖’既怕又敬，于是就祭起来以博其高兴，认为这样会降福给自己。实际上这是明太祖朱元璋赏罚不分明造成的。他夺取了江山，在南京建立大明政权后，大封有功之臣，却忘了捐躯的官民，这些战死者的‘阴魂’向他诉苦讨功。于是朱元璋就想出了以东、南、西、北、中五路之鬼魂概括为‘五猖’，让百姓借唱目连戏的机会举行活动纪念。”张昌德见亀一大佐的脸色阴沉，心事重重，就让老鲁向大佐解释“五猖”的来历。有诗《五猖》曰：

曾在沙场秋点兵，刀横马上是雄英。

躯捐忠义功难讨，呈现浮光祈再生。

“他俩是追花姑娘失踪了，还是被‘五猖’拖了？”张昌德疑问道。

“他俩追花姑娘是无稽之谈，被‘五猖’拖了，也不可信。”亀一对藤木更了解，更信任，又强调说，“不管怎么样，活着我要见人，死了我要见尸。准备血洗茨山庵。”

“目前，我们对藤木和大郎的死活还不清楚，还不能擅自调兵血洗茨山庵。如果南陵县城里的兵一旦调出，早已虎视眈眈的新四军游击队，就会乘虚而入。虽然他们不成气候，但我们再被他们‘拖’走一部分人，送到‘地狱’，大日本帝国的损失就难以弥补了。”小关建议暂时不能因小失大。

松井亀一听了，觉得有道理，不能随意动用兵力，假如造成严重后果，自己是要上军事法庭的。何况藤木和大郎是为了我个人去还什么愿失踪的，真是荒唐至极，一追查，责任更大。于是叹了口气说：“小关队长，你负责把这事办妥当。”

“李副官，还是你带两个人，以国军的身份到长林保找谈保长，把这事调查清楚，回来向大佐和小关队长汇报。”张昌德抢先做了安排。

"这一次,你不把人给我找回来,'五猖'不拖你,我要'拖'你了。"小关对李副官说。

下午,李副官带着两个卫兵张昌和张德来到长林保,首先来到娘的家里,要娘帮他找到保长谈启发。赵爸问道:"你不是帮日本人吗? 还有事找他?"

"昨天晚上,我们两个兄弟来茨山庵看目连戏,走失了,到现在还没有回去。我们是来找谈保长帮忙找人的。如果你们知道,也可以告诉我。"李副官说明了来历。

"昨天晚上唱目连戏,放'五猖'放倒了好几个,谈保长早上就在茨山庵庙里一个个登记。有两个人被'放倒'后,没有亲人来领。彭荣华的父亲人老眼花,最后离开戏场时,发现脚下睡着一个人,看不清是谁,就肯定是自己的儿子被'五猖'拖了,背起来就往家走。"

"他怎么知道'五猖'会拖他儿子?"李副官问。

"因为他的儿子彭荣华沉迷于赌博,抛妻弃子。好歹昨晚彭荣华没来看戏,来看戏,第一个就把他'拖'了。"赵爸说。

"他又怎么发现,背的不是自己的儿子呢?"李副官又问。

"彭荣华的父亲背起地上的人,跌跌撞撞还没走几步,彭荣华从上马石赌钱回家,正好从这里路过。天已蒙蒙亮,看见父亲背个死人,就拦在父亲面前,对着他父亲大喊了一声。他父亲抬头一看,这才知道背上背的不是儿子,又放到原地。彭荣华发现庵门口也睡着一个人。原来这两个人是人家从庵的后山上背下来的,发现不是自家人,就摔在庵门口。"赵爸说。

"这两个睡在地上的人是谁?"李副官吃惊地问。

"这不是听小旺子娘说,谈保长在登记嘛,看看是不是长林保的人口。"赵爸答道。

"谈保长登记完后,发现有两个被'五猖'拖走的人,不是本地人。有人猜测,可能是外地和尚当晚来茨山庵。茨山庵里的主持强斋婆就在后山上准备了四口大缸,每个人坐一口缸,里面放上碳,然后每口缸上面再底朝天盖一口缸,中午十二点火化,送他俩到西方极乐世界。你看,现在那个后山上还冒着余烟。"娘指着茨山庵对李副官说。

“什么叫坐化?”

“坐化是指修行有素的僧人,盘坐缸里,几年后就变成肉身,涂上金粉,就是肉身菩萨。”娘说。

有诗《坐化》曰:

修行心性不贪求,一切时空清白留。
坐化祥云因德满,弥陀接引共吟秋。

“为什么这两个‘僧人’刚坐化,就点火烧了?”李副官问。

“谈保长看这两个人面带凶恶,不像是僧人,所以就烧了。”

这两个人是不是跟我来的藤木和大郎?李副官怀疑了。

“你们偷偷地跑到茨山庵来还愿,也不向长林保的保长打声招呼,谁又认识你那两个人长的是什么模样?如果你们提前打声招呼,就会派人保护你们,人再丢了,长林保所有的老小都会对你们负责。”娘说。

李副官想,藤木和大郎如果死了,尸体被烧了,那还调查什么?想到这里,他说道:“张昌,张德,我们回去。”

“报告。”李副官来到小关指挥部。

“藤木和大郎的下落,调查清楚了吗?”小关问。

“昨晚‘五猖’拖走两个人,长林保的人都不认识,就把他们烧了,可能就是他俩。”

松井龟一听了小关的汇报,藤木和大郎确已失踪了,认为并不奇怪,也是自己意料之中。在人家地盘,人家偷偷地弄死你两个人,扔到长江里喂鱼,泄泄私愤也在情理之中。但对我军失踪的事,必须要做出军事反应,于是大佐在南陵召开了应对会议。

“茨山庵就是藤木和大郎的坟墓,我们同胞的血不能白流,血债要用血来还,坚决要血洗茨山庵。”小关愤怒地说。

“血洗?血洗的对象是国军,张昌德的国军已投降我们日军了,如果是新四军,新四军的主力都过江了,血洗茨山庵手无寸铁的老百姓,将来在世界历史上又要记下我罪恶的一笔。”松井龟一想放下屠刀立地成佛了。

“不管用什么样的方式来报复，我们暂时不能血洗，把长林保的人血洗了茨山庵就没人了，我们最爱吃的土特产麻壳仙谁来种？山芋粉丝谁来挂？”张昌德说。

“我看今年秋收时，你们监督长林保，将收的稻子晒干后送来，山芋加工成粉丝后送来，不准留一粒稻，留一根粉丝。这就是惩罚，比血洗好。”龟一大佐说。

“大佐，我认为这个惩罚太轻了，是不是从其他方面加重惩罚，比如烧掉茨山庵。”小关说。

龟一大佐思索片刻说：“我在城北看了小乔墓，城南看了文风塔。但我发现南陵县城的固体防御能力薄弱，不能‘确保占领区的安全’，要想阻止新四军的袭击，必须在蚂蟥涝、笠帽山、南门城门口修建大型碉堡三座。”

“大佐的这个固体护城方案非常好，在蚂蟥涝建碉堡，可控制陵阳城西的方位神‘白虎’，阻遏他们的抗日活动。在笠帽山建碉堡，居高临下，东可俯览弋江平原，控制方位神‘青龙’的扰乱，南也能控制方位神‘朱雀’的攻击，同时还能控制峨岭、三里、泾县要道，西则鸟瞰五里、大港等地。南门的碉堡作为皇军中心据点，贮存武器弹药。这样南陵县城的防守就坚而难摧了，我们也成了南陵的保护神。”张昌德司令称赞道。有诗《封神》曰

中华好景烟笼罩，鬼魅因为此际逢。
欲拆庵堂抛弃佛，人拦来路自神封。

“一下要建三个碉堡，材料从哪里来？”小关急了。

“你知道茨山庵的建筑面积有多大？”龟一大佐问李副官。

“茨山庵前后有大殿，中间的天井两边还有配殿，共计十大间。”

“哟西，哟西，把茨山庵拆掉，建三座护城碉堡，材料绰绰有余。让茨山庵永远消失，让长林保的人远离菩萨，得不到保佑，这就是惩罚。”松井龟一说。

“拆掉茨山庵比烧掉这个办法好，材料被我们利用，又让长林保的人失去

了菩萨的保佑，他们的精神就崩溃了。这是软刀子血洗，也让那些‘五猖’见鬼去吧。”小关称赞大佐这个做法高明。

“我们中国人是‘宁拆十座桥，不拆一座庙’。意思是，寺庙是传道授业的道场，是弘扬佛法，利益众生的场所。如果拆了茨山庵，激怒了菩萨，大东亚的‘共荣圈’圈不起来怎么办？”张昌德司令提醒道。

“茨山庵里的菩萨没有保佑藤木和大郎，已经与我为敌了。它让藤木和大郎消失，我也让它消失，谁与它‘共荣’？小关队长你拿个拆庵方案。”龟一大佐下命令了。

“拆除茨山庵的任务，由‘皖南独立方面军’负责，在端午节后三天完成。”小关又命令张昌德。

“李副官，任命你为拆除茨山庵总指挥，团以上单位任你调动。”张昌德又命令李副官道。

李副官想，你们一个命令一个，最后还是把这个遭菩萨骂的差事交给了我。李副官接受命令后，组建了以自己和张昌、张德为核心的“茨山庵拆毁”领导小组，在张昌德部下各团抽来五十个端枪的，又组建了五十人拆毁队。李副官先在城里抓了五十个老弱病残，连陵阳城里卖布的老鲁，北门开猪行的老瘦也被李副官抓来拆庵。另外，李副官又命令驻防在盛桥老虎头碉堡的谢连长，在茨山庵抓五十个青壮年负责运输，完成任务后担任警戒任务，防止新四军来阻挠拆庵。县里每一个端枪的，前面抵着一个抓来拆庵的。

李副官见有敛财的机会，还命令谢连长去长林保找谈启发保长。有不愿拆庵的，就出两担稻。谢连长背着盒子炮，后面还跟着几个扛枪的，让谈保长带着找拆庵的人。结果都愿意来“拆庵”，没有一个愿意出两担稻。

娘听说，日本鬼子要派人来拆茨山庵，谈玉礼已秘密回奎湖，参加家乡的抗日活动，一时回不来，就提前把赵莹的被子等生活用品从茨山庵的小下屋里搬到自己家里，并把拆庵的事告诉了强斋婆。

强斋婆一听急了，又赶紧去找唐开春，让他想想法子保住茨山庵。

谢连长要谈启发把长林保拆庵的人都集中到茨山庵。刘宗芳、我的父亲彭荣华，还有赵爸都来了。他们参与的目的是想寻找机会阻止拆庵，保护茨山庵。

唐开春以茨山庵抗日小组长的身份，在庵里召集赵明才、赵邦发开会商量，如何阻止拆庵。赵明才建议，动员长林保的所有老小来围阻拆庵。赵邦发建议报告总队长王安葆，调来新四军阻击拆庵。唐开春认为都不妥，容易伤害群众，李副官已率兵到庵前，时间也紧迫。他略思片刻说："有办法了。"便对他俩耳语几句，又叫来强斋婆交代了几句，就各自散了。

强斋婆不紧不慢地走出茨山庵大门，见有许多人已从对面涌向小桥，涌向茨山庵。她快步跑到小桥上拦住来拆庵的人。这个小桥，也就是端午节唱目连戏，赵邦发摆"禅组"的地方。

这时，已临近中午了，南陵城里抓来拆庵的人，也被李副官带到小桥前。

李副官发现前面有人拦住小桥不让过，拔出手枪，拨开人群来到小桥边。谢连长也举着盒子炮，紧跟在后。强斋婆站在小桥上，一眼就看见保长谈启发站在拆庵的人群中，上前一把"揪住"他，又哭又闹："人家说你是'菩萨'，眼看有人要拆庵砸菩萨，你不阻止，还带这些'畜生'来拆庵，我今天和你一命拼了。"说完一头'冲向'谈保长。

唐开春急忙上前，一把拉住主持强斋婆，然后对着人群说："拆毁茨山庵，最心疼的是这个庵的主持强斋婆。首先，她失去了主持这一职位，要沿街乞讨了，其次，这里的众生失去普度了。"

谈保长也扶住强斋婆说："你看这荷枪实弹的押着这么多人来拆庵，我这个'泥菩萨'能保得住那些大菩萨吗？他们要是真菩萨，就想办法自保吧。"

"这个庵里的菩萨，保佑过小旺子没被水淹死。我不让拆庵。"彭荣华说完，就坐在小桥上，不让李副官他们过去。

"我把你枪毙了。"谢连长举起盒子炮对准彭荣华的头部。

唐开春连忙上前，抬起谢连长的胳膊，说："你是个大连长，与他较什么真，他一人吃饱，全家不饿。你们要拆这个庵，也不能说拆就拆。这些菩萨是长林保的人请来的，我们先要举行个仪式，将这些菩萨送走，哪里来回哪里去。"

李副官想想也是，菩萨不信则无，信则有。端午节那天晚上，唱目连戏，我看藤木和大郎进了庵,就是没看见出来,肯定是菩萨把他俩“收拾”了。还有那‘五猖’,更令人毛骨悚然。

“李副官,你看……”谢连长请示道。

“好吧,就让强斋婆举行个仪式,把庵里的菩萨送走,我们再拆庵。“

第二十八章 香沏天空风起云涌 龙卷螺塘树拔石飞

中午了，强斋婆不让他们过桥，要在小桥上摆个香案，烧香送菩萨。在唐开春的帮助下，香案搬放在小桥上，强斋婆把所有的立香、盘香、卧香、香锥、元宝香、微烟香都搬来了，反正以后也用不着了，不如全都烧给菩萨，让菩萨借着腾起的烟云离开这里。

父亲彭荣华没有回家，因为回家也没有饭吃，爷爷到三姑家去了，家里铁锁把门。他从小桥上站起来，帮强斋婆点燃一炷大檀香。强斋婆回到庵里，跪在地藏王菩萨面前说："地藏菩萨，日本人要拆庵建碉堡，你这个普度众生的大菩萨，也没办法保护这个庵，我只好烧香请你离开这里。否则，下午你们这些菩萨都变成泥土了，阿弥陀佛。"强斋婆举着檀香跪拜了庵里大大小小所有的菩萨，与菩萨告别。

强斋婆又双手举着檀香来到小桥的香案前，跪下磕头，口中不停地念着阿弥陀佛，喊着地藏王菩萨，然后把檀香插入香炉。这时，除端枪的外，唐开春、赵邦发、谈保长和所有来拆庵人都点香磕头上香，然后把所有的香都点燃，插在香炉里。大如缸口的铁香炉插满了燃烧的香，烟雾缭绕，直上蓝天。有诗《地藏王》曰：

一气凌云问布衣，心修是为救危时。

刀光闪眼难空狱，望护僧尼总觉迟。

“快快，都要到下午一点了，等你们拜什么菩萨，耽误了我们拆庵。”谢连长把盒子炮举过头顶，使劲地晃着催促道。

谈保长要求让家住长林保的拆庵人回家吃饭，谢连长不同意，怕人趁机跑了。谈保长说：“吃过饭，如果人不来，你们可以提着我的人头去见龟一大佐。”李副官一想也是，谅你谈启发也跑不掉，于是边近的人都回去吃午饭了。

李副官也要到谈保长家吃中饭，谢连长说：“你走了，这么多人我看不住，万一都跑了，谁来拆庵？”

“砰、砰”，忽然，五华山的方向疑似隐隐约约地传来一阵枪声。李副官听了只好留下来，命令端枪的原地卧倒准备迎战。

这时，老鲁和老瘦年老体弱，天气又炎日，又累又饿，听了“枪声”顺势滚到小桥下躲起来。

一阵骚乱之后，谢连长又听到一阵“枪声”，说：“好像是哪家死了人，在放双响炮。”

“可能是新四军的枪声，我们这几个端枪的不是他们的对手，还是回去叫小关带兵来。”有人喊道。

“不许动。”李副官想稳定局势，但心里也在打战。唐开春想，赵明才的动作起效果了。

忽然从南边飘来一股乌云，停在螺塘上空，不断扩大翻滚，遮住了太阳，顿时雷电交加。翻滚的乌云中，一条“白龙”挂在空中，龙尾伸向螺塘卷起螺塘水，向茨山庵扫来。茨山庵被龙卷风和雨裹在了一起，天昏地暗。

端枪的见龙卷风来了，趁势掉头往回跑。李副官带来的张昌和张德也转身向县城方向跑去，躲避强大的龙卷风，逃避新四军的袭击。谢连长见李副官带人跑了，也转身跟在后面拼命地跑。

由于龙卷风迅速向周围扩张，长林保都处于这强烈的空气旋涡之中。龙卷风所到之处，大树拔起，石头吸入空中。李副官和端枪的人都纷纷被卷入高空，迅速向南陵县城方向移去，当这股空气旋涡到达徐家大屋上空时，风力减弱，李副官和端枪的人，从空中掉落下来。有诗《龙卷风》曰：

云卷螺塘雷叱咤，龙来钓水洒人间。

风掀作浪尘污洗，忽送青蓝一片山。

龟一大佐、小关、张昌德都走出徐家大屋观察天气，正感到这股风来的莫名其妙时，天上下起了“人雨”，随着轰隆轰隆的巨响，砸在他们的面前。李副官正好坠落在龟一面前，鼻孔冒血，已不省人事，吓得龟一连退三步。谢连长从高空坠落到小关面前，摔在一条板凳上，昏了过去，小关一摸肋骨全摔断了。

张昌和张德同时摔落在张昌德身边，吓了他一大跳，连忙躲过，差一点被他们砸死。张昌德回头一看，张昌和张德七窍冒血，当场毙命。他再向四周一看，有的掉在树杈上，抱住树杈保住了小命，但也受了伤；有的掉到市桥河里，既保住了性命，又没有受伤；有的掉在地上的不是死，就是重伤。他立即命令下河捞人，上树救人。

李副官在日本军医的抢救下，苏醒过来，但左手臂骨折，内脏受伤，只能躺在医院的病床上。谢连长也躺在医院里，与李副官住一个病房。

第二天，小关和张昌德来到病房，一边探望，一边调查事实真相。

“你们怎么从天上掉下来的？”小关问。

谢连长第一次见到日本军官小关，非常激动，抢先回答：“新四军的‘枪声’一响，我们就被龙卷风……”一句话还没说完，就痛昏过去了。

“我觉得那个‘枪声’好像是茨山庵菩萨发出的号令，兴起龙卷风惩罚我们。”李副官忍着伤痛否定谢连长的说法。

“那到底是怎么回事？”张昌德接着问道。

“昨天，我们拆庵的人都到了茨山庵的小桥前，强斋婆拦住我们，不让过桥。”李副官强忍伤痛说，“她不让拆庵，我说这是日本皇军龟一大佐和小关队长的命令，谁也不能违背，谁敢违背了皇军的命令，就枪毙谁。”

小关听了非常满意，说：“哟西，哟西，你们说的好。那个强斋婆让你们过去了？”

“强斋婆也怕皇军枪毙她,要求在小桥上烧香把庵里的菩萨送走。谁知远处响起了一阵‘枪声’,顿时天空乌云翻滚,我亲眼看到菩萨使用的锡杖从乌云中伸下来,变成一条‘白龙’,卷起螺塘水向我们袭来,把我们卷入空中。我在空中亲眼看到身披袈裟,一手持锡杖,一手持宝珠,脚踏莲花的菩萨站在云头上。”李副官描述着自己的独家见闻。

“他在天空看到的就是地藏王菩萨。”张昌德对小关说。

小关向龟一大佐做了汇报。龟一大佐叹息道:“这难道是地藏王菩萨报应我们,端午节去茨山庵还愿,失去了我两个‘优秀’皇军。这一次去拆庵,又损失了多名‘协军’,皇军的得力助手李副官还受了重伤。”

“拆毁茨山庵的事,是否继续进行?”小关问道。

“我看这件事就此作罢。陵阳城里还有沈松声、沈涵的房子,紧靠城墙的地藏庵,把它拆掉建碉堡吧。”龟一大佐说。

“嗨。”小关接过命令又去命令张昌德拆房子了。

龙卷风来临前,老鲁和老瘦已蹲到小桥下,风越刮越大,桥上的来不及躲避,也挤进小桥下。一个时辰不到龙卷风消失了,太阳从云层里露出笑脸。强斋婆等人从小桥下钻出来,爬到小桥上,发现香案还在,完好无损,香炉里还烟雾缭绕。他们同时回头看看东边不远处的茨山庵,片瓦不缺,再转过头向西一看,龙卷风形成一条线从螺塘沿着小溪向北再转向南。龙卷风所经过的地方树倒房掀。李副官和谢连长带来拆庵的人,一个都不见了。

“他们可能见龙卷风来了,都跑到城里去了。”唐开春说。

“龙卷风走了,他们会还来拆庵吗?”强斋婆不安地问道。

“老瘦,我俩回城里,看看有什么动静。如果还来拆庵,我俩跑得远远的,留一条老命多活几年,非要看看小日本有什么下场。”老鲁说。

“彭荣华这次表现不错,知道感谢‘菩萨’救了你的儿子小旺子,敢于坐桥拦住李副官他们。现在还请你跟老鲁去一趟城里,打听一下消息。”赵邦发鼓励道。父亲彭荣华点点头,起身跟着老鲁和老瘦走了。

他们三人很快到了后港桥,因为那里有站岗的,进城要盘查。老鲁说:“彭荣华,你就在后港桥等着我们,不要过桥。”

老鲁和老瘦拿出居住证明，在站岗的面前晃了晃就进了城。当他俩走进西街，发现有人正在拆徐家大屋对面的沈家瓦屋。一个搬瓦的翁妪正好路过老鲁身边，老鲁轻声问道："这么晚了，你们怎么还揭人家屋头上的瓦？"

"小关说了，今天要连夜拆掉这座瓦屋，明天再拆地藏庵。"翁妪回答道。

"茨山庵什么时候去拆？"老瘦问道。

"听小关说，茨山庵是地藏王菩萨的庵，等皇军把地藏王菩萨绳之以法，再去拆庵。"翁妪添油加醋地说。老鲁和老瘦赶紧走出西街过后港桥，把翁妪的话传给父亲彭荣华。父亲连忙赶回茨山庵，要把翁妪的话告诉强斋婆。

强斋婆在赵邦发的帮助下，把小桥头上的香案搬回了庵里。原来被谢连长拉来拆庵的都来了，保长谈启发也来了。大家看到龙卷风过后，茨山庵安然无恙，悬着的心都暂时放了下来。但拆庵的担忧还在侵扰着长林保的人。

这时，唐开春把父亲推到人群前头，说："你给大家说说，刚才从城里带来的消息。"

父亲从来没有在这么多人面前说过话，现在有这么多的人听他一人说话，有点受宠若惊。父亲站直了身子，把拢着的手放下，说："龙卷风一停，我们见茨山庵没事，就找李副官的人，也没见着，只有老鲁和老瘦跟我们在一起。然后，赵邦发叫我跟老鲁和老瘦他俩过桥进城打探消息，我站在桥外，老鲁和老瘦从城里打探完来告诉我，一个翁妪说听小关说，要把地藏王菩萨绳之以法后，再去拆庵。"大家一听都笑了，茨山庵有救了。

"我按照唐开春的办法，喊了几个老头子找来双响炮，折断放，模拟新四军的枪声。我以为吓不退拆庵的，想不到有老天助威……"赵明才的话引起大家一阵哗笑。

第二十九章
茨山庵进香做法会
地藏王洗耳听倾诉

一场龙卷风，保住了茨山庵，再加上李副官在小关面前说自己被龙卷风卷到云头上，亲眼看见了地藏王菩萨，令日本人更害怕了。李副官说这话时，小关、张昌德，还有其他也人员都在场。张昌德问谢连长：“是不是地藏王菩萨显圣‘卷云救庵’？”谢连长由于伤痛不断呻吟，吃力地抬头看了看李副官又把头低下去，又把头抬起来，又低下去。张昌德认为他点头了。所以，李副官“地藏王菩萨显圣救庵”的话，在陵阳城传得沸沸扬扬。

每年七月三十的地藏节到了，可是陵阳城里的地藏庵被小关拆了，建了碉堡。城里的老翁阿婆想求地藏菩萨救度众生，尤其是那些被小关烧杀奸淫的家庭想求地藏王菩萨普度解脱，可都没地方去了。老翁阿婆正在失望时，忽然听说地藏王菩萨在茨山庵显圣“卷云救庵”。他们又找到老鲁和老瘦，问是不是有这回事？

老鲁说：“反正那天，李副官带我们去拆茨山庵时，强斋婆要摆香案，烧香送走庵里的地藏王菩萨。一炉檀香被点燃，香雾刚刚升起，远处传来一阵好像是新四军的枪响，只见茨山上空风起云涌，天降‘白龙’卷起螺塘水，向拆庵的人横扫过来。我和老瘦吓得拱到桥肚底下躲起来，才保住了老命。风停云开，茨山庵无恙，片瓦未飞。”老翁阿婆听后都惊呆了，又问老瘦。

老瘦说：“那天我和老鲁又饿又热，头晕目眩，听到‘枪响’就躲起来了。当乌云盖天的时候，我伸头一看，好像空中有一个和尚用的锡杖，抛下来变成一条‘白龙’。”老翁阿婆都认为是地藏王菩萨显圣“卷云救庵”，他们一商议，城里的地藏庵被小日本毁了，就去茨山庵过地藏节，做地藏法会。

他们一翻日历，今年(1944年)七月没有三十，怎么办？老鲁建议说："虽然没有三十，我们可以提前做法会。"

老瘦说："我们可以提前到七月二十九这天开始，八月初六结束。我们人做寿，也有做九不做十的习俗。地藏王菩萨恐怕也会同意的。"

第二天，老鲁和老瘦又来到茨山庵，强斋婆见到他俩非常高兴，又听了陵阳城里的老翁阿婆等香客要来茨山庵做地藏法会过地藏节，更是兴奋不已。

"大难不'毁'，必能后'兴'"，这句被化用的俗语，在茨山庵实现了。茨山庵要举行地藏法会，惊动了四邻八方，善男信女都要来进香。强斋婆怕人手不够，请来了娘帮忙料理事务，赵莹负责来人的服务，又请来盛桥茶馆的老板娘，负责做好香客的素食。她怕小关派盛桥碉堡的谢连长带人来扰乱，要求谈保长去说明这是佛事活动，与新四军无关。强斋婆还要求帮她安排人做安保，处理突发事件。

"李副官和谢连长都在养伤，行动不方便，不能带兵。这里暂时来不了，但怕有意想不到的事发生，加强安保是必须的。"谈保长担心地说。

朱合喜将茨山庵做法会的活动报告给了新四军南繁芜游击队总队队长王安葆，王安葆指示茨山庵抗日小组长唐开春配合长林保开展好这一活动，借此机会控诉日本侵略者的罪恶。赵邦发、赵明才都被派来帮助强斋婆做好安保。

龙泉乡副乡长汪寄清也来到茨山庵参加法会，如出意外，好协助谈保长紧急处理。

茨山庵主持强斋婆，对这次法会做了具体安排：地藏王菩萨法会于七月二十九日晚上六点开始，大约到晚上十点结束；费用随喜。法会议程包括虔心素食，朝庵进香，倾诉血泪，木鱼诵经。

七月二十九这天，李家发早早地就来到我家，让我和益福陪着一道看地藏王法会。四邻八方的老少都来了。晚上六点开始，费用随喜的都"虔心素食"，七点还是按费用随喜的朝庵进香，接着一个个按顺序跪在地藏王菩萨前倾诉血泪。强斋婆宣布了倾诉的顺序，首先倾诉日本鬼子飞机轰炸南陵烧毁房屋的罪行。

老鲁第一个上香，跪在地藏王菩萨面前，说："我为那些被日机轰炸南陵城里的死难者申冤。民国二十七年(1938年)农历1月18日早上，八时许，一架日机从北飞来，在县城上空盘旋几圈后离开。下午又飞来，盘旋几圈后突然离去，瞬间又飞回来，咆哮着俯冲下来，呼啸而过，震耳欲聋。当日机上升时，一颗黑色炸弹从飞机腹部垂直坠落开化寺，当场炸死四人。"

北门机坊老板蔡胜发连忙点香跪在老鲁的旁边说："地藏王菩萨，可能你也看到了，日机接着在北门上空又投下一颗炸弹，我的妻子被弹片削去膝盖，露出瘆瘆白骨，含恨而逝，遗留年弱幼女。"说完泣不成声站在一旁。

老鲁又接着说道："日机在江三立堂又投下一颗炸弹，该堂石框大门被炸飞，落在城外一姓彭的屋头上，房屋被压倒，老人被砸死；接着又投有一颗炸弹落在戴家伞店，怀孕的老板娘被弹片击中，肚开腹破，让人触目惊心，毛骨悚然。"站在一旁的香客，尤其是少年李家发听了拳头攥得嘎嘎响。

老瘦又上香跪下补充道："我亲眼看到，日机又在十字街、东门投下炸弹，临街口的消闲居茶楼也被夷为平地，东门四和楼茶馆被炸毁，老板胡大海和店前摆香烟摊的陈炳南被炸得尸骸全无。"

住东门的施世忠哭诉道："我刚娶进门的年轻漂亮的妻子和邻居方德的媳妇在一起，正商量逃亡到乡下时，被日机投弹炸死。我还看到另一个邻居的女主人，提一桶衣服去东门大河洗，刚走到河边，日机投下一颗炸弹，她被炸得连尸体也无处寻找。还有东门城墙根下的罗铁匠一家也全被炸死。"唐开春、赵邦发、赵明才等人听了个个咬牙切齿。

老鲁最后总结道："据我初步统计，到目前为止，日机轰炸南陵县五十多次，被炸死炸伤的无辜群众近千名，炸毁房屋数百余间。"

"不忘国耻，不忘家仇。"少年赵明才遏制不住内心的愤怒带头高呼起来，香客们都举手高呼着。

"日本侵略者对南陵人民犯下的滔天罪行，给南陵人民造成的灾难，历史将永远不会忘记。"唐开春愤恨地说。

"其次，我们倾诉日本鬼子在南陵的烧杀罪行。"强斋婆接着宣布倾诉进入第二项内容。

东门的季长贵第一个上香跪到地藏王菩萨面前，说："地藏王菩萨，民国二十九年(1940年)3月17日，日本鬼子进攻南陵，一路烧杀。一进城，东门河沿一带的草房全部被烧掉，我母亲和家里做豆腐的师傅，正想跑反，被刚进城的日本鬼子用刺刀捅死。"说着说着，他就号啕大哭起来，少李家发含泪给他递上毛巾。他擦擦眼泪又说："我还看到北门杨四庙附近数十间民房，被日本鬼子放火烧掉。刘玉和等九名船民见日本鬼子沿漳河而来，弃船上岸跑反，被他们逮住杀死。还有……"

老瘦扶起季长贵，自己跪下说："地藏王菩萨，季长贵说的句句实在。我家就住北门，当时我躲在自家的小阁楼上，亲眼看到剃头匠王金有挑着剃头担子跑反，刚跑到我家小猪行门口，两个鬼子从后面赶上，一个鬼子抓住剃头担子猛地一转，王金有也跟着向后一转，另一个鬼子迎面就是一刺刀。王金有连人带担子摔倒在地。先前刺他的鬼子的刺刀还没有拔出来，另一个鬼子放开洗剃头担子，举起刺刀就朝躺在地上的王金有又扎下去。"

强斋婆听到这血腥的场面，合掌连声念道："阿弥陀佛，阿弥陀佛。"所有的香客也都念起来。

老鲁又跪下说："菩萨，也是那一天，西门的郭天成和鲁漆匠二人从家跑到香由寺，欲从小乔墓那里出城躲避，迎面碰到从巷子里冒出来的鬼子。二人被绑在小乔墓前，当刺刀靶子让新兵刺死。"

老鲁停了停上了一根香，又说道："同年4月2日，疯狂的日本鬼子把南陵最高大的一座建筑'江北会馆'也称'庐和会馆'放火烧掉，火势持续了好几天，馆内书籍画卷等文物化为灰烬。还有西街的贾芳泽、张文栋等，都被日本鬼子抓住，硬说他们是国军和新四军，都是抗日分子，被刺刀捅死。"老鲁说完，唐开春上前扶起他，合掌作了揖，退在一边休息。

谈保长说："日寇在南陵罪恶滔天，罄竹难书。我们要团结起来抗战到底。"

"血债要用血来还，把日本鬼子赶回老家去！"赵明才领着香客们又呼起了口号。

“我们最后倾诉日本鬼子在南陵的奸淫罪行。”强斋婆宣布了倾诉的最后一项内容。

少年李家发首先跪到地藏王菩萨面前，倾诉道：“我邻村有两个姐姐刘雪和刘霜，还是小姑娘，就被汉奸张昌德和日本鬼子小关抢去做‘老婆’了。”

刘雪、刘霜的父亲也跪在李家发的身边说：“小春生说的一点也不错，我那两个未成年的小姑娘，一个被汉奸强暴了，一个被日本人强暴了，孩子们苦不堪言，我们做父母的也抬不起头来做人。有人说我一家都是汉奸，真是造孽啊。”刘霜的母亲在一旁哭的惊天动地，赵莹拿着毛巾帮她擦着眼泪。

老鲁上前扶起他，老瘦跪下说：“小关除纵容鬼子兵烧杀淫掳，无恶不作外，自己暴戾恣睢，奸邪淫秽，喜怒无常，常常领着鬼子兵在街上溜达，见稍有姿色的年轻女性，就上前侵犯。”

老鲁跪在地藏王菩萨前，直起腰挪了挪身子停了停，接着又倾诉道：“小关霸占了刘霜后，还到处抢掠少女。我有个远房表亲住在西门，他家有个女儿阿妍才十五岁，漂亮可爱，一双大眼眨巴眨巴就像在说话。小关看见了兽性大发。阿妍惧怕其淫威，不敢躲避，只好任其蹂躏。”

赵莹听了非常气愤，回想起当年不是谈玉礼救了自己，我也逃不过被日本人糟蹋的命运……赵莹不敢想下去，越想越害怕。

老瘦把老鲁扶起来，自己又跪下倾诉起来：“小关是一个没有人性的家伙。我有个老表被他‘请’出来当南陵县的维持会长，为日本帝国主义卖力，效忠皇军。小关见他家里有个女儿正当妙龄，容貌美丽，身材高挑。小关也生歹念，对其百般侮辱。”

“小关这个家伙真没人性，人家帮你‘做事’，你还强抢人家女儿。”

“日本鬼子是讲人情、友情和亲情的家伙吗？”

正当香客在议论时，一个从漳河边滨士塥来的香客，边哭边跪在地藏王菩萨面前倾诉道：“一天，我不在家，听村里的老奶奶告诉我，日寇的运输驴骡队经过我的村子时，把我的妻子搜出来，先是拳打，然后当众侮辱。我的妻子痛诉鬼子的罪恶。鬼子气得嗷嗷叫，拔出刺刀刺向我的妻子，痛得我妻子在地上滚爬。我妻子仍然痛骂鬼子，鬼子就割下我妻子的头挂在刺刀上。”说完也泣不成声。

菊花抽空来听了倾诉，吓出一身冷汗，说：“兰英姐，日本鬼子好歹没有从繁昌经过盛桥，如果经过盛桥，我也会被他们……”菊花又不敢想了。

“这个小关禽兽不如，丧尽天良，天理难容。”娘骂道。

少年李家发听了说：“我长大了，要扛起枪，把他们赶出去。”香客们都说，李家发是好样的，纷纷竖起大拇指。

强斋婆面对众怒，最后说：“我会将这次法会总结后，到九华山做专题汇报。”

有诗《大和阿弥陀佛》曰：

天下庙堂尊一佛，禅枝心叶不相同。
诵经还恋黄花瘦，持戒频思肥肉孋。
觉悟大和为掠夺，开兴净土可强攻。
阿弥陀叹难追竟，恶道谁行无善终。

强斋婆想，中国佛教是日本佛教的母体。日本佛教与中国佛教在信仰这点上是一样的，而在实际存在方式上却表现出种种不同。比如在佛经的解读和戒律的传承上(如我国佛教要求僧人须“僧装、素食、独身”，而日本僧人却可以吃肉成家等)，甚至有大相径庭之感，日本佛教几乎没有任何戒律。他们发动战争的行为，都被认定是很正常的维护佛祖的行为。

地藏王法会进行到最后，谈保长说：“在茨山庵举行的地藏法会，我们龙泉乡非常重视，副乡长汪寄清参加了这次法会，还有我的‘助理’朱合喜也来参加了法会，帮助安排了这次法会，使地藏法会有条不紊地进行着。由于环境比较复杂，我就不安排他们和你们见面了。但他们有一句话要我转达给你们，就是：抗日必胜。”

谈保长话音一落，就响起了一片掌声。香客们受到了前所未有的鼓舞。

茨山庵的地藏王菩萨法会，连续进行到八月初六结束。南陵城里来的香客控诉着日本鬼子惨无人道的行径，都不愿离开。

谈保长劝道:“日本鬼子在南陵,在中国的罪行罄竹难书,你们还是先回去,以后再向菩萨倾诉吧。”唐开春、赵邦发、赵明才劝着男香客,娘和赵莹劝着女香客,少年李家发搀扶着老弱香客,让大家都安全离开了茨山庵。

“各位施主,殊胜难逢之期,望以此因缘培福消灾,现眷安乐,共襄盛举。阿弥陀佛。”强斋婆站在茨山庵大门口合手作揖送走了参加法会的香客。

第三十章 太平洋失利鬼惊恐 一步桥进攻花凋零

茨山庵的地藏法会后，南陵县的群众抗日情绪又一次高涨起来。这时松井龟一已离开南陵，新四军南繁芜游击队情报站站长许世春多次潜入南陵城里侦探日军的军事情况。

1944 年夏，茨山庵抗日小组唐开春和许世春参加了新四军南繁芜游击队，在茨山庵召开抗日形势秘密汇报会，龙泉乡副乡长汪寄清和长林保的保长谈启发也应邀参加。

新四军南繁芜游击总队队长王安葆说：“新四军第七师的刘大林副团长向我们传达了的新四军第七师政委曾希圣的关于抗日形势的专题讲话。他说，到目前为止，中国共产党领导的人民武装扩大了解放区，开始局部对日反攻。”到会的游击队员们都兴奋地议论着，日本鬼子的“劫数”快要到了。

王安葆等大家安静下来，继续说道：“刘大林副团长又说，最近，美军攻占了太平洋上的重要岛屿塞班岛和关岛。从此，美军切断了日本与南方加罗林群岛的联系，取得了空军基地，可以直接轰炸日本本土，日本朝野惊恐万状。”

大家又是一阵兴奋，王安葆喝了口水又说：“刘副团长要求我们在抗日后方，尤其趁茨山庵的地藏法会激起了群众的抗日热情时，也组织一次抗日行动，呼应形势。经新四军南繁芜游击总队研究决定，近期准备有所行动，因为这里只有三十来个日本兵，防御主要依靠‘皖独’。许世春站长，目前你掌握了哪些情报?”

许世春说："香由寺主持说，经常有几个人夜里来到寺里，问他城里小关的活动情况。天要亮时，又翻墙走了。"

"这是些什么人？"王安葆问。

"我问了香由寺主持，他们说，听口音好像是闽南人。"

"我知道了，这是国军五十二师的侦探。这支部队是福建开过来的，说闽南话。他们也可能从泾县过来要'敲一敲'小关和张昌德。因为南陵曾是国军五十二师的防区，地形非常熟悉。但是，不知道他们什么时候行动？到时我们也给以配合。"王安葆分析道。

"关于他们的行动时间，我负责侦察清楚。"许世春说。

"探明国军五十二师'敲打'小关和张昌德的时间越快越好。为了联系方便，你将情报放在茯山庵地藏菩萨的莲花座下，我派人每天晚上去取。得到情报，我随时指示你们行动，你也在那里取我的指示。"王安葆答应了许世春的请求并做了周密安排。

娘告诉我，王安葆分析的一点不错。

时任国军五十二师师长的卢兴邦，副师长卢兴荣两兄弟，都是爱国将领，对于日本鬼子的侵略恨之入骨。抗日战争爆发，卢兴荣率部开往上海前线，参加淞沪会战，全师4700余名官兵参战，阵亡4000多人。但五十二师作战英勇顽强，得到了国民政府的嘉奖。

今天，日本小关侵占了南陵，他们无论如何也要让小关不得安宁。于是研究决定，派三〇九团团长卢胜斌具体实施这项行动。卢胜斌领命以后，先派侦察员，夜晚由香由寺潜入城里，侦察小关的城内设防情况。三〇九团侦察员回去，向卢胜斌团长做了汇报。卢团长研究决定，在八月十五晚行动，但还需要侦察员，再进城发动抗日群众，到时做向导协助行动。

当三〇九团侦察员趁着夜幕又来到香由寺时，正好遇到许世春站长和游击队员钱三也来城里侦察他们的行动时间。三〇九团的侦察员正和香由寺主持说话时，许世春听出了他们的闽南口音，就上前搭话道："先生是外地人，来到我们这里，需要什么帮助吗？"来人看看香由寺主持，意思是问，这是什么人？

主持毫不犹豫地说:“这是南陵的抗日积极分子,有关打日本小关的事,你可以找他帮忙。”

“抗日都是一家人,我们是国军五十二师三〇九团的,决定在八月十五晚上‘敲一敲’小关和张昌德。我们想得到你们这里抗日群众的支持。”侦察员说。

“你们需要什么样的支持,尽管说,抗日的事也是我们的事,义不容辞。”

“我们希望你们在陵阳城的西北面,放起烟火,并配有轰隆的响声,吸引小关和‘皖独’张昌德的注意。”

“你这叫‘声北击南’”。

“我们卢师长有个要求,在‘敲打’小关时,尽量避免焚毁香由寺、文风塔和魁星阁等古迹。”侦察员说。

许世春将取得的情报亲自送到茨山庵,但他来时,看到谈保长坐在里面和强斋婆商量着什么。许世春进庵借上香的机会藏好情报,走出茨山庵上了门前的小桥。他再回头看时,一个身影也走出茨山庵大门,向五华山走去。

八月十五,月亮总是圆不起来,皱着眉挂在天空。忽然,盛桥老虎头碉堡火光冲天,映红半边天,顿时又“枪声”大作。后港桥的哨兵发现,连忙进城报告小关和张昌德。这时盛桥老虎头碉堡的谢连长不知到哪里去了,炊事班长只好火速赶到县城,说新四军南繁芜游击队来袭击盛桥老虎头碉堡,企图切断城北防线。

张昌德和刘雪晚上吃过月饼,正准备上床时,卫兵报告:“新四军袭击盛桥守军。”

“快去叫李副官到司令部。”

受伤的李副官,经过三个月治疗,刚恢复健康,听到司令的命令,第一次来到司令部上岗。

“快去找小关,告诉他有新四军袭击。”张昌德命令他。

李副官来到小关的住处,只有刘霜一人在看着蜡烛发呆。

“队长呢?”

刘霜见李副官问她,说:“今晚他去西门阿妍那里团圆去了。”

"你认识阿妍家吗？带我去。"

"不认识。"

张昌德听了汇报说："现在也不用去找小关了，你带人去盛桥增援谢连长，拦住新四军不让靠近县城。"李副官刚前进到马山嘴，县城东门的"一步桥"方向突然又响起密集的枪声。李副官大吃一惊，心想大事不好，今晚可能是国共两军，趁中秋节我军松于防备时，联合攻城。有诗《合作》曰：

狼烟一缕卷陵阳，血溅漳河谁救亡。
潜入城边联起手，纵深鬼穴共抓猖。

城南来攻城的部队，是卢兴邦和卢兴荣率领的五十二师，他们对日本小关和"皖独"占领南陵城耿耿于怀。

小关正在西门阿妍那里睡得正酣，忽然东南方向响起枪声，原先还以为是街上哪家在祭月亮放鞭炮，但越听越不对。他坐起来仔细一听，枪声越来越密集，觉得大事不好，有抗日分子在攻城。他迅速穿好衣服出门带着卫兵回到徐家大屋指挥部，张昌德正焦急地等在那里。小关一进门问是怎么回事？张昌德说："今晚是中秋节，可能是五十二师和新四军分别从南北两方攻城。"

"你是怎么部署的？"小关问道。

"我把我的驻守部队分派一个营驻守繁昌东岛，一个连驻守盛桥老虎头。现在驻守蚂蟥涝的部分兵力出城支援盛桥守军，贵池绥靖军现在驻守在笠帽山，还有的驻守在城南和城东，剩下的驻守在芜湖和南陵的中间地带许镇。我的警卫营负责我的指挥部的安全。"张昌德向小关汇报。

"哟西，我的小队负责保护我的指挥部。"

国军五十二师团长卢胜斌对攻城部队进行了部署，一营从"一步桥"摸水向城内袭击；二营从北门城隍庙向城内进攻；三营在后港桥切断张昌德的守军退路，形成南有国军，北有新四军的夹击之势。

战斗首先从东门的"一步桥"开始，枪炮声、呐喊声惊天动地。小关的日本小队三十人共组成三个小队，一小队守卫徐家大屋，另两小队分别以逆时针方向和顺时针方向围绕指挥部巡逻。

卢胜斌团长派一个突击排化妆成日本军人，潜入城内，靠近徐家大屋袭击小关。刘霜在住处听到枪炮声密集如雨，吓得跑出住处，去找姐姐刘雪，刚出门就被一个“日本鬼子”从背后勒住脖子，说：“不许喊叫，我们不伤害你。我们是来收拾小关的。你知道小关在哪里？”

“长官，放开我，我知道他在哪里。你们是打日本鬼子的部队，我支持你，带你去。”刘霜反而不怕了，胆子大起来。

刘霜带着这帮“日本鬼子”进了小关的指挥部，卫兵端起枪喊道：“你的，什么的干活？”

刘霜说：“八格，是我。”卫兵认识刘霜，但她后面的人，虽然穿着日本军服，却好像不是小关带来的，于是就问道：“你后面的是些什么人？”

这个卫兵话音刚落，随着“叭”一枪响就被击倒在地上。接着保卫小关指挥部的日本鬼子，立刻围上来，两军对垒，开始对射，刘霜夹在中间。五十二师的侦察员们都避开刘霜向鬼子射击，小关的卫兵也怕射中了刘霜，得罪了小关。

小关听到门外枪声，走出来一看，举枪向刘霜射去。五十二师的侦察员火力不敌，边打边往门外退去。刘霜看了看月光下的小关，她忍住中枪后的疼痛，紧咬牙关，怒目圆睁，倒退到院门口，堵住小关的卫兵冲出门外，追杀国军。五十二师的侦察员们，趁机猛烈射击，然后迅速撤出城区。

另两组日本鬼子听到指挥部枪声大作，从东西两头火速赶回来增援，但已迟了。他们一进指挥部大院，看见小关拎着枪独自一人在徘徊。

第三十一章

因借光城里烧民房
为迷敌铁桶放鞭炮

小郎从茨山庵还愿回来后，担任小关护卫队的第一小组组长。他正在西门巡逻时，听到枪声，回到指挥部。他挪开刘霜的尸体，进院数了数，死伤十来个。小关的侍卫也身中数弹，躺在地上边呻吟边说："今天不是那个……"他指了指睡在院子门旁的刘霜，继续说道："拦在我们前面，那些抗日的都死啦死啦的。"

小郎又回头趁着月光看了看刘霜，清秀的脸庞上一缕刘海散布着，脸上还充满着怒气。一个十六岁的花季少女，正是爱唱爱跳爱读书的年龄。侵略者虽玷污了她的纯洁，她的爱憎却那么分明，可怜世人又如何去评说。

"让她姐姐刘雪来领回去，在她的家乡葬了吧，"小关说道。

五十二师卢胜斌团长命令侦察连也穿上"皖独"的服装，潜入"皖南独立方面军"司令的住处活捉汉奸张昌德。

"一步桥"的战斗一打响，张昌德深知南陵县城已处于危险境地，带着警卫营跑到自己在许镇的一四四师驻地。五十二师的侦察连潜入张昌德的住地时已空无一人，便又摸入他的住处，踢开房门。

"不许动。"

"我……"一个女人发出颤抖的声音。侦察员用火把一照，只见刘雪躲在墙拐里瑟瑟发抖。

"你是什么人？"

"我是张昌德的……"

“知道了，现在问你，他在哪里？”

“我不知道，我听他喊警卫备马，要出城查防。”刘雪说。

侦察连长说：“这个汉奸可能逃出城了。”回头正准备撤退时，驻北门城隍庙的守军接到张昌德的命令，派一个连来司令的住处。两军正好在门口相遇。“皖独”守军一看，奇怪了，原来这里有这么多人在，怎么还要派我们来？突然发现不对，就喊道：“你们是哪部分的？”

“我们是抗日的，今天是来送你们这些汉奸入坟墓的。”接着枪声大作。五十二师的侦察连同时举枪扫倒前面一排守军，且战且退。

刘雪听到房外密集的枪声，拔腿就向大街上跑，想到妹妹刘霜那里躲一躲。可她一出门，正好跑在了五十二师的侦察连后面，被追上来的守军看见，认为是她出卖了司令张昌德，立马举枪射击。刘雪应声倒在血泊中。有词《一江春水·凋梅》曰：

遥香泥落枝空了，悲惨知多少？初开昨夜遇寒风，梦断春来红忆百花中。

龙池布雨今犹在，只叹冰魂改。晓知谁让恨添愁，充满漳河化泪一江流。

南陵的一对美丽的姐妹花就这样凋零了。

五十二师的侦察连迅速退出城外，来到“一步桥”与大部队会合。

小关在徐家大屋指挥部听到汇报，张昌德的住处也遭到袭击，刘雪也死于枪下。但张昌德早已离开，去了哪里？小关不清楚。这时小关下令，所有守城的日中部队，打通街内房舍，让家家串通，便于防守 。

卢团长正准备越墙全面进攻时，小关命令把紧靠墙根的刘家“赐福堂”百余间的房舍浇上煤油放火。霎时，天空浓烟滚滚，火光冲天，南陵县城上空被照得通红，卢团长的士兵都暴露了。小关亲赴前线，指挥朝人影射击。

这时，卢团长的一营，全部暴露在城外的火光中，开始向北门城隍庙的二营靠拢，发动攻城。小关又命令放火烧城隍庙，借火光打击国军这些抗日分子。

“报告,你不是说战斗要远离庙宇古迹吗？怎么要烧城隍庙?”小郎提醒道。

“暂且留住城隍庙,王家坦有十余间草房,快点火借光,并在云谷堂后菜地架炮射击。”小关又命令道。

王家坦顿时火光冲天,炮声里夹杂着密集的枪声,还有手榴弹的爆炸声。卢团长的一营和二营汇合后,迅速向后港桥的三营转移。小关发现国军的动向后,又命令小郎带领守军到香由寺阻击,必要时火烧香由寺,消灭那些抗日分子。

小郎迅速赶到香由寺,看到后港河河埂上黑影接踵而过,也没有攻击香由寺进城的迹象。小郎也没有放火烧香由寺,也没有开枪阻击,只是静静地守候观察。

卢团长也知道南陵的香由寺北靠城墙,命令一营和二营经过这个地方时,不得开枪攻城,以防小关丧心病狂烧寺来阻击我部。

忽然,蚂蟥涝火光冲天,枪声大作。小关知道这里的守军大部分都去增援盛桥了,阻击新四军南繁芜游击队进攻县城。不一会儿,一片呐喊声和枪声由西门向东门涌来。

小关知道,这是国军从防守薄弱的西门进城了。他命令城内守军退入圣公会钟楼居高临下射击国军,又命令火烧杨茂清、施时祥的火炮店十余间房来借光看清敌情,便于阻击。

卢团长见小关加强了兵力,前进受阻,又怕增援盛桥的“皖独”的李副官率兵回城而使部队受到夹击,果断命令撤退。

新四军南繁芜游击队总队研究决定,八月十五这天,在茨山庵抗日小组唐开春、赵邦发、赵明才的协助下,在许世春和游击队员钱三的配合下,对盛桥老虎头的碉堡进行攻击,造出声势,配合卢团长。

白天,他们在茨山庵开会,发现来来往往的香客较多不安全,他们又转移到娘的家里开会,就如何攻打盛桥老虎头碉堡,吸引南陵县城里的小关和张昌德的火力展开讨论。

“首先，在弯里村后的山头上点起火堆，照亮半边天，扰乱城内守军视线。”唐开春说。

“只有火光没有枪炮声，不能惊动小关和张昌德。”赵邦发说。

“我只有四颗手榴弹，也只能响四下，小关要是在阿妍房里听不见，那就引不出他们了。”赵明才说。

“我只有一把盒子炮，钱三晚上来也只有一杆汉阳造，但子弹有限，也不能连着打。”许世春说。

谈玉礼从奎湖回来也要参加这次战斗，听了他们的发言后，说：“我们可以在铁桶里放鞭炮瞒天过海，双响折断燃放很像枪声，可以调虎离山。”大家认为这也是个好办法，但从哪里去弄那么多的鞭炮呢？

娘给每人泡了碗茶，看出了他们的难处，说：“中秋节为了祭祀月亮，家家都有鞭炮，把它们集中起来，也可以炸一番。他爸快去把我家的鞭炮拿出来。”

唐开春说：“兰英姐带头捐出鞭炮，支援抗战。长林保的群众都会支援抗日的。我们不如在长林保转一趟，让各家各户把祭月亮的鞭炮捐出来。”

唐开春、赵明才像上次搜麻壳仙和粉丝一样挑着稻箩，首先来到刘宗芳家门口，刘大爷把小方桌搬到稻场上，面对东方月亮升起的地方，在小方桌上摆上刚从地里挖上来的三个山芋代替苹果，还有从屋后的小枣树上摘下三个青枣，又从门前小河沟里找来三个野菱角放在桌上，桌上还有鞭炮和双响炮，又烧上三炷香准备祭祀月亮。刘宗芳大爷这时抬头看看月亮，发现今年的中秋月亮与往年不一样，不管怎么望，月亮总是不圆。有诗《今年中秋月》曰：

一轮秋挂为何缺，烽火琼楼家不安。
谁与嫦娥牵手舞，刀光更比月光寒。

刘大爷带着疑虑转身一看，唐开春他们挑着稻箩来到门口。他惊讶地问：“你两个小伙子又帮‘皖独’搜麻壳仙和粉丝啊？”

“刘大爷，不瞒您，我们今天晚上想炸掉盛桥老虎头的碉堡，呼应国军五十二师进城捉小关和张昌德，枪支弹药不够，想‘借’你的鞭炮用一用。”唐开春说明来意。

“鞭炮也能炸碉堡？”刘大爷惊奇地问。

“到时您就看它的威力吧。”赵明才说。

“好吧，只要能抗日，你们都拿去吧。还有什么需要帮助，尽管说。”刘大爷说着就把小方桌上的鞭炮搬到他们的稻箩里。

“今天晚上，您先挑一担稻草到弯里山头上等我们。”唐开春说完和赵明才离开刘大爷家，又经过我父亲彭荣华家门口。唐开春看见父亲一人在家，问道：“彭小爷一人在家过节，甚是高兴，碗里的肉没有第二个人夹。祭月亮买鞭炮了吗？”

“过节什么都可以不买，但祭祀月亮的鞭炮还是不能少。”

“你看，小日本进攻中国，害得你妻离子散，我们今天晚上攻打盛桥老虎头碉堡，想消灭在南陵的日本小关和汉奸张昌德，需要鞭炮作为火力。”赵明才以为自己上次为他抛弃妻子的事来“收拾”过他，就是有鞭炮他也不会拿出来。

“鞭炮也能抗日？那我就不祭祀月亮了，拿去炸瞎小关和张昌德的眼睛。”父亲说着就把一挂百子鞭和十个双响炮放到赵明才的稻箩里。

“从这里可以看出，我们长林保的群众还是有觉悟的，把抗日的事放在第一位。”唐开春感叹地说。

他们在茨山庵边跑了一圈，挑着两稻箩鞭炮回到娘的家里。谈保长把自己的鞭炮都拿来了，还带了两个铁皮桶说：“你们把鞭炮点燃放进去，响声就像打机关枪。这是北方抗日根据地经常使用的方法，可以迷惑敌人。另外，如果发现城里的小关和张昌德派兵来支援，你们迅速撤退回到茨山庵，五华山有人在这里接应。”

娘也拿出两个过年装炒米糖的铁桶让他们带上。

八月十五晚上，许世春和茨山庵抗日小组一道，挑着鞭炮从茨山庵南边的田冲穿到菊花茶馆，然后由许世春负责在弯里山头点火放鞭炮炸铁桶。刘宗芳大爷又带来了父亲彭荣华配合用稻草放火。钱三也赶来负责把双响炮折成两半,点燃后抛向空中。

刘大爷和父亲彭荣华在弯里村子里挨家挨户收集稻草,村里人听说今晚要攻打自己家门前那个老虎头碉堡,个个兴奋不已,都把自家的稻草挑上山头堆起来。许世春站在弯里山头的最高处,按照约定的时间喊道:“放火。”一会儿山头上火光冲天。接着众人按计划在铁桶里放起了鞭炮,“哒哒哒”地响个不停。山头上空,一会儿声音就传到城里。这就是城里日军和“皖独”首先听到的“枪声”。

第三十二章 盛桥碉堡被炸坍塌 连长情人偶露信息

许世春让他们暂时停止放鞭炮，听一听城里的动静，只听到后港桥的军号声和一片脚步声向盛桥这边移来。忽然，城东的“一步桥”方向枪声大作，接着北门云谷堂也响起了枪炮声。

许世春喊道：“快把火放的越大越好，把铁桶挂到树上放鞭炮，不要停。”钱三也朝天上开了几枪，不能让出城的敌人又回头，也让敌人听出来这里有‘真家伙’在响。”

盛桥老虎头的碉堡也同时火光冲天，“枪声”大作。这是唐开春点燃了碉堡旁边的几个草堆，又点响了铁桶里的鞭炮。谈玉礼点燃被折断的双响炮，掷向碉堡。随唐开春来攻打碉堡的还有赵明才、高守余等四人，他们带了四枚手榴弹，分散到碉堡的四周，借着鞭炮声转移敌人注意力的机会靠近碉堡，向观察洞同时投弹。

这时，碉堡内的守军借着火光看见有手榴弹向碉堡里飞来，慌慌张张逃出碉堡，接着几声巨响，来不及逃出来的被炸得鬼哭狼嚎，血肉横飞。由于碉堡是盛桥人用做土墙屋的墙板垒起来的，土质松散，也被炸倒了半边。有诗《老虎头碉堡》曰：

堡筑虎头封四方，端枪为鬼妄称王。
忽然火闪开三角，疑是迅雷除祸殃。

赵明才用牙咬开一枚手榴弹的后盖，向逃出碉堡的敌人甩去，可是没有爆炸。他们三人见状拉上赵明才迅速撤离。赵明才仔细一想，由于第一次甩手榴弹没经验又心急，忘记用小手指套上线环。

许世春站在弯里山头上，听到城里大队人马的嘈杂声越来越近，已过了凉棚店，便大声喊道："快撤。"他们迅速撤退到菊花茶馆。

"今晚，我们的任务完成得很出色，感谢两位的鼎力相助。"许世春握着刘大爷和我父亲的手感谢道。接着，许世春转身对菊花说："马上还有几个兄弟撤退到这里，请你转告他们，这次攻打盛桥老虎头碉堡的战斗，个个表现得很出色。这里不可久留，钱三我们归队。"

许世春前脚离开菊花茶馆，唐开春、谈玉礼他们后脚就踏进菊花茶馆。菊花转告了许世春的话后，就听见马蹄声和一片脚步声来到菊花的茶馆门前。唐开春他们迅速离开，回到茨山庵。

李副官带领的"皖独"部分官兵赶到盛桥增援。当到达盛桥时，一切都恢复了平静。他在菊花的茶馆里坐下，要菊花泡了一杯茶，问道："菊花，今晚有哪些人来到你的茶馆？我在城里就听见这里'闹翻天'了。"

"我的茶馆人来人往，难道从我茶馆里走出去的人，就是'闹翻天'的人？李副官你也经常来我的茶馆，难道你也是……"

"不说了，不说了。快给我下碗面。"

"不巧，我的面已用完了，等天亮再做。"

李副官还是第一次碰了一鼻子灰。只好派人去把谢连长找来。

谢连长伤势刚好，才回到盛桥老虎头碉堡。中秋节这天晚上，他迫不及待地去邻村会情人。当盛桥老虎头的碉堡遭到攻击时，他正睡着，昏昏沉沉也听到自己驻防的方向有枪声，也不敢久留，赶紧披衣下床。谢连长回到碉堡一看傻眼了，碉堡倒了半边，还死伤了好几个手下。谁干的呢？正在纳闷时，李副官派人来找他去盛桥茶馆汇报情况。谢连长来到菊花茶馆，走进李副官的小包间。"报告。"谢连长还行了个军礼。李副官从上到下仔细地打量了一番谢连长，再走近围着谢连长转了一圈，发现他身上没有一点灰土，闻一闻，他身上还有女人的雪花膏香味。

“今天晚上，你这里发生了这么大的事，仔细说一说怎么回事?”

“这……这……这……”谢连长“这”了半天也说不出原因。

“我就知道，你这个连驻在这里，班排以上的这些小屁官，晚上就往边近村上漂亮的姑娘人家跑。谁来消灭你们，你们都不知道。”李副官骂得谢连长狗血喷头，“你这些丑事，暂且放着。首先查出是什么人炸的碉堡？三天内向‘司令’报告。”

“是。”

谢连长仔细观察了碉堡的受损情况。他围绕碉堡转圈时，忽然脚下一滑，低头一看，原来踩在一枚横着的手榴弹上，吓得谢连长全身冒冷汗。所有的人一看转身就跑，卧倒在田埂下，见半天没有动静，连长就命令值班班长去捡起来看看是怎么回事?

值班班长捡起手榴弹一看，发现后盖已打开，就是线环没动。谢连长又在自己脚下捡起一个手榴弹盖，把这个手榴弹盖紧，再仔细观察这枚手榴弹时，突然发现手榴弹柄上刻有“赵明才”三个字。“盛桥的赵明才，我早就怀疑他参加了新四军，这下证据确凿了。”谢连长又一想，这次攻打我碉堡配合攻城，可能是新四军游击队来人指挥赵明才等人干的，先不打草惊蛇，暗查清楚再一网打尽。“这枚手榴弹是炸我的，它没炸说明我命大福大。我要好好收藏起来。”谢连长说着就将手榴弹用布包起来藏好。

几天过后，谢连长到西边村子找刚结婚不久的漂亮少妇阿桂，让她的新婚丈夫晚上去找十个民夫修碉堡。阿桂问他找民夫干什么？谢连长说：“这是军事秘密。”

等阿桂的丈夫一出门，谢连长就关上门，把阿桂抱到床上。因为村小人少，谢连长又有盒子炮，阿桂只好顺从。有词《如梦令·花》曰：

院有小花酸楚，骨朵未开蝶虏。带雨散馨香，招引马蜂强掳。谁抚，谁抚，沙卷日光横堵。

“你胆子真大，我村子上的钱三就是新四军游击队员，还有一个新四军游击队的领导经常来他家，好像要干一件大事。”阿桂羞辱难当，穿上衣服，说这话想吓唬谢连长，让他下次不敢来。

“你就会逗人，他家住哪里？”谢连长诱问阿桂。

“村东头的最后一家，不相信你去叫门，只要门一开，你就被枪崩了。”阿桂又吓唬道。

谢连长想，我带几个人秘密进村，去逮钱三，看看阿桂说得是真是假。如果是真的，这次炸碉堡配合攻城的事就是他领导的。

第三天，一切平静下来后，钱三半夜潜回家。谢连长早就埋伏在他家周围，看见一个男人身影敲门入屋。谢连长不敢强行入屋逮人，怕有惊动，让钱三趁机逃脱，只好派重兵堵住前后门。

天快要亮时，后门开了一条缝，钱三轻轻地把头伸出门外探视了一下情况。忽然有两个人拽开门，又扑上来两个人把他按倒在地，五花大绑押回到盛桥老虎头碉堡。

谢连长连夜突审，先用老虎凳给了钱三一个下马威，然后又用大洋和升职引诱。

钱三也想：当新四军太艰苦了，等到胜利了做了干部，还不能享受荣华富贵，还要和老百姓一样艰苦奋斗。再说，日本这么强大，张昌德率领一个师都投降日本了，说明取得抗战胜利是不可能的，我这个小平民还参加什么抗日。如果我能“反水”，跟张昌德干还能奖赏我大洋，还能给我排长、连长干干，眼前就高人一等了。钱三想到这里，说：“我想见小关和你们的司令。”

“你把新四军南繁芜游击队的情况，全部跟我坦白。小关和我们的司令怎么会见你这个我都懒见的人？”谢连长冷笑道。

“不见小关和司令我是什么也不会说的。今天就算死在这里，也不会说的。”钱三说得非常坚定。

谢连长本想自己亲自审问得到结果，好报功领赏晋级，现在看来这个家伙不想把“功”给自己立。但又不能用大刑，如果弄死了，反说我私通新四军，杀人灭口，这个罪名我担待不起，还是抓紧时间秘密押送到城里，以免新四军游击队晚上来劫人，惹祸上身。

徐家大屋的指挥部里，小关正在责问张昌德："国军五十二师攻城时，你去了哪里?"

"我去了许镇，因为驻守在繁昌东岛李村的守军在同一晚上遭到新四军游击队的袭击。"张昌德解释道。

"具体是什么情况?"小关又问。

"今年上半年，你们将我的原一四四师改编为'皖南独立方面军'，大部分驻守在南陵和繁昌县城，繁昌东岛的李村还驻了一个营。从东岛李村到繁昌县城，中间隔着一个新四军游击队的活动地带。为使我军从东岛李村到繁昌县城的道路畅通无阻，7月间，我就叫他们抓民夫在东岛到繁昌县城的必经之地——徐岭头建造碉堡。"

张昌德喝了一口水又说："谁知新四军临江团就驻在离徐岭头不远的南陵板石岭修整。我们被这些抗日的家伙发现，他们化装成民夫，混进建碉堡的工地，趁我们的士兵围着赌牌九时，一拥而上，打死了我们14个人，抢走了我们一挺捷克式机枪，一门迫击炮，14支步枪。"

"这就是你的部队纪律松散，军风败坏的结果。"小关发现其受到袭击的原因说。

"我已处分了这个营长。"

"这远远不够，在全军应当开展一次整纪运动。"小关提醒道。

"中秋节的攻城抗日，是有预谋有计划的。南北夹攻，国共两军配合，使我们蒙受了重大损失。我失去了刘雪，你也失去了刘霜。"张昌德叹息道。

"失去两个花姑娘不值一提，我们可以再'找'更美的花姑娘。目前更重要的是想方设法抓住国共两军的中间联系人。"小关正说着，谢连长把钱三押了进来。

"报告，我抓了一个新四军游击队员。"谢连长不说"我们"，怕功劳给大家分了。"这就是日本小关队长和我们的司令。"谢连长指着钱三面前的人说。

"报告小关队长和司令，我是新四军南繁芜游击队的侦察战士钱三，愿意跟你们干。"钱三被绑在那里跪着说。

“为什么要跟我们干?”小关问道。

“我和张昌德司令的看法一样,日本强大,是来帮助我们建设南陵的。新四军游击队又没飞机大炮,还打你们,这不是鸡蛋碰石头?新四军的纪律又严,生活又艰苦,谁受得了?”钱三讨好道。

“你既然‘改弦易辙’,跟着小关队长和我,那你就说说这次南北攻城是怎么回事?”张昌德问道。

“不过……”

“不过什么?你快说。”小关最看不起那些立场不坚定的人,尤其是叛变之徒。

第三十三章

为了享乐钱三叛变
面对牺牲世春坚守

谢连长说："钱三要求答应他三个条件，才愿意说出他原来的同党。"

"呦西，还提条件？说说你有哪三个条件？"小关蔑视地看着钱三问道。

"首先，我供出的新四军游击队将领职务有多高，你们给我担任的职务就多高；其次，我提供了新四军游击队情报人员的情况，给我的奖赏要比供出新四军游击队一般人员的要多一倍；最后，在城里给我一套房子。"钱三在没有招供之前，提出了三个条件。

"你提出的条件有点过分。"张昌德说。

"只要你提供的是新四军南繁芜游击队的重要情报人员，要什么都可以。"

"小关队长已答应你的条件了，那就说出你知道的所有同党。"谢连长催促道。

"我的上级名叫许世春，他是新四军南繁芜游击队情报站站长。八月十五攻打南陵县城，就是他与国军五十二师的侦察员联系的。"

"国军不允许新四军在江南，怎么可能有联系？这明明是在说谎。"谢连长愤怒道。

"这不是说谎，因为国军五十二师的侦察员要在城里找几个抗日积极分子帮助他们，所以，我俩就冒充城里人，配合他们攻城。他们要求我们放火烧盛桥老虎头碉堡，如果有枪就放几下，把你们的兵力吸引过去，他们好攻城。"钱三强调，在国军面前没有暴露他俩是新四军身份。

“老虎头的碉堡是谁放的火，还甩了手榴弹？”小关问道。

“这个我不知道，因为开会具体部署这项任务时，许世春没让我参加。”

小关又问：“许世春现在在哪里？”

“他住无定所。不过明天晚上，我俩要一道执行新的任务。”

“你俩在什么地点汇合？”张昌德兴趣来了，他心里想，逮住了许世春这条新四军游击队的鱼，也可对老蒋和日本表明我的心意，既除了国民党的心患，也除了抗日分子。以后，除了共产党，无论哪一方失败，我都有退路。

“在桂镇桥下风村。”钱三答道。

第二天晚上，张昌德命令谢连长挑选几个精干人员，着便装封锁桂镇桥下风村的所有进出口。钱三先进村联系许世春，但在预定的地方汇合时却没有人。钱三想，是不是我的“反水”暴露了，仔细一想不可能，我被谢连长逮住时，村里人都在梦乡里。钱三正纳闷着向村外走时，村前大路上一个黑影向村口走来。钱三迎上去，发现是许世春。

许世春边向村口走，边观察有什么变化。他看见钱三迎上来，不直接和他打招呼，而在擦火柴点烟。钱三从来是不抽烟的，许世春擦亮火柴时，有几个黑影迅速奔来。许世春发现不对劲，扭头就跑，但为时已晚。钱三上前一把抱住许世春，接着谢连长等人围上来。有诗《许世春》曰：

桂镇山前扛起枪，万安村口打豺狼。
一腔热血西峰洒，染了红旗天下扬。

在徐家大屋，小关和张昌德亲自审问了许世春。

“我们已经知道，你是新四军南繁芜游击队情报站站长。你只要告诉我们，你们跟桥头张的汪寄清认识不认识？他是不是新四军游击队？”张昌德问道。

“汪寄清我认识，他很开明，是不是新四军游击队，我不知道。”许世春冷静地回答。

“什么是开明？开明就是共产党新四军。”小关判断道。

“开明就是共产党新四军，不开明的就是日本皇军和汉奸了？”许世春反问道。

“你敢骂小关队长和我们的司令？”李副官站在一旁拔出手枪指着许世春。

“听说汪寄清家里窝藏了潘效安等许多共产党新四军？”张昌德继续问道。

“我有个亲戚在他家打长工，如果说长工就是共产党新四军，那你们问我干什么，把所有的长工抓起来，不就等于抓了所有的共产党新四军？”许世春又反问道。

“看来不动大刑，你是不会招供的。”李副官着急了。

“我再问你一个问题，如果不说，就给你上大刑，等身上骨头断了才说，那就白白受苦了。”张昌德停了停，让许世春想一想后果，“我继续问你，长林保的保长谈启发是不是共产党新四军？”

“你配合日本小关‘共建’南陵，一个保长成了共产党，还当了新四军，说明你这个司令不得人心。不得人心者，必然失去天下。”许世春警告张昌德说。

“不用再费口舌了，拉出去枪毙。”小关挥挥手道。

“小关队长，我有个请求，等我抓了赵明才等疑似新四军游击队，再举行一次公判大会，一道枪毙，以儆效尤。让那些没抓着的新四军游击队主动来投案自首。”谢连长请求道。

“枪毙新四军游击队的事，就由我来执行。”张昌德想，让蒋委员长看出我张昌德一如既往，与共产党不共戴天，同时也让你们日本人看出我‘合作’的决心。

“呦西。”

“把许世春押回大牢，再不招出汪寄清和谈启发是共产党新四军就枪决。”张昌德厉声说道。

“报告司令，许世春已抓到了，钱三提出的条件要不要兑现？”谢连长问道。

“你不必去兑现钱三的什么条件，就是兑现了，他也没命去享受。你看，要不了几天，他就身首两地。现在，就让他在你身边当班，只要他一回去，就回不来了。你们也没有必要派人保护他，像这样的人都死有余辜。”

谢连长一惊，心想，我们不也像他一样叛变做了汉奸，难道以后我们也死有余辜？谢连长拖着沉重的脚步，回到盛桥老虎头碉堡，部署抓赵明才的任务。他任命钱三为逮捕赵明才小组组长，说等抓住了炸碉堡的赵明才，司令正式提升他。钱三高兴极了，独自一人化妆成香客，来到茨山庵。他听说有些抗日分子经常在这里秘密碰头，想再立一次功。他烧香祈求菩萨，从此以后自己官运亨通做大堂。钱三在庵里买了三炷香，在地藏王菩萨面前烧香磕头，可手里的香怎么也点不着，还是强斋婆接过香点燃了递给钱三。钱三香磕头时，身子一歪，头又撞到香案上，顿时起了个大包。忽然钱三看到莲花座下有一首诗《祈求》曰：

茨山静坐一尊王，跪拜祈求做大堂。
众善奉行其意净，莫操恶业故人伤。

钱三看后想，是谁知道我要来烧香祈求菩萨，提前写了这首诗放在这里，警告我要想升官做大堂，不能造恶业伤及为仁之人。钱三又纳闷了，难道是菩萨知道我“反水”了？造了恶业，又伤害了为仁之人许世春，不接受我的祈求？

钱三非常沮丧，不过又一想，这些都是泥巴菩萨，他们怎么能知道我做了什么？他转过身问强斋婆：“我有个朋友叫赵明才，经常到这庵里来，你认识吗？”

“认识，上次我们庵里做地藏王法会时，他还在这里做保安。”

“你认识他家吗？我想去拜访他。”

强斋婆看到钱三很重朋友情谊，就说：“我不认识他家，他好像和赵邦发是叔侄关系，住一个村，具体的你去问住在庵对面的那个兰英，她最清楚。”钱三拱手央求强斋婆带他去找我娘。

钱三在强斋婆的带领下来到娘的家里，娘听说了来由，仔细地打量了一下钱三，三七分头，尖下巴，鼠眉贼眼，瘦高个，穿一身黑老布衣服。娘总觉得眼前这个人不像正经人，但又不能说不认识赵明才，因为强斋婆已告诉他了。

娘想了想谎称道："赵明才是我家兄弟，你要到他家做客，不巧他今天不在家，刚刚到我家来了，说他哥带他去相亲了，明天来我带你去。"钱三想，今天没有白来，虽然没见着赵明才，总算找到头绪了，转身离开了我家，离开了茨山庵。

娘等钱三走后，佯装去盛桥菊花家串门，从小路绕道来到赵明才家，将情况告诉了他的父亲。赵明才的父亲一听娘对钱三的描述，心想，我家所有的亲戚没有长相是这样的，便怀疑可能与炸碉堡有关。

晚上，赵明才一脚刚迈进大门，他的父亲就把他拉出来，向茨山庵跑，找到谈保长，一起来到娘的家里。说明情况后，谈保长问赵明才："你炸盛桥老虎头碉堡时，留没留下什么证据在谢连长手里？"

"我有枚手榴弹，在木头柄上刻了我的名字。可是环没拉，就甩出去了。"

娘泡好茶，端上来，说："今天这个人可能是谢连长派来抓你的。"

赵明才的父亲想了想说："既然事情出来了，我们得想个法子应对。怎么应对……"

谈保长和他们低语了一番，统一了口径。

第三十四章 手榴弹刻名要逮捕 张昌德摇手交费事

钱三回到老虎头碉堡，谢连长问道："事情进展如何？"

"住这碉堡附近的赵邦发知道赵明才的家，因为他俩是叔侄关系。"

"赵邦发又犯在我手里。上次让你妹妹赵莹跑了，不然送给龟一大佐，我和李副官都能晋升，我可能是副团长了。现在害得我还在盛桥这个小地方守碉堡。"谢连长一想到此事，气不打一处来，不顾天黑，拎着盒子炮，带几根长枪来到赵邦发的家，钱三紧跟其后。

"咚咚。"

"哪个？半夜三更地敲门。"

"老子，谢连长。"

"连长大人，晚上还有公事啊？"赵邦发打开了门。

"你的小叔赵明才是新四军游击队，如果你不带我去找到他，你俩就是同伙。"

不容分说，上来两个扛长枪的，拖着赵邦发出了门。

"我本是新四军南繁芜游击队的侦察员，已经掌握了你们的证据，现在就看你配合不配合。"钱三在后面吓唬道。

"怎么配合？"

"抓住赵明才。"

"赵明才参加了新四军游击队，我这个家里人怎么不知道？"赵邦发边走边喊道。

赵明才的父亲刚从茨山庵回来，听到远处有人在喊，也故意喊道："谁说我家赵明才是新四军游击队?”

“这是谁?”谢连长问道。

“这是他的父亲。”

于是一行人又跟着赵明才父亲到了赵明才家。一进门,谢连长把盒子炮往桌子上重重地一放,说:“我们已掌握赵明才参加新四军游击队的确凿证据。”

“什么证据?”

“让你儿子出来当面对质。”

“他去‘相亲’了,被女方看中了,留在那里。有什么证据我看不懂,还是请谈保长来看看,他说话算数。”赵父说完转身出门去找谈保长。谢连长不放心也一道去了。刚刚躺下的谈保长又起床穿衣,跟着他们来到茨山庵保公所。一进庵门,谢连长就说:“你们长林保了不起啊,有新四军游击队啦,还炸碉堡消灭我们。”

“不可能吧,我们长林保有你带兵驻守,小关做后盾。谁还敢在你们眼睛鼻子底下做‘小动作’?”谈保长不解地说。

“你们长林保的赵明才就是新四军游击队。”钱三插嘴道。

“有证据吗?如果证据确凿,明天将他亲用绳子绑了送去。抗日是谢连长的事,他在其中凑什么热闹。”

于是,谢连长从怀里拿出刻有“赵明才”名字的手榴弹。谈保长一看笑起来,说:“就凭这上面三个字就能证明赵明才就是新四军游击队,逮捕他?”

“这是铁的证据,谁也推翻不了。”钱三得意地说。

“如果我捡个手榴弹,或者买个手榴弹,在上面刻你‘谢连长’的名字,甩到小关的指挥部,或者是张昌德的司令部,说你也是新四军游击队,把你逮了枪毙了,你冤不冤?”

“这……”谈保长的一席话,说得谢连长瞠目结舌。

“反正你们要把赵明才交给我。”谢连长说完掉头走出了门。

第二天早上,娘来到菊花茶馆,看有很多人,就故意喊道:“菊花,还有这些乡亲们,谢连长在自己的碉堡里捡枚手榴弹,上面刻了‘赵明才’的名字,谢连长就说他是新四军游击队,碉堡是他炸的。”

菊花一听接过话茬说："放屁，同名同姓的人多着呐，叫说这话的人去把新四军游击队的花名册拿来看看，上面有没有同名同姓的。"

"我怀疑这个手榴弹上的名字是谢连长自己刻上去的，想敲诈赵明才。"刘宗芳在门外喊道。

"我看是有这可能。"大家都说。

谢连长带着钱三进城汇报。小关听了汇报后说："抗日分子的证据不确凿，也枪毙。"

"不。"张昌德摇摇手又说，"凡是疑似新四军游击队的不枪毙，但得交费事，让赵明才交三十担稻，作为我们捉拿真正新四军游击队的费用。我们已采取了各种形式摊派收费，这叫'疑似费事'。谁都怕戴'疑似'帽子，这是收费的一种新的名目。"长林保这里管征粮叫"收费事"。

谢连长带着钱三又从城里赶到盛桥，再去找赵明才的父亲，要费事不要人了。他刚走到菊花茶馆门口，被菊花看见了，拦住谢连长说："哪个缺德鬼，故意在手榴弹上刻人家名字，你就抓住不放，说人家就是新四军游击队？"

"不，不，这只是'疑似'。我陪谢连长到城里汇报了这个情况，小关要枪毙，司令说不必要，可以让'疑似'的人交……"钱三抢着回答。

明白人一听就知道，虽然不要命，但肯定要钱。菊花一想，只要破财能消灾，也算是菩萨保佑了。

谢连长从茶馆里喝了茶出来，就向赵明才家走，一路走一路想，好不容抓了赵明才，新四军游击队的证据又确凿，可惜被谈保长和众人"狡辩"了。张司令要他交三十担稻，可是我一粒稻得不到，我这两条腿不是白跑了，不管怎样，我要……

谢连长想着想着，不知不觉来到赵家。一进门，他又把盒子炮往桌子上一放，说："赵明才回来没有，今天小关队长和司令要见他。"赵父从田里回来一听，吓得两手发抖，又叫大侄孙子赵邦发找来了谈保长。

"谢连长说今天来，今天就来了，还要逮赵明才？"谈保长问道。

"是的，小关队长说要枪毙。"谢连长故意紧锁眉头说。

"谢连长一点面子也不给我这个当保长的。老赵，你不有个舅老爷小鲁在我们龙泉乡当干事吗？请他亲自去城里找一找张昌德司令。”

谢连长一听，赵明才还有个舅舅姓鲁，在乡里当干事，先是一惊，后又定了定神说：“只要我斡旋一下，事情还是有迂回之地，不过……”

赵父一听顿时明白了，连忙客气起来，说：“邦发用网到塘里捞了两条鱼。今晚，我办桌酒请谢连长，还把我那舅老爷鲁干事也喊来陪谢连长。”

到了晚上，酒过三巡，谢连长飘飘然起来：“如果不是我，今天小关就把你儿子抓去枪毙了。我说了许多好话，才同意不杀他，但要你家交出三十五担稻作为我们捉拿真正新四军游击队的费用。”

钱三的酒已喝得分不清南北了，一听谢连长的话，指着他前言不搭后语说：“你……你……这家伙不……不……厚道，你……你……在小关和司令面前尽说人家坏话。司令说不枪毙，你说要枪毙，现在还向人家多要五担稻。”

“要交三十五担稻？”赵父惊愕了，转念一想，说，“三十五担就三十五担吧，留得青山在，不怕没柴烧。”

“姐夫，你明天在亲戚邻居家把稻子借齐，请几个车夫，先用狗头车送十担稻过去。我跟你们一道，找司令开个收据，然后再送。”鲁干事说。

谢连长一惊，如果小关和司令知道我借机多要五担稻私吞，非枪毙我不可。他微睁醉眼，连忙摇摇手说：“你们只筹齐三十担就行了，那五担是我说情，已免了。”

“多谢谢连长。”赵邦发又陪了他三大杯，赵父又陪钱三喝了三杯，这下两人彻底醉了。

许世春被捕后，王安葆非常愤怒，立即和朱合喜研究营救计划，并要查清叛徒就地正法。张昌德知道，新四军游击队会想方设法要来营救许世春。他把关押的任务交给李副官，就连小关都不知道许世春关押在什么地方。唐开春联系了陵阳城里的老鲁和老瘦，因他们有亲戚在维持会，可以探听许世春的下落。

谢连长为了立功升职要钱三回忆还有什么人与许世春来往密切。

“桂镇桥有个名叫马厚兴的经常与许世春来往，我和许世春在桂镇桥见过一面。那次见面是要马厚兴组织新四军地方民兵，让他当民兵队长。”钱三回忆道。谢连长听到这里，责怪钱三为什么不早说。当晚，谢连长就带着钱三和一队人马来到桂镇桥秘密守候马厚兴。

马厚兴得知钱三出卖了许世春，晚上，准备趁夜黑风高去茨山庵找唐开春商量营救许世春的办法。他刚走到桂镇桥没人家的地方，就被谢连长拦住盘问。

这时钱三走上前仔细一看，说："马哥，这么晚了，还去开民兵会啊？"

谢连长一听高兴了，说："先委屈你一下，到盛桥老虎头碉堡把情况说清楚。"并用绳子捆住马厚兴。

"刚才听说你要去开民兵会，是什么意思？"谢连长一回到碉堡就问。

"我又没说我去开什么民兵会，那是人家在放屁，你闻着也香。是不是自己也要放？"马厚兴知道钱三不但出卖了许世春也出卖了自己。马厚兴不招供自己是民兵队长，谢连长又不敢动刑，怕送到司令那里，他装死更不愿招供，司令反而责怪自己乱用刑。

第二天一大早，谢连长和钱三带着一队端枪的，把马厚兴押到城里交给司令。钱三见到司令说："我又为大日本帝国做了贡献，原来提出的三个条件要兑现了吧。应当还有嘉奖。"

"嘉奖少不了，想要什么就给什么。"张昌德想，你已经死到临头了。

繁昌东岛驻军又逮了个新四军，也送到陵阳城里，他是新四军皖南支队临江团战士，名叫钱建余。张昌德这下高兴了，你新四军临江团的人终于落在我的手心里，可以"报仇雪恨"了，繁昌徐岭头的奇耻大辱，一直压在心头，这下终于得到"雪洗"了。

张昌德一下逮住了三个共产党的新四军游击队员，夜不能寝，怕夜长梦多，决定立即处决。

唐开春得到城里老鲁和老瘦送来的消息，许世春、马厚兴、钱建余三位革命战士已于9月14日牺牲。有诗《皖独》曰：

刀枪齐举发邪淫，祸害中华罪恶深。

私利高于民族恨，疯狂难灭火红心。

第三十五章

赵莹入茶馆诱叛徒
战士惩恶人扬正义

唐开春胸燃怒火，请示新四军南繁芜游击队总队队长王安葆，要他把任务交给茨山庵抗日小组，决心严惩叛徒钱三。菊花借口茶馆人手不够，把赵莹请来茶馆打工。钱三经常跟着谢连长来茶馆。

今天钱三进茶馆后，一眼就看到年轻的赵莹在端茶送水。他眼前一亮，赵莹一头乌发，分成两束用蝴蝶结红绸扎着，拖在两肩。她柳叶眉，杏仁眼，炯炯有神，身穿红色碎花大襟褂，蓝色长裤，可爱至极。赵莹又把衣袖卷到胳膊肘露出如花香藕的手臂，把茶端到钱三面前，故意一低头，红绸扎的长发扫在钱三的脸上。

谢连长一惊说："这不是赵邦发的妹妹赵莹吗？"

"你认错了，她也叫赵莹，但不是你说的那个赵莹。她是我的表妹，住繁昌。你和赵邦发的妹妹赵莹又不经常见面，是认不清楚。"对菊花的"解释"，谢连长将信将疑。

钱三已被赵莹细腻白嫩的手臂吸引，赵莹的乌发又从自己脸上掠过，神魂颠倒也不知茶是什么味道了。有诗《迷》曰：

红绸扎发若花开，冷箭眉藏带笑来。
莫问姻缘当诱饵，舍身为国避凶灾。

钱三的表情变化全被菊花看在眼中。钱三半斤下肚，嘴关不住了："谢连长，我亲自为司令逮了两条‘鱼’，其中一条不算特大，但也不小，作了这么大的贡献，应该兑现我三个条件了吧。”但谢连长只是搪塞着。

菊花忙完之后，也来陪谢连长和钱三的酒。菊花刚一坐下，钱三眯着醉眼就问：“你这个漂亮……漂亮……的表妹是哪里人，嫁人没……没有？”

“她叫赵莹，住繁昌，虽然嫁了人，但不称心。因为他的老公是独眼龙，一条腿又瘸，走起路来一颠一簸，好像上要捅破天，下要踩陷地，又没本事，靠女人养活。赵莹嫁给他就像一朵鲜花插在牛粪上，让人可惜得捶天跺地。”菊花添油加醋地描绘着。

钱三一听，兴奋地抬了抬头。这时赵莹走来帮他们斟酒，钱三一把抓住赵莹白嫩的胳膊不放，说：“你太不幸了，我……我……”

赵莹也就顺从地给钱三抓着胳膊，故意眼泪汪汪地说：“我那父亲贪赌，五块大洋把我输给了那残缺不全的人。”

“赵莹要嫁给你钱三，那可是‘英雄’配美女。可惜老天就是不长眼。”菊花惋惜地感叹道。

“钱三算什么狗屁英雄？我看像……像……狗熊。”

“赵莹别听谢连长的，他看你喜欢上钱三吃醋了。你看钱三长相比你老公帅十倍，又帮小关和张昌德司令逮住了两个新四军游击队员，立了大功。他马上又要升官了，还有一大笔奖赏，还给房子。钱三就缺姑娘，现在已经找着了，就在你眼前，抓住可不要‘飞’了。”菊花又举杯祝贺道。

钱三把赵莹的胳膊越抓越紧，不肯放手，歪歪扭扭地站起来要抱赵莹。菊花一把拉下钱三说：“初次见面就动手动脚，你是大‘英雄’，姑娘们抢着爱，今天让你占着便宜，明天就把赵莹甩了，去占另一个姑娘的便宜。如果你不是真心的，就别碰她。”

“我真的喜欢她。”钱三又望望赵莹说。

“今天，有我和谢连长作证，你真的喜欢她，就拿出五元大洋，再加利息五元给那个‘独眼龙’，赎出赵莹。”菊花说。

“这是表达心意。”谢连长说。

“请谢连长在小关和司令面前帮我说几句好话，先给十块大洋的赏钱给我，让我把赵莹娶到手。”钱三央求道。

“那你得舍得让赵莹先来陪陪我……”

钱三想了想说：“行，只要你帮我把赏钱弄到手。”

赵莹一听佯装不干了，娇嗔地说：“不行，你没娶我，就先让别人占了你的便宜。”

钱三低声说道：“这是缓兵之计，我是趁这个机会要赏钱。”钱三要求晚上不走了，要陪赵莹。

菊花说：“今天晚上可不行，因为你喝多了，万一赵莹怀孕了，生下孩子也是个醉鬼。”

赵莹贴着钱三的耳朵说：“今晚不回去，那个‘独眼龙’会把我打死的。明晚我谎称加班不回家，在茨山庵等你，到地藏王菩萨面前许个愿，不能让任何人知道。这是我俩私自约会。”钱三听了，兴奋得酒醒了三分，在赵莹的搀扶下走出了茶馆，高兴地跟着谢连长深一脚浅一脚地回到碉堡。

第二天晚上，钱三想去茨山庵约会，又怕是新四军游击队设下的诱饵。他知道自己“反水”了，“老四”是不会放过他的，便告诫自己一切要谨慎。

事隔两天，赵莹的笑容一直在钱三的脑海里萦绕，想见她的心情难以克制。到了晚上，他又请谢连长陪他到盛桥茶馆坐一坐。钱三见到赵莹忙上前打招呼，赵莹转过身不理钱三，钱三只好自讨没趣地找个空包间坐下来。谢连长点的菜烧好后，赵莹也不愿送上桌子。

这时，菊花走过来说：“你钱三这个男人不可靠，第一次与你约会，你就失约了。”

“我那天晚上与谢连长执行任务去了，所以不能按时赴约。更主要的是我刚‘反水’，要积极表现，再捉拿几个新四军游击队，争取为大日本作出更大的贡献，也好得到更多的赏金和升到更高的职位，让赵莹将来过上阔太太的生活。”钱三编造失约的原因。

谢连长也应声附和着：“那天晚上，钱三带领我们潜入茨山庵，侦察新四军游击队是不是利用他们这个约会来逮钱三，我们准备也利用这个机会再逮新四军。”

菊花听了倒吸了一口凉气，说："你这个连长和钱三是一个德行，把女人的爱，非搞成浓烈的火药味，造成流血事件才高兴。"

赵莹在一旁听了，"热泪盈眶"地说："就是，就是，你为了我过好日子而不怕人家逮捕你，我会跟那些'板凳腿'(新四军)搅在一起吗？再说他们都是穷光蛋，女人的一根红头绳都买不起。"

忽然，通讯员来报告，营长晚上在营部召开连长会议。谢连长听到通知，起身就跟通讯员走了。谢连长一走，菊花看看赵莹，自己也走出包间。钱三关上包间的门，要抱赵莹，赵莹故意装作害羞的样子，大声说："别着急嘛，有人来了……"

赵莹的话音刚落，就闯进四个年轻人。赵莹一见就捂着脸"哭着"跑出门。来人其中一个就是谈玉礼，故意闭着一只眼，"一瘸一瘸"地走到钱三面前说："你胆子不小，关起门来调戏我老婆。"上前给钱三就是一耳光。另外进来的唐开春、赵邦发、赵明才三人一拥而上用早已准备好的绳索将钱三五花大绑起来，并仔细地搜了身，没有发现武器。

唐开春指着钱三说："你今晚凌辱了我朋友的妻子，怎么办？"

钱三耷拉着脑袋说："我只抱了她一下，还没摸，你们就闯进来了。"

"一个男人抱人家女人，你说说就这一抱该值多少钱？"赵邦发说。

"这里来往的人又多又杂，你跟我们到茨山庵坐下来，好好谈谈精神损失费的问题。"唐开春说。

四个人把钱三押到茨山庵，让钱三跪在地藏王菩萨面前。钱三说："菩萨在上，我只抱了，还没亲到人家女人，要精神损失费，那就开个价吧。"

"这一抱的精神损失费就大了，不赔个脑袋恐怕是放不了你的。"赵明才说。

"你这个女人那么值钱？抱一下就要人家脑袋，开什么玩笑？"钱三不屑一顾地说。

这时，从地藏王菩萨后面走出来一个人，钱三抬头一看，头戴新四军军帽，身穿新四军服装，腰带上别着一把小巧玲珑的手枪，不像谢连长的盒子炮，站在他面前威风凛凛。

唐开春介绍说:“站在你面前的是新四军南繁芜游击队总队队长王安葆同志。”

钱三一听,浑身像筛糠一样抖个不停,额头上的汗珠像雨一样向下流。

“新四军第七师的曾希圣师长,对你的叛变非常重视。因为你的叛变牺牲了两位革命同志。他命令我务必捉拿你就地正法。”王安葆说。

“在没有枪毙你之前,我想问你几个问题。”唐开春说。钱三没有跪了,反盘腿坐在地上听着。“我们在参加革命队伍时,就宣誓过:不背叛组织。你为什么不履行誓言呢?”唐开春问道。

“日本一进入中国,上海国军就撤退,南京就沦陷。一个偌大的南陵,被不到百人的日本鬼子控制着,国军五十二师都攻不下来。”

“你是说,落后中国怎能与强盛的日本为敌?”赵明才问。

“这是摆在眼前的事实,还用我说?我‘反水’,小关和张昌德马上给我当比许世春还高的职务,不但给奖赏,还给房子,你们能给我吗?”钱三说出背叛的原因。

“你为了一己之私利,而不惜出卖国家和民族利益。你们这些人片面认识中日军事力量的差距,视敌人如神物,看自己为草芥,无视民族的力量、人民的力量、正义的力量。”唐开春愤怒地说。

“你们说我是汉奸也好,流氓也罢,反正我要有官有钱,这才是我的梦想。”钱三耷拉着脑袋说。

“钱三,如果你不背叛党,我们今天可能还在并肩战斗。可惜今天不是我们要杀你,而是你自己把自己送上了断头台。”唐开春又说。

“现在,我宣布……”

唐开春和赵明才一听总队的领导王安葆要对汉奸钱三宣判,立即分站两边架起钱三的胳膊,立正站好。但钱三已全身瘫软,无法站起,由左右两边的唐开春和赵明才架着。

“新四军游击队南繁芜总队判决:钱三,男,原新四军南繁芜游击队战士。由于投降敌国,出卖了新四军南繁芜游击队情报站站长许世春和民兵队长马厚兴,致使二人牺牲在敌人的屠刀下,对钱三判处死刑,褫夺公权终生。”

宣判后,唐开春问道:“钱三,你还有什么遗言留给家人?”

“我的家人,自从我做了汉奸都断绝了来往。”钱三有气无力地说,“我在这个世上白走了这短暂的一遭,造了恶业死有余辜。”

第三十六章 新四军正义锄汉奸 李副官要鞋纳秋粮

唐开春和赵明才又将钱三五花大绑起来，押出茨山庵，送到一个山涝里。那里早有两个带着“马虎帽”的人，只留两只眼睛在外面，扛着大刀等在那里。钱三一到，便让他跪着，其中一人将其头发抓住向后仰着，另一人举刀砍向钱三的颈部，顿时一注鲜血喷向空中。有诗《因果》曰：

善恶时来终有报，天行大道好轮回。
今生所受皆因果，请看苍山饶过谁。

第二天，谢连长没看见钱三，就来到菊花茶馆问：“我昨晚从你这里先离开以后，钱三去了哪里？”

“你走后，钱三一人留在这里可高兴了，等赵莹上菜，他关上门……然后，他一人哼着小调回去了。赵莹羞得躲在我后面不敢见人。”菊花描述当时的情形，意在告诉谢连长如果出什么事与赵莹无关。

忽然，有人说昨晚茨山庵那边的一个山涝里，被杀了一个人，好像是拦路抢劫，谋财害命。谢连长一听，知道这是新四军游击队放的烟幕弹，什么拦路抢劫，谋财害命，这是他们的“红色行动”，钱三被铲除了。谢连长将钱三被杀的事报告给了小关和张昌德。

小关听了，说：“拿你们中国的话说，钱三‘反水’了，但在钱三‘反水’的那一刻，他的魂魄已经出窍云游野外了。我了解共产党，他们怎么能容忍

‘反水’行为的存在?”

“钱三被杀是我们预料之中的事,但我们也要惩罚杀害钱三的人,同时也要大张旗鼓地表彰钱三。否则,以后又有谁愿意‘反水’呢?”张昌德说着,心里想,自己也和钱三一样,是个“反水”的人,如果忽然有一天被杀了,也希望有人为我报仇,还能得到表彰。

小关说:“这事由你们自己处理吧。”

“李副官,你去盛桥老虎头碉堡,配合谢连长,以钱三被杀为借口,到长林保多抓几个人,给他们扣上疑似新四军游击队的帽子,就像抓赵明才一样,不愿杀头就交钱或交粮。”张昌德下达任务了。

“深秋到了,茨山庵的那个兰英应该要把做的鞋送来了。龟一大佐来人催了。”小关提醒李副官不要忘记这件事。

“如果鞋不能按时交,就让那个兰英交三十担麻壳仙,以粮代鞋。”张昌德交代道。

“是,我今天就出发,去长林保催鞋、抓‘疑似’。”李副官领命带着两个士兵,首先来到菊花茶馆,随后谢连长也赶到茶馆。

菊花一见李副官说:“李副官公务繁忙,好久没见来茶馆坐坐了,快泡茶。”

“泡茶不急,我听说你茶馆里请了个女服务,非常漂亮,让她出来给我看看,她是怎样‘勾引’钱三的?”李副官不怀好意地说。

“那个女服务,名叫赵莹。她来茶馆几天,钱三就不见了。”谢连长怀疑赵莹就是赵邦发的妹妹,是新四军派她来“勾引”钱三的。

“钱三一来到茶馆,看见这个繁昌的赵莹就动手动脚。上次,你谢连长走后,他把赵莹关在包间里就乱来。自从那以后,她不敢来了,见了钱三我还要找他算账。茶馆缺人帮忙,今天我烧好了,你们自己来端菜吧。”菊花埋怨道。

“好个赵莹,上次我去她家‘做媒’,让她嫁给龟一大佐,结果她拆墙偷跑了,还和‘疑似’新四军游击队的谈玉礼结了婚。没给龟一大佐找到花姑娘,我和谢连长至今都没有升职,还在原地踏步。”李副官气愤地说。

“你和谢连长一样又弄错了，这个是繁昌的赵莹。”

李副官问谢连长，谢连长没说话。

“端午节就叫那个兰英为龟一大佐和小关队长做鞋，中秋节都已经过去了，一百双鞋应当做好了吧？”谢连长说。

“如果没做起来，就以‘疑似’新四军处理，毫不客气。”李副官摆出一副铁面无私的架势。

“她家里负担那么重，哪有时间做那么多鞋？”菊花为娘辩驳道。

“你再为她说话，我这盒子炮不答应了。”谢连长拍拍自己挂在屁股上的盒子炮说。

李副官和谢连长带人来到茨山庵娘的家，谢连长一进门就说：“端午节时，李副官就要你做一百双鞋。中秋节都过去了，我们来取鞋。”

“我们属于长林保，你们要老百姓做什么，要什么，应当告诉保长，我们都听保长的。谈保长叫我为你们做鞋，我就做。”

“好好，把长林保的保长找来。”李副官说完就派谢连长去找谈保长。

谈保长一到，李副官就说：“龟一大佐和小关队长要穿刘兰英做的鞋，端午节就已告知她要做一百双，今天来取。”

“我作为一保之长，这么大的事怎么没听说过？”

“那是日本鬼子没有进驻南陵之前……”

娘还没说完，谢连长拔出盒子炮指着娘说：“我们都尊称皇军，你为什么叫他们日本鬼子？”

“皇军是你‘皖独’的人叫的，日本鬼子，老百姓已经叫惯了。”

谢连长又举起盒子炮，被谈保长拦下，说：“让她把话说完。”

“小关暗地来到永林溪，偶尔发现益福脚上穿着布鞋，样式质朴大方，又试了试，酥软养脚，突发奇想，要我做鞋作为礼物送给他们。”娘说出做鞋的来龙去脉。

“他们要你做鞋，做鞋的布送给你了吗？”谈保长问。

“我听菊花说，小关在做军服的布料中，给了一匹给李副官送来做鞋，但至今也没看见李副官给我半尺布。”

“李副官你也看见了她家的情况，当家的有病，孩子又小，还要种田种地维持生活。再说，你们光要做鞋又不给布，又不给工钱，这……”谈保长摊着双手说。

“这是小关队长命令我来取鞋的，如果没有就以‘疑似’新四军论处。”李副官说。

“这个兰英与那个赵莹关系密切，赵莹又‘勾结’新四军南繁芜游击队，引诱钱三，并把钱三绑架到茨山庵杀害了。”谢连长说。

“刚才菊花说，她茶馆的赵莹是繁昌人。”李副官疑问道。

“你听她糊弄你，我第一次在茶馆就认出她。菊花说她是繁昌人，我就装了糊涂。”谢连长说。

“钱三是你和赵莹杀的吗？”谈保长问娘。

“我和赵莹就是承认绑架杀了钱三，你相信吗？长林保的人相信吗？这是他们想嫁祸于人。”娘愤怒地说。

“原来你们是为了钱三来找无辜的人进行报复。”

“谈保长，小关队长和张昌德司令早就怀疑你是新四军游击队安插在长林保领导抗日的，你的所作所为都在维护他们。”李副官指责道。

“你今天交不交鞋？如果没有鞋，请到小关面前说清楚。”谢连长用盒子炮抵着娘向路上推。我和妹妹宝英抱住娘的大腿又哭又喊。

这时，赵奶奶和益福听到哭喊声，跑过来一看，都吓呆了。益福也抱着娘的腿不让谢连长带走。赵奶奶举着拐棍要打谢连长。李副官上前一把拉住，向旁边一推，赵奶奶的小脚没有站稳，重重地摔倒在地上爬不起来，手臂摔断了。

茨山庵的人越来越多，强斋婆也来了，看到谢连长要抓一个弱女子，李副官又把赵奶奶推倒在地上，摔断了胳膊，口中不停地念着“阿弥陀佛，阿弥陀佛，你这样的深重恶业，死后必定堕入地狱，永不度脱。”

李副官听了心里一惊，但表面很镇静，说：“来这么多人想抗日？”

唐开春也来了，说：“你们‘皖独’的一个副官一个连长，拿着枪在这里威胁老百姓，记入历史，这会留下永远抹不掉的罪名。”

“你们不把枪口对着日本鬼子，对着自己的同胞，我怀疑你们的祖宗是日本偷渡过来的，在中国生的你们。”刘宗芳大爷指着谢连长的鼻子说。

“她不是老百姓，她‘疑似’新四军，谈保长可能也是。”谢连长说。

“你有证据吗?”唐开春问道。

“什么证据不证据？她今天的表现就是证据。不交鞋，和赵莹关系密切，钱三又死在这里。”李副官摆出“疑似”的理由。谢连长放开娘，站到李副官身边，举着盒子炮，食指不离扳机。

李副官站在最高处，向娘宣布道：“‘刁民’刘兰英无鞋就交三十五担麻壳仙，以粮代鞋。”李副官私下又增加了五担稻，准备私留。

赵爸正弯腰用力扶起老娘，一听李副官的话，抬头一口鲜血喷到谢连长的身上，倒地不省人事。娘挣脱来到赵爸身边，在唐开春和谈保长的帮助下，把赵爸搀扶到屋里床上躺下。从此，赵爸的病情越发加重了。有诗《逼》曰：

巧手难缝无布鞋，茅棚枪举若狼豺。
秋冬有碍粮先补，血洒黄衣人倒怀。

“以粮代鞋的三十五担麻壳仙必须要交，等双晚稻收割时，再来征收。另外，谈保长、唐开春、刘宗芳、赵莹都‘疑似’新四军游击队，都要交粮。”谢连长说完拉着李副官转身走了。

李副官和谢连长又路过菊花茶馆要喝茶，菊花看见谢连长身上的鲜血问道：“今天在茨山庵杀人了？溅了一身鲜血。”

“茨山庵的那个刘兰英，交不出鞋，李副官就叫她交三十五担麻壳仙，以粮代鞋。她的男人一听，一口鲜血吐到我身上。”谢连长说不是自己的责任。

“李副官也是，你们见了那样的家庭，能说得出口要这要那吗？而且做鞋的布，小关也给你了，你一尺没给人家做鞋。小关要是知道你贪污了他的军用物资，你的后果恐怕和钱三一样。”菊花知道底细，故意说给谢连长听。

谢连长第一次听说，大吃一惊，李副官心里还藏着这么个小九九。李副官专心在喝茶，听了菊花一番数落，连忙诅咒道："你说哪里话，如果我是那样的人，死后入地狱，而且永不超脱。"他心里想，从来没听说，诅咒能死人的。

"报告，我在长林保的茨山庵找到了杀害钱三的凶手。"李副官向小关和张昌德汇报情况。

小关问："是谁杀了钱三？"

"那个会做鞋的兰英和菊花茶馆的女服务赵莹。另外，长林保的保长谈启发，群众刘宗芳，茨山庵的主持强斋婆可能都是帮凶，都是'疑似'之列。"李副官汇报着收获。

"你拿什么证明他们都是'疑似'？"张昌德问。

"刘兰英至今没有给龟一大佐和小关队长做鞋，还和赵莹关系密切。菊花茶馆的女服务员赵莹，在钱三死后第二天就不见了。钱三死在谈启发管辖的长林保，他为什么让凶手在他地盘上杀人？钱三就死在离茨山庵不远的山涝里，菩萨应当知道告诉强斋婆，强斋婆为什么不救人？"李副官说出了这些人'疑似'的理由，让人啼笑皆非。

"这些'疑似'新四军的，都押赴刑场，用他们的鲜血在城内外的墙壁上书写'大东亚共荣'。"小关恶狠狠地说。

"李副官，你是怎么处理的？"张昌德问。

"我让他们每人准备先交三十担麻壳仙，以后看各自表现。"

"李副官这种处理方法很好，等麻壳仙收齐了，给你升一级。"张昌德高兴地对李副官说。

第三十七章 连长假扮挑担货郎 赵莹洗衣束手螺塘

转眼双晚稻收割了，李副官从城里带来了一队人马到盛桥配合谢连长收费事。他们商量先收娘的“以粮代鞋”，再收“疑似”的“以粮代罚”，最后收各家各户的。

他们先来到娘的家里，赵爸自从那天以后还躺在病床上，大姥姥带着亲戚把稻子收回来，在门口稻场上还没有晒干，就被挑走了。赵爸见状又吐出一口鲜血。他们把稻子挑走后，娘安慰赵爸说：“稻子虽然没有了，但我们还有山芋。”

李副官和谢连长又来到谈保长家，李副官说：“这个带‘长’字的‘疑似’应带头把罚粮交齐，我们才好收其他‘疑似’的罚粮。”但他们看到谈保长的稻场上空空如也，再进屋一搜，稻仓也是空的。李副官决定再到谈保长种的田里看看，准备调兵下田，把罚粮收上来。可谈保长种的田长满了野荸荠，看不见稻。怎么办？谢连长写好三十五担稻的罚粮单，但谈保长处理保里事务去了，谢连长就逮着他十岁的儿子阿龙的手按了手印。

李副官要找唐开春交罚粮，谢连长说：“唐开春是一个人吃饱，全家不饿，居无定所，就是有田，也是一田的草。有一棵稻，恐怕还是麻雀在别人家田里吃饱了，飞过他的田，打嗝掉下来出的苗。”

“那他这个‘疑似’的罚粮，放弃了？”李副官问。

“不一定，等再见了唐开春，把他抓起来。如果他真是新四军，新四军游击队会拿稻来换人。如果不是，我们就押赴刑场，逼他的亲朋好友拿稻来换人。”谢连长有把握地说。

“现在我们去刘宗芳家,让他把罚粮交了。”李副官说。

谢连长带头来到刘宗芳家,刘大爷正坐在门口喝茶。李副官看他家的稻场没有稻,就问:“你早就把稻收了藏了,不想交罚粮?”

“我的田都是依山而垦,缺水灌溉。只有梅雨过后台风频繁,才有收成。今年没见一股台风过境,伏旱时间又长,所以不能种稻。”刘大爷说。

“那你的田里种的什么?”谢连长问。

“山芋。”

李副官说:“听说山芋收回来洗粉挂粉丝,价格是稻的五倍。”

“没稻也行,按五倍计算,三十五担稻除以五,那你就交七担粉丝吧。”谢连长初步做了折算说。

刘大爷一听惊愕了,就目前的农业生产条件,无优良品种,无工业生产肥料,山芋每棵只能收半斤左右,长林保百余户一年收的山芋洗的粉丝,垒起来也只能挂几担。

“谢连长真是狮子张口吞月亮。”

“什么意思?”谢连长问。

“想得美。我一年能收你说的那么多吗？你要不相信,把你的那个连调来帮我们长林保各家各户挖山芋洗粉,看能收多少?”刘大爷说。

“我的那个连是攻打新四军游击队的先进连,南陵城的西北大门就靠我这个连守着,难道你想调虎离山?”谢连长认为自己睿智,识破了这个刘宗芳的“诡计”。

“不管怎么说,你这个‘疑似’新四军游击队队员没粮罚,就罚山芋粉丝,两相折算不能少。否则,你就自己把自己绑了,我们来……”李副官把右手掌伸直朝自己脖子做了个杀人的动作。

“他的山芋还在地里没有收回来,今天我们也不能白跑一趟,我写好欠条,你按个手印。”谢连长指着刘大爷说。

一会儿,谢连长写好后,又派两个当兵的拽着刘宗芳的手在罚七担山芋粉丝的欠条上按了手印。

李副官说："谢连长，你每天派两个士兵来巡一次逻，看他家每天挖山芋的进展，绝不能让他家私藏一个山芋，确保这次罚没不落空。"

"我们现在去找那个'勾引'钱三的赵莹，先逼她交罚粮，再把她杀掉，用她的血来写'大东亚共荣'的标语，也解了我们的心头之恨。"李副官说。

"赵莹的罚粮，我们要认真研究一下。赵莹本人不种田，谈玉礼有田在奎湖，我们没法收罚粮。只有逮住赵莹要挟她的哥哥赵邦发和他的父母交罚粮赎人。"谢连长献策说。

"现在赵莹住什么地方？摸清楚了，我们带几条枪去把人逮来。"李副官说。

几天之后，茨山庵来了一个挑小货担的，一路走一路摇着小拨浪鼓，还喊道："鹅毛鸭毛拿来换针头线脑啦。"

因家里收的口粮全被挑走了，娘就让我扛着锄头，挎着篮子，到人家已挖过的山芋地里，用锄头再掏一遍，看有没有遗漏的山芋或山芋根，捡回家填填肚子。我正在掏地找山芋，那个挑小货担的人来到我身边，放下担子，说："小朋友，家里有鹅毛鸭毛，快拿来换水果糖，甜得很。"

我说："家里收的粮食，被谢连长挑完了，人都没得吃，养鹅养鸭吃什么？"

挑小货担的听我说谢连长，心里暗自得意。原来这个货郎就是谢连长化妆的。他接着说："那也是，我想问你一下，如实回答，我送水果糖给你吃，不要钱。"

谢连长问："前面就是茨山庵吧？里面住的主持叫强斋婆吧？"我点点头。

"我想再问问，有个阿姨叫赵莹，住在茨山庵那边的小下屋里吧？我是他表哥，想见见她。"

我一听他要找赵莹，就仔细地打量了这个来人，头戴牛皮帽，上身穿一件黑色对襟布扣褂，下穿黄色裤子。我看到谢连长他们当兵的也穿这样颜色的裤子，看这个人说话也像谢连长。

正在这时，茨山庵左边几十米远的螺塘里来了许多洗衣服的，左邻右舍的奶奶婶婶们、强斋婆、赵莹也在。挑小货担的也不问我了，迅速挑起担子，向螺塘边走去。我扛起锄头也跟着来了。在螺塘边，他放下担子，又摇起小拨浪鼓，继续喊道："针头线脑，水果糖，快拿鹅毛鸭毛来换。"洗衣服的人都抬起头看了看挑小货担的，挑小货担的也同时扫了一眼洗衣服的。赵莹抬头一看，大吃一惊，这人好面熟，在哪见过，再仔细一想，这人好像是谢连长，在菊花茶馆自己给他和钱三上过菜。

赵莹抬头的一刹那，谢连长也认出她。这时，有个婶婶不知缘由，拉着赵莹说："赵莹，你不是要买针和线，想自己做衣服吗？"

强斋婆低着头边洗衣服边说："赵莹，你去买，没钱我来借给你。"

正当他们拉着赵莹来买针线时，只见那个挑小货担的，把小拨浪鼓举过头顶猛力地摇着，忽然不远处出现一队端枪的向这边跑来。

我连忙喊道："姑姑快跑。"我平时见面都这样称呼，因为她是赵爸的远房妹妹。

只见一支枪"跑"上来顶着我的小脑袋，说："你是小新四军游击队，敢叫同伙逃跑，枪毙了你。"谢连长迅速把藏在小货担里的盒子炮拿出来，大喝一声："一个都不许动。"

娘出来找我，发现有当兵的在螺塘边逮人，也跑过来看个究竟。谢连长径直走向赵莹，十几条枪跟着谢连长上前把赵莹围住。娘拨开他们的枪，伸开双臂用胸膛护住赵莹，强斋婆见状放下衣服，跑上塘埂伸开双臂拉住娘的手也用胸膛护住赵莹，其他洗衣的婶婶们也都跑来把赵莹围在中间。

可是，几个女人，面对的是十几个端枪的男人，终究不敌。谢连长举起盒子炮向空中放了两枪，十几个人一拥而上，用枪挑开这些女人们，把赵莹绑起来带走了。娘和强斋婆的胸口还各挨了一枪托，摔倒在地上。

谈玉礼回奎湖参加地方民兵训练，晚上才赶回来，见赵莹不在家，就问强斋婆。"你赶快离开这里，躲起来。赵莹白天在螺塘边洗衣时被谢连长带人来抓走了，据说送到小关那里去了，我看赵莹凶多吉少。"强斋婆捂着伤痛焦急地说。

谈玉礼突然听说妻子被抓，心如刀绞，但又无法施救。赵莹的娘家又不能去，又不能去见赵莹。谈玉礼一人在黑暗中，茫然地徘徊着。

赵莹被送到日军徐家大屋指挥部，小关上前用手托起赵莹的下巴一看，虽然鬓发凌乱，但一双乌黑的大眼睛，还是明澈透亮。赵莹一看，这个穿着日本军服，足蹬皮靴，腰挂指挥刀，满脸横肉，眼露凶残的人就是小关。她用鄙视的眼神看着他，毫不畏惧。

小关凶残的目光与这鄙视的眼神一碰，心底一下空虚起来。从这双眼睛里他仿佛看到了中华民族的坚韧与顽强，他仿佛听到了中华民族的剑风和弓鸣，他仿佛见到了中华民族的胜利和崛起。有诗《大和的梦想》曰：

祖辈丰臣曾立誓，盛唐宫殿做天皇。
海围列岛遭狂浪，地抖丛山失浩洋。
一炮轰亡华夏族，万家迁住谢公乡。
血凝不屈成坚壁，梦想难为必自强。

小关叹了一口气，心里忧虑道：大和想“共荣”这个“不屈”的中华民族的梦想，可能要变成妄想。相反，通过这次战争，会使他们觉醒起来、复兴起来，变成坚而不可摧的强国。

“你这样年轻漂亮，可惜你走错了路，嫁错了人。如果你还愿意为我服务，把谈玉礼抓到，既往不咎。”小关面对赵莹，说话总是没有底气。

“谈玉礼做的是他该做的事。”赵莹理直气壮地说。

第三十八章 姑娘音容沉鱼落雁 民族精神泣鬼惊天

李副官和谢连长带着一帮人来到赵邦发家，李副官向赵莹的父母说：“你的女儿在新四军游击队的授意下，‘勾引’钱三，并将其杀害，现在已被捕。小关队长准备明天午后在一步桥将其枪毙。”赵莹的父母一听，一句话没说，就瘫倒在地，赵邦发连忙将二老扶起来。

“我就驻守在你家门口，为建立和谐的‘军民’关系，也力争保释你家赵莹，费了好多口舌，小关队长才答应用三十五担麻壳仙交换。”赵邦发一听，谢连长在满嘴胡说，但要稻是真的。

“快把家里所有的稻子过过秤，不够再向亲戚家借一借，筹齐了送到街上去。”赵莹的父亲在房里喊道。

赵邦发为了救妹妹，所有的亲戚都借了，邻居也借了部分，才筹齐三十担稻，还有五担缺口。谢连长想，又缺我们准备私吞的五担，这一次不能再失去这个捞油水的机会，说：“那五担稻交钱也可以。”

“我家里个个腰包都布贴布，好多年都没见到钱了，还有两只鸭，养着下蛋换盐的。”

“你先把两只鸭捉给我们，我们再到小关面前求个情，免了你五担稻，把赵莹放回来。李副官你看……”谢连长征求李副官的意见说。李副官想这年头，向老百姓多要一粒粮揣兜里有多难，五担私房稻弄不到，搞两只鸭也是好的，不然两头都落空，于是就点了头。

赵莹被关在徐家大屋里，小关说：“你去洗个澡梳妆打扮一下，看有多漂亮，能不能赛过王昭君。”

“王昭君是历史上的绝世美人，因‘和亲’而名扬古今，我怎么能和她比？”赵莹小时候从大鼓书中听说过王昭君的故事，有些情节她还记得很清楚。

“沉鱼落雁的王昭君都能出塞嫁给匈奴，而名扬古今。你这个小家碧玉嫁给我大日本帝国的龟一大佐，不也可以趁机名扬海内外吗？”小关不理解地问道。

“王昭君嫁给匈奴后，双方化干戈为玉帛，铸刀剑为犁锄。我嫁给你们，日本人能做到吗？”

有词《昭君怨·美》曰：

弦拨平沙落雁，艳羡西风哀叹。出塞一声歌，捆干戈。

影照螺塘灵秀，向北溟蒙拜叩。烽火照心明，不平生。

“你毕竟不是王昭君，也想做个不平凡的人？”

“就是王昭君在世，嫁给你们，你们能做到停止侵略我们吗？”

“我们和匈奴的理想不一样，匈奴只要得到中原的美女就满足了。我们目的就是要得到你们这块土地，永远占有这块土地上的财富和美女。”

“你们真是无耻。”

“我们已打垮了美国的海军舰队，又包围缅甸，即将进攻印度，中国将要做我们的‘饺子’心了。到那时，什么‘西施’‘貂蝉’，都是我们的怀中玩物。”小关信心百倍地说。

“我听说，今年3月，中美空袭了海南岛，击毁你们的飞机30架。中国远征军攻占了孟关，与美军在缅北胡康区会师。你说的话只能逗逗小孩，连我这个足不出户的女人都知道你在吹牛。”这是谈玉礼告诉她的。

小关听了一愣，这个小小茨山庵的人，怎么知道天下这么大的事？他吓唬道：“今年连日来，你们的长沙失陷，我军继续西攻，你们的梧州沦陷，柳州失陷。中国这个又香又鲜的‘饺子’就要被我们大日本吃下肚了。”

"你不要高兴得太早,这是'诱敌深入'。你们日本人作恶太深,到时你们无家可归。"

"我们还有日本大后方,怎么无家可归?"

"因为你们拼命地炸毁别人的家,你们的家也会被别人炸毁。这就是报应。"

"我们多次向你们中国人说过,日本是来帮助你们中国来发展的,不能我们日本发展了,富裕了,看你们还受穷,连饭都吃不饱。我们要建立一个'大东亚共荣圈'。"

"你们来到中国,烧杀淫掠,我们有家不能归,天天跑反。我们做姑娘的不敢穿新衣打扮。出嫁时,有轿不敢抬,偷偷摸摸地被人背回家。"

"你们中国姑娘就是保守,摆什么架子,还非要抬轿子吹喇叭接你。"

"抬轿子吹喇叭是说明人家姑娘是男方明媒正娶的,男方的所有家人都要善待和尊重她。"赵莹又泣诉道,"最可恨的是因为你们的侵略,我不能上学读书,否则,我现在正拿着课本在课堂上教孩子读书、唱歌、跳舞。我最伟大的梦想就是当一名教师。或许我上了戏校,现在已成为戏剧明星了,在全国巡演我们南陵的目连戏。可是,你们让我失去了梦想,我恨不得把你杀了喂狗。"

"你也不要那么咬牙切齿,我们日本平民家的女孩和你一样也没有读书。当她们长到十五六岁时,我们就动员她们到中国来为国献身。"小关介绍着女人在战争中的作用。

"你们这些侵略者,禽兽不如,连自己的姐妹也不放过。"

"年轻漂亮的姑娘能给参战的男人带来动力。攻占南京时,我们的士兵是多么的卖命,谁都知道中国南京的花姑娘美若天仙。"

站在一旁的小郎听了小关和赵莹的对话,心如刀绞。小郎在中学读书时,漂亮的乔子是他的同班同学,两人经常在一起解题,讨论学习上的问题。两人的学习成绩在学校都名列前茅。随着年龄的增长,两人互相产生了爱慕之情,谈起了恋爱。小郎和乔子决心上一个名牌大学,毕业后结婚。

正在这时,中国战场处于相持状态。日本为了打破这个相持局面,转入进攻状态，在国内又大量征兵。小郎就在这时被征集到军队来到南陵。

日本青年入伍时，会先让他们结婚，也让这些上战场的男人认为牺牲了也值了，世间最美好的东西自己也拥有过了。

小郎应征入伍时也一样，被允许和乔子结婚。但两人的理想不变，要等战争结束，再上大学结婚。临行前，乔子送给小郎一幅“千人帕”。这是乔子站在长崎街头上，请路过的年轻女人每人都在白布帕上绣一针，一千个女人绣一千针，绣出了一个美丽的图案。据说揣了这个“千人帕”，在战场上能避开子弹。小郎从内衣口袋里掏出“千人帕”，仿佛听到了分别时乔子为他唱的歌《何日君再来》：“好花不常开，好景不常在，愁堆解笑眉。今宵离别后，何日君再来。”

小郎心头又涌起了那种痛苦的甜蜜，又映现出乔子那让他留恋的温柔，但他无法拯救眼前这位中国女人的苦难。

“小郎。”小关突然喊道，“去厨房，叫炊事员给这个‘勾引’钱三的赵莹准备‘断头餐’，让她到‘下面’好好地‘安慰’我们那些战死鬼吧，尤其是活不见人死不见尸的藤木和大郎。”

“是——”小郎的声音好像有气无力。

“一个军人，接受任务怎么不坚决？”小关怒斥道。

“赵莹是个善良美丽的女性，她在《目连戏》中演刘青，无论是扮相和演唱都令人难忘。我请求队长，让她梳洗化妆成刘青，再押赴刑场。”

小关听了小郎的请求，再看看眼前的赵莹，虽然披头散发，乱发中的两只眼睛中透露着鄙视的眼神，但仍然令人神往。如果再梳洗装扮起来，又是怎样的美呢？于是，他就同意了小郎的请求。

谈玉礼装扮成狗头车夫，与赵莹的哥哥赵邦发，还有帮忙的刘宗芳大爷一道推着狗头车送稻给司令张昌德。李副官一车一车过称，收了赵莹的“赎金”。

这时，赵邦发要领回妹妹赵莹，父母亲哭着要领回女儿。谈玉礼压低草帽盖着脸，搀扶着二老，不敢说要领回妻子。

“你们要知道赵莹是‘疑似新四军游击队’，‘勾引’了‘弃暗投明’的钱三，死罪是难逃的。在这里，我把她保护了起来。可是你们的‘赎金’三十担稻迟迟不送来。不知谁走漏了消息，小关知道了，派小郎带着十几个端着枪的士兵来把赵莹带到他那里去了。”司令张昌德装出很慈善的样子说。

“报告，小关队长要枪毙赵莹，通知你们派人带枪去维护刑场。”

“刑场在什么地方？”李副官问道。

“东门一步桥。”

小关为了警示抗日分子，在大街小巷贴了枪毙赵莹的告示，告示最后还加了一句：欢迎新四军南繁芜游击队投入大日本帝国的怀抱。

城里的老鲁、老瘦看了告示都赶到东门一步桥。李家发随着父亲路过东门一步桥，亲眼看到了小关带着几十个端枪的，把赵莹押了过来。

李家发看到赵莹姑姑，还记得在小旺子家见到她，不知道怎么称呼，小旺子说：“我喊她姑姑，你也喊姑姑。”从此李家发就称赵莹为姑姑了。今天赵莹姑姑打扮得和那天在茨山庵唱《目连戏》的刘青一样，漂亮极了。他想挤过去，去赵莹的身边，可是端枪的把赵莹围个水泄不通。娘牵着我的手也赶到一步桥，李家发看见我忙上前拉着我的手。

赵莹也看到桥那边的少年李家发和我在向她挥手，赵莹缓缓步入一步桥，也向李家发和我挥挥手。娘和老鲁、老瘦看到赵莹犹如仙女一样站在一步桥上，亭亭玉立，她那一挥手，一群鸟儿向她飞来，天边的云彩也纷纷向她飘过来。

“姑姑……”李家发和我的喊声顿时引起一阵回音。“姑姑……”在这亲切的呼唤声中，赵莹倒下了。

为了纪念赵莹，人们提议，把南陵东门的一步桥改名为“思姑桥”。有词《云淡秋空·思姑桥》曰：

云聚戈城，鸟飞烟外，石跨悲横。岸柳枝黄，水边花瘦，换了涛声。漳河一怒天惊，溢红处，波澜复兴。春谷心怀，桥头望月，笑待光明。

第三十九章 化悲愤鼓励同抗日 还猖狂煽惑再扩张

"'思姑桥',我们记住你……"南陵的父老乡亲含泪呼唤道。赵莹在家人的护送下,回到了曾经住过的茨山庵。娘含着眼泪为赵莹作了整装梳洗。最可恨的是那个司令张昌德,两面三刀,趁机敲诈勒索,使赵家人财两空,债台高筑。

晚上刘大林副团长和王安葆、朱合喜一道,秘密来到茨山庵娘的家里。刘大林副团长说:"姐,我又来了,小旺子又长高了。"他又抱起小妹宝英说:"我有个小外甥女啦。"

娘为他们都泡了茶,说:"钱三被人杀了,说是赵莹'勾引'的,小关把赵莹也逮去杀了。"

娘一说赵莹的名字眼泪就流下来,刘副团长说:"我今天想在这里跟他们谈谈这些事情。"

一会儿,茨山庵抗日小组的唐开春、赵邦发、赵明才、谈玉礼都来了,副乡长汪寄清、保长谈启发也来了。

刘大林副团长说:"王安葆总队长告诉我,茨山庵抗日小组在敌后非常活跃,如炸碉堡、锄奸等。赵莹作为普通群众,为支持你们的抗日,倒在日本人的枪下,令人钦佩。世界反法西斯战争已看到光明,自从26个国家签署了《联合国家宣言》,第二次世界大战的性质由一场帝国主义发动的侵略战争演变成了世界人民反法西斯的斗争。斯大林格勒战役又成为第二次世界大战的转折点。中途岛海战,美军以少胜多取得了海上主动权,又成为太平洋战争的转折点。今年6月，美英等反法西斯盟军又开辟了第二战场，在法国诺曼底登陆，从而加速了德国灭亡的进程。”

“刘副团长，中国的抗日形势如何？”唐开春兴奋地问道。

“今年同月，中国军队在缅甸孟关大败日军，全歼十八师团，7月新四军以5个团的兵力进军中原。中国战场基本处于僵持状态。”

刘大林又对汪寄清和谈启发说：“9月4日，中共中央明确提出建立联合政府的主张。”

汪寄清副乡长听了非常高兴：“我们就希望有一个统一的政府，也让我们在基层好开展工作。”

“现在是大敌当前，国共两党必须一致抗日。我们新四军是这样做的，我相信国民政府也能做到这一点。”刘副团长以信任的目光看着汪副乡长说。

“南繁两县是国共两党的真空地区，日本小关与叛军张昌德在这里横行霸道，不可一世，民不聊生。为了加强这一地区的对敌斗争，这里已有茨山庵抗日小组。今年4月，南陵县奎湖区、工山区抗日民主政府成立。9月中共领导的南繁芜行政办事处成立，同时成立了中共南繁芜县委。”王安葆强调建立敌后抗日政权的必要性。

“希望你们在汪副乡长和谈保长等国民政府基层组织的配合下，搞好对敌斗争。我们坚定抗战必胜的信念，互相保护，最大限度地减少敌人的掠夺和迫害，不让赵莹的悲剧再发生。下一步小关和张昌德可能打着扩充编制的幌子敛粮。你们代表南陵的抗日力量，各自应当做好应对准备。由于形势复杂，刘副团长在这里不能久留。”王安葆说完，他们转身就要离开。朱合喜认真记录了会议内容，也随他们走了。茨山庵抗日小组受到了极大鼓舞，坚持继续开展好敌后斗争，有诗《决心》曰：

思姑桥下泪还流，磨剑冲营报血仇。
狂疾常呼修旧怨，马皮裹恶葬鸿沟。

1944年年底，松井龟一大佐在芜湖日军司令部召开了德日两国“圣战”

形势报告会。小关队长参加了报告会，司令张昌德列席了报告会。

龟一大佐坐在司令部会议室的主席台上，由于电力遭新四军游击队的破坏，麦克风用不起来，他举着元宝铁皮话筒说："随着我们大日本帝国和德国'圣战'的扩大，世界反'圣战'的国家联合起来……"他把第二次世界大战的形势做了详细介绍，说的和新四军刘大林副团长在茨山庵说的一样。他话音一落，会场下面的气氛突然紧张起来，纷纷议论起自己的前途和命运。龟一大佐向台下扫了一眼，个个脸如死灰，没有一点血色。

"但是……"龟一大佐的一个大喘气，使会场顿时鸦雀无声，死一样的安静。

"我们大日本帝国是战无不胜的，今年下半年我军在中国战场上硕果累累。8月，我军攻占了中国军队坚守了88天的衡阳，10月占领福州。同月我军包围桂林，直逼柳州；11月，我军又发动了豫湘桂战役，此役我们夺取中国4个省会和146座城市，夺取国土20多万平方公里。"

松井龟一话音一落，会场里的气氛又恢复到开始时的骄横跋扈，个个又开始眉飞色舞起来，掌声不断，有的还激动地站起来狂呼。

因出行的需要，小郎也随小关队长出席了报告会。他听了龟一大佐的报告一直高兴不起来。他想，希特勒在欧洲战场一旦失败，这些反希特勒的同盟国就会把兵力集中到亚洲战场对付日本，尤其是苏联从陆地上进攻，美国从海上进攻，日本不就是第二个德意志吗？

小郎将自己的想法，悄悄地告诉了小关。"就算希特勒灭亡了，我们大日本也不会。因为在欧洲战场上，最关键的战役中，除了飞机大炮和军舰，没有出现什么新式的大规模杀伤性武器。尤其是美国，除了比我们多几艘军舰外，没什么玩意。广岛是我日军的军都，是重要的军事城市，就凭飞机大炮和军舰，同盟国是进不了本土的。中国这块肥肉，我们已经吃到嘴里，是不会吐出来的，他们也没那个能力让我们把中国这块肥肉吐出来。"小关信心百倍地鼓励小郎说。

这时他们又听到元宝铁皮话筒的声音："为了迎接我们在中国战场的胜利，我们要征粮扩兵。日本本土兵源严重不足，虽然国内已经鼓励到了年龄的女性集体怀孕生孩子,但还是出生的跟不上战死的。征粮扩兵还是在中国进行。南陵的司令张昌德可以就地征粮扩兵,替补我兵源的不足。希望驻南陵的小关队长帮助张昌德摸出一条征粮扩兵的规律,总结汇报上来,以便学习推广。”

张昌德连忙站起来领命道:“是,保证完成大佐交给我的光荣任务。”

“等我们占领了全中国,再出兵支援希特勒,杀到欧洲,将莫斯科以东划归日本。到那时,我派小关到莫斯科当市长,小郎当秘书长。张昌德当莫斯科军区总司令。”

小关和张昌德一个立正,行着军礼道:“谢谢大佐的栽培。”小郎好像没听见大佐的话,弯腰在会场的板凳下找笔。

会后,龟一大佐找到小郎说:“我说以后调你到莫斯科当秘书长,你怎么没反应?”

“谢谢大佐,我只想回日本的家,不想魂飘他乡。”

“没出息,俄罗斯的金发女郎跟中国花姑娘相比又有一番风味。你看那些跳芭蕾舞的俄罗斯姑娘个个像小天鹅。你要抱一个回家,天天围绕着你飞舞,是多么幸福啊!”龟一大佐给小郎描绘着美好的前景。

“我不想什么金发女郎,也不要什么花姑娘,我只爱乔子。”小郎说完又从内衣口袋里掏出“千人帕”看了看。

“乔子是你未婚妻?”

“我们是中学同学,准备考入日本最好的大学。可是你们发动了战争。让我们的梦想破灭,天各一方。”

龟一大佐十分惊愕,小郎见状惊诧地问道:“难道你认识乔子?”

“何止是认识,她响应‘号召’,从日本来到中国芜湖,慰问驻芜日军。我见她有文化,又漂亮,就让她留下来陪我,她死活不同意,说她和心爱的人早就有婚约。”

“那现在她在哪里?”小郎焦急地问。

“她已‘怀孕’回国生产去了。”小郎听到这里,不禁暗暗地咬着牙,放在口袋里的拳头也攥紧了。

形势报告会结束后，龟一大佐为与会人员准备了一顿丰盛的中餐。小关听了报告兴致极高，想象自己将来可能要到莫斯科当市长，不喝酒不行，酒量不大不行。因为莫斯科是喝酒之乡，那儿的市民就爱伏特加酒，常常是整瓶整杯下肚，一醉到底。如果现在不能喝个一瓶两瓶，莫斯科的人民怎么会服从自己的领导？于是，就向龟一大佐要了两瓶伏特加。小关只喝了一瓶的三分之一，就趴在酒桌上，抬不起头来。他把剩下的酒当手榴弹塞在腰上，让张昌德和小郎架着回到南陵。

第四十章

冒充傻儿代替扩兵
送来收据谁为证粮

“皖南独立方面军司令”张昌德听了形势报告后，回到南陵，想着龟一大佐即将任命自己为莫斯科军区司令。这是个世界级的大城市，又是大鼻子蓝眼睛，男性爱酒比爱自己的老婆还多，一旦借酒闹起事来，我这个黄皮肤“司令”还不被当虾子烤了下酒。为了把稳起见，张昌德想，还是在南陵征集一个连的人带到莫斯科，控制莫斯科的每个街道巷口，留一小部分人给大佐补充兵源。自己还要在南陵多征粮，防止那些大鼻子蓝眼睛把粮食藏起来，把自己的军队饿死。

于是，司令张昌德在指挥部徐家大屋召开了团级以上的干部会议。他说：“我有幸列席了芜湖松井龟一大佐召开的形势报告，倍受鼓舞。龟一大佐说，如果日本在中国战场取得了胜利，还会去支援希特勒。他还准备调我们去莫斯科驻防。这是龟一大佐对我们的信任，我们表示感谢。”话音一落，张昌德带头鼓掌，可是下面的掌声稀落无力。张昌德想，这是因为这些军队干部都是“家乌龟”，不像日本人喜欢出国占人家为己家，他们都不愿出国。

张昌德见只有稀落的掌声，想着不能说扩兵驻防莫斯科了，还是按会议精神说吧。“为了补充日本兵源和粮食的不足，龟一大佐指示我们要征粮扩兵。为了落实这一‘伟大’指示，我们要在南陵开展一次征粮扩兵大运动。部队各单位自己研究征粮扩兵方案，同时推进。目前我决定，长林保所征的粮都是优质麻壳仙，都送给日本天皇享用。所‘扩’的兵都送到南京培训，培训时间的长短由培训基地决定。”

会议结束后，李副官叫来了谢连长，向他通报了本次会议的主要内容：征粮扩兵。然后他皱着眉头说："我们已经以钱三的死为借口，在茨山庵抓了不在少数的'疑似新四军游击队'。以赎金为借口，让他们交粮，现在又要征收粮食，就是用绳子把太阳吊在头顶上，天天过夏天，稻子也来不及生长啊！"但是，这是上级的命令，没办法也要执行。于是，李副官和谢连长就怎样开展征粮扩兵制定了一个方案，交给司令张昌德审查。方案决定，从长林保开始，每户征一兵，交五担稻费事。家里没有满十六岁的男丁，就交二十担稻费事。方案还决定，先从富户开始。他们还请赵邦发帮助送通知并征粮。

茨山庵抗日小组听到消息后，在汪寄清和谈保长的配合下，研究了一个应对方案。

谢连长认为刘宗芳家在长林保相对"富裕"些，便首先派两个当兵的背着枪跟着赵邦发。赵邦发把签有"司令张昌德"大名的征粮扩兵的通知书送到刘宗芳家里，说："刘大爷，我被李副官和谢连长请来收费事。请支持呦。"

"刘大爷，这几天你要杀鸡款待儿子，再准备五担稻，让儿子挑着到司令那里报道。"赵邦发说。

晚上，刘宗芳来到茨山庵找到谈保长，拿出征粮扩兵的通知，征求应付的办法。谈保长认为不能正面对抗，否则会造成伤亡："你是第一家，不能让他们达到目的，什么时间来拉人取粮？"

"他们说三天后。"

第三天，刘宗芳刚把十六岁的儿子送到泾县的宗家藏起来，回到家忽然来了个小叫花子，衣衫褴褛，跛腿，歪嘴，还翻着白眼，年龄和自己的儿子相仿，说起话来语无伦次。刘大爷从锅里盛了一碗热粥，夹了两根咸豆角端给小叫花子。一会儿，李副官和谢连长带着十几个背枪的，围住他家门口。

谢连长说："前两天已通知你，准备五担稻，和你儿子一起送到我们司令部。现在我们来接人了。"

"先把人带走。"

李副官话音未落，小叫花子牵着刘宗芳的衣角，不断地喊着："大大，大大，我还要吃粥。”

刘大爷一下子明白过来，说：“儿子，这是你在家的最后一顿，还只是粥，没有鱼肉，只有几根咸豆角，惭愧啊。还有一碗粥，吃了就跟他们走吧，到他们那里还能吃到饭，逢年过节还有鱼肉加餐。”

小叫花子听了只点头，说：“大大，我听你的。”吃完了粥，他一蹶一蹶地来到一个当兵的面前要他脱下黄皮军装给自己穿，被推开后，又跛着走到谢连长面前，要拿盒子炮，被谢连长一掌轰个四仰八叉。小叫花子爬起来，顺手拾起一根木棍当枪对着他们，嘴里喊着“叭叭叭”，做着打枪动作。有诗《傻子》曰：

无故门旁操起棍，当枪瞄准假皇军。

只因取媚添新泪，谁傻心知都辩分。

李副官想，这个傻货真的到了部队，分不清敌我，举起枪见人就打，到时我们的小命都不保，于是就问：“你家的儿子不是好好的吗？怎么突然傻了？这是装的吧！”

“以前是好好的，今年春季忽然得了脑膜炎，又没有医院没有医生没有药，得不到治疗，所以就变成这个样子。好人终有好报，今天遇到你们这些‘贵人’要带他到部队去，又能吃饱，又能得到治疗，我就放心了。”刘大爷说完，要和李副官和谢连长握手，表示感谢，他们的手放在背后就是不拿出来。

谢连长把李副官拉到一边，低声说道：“这个傻子送到我们的队伍里，还要养他。他要端起枪来乱打，那还得了。我看这个人是不能要了，还是让他出粮吧。”

李副官表示同意，谢连长对刘宗芳说：“你的儿子，虽然已达到十六岁，正当为大日本做贡献的年龄，可惜傻了，留着自己养着吧，可每户费事，你还要完成，完成了再拿回盖有司令张昌德大印的收据交给赵邦发，最后交给我和李副官验收。”

“你们前几天来要粮，我告诉过你，干旱没种，只栽了山芋。你们要我把山芋洗出粉漏成粉丝交给你们。现在又要交粮,只有等明年了。”

“不行,谁抵抗不交齐交足粮,军法论处后,还要加倍交齐。”李副官说。

谢连长眼看刘宗芳儿子这个征兵名额落空了,找谁替补呢?他们路过父亲彭荣华家,看见他正在破茅屋门口洗脸,都临近中午了才起来,很明显昨晚赌了一夜的钱。三十多岁的人正年轻,让他去替补那个傻子,既完成了征兵名额,又让这个家伙戒了赌博改邪归正。于是,谢连长就把这个想法告诉了李副官。

李副官一听,思忖了片刻说:“这个家伙到了部队,军装一穿,派头子和我们当官的差不多,这些年轻的小兵才进来,又不认识人,都把他当成当官的,听他的把他们的枪都拿去卖了赌钱,追查起来,我俩就要一道被押上刑场。”

谢连长认为李副官说的也对,但现在兵源这么紧张,不拉他替补,无法完成任务。他和李副官低声商量了,决定给他约法三章试试看。

“彭小爷,怎么现在才起来?昨晚手气不霉吧?”因为上次,谢连长和李副官来搜麻壳仙和山芋粉丝,也路过他家,互相都有些熟悉。

“老爷子辛辛苦苦劳作了一年,收几担口粮,交了一部分费事,剩下的昨晚一‘猴’子摇了,我还没过到瘾。”父亲有点沮丧。

“跟我们到部队去干,在家里耗在赌博里,只输不赢,连老婆孩子都赌没了,说不定当了兵,还能混出头,可以免去你家的费事。”谢连长说。

“你们要的是什么兵?如果是抗日,我就去。”这是父亲明知故问。

“你换上军装到了部队就知道了。”

父亲想,赌博生财这条路自己践行了几十年,赌桌上的银子白花花地耀眼,只能过过眼瘾,就是揣不到自己口袋里。每次揣“几个”来,都是空着口袋回去。上天就是不让自己在赌博上得到发展,走出一条辉煌的路来。

当兵也许命大福大,子弹见自己就让,最后能混个“名堂”,于是就答应了谢连长。

“你当兵要约法三章:不卖枪赌钱,不带兵赌钱,不在营房里赌钱。”李副官提出的三条,父亲也答应了。接着两个当兵的一左一右将他带走了。

谢连长最后离开时,还跟我爷爷说:“彭荣华虽然去当兵了,五担稻的费事是少不了的，因为你儿子到了部队还要吃饭。在三天内，你请人送到徐家大屋，将盖有司令张昌德大印的收据交给赵邦发。”

李副官说：“我们下一户去赵玉发家征粮扩兵。因为赵玉发弟兄三个，应该拉两个当兵。他老婆兰英以没布作借口不做鞋，这次我们不能放过这一家。”

“上次，我们以不给龟一大佐和小关做鞋为由，扣了她个‘疑似’的帽子，把她家的口粮全挑走了，赵奶奶被我推倒摔断了胳膊，赵玉发急得口吐鲜血，差一点死在我面前，要她再交费事，恐怕没有希望。要‘扩’她的兵，老的赵玉发是个病秧子，小的小旺子跟妹妹在他娘的怀里抢奶吃。”谢连长皱着眉头说。

“不管怎样，我们还是要上门，不能给那些不愿交费事扩兵的人家留有借口。”李副官说。

谢连长带着背枪的来到娘的家里，一看赵爸仍然躺在病床上，脸上蜡黄。再看看我和妹妹宝英，衣衫褴褛，骨瘦如柴。家里没有一担稻，只有墙拐里堆着山芋。娘从地里回来，手上还沾满了泥。谢连长退到门外对娘说：“我们又登门，不必惊慌，上次关于为小关做鞋的事，已经向小关做了汇报，重点介绍了你家的特殊困难，不再追究了。”

“但是，交费事扩兵是每家每户的‘义务’，你家再困难，也不能不履行这个‘义务’。”李副官接着说道。然后，他们要‘扩’赵爸的兄弟赵玉宝为兵，并强调有兵交十担稻费事，无兵交二十担稻费事。三天之内把粮送到徐家大屋，拿回盖有司令张昌德大印的收据，把人也送到那里。娘没有理睬他们，拿起锄头又下地去了。

李副官和谢连长带着人从刘宗芳家开始征粮扩兵，到娘这里结束。谈保长在内的所有长林保住户都交了费事，三分之一住户都扩了兵。但人和费事都还没有到位，也没办法到位，都在敷衍。

李副官和谢连长限定送人送粮的三天期限已到，各家各户急得像热锅上的蚂蚁。尤其是赵爸最急，上还有老母亲，自己又生病，家里又没有粮，老大已过世，还留有一个小的益福，老二从小已送人，现在就玉宝是全家的希望，如果被“扩兵”了，这个家就垮了。正在这时，谈保长登门来了，看看这一家人，心情沉重，从口袋里掏出一张盖有“司令张昌德”大印的二十担稻收据交给了娘。

赵爸躺在靠椅上，看了看收据说：“我们没有交粮，这收据是从哪儿来的？”

谈保长说：“你也别问了，你明天交给赵邦发就行了。”

长林保的三分之二户都接到了谈保长送的二十担稻的“收据”，三分之一户收到了十担稻的“收据”。

三天期限已到，谢连长催促赵邦发从茨山庵开始，挨家挨户把交费事的收据集中起来，看谁家不交费事，明天就把队伍开到谁家。但谢连长针对不交费事的如何处理，还真伤透了脑筋。比如刘兰英家，既没粮又没人，要她交什么？杀她家任何一个人，回来都做噩梦。

下午，赵邦发手里拿着一扎收据来到盛桥菊花茶馆，李副官和谢连长也在这里，他把收据全部交给了谢连长。谢连长接过来一数，户数不少，数量也不少，他俩惊喜万分。谢连长说：“长林保的人真积极支持我们。最担心的刘兰英家没粮，居然也一粒不少地交了粮。赵邦发的事做得不错，功劳大大的，今晚就在菊花茶馆，我陪你喝九杯，李副官陪你喝九杯，十八，‘要发’，喝个吉利数字。”

赵邦发到厨房洗手时，菊花问道：“你真的把人家的口粮全收了，尤其是兰英姐，她的日子怎么过？”

赵邦发没回答，只是向菊花挤挤眼笑了笑。

第四十一章 征粮遇假险上刑场 扩兵脱逃追责他人

谢连长酒足饭饱之后，让赵邦发先离开，说：“长林保的费事已全部交到位，但还有三分之一的兵没有扩到位。”

李副官说：“我们还是让赵邦发下去，催他们把人送到位，也是三天完成。”

“我们在长林保这里征粮扩兵，为什么不让保长谈启发去做？让这个既不是乡长也不是保长的赵邦发去做？”谢连长有些疑虑。

“因为保长，尤其是谈启发和‘老四’一个鼻孔出气，都干着抗日的勾当，我们很难抓到他们的‘把柄’。如果把征粮扩兵的任务交给谈保长来完成，恐怕一粒粮都征不到，一个兵也扩不到。上次‘疑似新四军’的罚粮，没粮的都打了欠条，等粮从田里收上来再交，但到现在一粒没交上来，这都是他们在茨山庵密谋的结果。”李副官说出了不让保长干的原因。

李副官又解释说：“赵邦发无党无派，他的妹妹赵莹被杀，又以‘疑似’的罪名罚了他家三十担稻，因为赵莹帮助新四军‘勾引’了钱三，有错在先。我们现在又信任他，把征粮扩兵这个艰巨的任务交给他，他会‘觉悟’起来的，帮助小关。”

“但愿如此吧。”谢连长说。

谈保长和几个队员在茨山庵地藏王菩萨的供桌前讨论怎样对付张昌德在长林保的扩兵，交费事已由唐开春汇报给新四军南繁芜游击总队。唐开春从总队带回了一扎收据，蒙过了第一关。具体这个扩兵怎么应对？无论如何也不能让这些青少年去为日本人和汉奸卖命。正在为难时，谈保长走出庵外小解。他刚跨出门外，就见一个黑影从眼前走过。"谁？"谈保长问。

"我，彭荣华。"

"你不是被'扩兵'了吗？"

"我刚溜队回来的，手指头又痒痒，想到上马石去'挠'几下。"

"你是怎么溜队的？快进来跟我们说说。"

"我被谢连长'扩兵'了，想远离赌博。当天，谢连长派两个扛枪的把我绑着送到徐家大屋，绑我是怕我半路上反悔跑掉。我一进徐家大屋，看到被'扩'来的兵站满了院子，他们帮我签了到。小关挎着指挥刀，开始训话，说我们这些'扩'来的兵，先到南京训练，再换上日本军装，以后就是日本的军人了，要我们忠于天皇。我一听非常愤怒，再穷再苦我也不能当汉奸，于是就寻思着离开这里。昨天天一黑，这些'扩'来的新兵就排队上路向南京走。当队伍走到东门大桥时，我捂着肚子说痛，躺在地上不能走，带队的过来问我怎么了？我说得了传染病霍乱。他捂着鼻子和嘴，一脚把我踢到东门大桥下，趁着黑夜我就跑到浦桥大哥那里躲了两天，今晚才回来。"有诗《溜队》曰：

南陵兵扩送南京，编入皇军布阵营。
刀举合围游击队，痴心掏出甩沟坑。

"另外。我还听说，有的人家不愿自己的儿子被'扩兵'，花三十担稻雇了冒名顶替的，然后中途再逃回来。跟我一个队的人就有这样反复冒名顶替的，还发家致富了。"

"我们茨山庵有几个困难户，想请你去冒名顶替，给你三十担稻做赌资，然后找机会逃回来，你愿意不愿意？"谈保长说。

"这不是乘人之危吗？我虽然喜欢摇'猴子'，我有的就摇几把，没有就袖手旁观，也能过瘾。这个不义之财，我是不要的。如果需要帮忙的，我还是愿意的。"在坐的保长和其他人一听，大吃一惊，彭荣华虽然好赌成性，但不失人格，大家都刮目相看。

第二天晚上，谈保长把长林保的“扩兵”对象都集中到茨山庵，就如何逃离做了培训，还请彭荣华做了经验介绍。赵邦发也参加了这个培训会。唐开春针对逃离的方法做了具体安排，采取分散逃离，不要集体逃离。

第三天，长林保的“扩兵”对象跟在赵邦发的后面，来到盛桥老虎头碉堡，一个不少地交给了李副官和谢连长。这一次由李副官亲自送到徐家大屋签名报到。

小关和张昌德在南陵的秋季征粮扩兵结束了，在徐家大屋召开总结表彰大会。李副官和谢连长负责的长林保费事交得又多又快，“扩”的兵积极性高，都愿意为天皇效力，第一个受到表彰，两人各得一百大洋的奖金，还各升一级。正在小关给他俩发奖时，南京新兵培训基地来了电报，说“扩”兵登记簿上有长林保人的名字登记，但点名时无一人应答，再核对总数时，就是没有长林保的人。

小关看了电报，脸阴沉下来，立即收回李副官和谢连长的奖金，罚他俩站在会场上。一会儿后勤部长又拿来一扎收据说这是假的。司令的大印有个防伪标志，就是“司令”的“令”字底下一点隐藏着一个针尖，在盖印时，能戳破单据，一般人不易发现，也是为了防止伪造。后勤部长说这一扎费事收据里，印章“司令”的“令”字处的背面平滑，没有被针尖戳破，断定是有人蓄意伪造司令的大印，而且这些“收据”全来自长林保。

小关接过“收据”一看果不其然，更是火冒三丈地说：“你俩私通新四军南繁芜游击队，隐藏在我军内部抗日。还用欺骗的手段，获得奖金和职务升迁，你俩的死期已到，押入死牢。”小关的话音一落，几个日本卫兵扑上前，将李副官和谢连长绑了。

司令张昌德心里有数，李副官和谢连长是自己铁杆下属，联合新四军游击队抗日是不可能的，这里一定又是新四军游击队在背后捣的鬼。他想放他俩回去调查，但小关队长已下令逮捕了。在这个部队各级官员参加的会议上，他不敢再提出异议。

小关队长还在气头上，命令后勤部长再去核查，还有造假者一起惩处。

张昌德在主席台上说：“征粮扩兵是我们当前最重要的军事任务，要不折不扣地完成。如果像李副官和谢连长这样用欺骗的手段，企图蒙混过关，绝对不能饶恕。大家以此为教训回去自查自纠，要不折不扣地完成这项任务。今天会议到此结束。”

会后，张昌德来到小关的指挥部，向小关请教盛桥的长林保新兵失踪和假收据发生的原因，首先阐述了自己的意见。长林保新兵失踪，应该是带兵的责任，在向南京出发途中，没有严加管理，尤其在晚上行军途中，被人以各种借口趁机溜队，这个责任让李副官和谢连长来承担，是否冤枉？实际上小关也明白这个道理，听了张昌德的话，只是沉默。张昌德又说：“假收据的事，肯定有蹊跷，是否放他俩回到长林保查个水落石出？”

小关没有说话，示意卫兵把人带上来。五花大绑的李副官和谢连长被带到张昌德面前。小关说：“我同意你们司令的意见，先放你们回到盛桥，深入到茨山庵把假收据事件查清楚。如果是新四军南繁芜游击队干的，无需请示，你们就地处决。”

司令张昌德亲自上前为他俩松绑，说：“小关队长是相信你们的，认为假收据事件的发生，必有人捣鬼。你们要不折不扣地完成小关队长交给你们的任务，查出真凶，就地开宣判大会，就地枪毙。”

李副官和谢连长抖落抖落胳膊，由于捆绑时间较长有点僵硬，勉强将手举到下巴，向小关队长敬了礼，侧身也向司令行了个礼，说：“保证完成任务。”

李副官和谢连长走出小关指挥部，牙齿咬得蹦蹦响，查出来这个捣鬼的家伙，要给他千刀万剐，枪毙便宜了他，枪一响倒地还给他来了个痛快。

李副官一到盛桥就进了菊花茶馆喝茶压压惊，谢连长马不停蹄回到老虎头碉堡，留几个端枪的守碉堡，其余的拿起枪，子弹全部上膛，列队跟着谢连长到赵邦发家抓赵邦发。赵邦发正好挑着稻出村舂米，在路上与谢连长迎头相撞。谢连长上前夺下担子，手一挥，端枪的把赵邦发围起来，其中两个把枪往后一背，上来将赵邦发的两只胳膊朝后反绑着，绑到了盛桥老虎头碉堡。

李副官一进茶馆就要喝茶，菊花迅速端来了茶说："还有一位呢？整天跟在你后面摇头摆尾，今天避开你会情人去啦？"

"还有心情会什么情人，我俩差一点把命都丢了。现在他去'拜访'那个想送我俩命的人。"李副官还气呼呼地说。

"什么事这么严重？"

"征粮扩兵，弄虚作假。"

菊花突然醒悟，上次他俩请赵邦发喝酒，说交费事的收据全部收齐，赵邦发功不可没。她背地里问赵邦发，赵邦发向自己挤挤眼，莫非都是假收据？如果是这样，谢连长肯定去抓他了。事不宜迟，菊花回到后院，将此事告诉丈夫肖明，叫他赶快去找赵邦发，让他逃走，迟一步，赵邦发就没命了。

肖明就是迟一步，等他跑到赵邦发家，家里人告诉他，赵邦发已被谢连长带人来逮走了。肖明回到茶馆，菊花一听，夫妻二人都叹了口气："晚了，晚了。"

赵邦发被绑到老虎头碉堡，心里估计到纰漏可能就出在交费事的收据上。

谢连长派人去菊花茶馆把李副官请回来，共同审理假收据案。碉堡里摆好主审席和陪审席以及被告席，李副官主动把主审席让给谢连长，让他当主审官，自己坐陪审席当陪审员。赵邦发被绑在被告席的椅子上，相对坐好。

主审官谢连长问："赵邦发，今天为什么抓你，你知道吗？"赵邦发摇摇头。

"你死到临头还装糊涂。我问你，从长林保'扩'来的兵，在去往南京的路上都逃跑了，是不是你叫他们签到后再择机逃跑的？"谢连长想把这个"逃兵"的罪名也加到赵邦发的头上。

"你们'扩'的这些兵，腿都长在他们身上，要往哪里跑我怎么管得了？话说回来，我把人交到你们手上，从你们手上跑了，是你们管理有漏洞，怎么把责任推到我的身上？"赵邦发反驳得主审官和陪审官哑口无言。

"我问你，茨山庵那些交费事的假收据是你收的吧？这些假收据又是从哪里来的？你要如实招来。"

“茨山庵这一带交费事的收据是你们叫我去收的，收给你们说是假的，我就不知道了。你们是不是想栽赃茨山庵的百姓，再交一次费事?”

“赵邦发，我警告你，不要再狡辩了，我知道你的背后有新四军南繁芜游击队给你撑腰，还有那个保长谈启发为你打掩护。你和他们合起伙来抗日，也就是‘抗’我们。如果你不如实招供，我们先把谈保长抓来枪毙，再把刘兰英一家抓来枪毙，我们就说是你供出他们是新四军游击队，制造假收据给你的。”副主审李副官厉声说道。

赵邦发想，为了不给长林保带来这场灾难，王安葆和朱合喜都来帮助茨山庵抗日小组印制假收据蒙混过关，我也参与了，还从外乡一个先交费事的富户家弄来了一张盖有“司令张昌德”大印的收据，还是总队模仿印制的。但当时没有仔细观察原收据的“令”字下面一点藏着被针戳破的洞眼，造成这样大的纰漏。

“假收据是我弄的，与别人无关，不要牵连无辜。因为像刘兰英这些人家根本就没有能力交费事。秋收之前，你们就制造‘疑似’新四军游击队的借口，罚人家交费事。刚刚秋收，你们又收费事扩兵，茨山庵的这些老百姓几乎无粮过冬，只有死路一条。”赵邦发已经做好了牺牲的准备。

第四十二章 陵阳派兵枪端盛桥 皖独举刀血流刑场

李副官和谢连长想借假收据审理，从赵邦发那里得到更多的抗日人员的信息，尤其是新四军南繁芜游击队在茨山庵的活动领导人。他俩决定再提审赵邦发，扩大战果。

第二天，谢连长和李副官又分别坐到原来在碉堡里设的临时“法庭”的主审席和陪审席上。从碉堡的隔壁小柴屋里，把捆绑一夜的赵邦发押到被告席上，又拿绳子围着椅子绑了三道。

“盛桥老虎头碉堡建在你的家门口，我来碉堡驻守，说起来我俩还是‘友邻’。你妹妹赵莹是我看着长大的，是个漂亮水灵的姑娘，但我不许士兵晚上去打扰你妹妹，为什么？因为看在她哥哥你的情分上。今天，我还是看在我们是‘友邻’，又是‘老朋友’的份上，不想让你就这样为‘别人’而牺牲自己。所以，我和副主审商议，再给你一次机会。”主审谢连长对赵邦发打起了感情牌。

李副官接着说：“你是新四军南繁芜游击队的，这是毫无疑问的。人证也有，是你自己所做的事；物证也有，就是假收据。但从你和谢连长个人的‘深厚感情’上看，我也想再给你一次机会。你恐怕还不知道，就为茨山庵的这扎假收据，我和谢连长差一点就被小关枪毙了，还是司令把我俩保下来。如果不把制造假收据的真凶拿住，我俩还要被小关枪毙。现在你是‘真凶’，希望你把你背后的‘大真凶’供出来，比如唐开春和谈保长，汪寄清等，或者还有其他的抗日分子。这样我们在小关和司令面前说说情，保住你一条命，将来为小关和司令效力。”

“你们说我是新四军南繁芜游击队的，我就是吧。唐开春还和谢连长一道去茨山庵搜过麻壳仙和粉丝，谢连长都认不出来，我怎么认得出来？汪寄清和谈启发本来是为你们做事的，可你们搜麻壳仙和粉丝以及这次交费事扩兵都不让他们参加。既然怀疑人家就把人家抓起来，为什么要我瞎栽赃人家？”

“我们想给你一次生的机会，可是你不珍惜，到时不要怪我这个‘友邻’不讲情面。等我们抓到他们拿到证据后，绑起来和你一道枪毙，到时地藏王菩萨都骂你‘痴’。”谢连长很“惋惜”地说。

忽然，从南陵城里来的通讯员进入审讯碉堡，把印有“驻陵日军皖南独立方面军”的红头文件交给了李副官。李副官看了后，眉露喜悦，抬手又递给了谢连长。

“新四军南繁芜游击队交通员强良洪被逮捕了，分别在桂镇桥，石峰又逮捕了新四军南繁芜地方民兵队长方克明，还有新四军基干民兵罗启玉。我在盛桥逮捕了你这个‘新四军游击队队员’赵邦发，也印上这个文件了。”谢连长看着文件兴奋地说。

“你还看看这些人干了什么事？”李副官提示谢连长继续往下看。

“我‘皖南独立方面军’在茨山庵扩兵时，刘宗芳的儿子莫名其妙地‘傻’了，怀疑是强良洪帮助逃避扩兵，冒充刘宗芳的儿子装傻子的。方克明、罗启玉在本地扩兵报到后，在开往南京的路上逃脱来到茨山庵。他们‘疑似’在长林保保长的安排下，又冒名顶替茨山庵的扩兵到徐家大屋签名报到，之后故伎重演，在往南京的半路上，趁月黑风高逃脱。他们的行为严重地影响了日本在中国的扩兵，造成日本不能迅速向中国的西部推进，形成僵持状态。‘疑似’新四军游击队的赵邦发在收费事上造假，使日本军队饿着肚子进攻八路军新四军。”谢连长继续看着文件上对他们“罪行”的揭露。

文件最后一行写道：上述的新四军游击队人员从重从快就地……谢连长看到这里，举起手向赵邦发做了个开枪的动作。

李副官和谢连长商议，根据“皖独”文件，赵邦发已被列入这次“从重从快”的名单，可以利用这次机会扫除茨山庵这一地方的抗日分子。第一，在关押赵邦发的这几天，乡长保长来说情，必定是“一伙”的，可以趁机将其抓获；第二，有人给赵邦发送饭送衣，也可能是“一伙”的，将其抓获，如果是他父母老婆，也要扣留审问是谁派他们来探听消息的；第三，在赵邦发押赴刑场时，派人穿上老百姓的衣服，混入审判大会的人群中，看谁最悲痛或最愤怒，也是“同党”，也将其抓住。李副官又到城里向司令要了一个营的兵力开到盛桥维护刑场秩序，防止新四军南繁芜游击队劫法场。

赵邦发的家人要求见他最后一面，谢连长只允许他的父亲在看守人员的监督下见个面点个头就走，不准说话。他的父亲见自己的儿子被绑在碉堡里的柱子上，浑身是血，顿时老泪纵横。赵邦发看见自己的父亲没有说话，趁看守点火抽烟的机会，赵邦发向老父亲摇摇头，然后把脚一跺。父子连心，他一下就明白了儿子的意思，“摇头”是不要为了营救他再有牺牲，“跺脚”是让自己快去告诉他们。当晚，唐开春、赵明才，还有汪寄清副乡长、谈保长正在茨山庵商议如何营救赵邦发，赵邦发的父亲赶到，转达了赵邦发的意思，因为李副官从城里调来了一个营的兵力，已经无法营救他，希望不要再有牺牲。几人听了肃然起敬，紧紧握着赵邦发父亲的手。

刑场原先设在茨山庵门前的小溪边，因怕新四军游击队劫法场，就选在菊花茶馆后面的一块早已收割了稻子的空田里，城里来的一个营负责外围安全，严防死守，不让新四军南繁芜游击队有一丝偷袭救人的缝隙。谢李二人对“犯人”是用枪击，还是用刀刺来行刑的两种方式进行了讨论。陪审李副官主张用枪击，这是“皖独”文件上写着的，希望严格按照文件办事。主审谢连长提出用刀刺，这也符合“皖独”文件精神让“犯人”死。既然主审提出了自己的主张，陪审也就没有再坚持自己的主张了，沉默表示同意。

主审谢连长就刀刺，还提出了自己的意见：“这个赵邦发将费事的收据交给我时，我和李副官欣喜不已，还在菊花茶馆‘宴请’了他，骗我俩陪他喝了十八杯酒，一人九杯。一想到这里，我就有一股闷气堵心。今天，也正好是我解气的时候，当时赵邦发喝了我十八杯酒，现在要他还我十八碗血，一刺刀可以出一碗血，要刺他十八刀，才能够数。同时也给茨山庵那些抗日分子一个震慑。”陪审李副官又沉默表示同意。

于是，主审谢连长挑选了十八个瘦小体弱的士兵当刽子手，就每一个刽子手刺赵邦发身体的哪个部位，刺多深都做了安排，保证在刺最后一刀时，才让赵邦发毙命。他要求十八个刽子手分成两排面对面站着，赵邦发跪在中间，第一人从后肩开始刺第一刀，拔出后，第二人在前肩接着刺第二刀。背后循环八刀，前胸循环八刀。最后两刀分别从前胸和后背中间对刺而过。如果用身强力壮的士兵，两刀就将赵邦发刺死，恐怖气氛不浓。

谢连长指导完后，宣布大会开始，命令带“犯人”。

听说盛桥要枪毙“犯人”，左右乡邻的老小都来了。李家发和我也挤到人群里，因为我们人小不怕扛枪的，就蹲下来从端枪的裤裆缝里看到了跪在法场上的“犯人”，只穿着白布褂子，那就是救过我的赵叔叔。李家发也认出来了，就是喊他报信藏粮的赵叔叔。

“‘罪犯’赵邦发，疑是新四军南繁芜游击队，通共抗日。他曾暗地里阻碍我们搜麻壳仙和粉丝，还放‘五猖’，使藤木和大郎在茨山庵失踪。他妹妹赵莹‘勾引’钱三，被新四军游击队杀害。现在又制造交费事的假收据，使日本前线供给不足，使李副官和我差一点被小关送上刑场，罪大恶极，不杀不足以平‘民愤’。”

谢连长将赵邦发的“罪状”宣读完后，李家发愤怒的小眼珠子，好像是要出枪膛的子弹，直射谢连长和那些说中国话却替日本人卖命的奸贼。他攥紧拳头想要冲过端枪的封锁，从那些刽子手里夺过赵邦发叔叔，被刘大爷一把拉住。“你这是鸡蛋碰石头，李副官和谢连长就希望有人出来救赵邦发叔叔，他们会说你就是小新四军游击队，陪赵叔叔一道枪毙。”

李家发蹲在端枪的背后边看着刑场，挥着小拳头想要击倒这些汉奸。

忽然，听到人群里有哭声，我一看是娘。“邦发大兄弟啊，你救了我家小旺子，今天我来替你死。”娘拨开人群边哭边喊边扑向刑场，一把推开赵邦发叔叔，自己背着手跪在十八个刽子手中间。

“新四军南繁芜游击队劫法场啦，快上，将其绑起来。”李副官命令道。

谢连长走到娘的面前说：“真看不出来，你也是新四军南繁芜游击队的，整天围着灶台也抗日。如果你能供出最大的新四军游击队头目，逮住了，保证把救你儿子的赵邦发放了，把你也放了。”

“新四军游击队的最大头目，你们和日本人不都知道吗？还明知故问。”

“那你说说看是谁？”李副官急切地问道，“茨山庵的唐开春？”

娘摇摇头。

“长林保的保长谈启发？还有桥头张的汪寄清？”

娘都摇摇头，突然，娘大声喊道：“新四军游击队的最大‘头目’是毛泽东。”

“毛泽东在陕北，你讲那个几千里外的人，让我们去逮他不等于自上刑场。蒋介石睡在梦中都想逮他，逮了好几年都没逮着。日本人更想逮着他，想让他传授‘四渡赤水’的经验，把中国‘四渡’到日本去。可惜都成了妄想。”谢连长说。

“毛泽东领导的八路军新四军，对大日本搞什么游击战，就像老鼠‘偷食’，等日军疲惫睡着了，不是‘咬掉鼻子’，就是‘咬掉耳朵’，有时还‘咬断’气管。日军被‘扰’得死去活来，‘军’不聊生。”李副官一听到毛泽东的名字脸色骤变。

“远的大头目逮不着，近的你又不说，那赵邦发就是新四军游击队头目领导你抗日。今天也判你死刑了。赵邦发用刀刺，给你痛快点就用子弹吧。”谢连长说完又选了两名端枪的走上来，一个枪手射击，一个枪手举枪预备，防止第一个枪手失手。

这时，菊花拨开那些带刺刀的枪，急匆匆来到李副官和谢连长面前：“你们要杀救她儿子的恩人，难道她不应该感恩救他吗？你们又‘疑似’她是新四军游击队，不如说我也是。”

强斋婆也跟随菊花来了，说：“你们不如说我也是。”两人都手背后，要求谢连长把她们绑起来枪毙。长林保的女人们都涌来了，要求把她们都绑了。

李副官发现不对劲，这些女人可能是来制造混乱的，好让新四军趁机救走“犯人”。情急之下，李副官下令清理法场，每两个士兵架着一个女人送出法场。有士兵问，那个兰英架不架出去。“架，菊花和强斋婆他们就想以她为借口劫法场。”李副官说。

“加强防卫，现在连一个苍蝇都不让飞入刑场。”李副官命令道。

“为防止新四军南繁芜游击队劫法场，开始用刑。”谢连长迫不及待了。

戴公山头忽然乌云密布，向东铺来，雨点簌簌地落下来，从桂镇桥到石峰，一路落到盛桥。它将方克明、罗启玉、赵邦发等各位烈士的鲜血汇聚到一起，流进漳河，流进长江，流向太阳的方向照红了大地。有诗《哀悼》曰：

一腔热血注漳河，波撼长江海放歌。

召唤忠魂擂战鼓，百川如剑斩妖魔。

第四十三章 为除隐患又生奸计 借刀杀人挑拨离间

“皖南独立方面军”在南陵捕杀了一批新四军南繁芜游击队队员后，李副官已回到军部，谢连长心里不踏实觉得还有安全隐患，尤其是长林保的保长谈启发。他来到县城司令部，在李副官的引荐下，才见到司令张昌德，汇报“消灭”了疑是新四军南繁芜游击队的赵邦发后，盛桥出现了一派大好形势，但他还心有余悸，认为还有安全隐患，请示怎样排除这一隐患，巩固这一来之不易的大好形势。

张昌德问道：“盛桥还有什么安全隐患？”

“这个‘隐患’就是长林保的保长谈启发。这个人是国民党的，干的和共产党一样的事，有时两党还紧密配合对抗我们和小关。”谢连长汇报道。

“你说这个‘隐患’怎样排除？”张昌德问。

“捉来枪毙。”谢连长突然昂起头说。

张昌德听了摇摇头说：“不行，日本人的成败还没有定数，假如我杀了国民党的人谈启发，日本人战败了，我就没有立功赎罪的机会了，老蒋非以我杀了他的人为借口杀了我。”

“那怎么办？难道就让这个‘隐患’‘隐’下去‘患’害我们？”谢连长急了。

“不用急，一个小小的保长，我们想要他怎么死，他就怎么死。就是要做到既让他死了，又不留下话柄。”李副官说。

“这件事，你俩不要找我。”张昌德说完去小关那里了，他心里想，杀了长林保保长谈启发，抓不住把柄更好，抓住了把柄，我可以推脱不知道，是他俩个人行为。司令走后，谢连长一想到谈保长，满腔怒火。他让自己在盛桥这一代的交费事扩兵很不顺利，不置他于死地，一天三顿饭都不香。

他和李副官商量着采取什么样的手段让谈保长消失。谢连长说："我们首先派几个人，晚上守在他家村口，等他回家将其勒死，写个'新四军南繁芜游击队的正义审判'的纸条放在他身上，这样嫁祸于新四军，就不会有人怀疑是我们干的；或者，我们派几个人带着马虎帽在凌晨直接冲入他家，趁他在床上熟睡时，将他杀了，边杀边喊：'我们代表新四军南繁芜游击队对你进行审判。'让他家里人听到，这样就不会怀疑到我们头上。第三嘛……"谢连长想了半天都没想出，要李副官拿出第三套方案。

"先把你这两套实行了，看是否成功？如果不成功，我再告诉你第三套方案。"李副官说。

谢连长回到盛桥碉堡，精心选了十个枪法准的，拳脚使得爽快而且力大的，进行了速成训练。由一排排长谢武，也就是谢连长的堂弟负责准备实行第一套方案。

谢武说："哥，我还不知道谈保长住哪里。"

"他家住在长林保螺塘东边的谈家村，八间圆合的茅屋，门前有口大塘，屋后是毛竹园，毛竹园里有棵三百年苍天檀树。"谢连长给谢武描述谈保长住处的具体环境。"你还不清楚不要紧，你的行动小组人员中，有的上次跟我一道去过谈启发家罚过粮。"谢连长补充道。

谢连长帮堂弟谢武选择了月初的一个月黑风高的夜晚，十个人每个人腰藏短绳和匕首，分两组，一组潜伏到谈家村前大塘埂边的坟山上，这是谈启发家门前的进村口，另一组潜伏在村子后山的唯一进村口。一连潜伏了十多天，都没有看到这个人回家或出去。结果一打听，谈启发为防不测，从家里挖了一个暗道通向外面，他晚上从暗道进出，但这个暗道出口谁也找不着。

谢武回去，将情况汇报给堂哥谢连长。谢连长决定实施第二套方案，直接闯入谈启发房间，将其杀死。谢连长又帮堂弟谢武选择了月尾的一个月黑风高的夜晚，十人也分成两组，一组守在门外，一组进门行动。

谈启发住的是八间圆合的草房，老二谈启才、老三谈启玉、老四谈启贵他们弟兄四个都住在一起。谢武进门不知谈启发住哪一间，这时院子里两条大黄狗狂吠起来，扑向他们。院子里的老小都惊动了，老二谈启才喝道："哪一个？干什么的？"

谢武回答道："我们是新四军，来找谈保长。"

谈启发的儿子阿龙也惊醒了，一听是新四军来找自己的爸爸，边哭边喊："我爸爸就是被你们新四军逮走了，好几天没有回家了。肯定是你们把他杀了。"阿龙揪住谢武哭着不放，院子的老老小小一个个哭着也扑向他们，两条大黄狗见阿龙揪谢武，也扑上来咬他。

老二谈启才和老三、老四都点上蜡烛上前想看看究竟是谁。这时谢武怕被他们认出来，用手挡着脸。他家有弟兄四个模样都差不多，黑灯瞎火的又认不出哪个是谈启发。

谢武就喊道："谈启发，我们是新四军，到你家来是想喝口水。"老二谈启才一听来人是四川口音，又带着马虎帽，就知道是川军，盛桥碉堡里来的。新四军也经常来这个院子，从没有动静，就连两条大黄狗都不叫一声。

"我家老大好几天都没有回家了，正像阿龙说的，可能被你们新四军逮去了，死活现在还不知道。怎么？你们新四军又来找他？难道你们是另外一个'新四军'？"

"既然谈启发不在家，那我们就走了。"谢武也知道，堂哥谢连长已交代过，如果计划一旦落空，立即撤回，不必纠缠，以免影响下一步方案的执行。于是他带着行动小组迅速离开了谈家村。

回到盛桥碉堡，谢连长听了谢武的汇报后，认为谈启发可能也在家里，等谢武进去后，两条大黄狗又恶狠狠叫起来，惊动了谈启发，他又从地下通道里逃跑了。谢连长的两套方案都失败了，该要启用第三套方案了，第三套方案是什么呢？还得去问李副官。

第二天，谢连长来到城里找到李副官，在李副官的办公室坐下，汇报自己的两套方案已经失败，问李副官要第三套方案。李副官喝了口茶，慢悠悠地说："我们都是军人出身，应该学好孙子兵法，为我们打击敌人服务。"

"就杀个小小的保长谈启发，还要用什么孙子兵法？有点太玄乎了吧。"

谢连长不屑一顾地说。

“你不动用孙子兵法，你就杀不了谈启发这个小小的保长，你的实践已经证明。”

“孙子兵法讲的是三十六计，你说要用哪个计，才能干倒谈启发？”

“长林保的这个保长谈启发，他前面挂着国民党的牌子，后面又有新四军南繁芜游击队撑腰，所以，他就‘忘乎所以’地明里暗里都和我们对着干。你的第二套方案直闯住宅，已经惊动了他。他背后的那些‘小诸葛’，不知道要给他出多少点子让他防范，现在想再收拾他就更困难了。只有运用孙子兵法了。”李副官给谢连长分析运用孙子兵法的必要性，“孙子兵法中有三十六计，具体用哪一计？我要分析一下。”

“三十六计中，我知道‘调虎离山’。能不能用这个计，把谈启发调出他的八间圆合茅草屋而杀之？”谢连长建议道。

“谈启发这个人，长期住在茨山庵这个山冲拐坳里，没有走出去。就凭他的为人和才能，跟着我们帮小关干，将来日本夺取了中国的江山，南陵县的县长非他莫属。可惜他被浆糊糊住了脑袋，认不清形势，弃自己的前途于不顾，听国民党的，更听新四军的。他还说我们是汉奸，到时日本给我们做着大官，看我们吃香的喝辣的，他自己做了阶下囚，可悲、可悲啊！”李副官感叹道。

“‘调虎离山’对他不适用。”李副官否定了谢连长的建议，“我看‘借刀杀人’可以试一试。”

“刀，我们都有，还需要向别人借？”谢连长有些不解地问。

“我说的这个‘借刀杀人’是指‘敌’已明，民有怨，引民杀‘敌’，不出自力，损民益我。”李副官解释这一计的用处。

“长林保的那些人有点‘愚’，不晓得‘怨’他们的保长，要让他们其中某个人出来背后对谈启发动刀子，恐怕一个都不干。”谢连长挠挠头说。

“这个‘怨’能不能给谈启发‘造’一个，引起民对他的‘怨’。”李副官猛抽一口香烟，将烟雾一圈一圈吐出口，飘向空中。这是他看到小关抽烟吐烟圈，觉得很有趣，也学会抽烟吐圈了。“你这么一提示，我倒想起了茨山庵陈满有六个儿子，可以利用他‘造’个‘怨’。”

陈满出世时，父亲希望儿子将来经纶满腹，稻谷满仓，子孙满堂，所以就取了‘陈满’这个名字。半个世纪过去了，由于社会不稳定，战争频发，没有学校读书，‘经纶’没达到‘满’腹。由于勤劳耐苦的传统，一年下来粮仓虽然‘满’了，但由于各种费事，粮仓迅速又浅了一大半。现在唯一实现了的就是子女‘满’堂，有六个儿子。但有规定三子抽一、四子抽二、五子抽三。这样一来，陈满至少要抽三个儿子去战场。可惜这个‘满’的愿望一个都不能实现。有诗《果》曰：

一树花开果满枝，夜来风雨有谁知。
摇山拔地青红落，叶抱余留忧患时。

陈满的大儿子身体状况不佳部队不愿抽，二儿子志义部队要抽，谈保长总是说陈满家人口多，负担重，就志义能帮父亲一把，等小的上来再说吧。这一次，“皖独”要到陈满家“扩”志义为“兵”，陈满更不愿意了，因为这个部队投靠了日本，在南陵帮小关与自己国家作对，儿子志义被“扩”进他们的部队，不就等于做了汉奸，我陈满不就成了汉奸的父亲，世世代代都要被人骂。在得知谢连长要到他家“扩兵”时，陈满就让儿子志义出门躲避。

谢连长想在陈满身上“造怨”的第二天，志义拎着个篮子到老坝余家面坊取上半年用小麦换的面，回头路过盛桥菊花茶馆，被正在茶馆吃饭的谢连长看见了。他说：“菊花，今天酒后我不想吃饭想吃面条。”

菊花说：“对不起，我家没有面条。”

“你看，外面有个卖面条的来了。”菊花一看，是茨山庵的志义，就问：“志义，你那面条是卖的吗？”

“这面条是我取回去自己家吃的，不卖。”

“人家面条不是卖的，你要吃什么面条？”菊花两手一摊说。

这时谢连长一听菊花喊他“志义”，心里高兴了，“踏破铁鞋无觅处，得来全不费功夫”。这不就是陈满的二儿子吗？李副官想“借刀杀人”，这把“刀”

不就在眼前吗？于是他在谢武耳边嘀咕了几句。谢武迅速带着两个随身背枪的跟在志义后面，等志义走到盛桥上坡无人的地方，谢武手一挥，示意两个背枪的快速上前，一个架着志义的左胳膊，一个架着志义的右胳膊，谢武自己夺过面篮子，来到碉堡。

第四十四章 保长路过命悬一线 陈满机智躲过一劫

晚上，陈满发现志义还没有回来，就拎着马灯到余家面坊来找。当他经过盛桥茶馆碰见菊花时，就问菊花看没看见我家志义取面条经过这里。菊花说："下晚时，志义拎着半篮子面条，从我这里经过，谢连长看见了，要我买志义的面条煮给他吃。志义说不卖，就从大路回家啦。"

"他到现在还没有回家，这是去哪儿了呢？"陈满非常着急。

这时菊花想起来了，说："志义拎着面条，从我这里过去，谢连长的兄弟谢武带着两个背枪的也跟过去了，是不是谢连长想吃面条……"

"难道是谢连长为了吃面条，把我家志义抓到碉堡里关起来了？"陈满惊讶起来。

"如果只是为了想吃面条，志义把面条丢下，走人就是了。"菊花说。

"那我去碉堡看看什么情况？"陈满说着要走。

"他们是一批不讲理的家伙，你去可能不让进门，我喊肖明陪你一道去，说什么也有个帮衬。"

陈满和肖明来到碉堡前，这个碉堡是用木板夹土垒起来的，有一尺厚，六尺一层，分三层，顶部盖着草，不怪上次被赵明才他们炸塌一个角，还被烧了。谢连长一见肖明，非常客气，迎上来说："肖老板这么晚来了，请我去喝酒？"

"一个人不见了，你帮我找到了，肯定请你喝酒。"肖明说。

"我的儿子志义，有人亲眼看见是你把他抓来了。你想吃面条，就把面条留下，把人给我领回去。"陈满接过肖明的话说。

"不要把话说得那么难听。你们长林保的保长谈启发，说你家儿子不愿意被我们'扩兵'，是你想把儿子送去参加新四军游击队。"

"谈启发亲口对你说的？"陈满问。

"这是赵邦发死前告诉我的。"

"你说的这些都是死无对证。你到底想要干什么？明说了吧。"肖明直接问道。

"谈启发当了保长，弟兄四个，一个都没'扩兵'，他就盯着别人家的弟兄。尤其是你陈满有六个儿子，今年想把你家老二志义'扩'走，明年再'扩'你家老三。但是他又想做好人，说你家人口多，儿子还小，暂不'扩兵'。实际上，他想通过赵邦发传话给我，去抓你家志义。我也同情你种田缺少帮手，没听他的。我想这谈启发不除，你家五个儿子都保不住，他会采用各种手段把你五个儿子'卖'了，你还会帮他数钱。"谢连长还是挑拨离间的能手。

陈满想，谈启发虽然当了长林保保长，从不干伤天害理的事，我们长林保的人都说他是茨山庵里的菩萨。谢连长离间我们，可能有什么目的？

"你要陈满对谈保长怎样？"肖明直接点题道。

"如果帮我把谈保长……我马上宣布你陈满担任长林保保长。"谢连长先诱惑后又威胁道，"如果陈满愿意按我说的去做，马上就放了你的儿子。如果陈满怕得罪人，我会将你的儿子再抓回来，同时也把你三儿子一同抓来，送到前线打八路军新四军。"

陈满想，先让他把儿子放出来是大事，至于要我对谈启发"怎样"，先答应下来，以后走一步再看一步，说："只要谢连长把志义给我领回家，你要我对谈保长'怎样'，我就'怎样'。"

"我要你干掉谈保长，那你说说怎样干掉他？"谢连长要陈满当面说出具体方案。

"听说龙泉乡副乡长汪寄清明天生日，要请保长谈启发到他家喝杯酒，他必须从螺塘经过我家门前。我家门前的小塘东边靠山有棵树叶茂密的株树，西边的塘埂就是谈启发要经过的路。"

“那你就躲在塘埂边的株树下面，等谈启发一上塘埂，突然窜出来，将他推到塘里淹死，就说是他自己喝醉了酒不小心走失了脚，掉下塘里淹死的。”谢连长说。

“那不行，路上来往行人很多，被别人看见了，说我谋害保长，没除掉谈保长，反而把自己除掉了，这事不能干。”陈满说这种做法太危险。

“我看，你不如给陈满一支长筒汉阳造，他会打猎。躲在株树后面，等谈保长走上塘埂连开几枪，不就得了。”肖明出主意道。

“我们用的都是‘汉阳造’，如果被龙泉乡汪寄清查出来，报告给重庆，说我‘皖南独立方面军’枪杀了他们的人，日后不好交代。”谢连长又担心道，“我们就怕日本不……老蒋找我们‘秋后算账’。否则，我还要动什么心思？谈启发跟我们‘牛’，就‘牛’在这里。”

谢武插话道：“长筒汉阳造不能用，用土枪可以吧。我这里有支搜来的土枪，装上铁砂子，一枪放出去，谈启发就变成了筛子。事后还能找到借口，说是陈满打猎时看花了眼，把谈启发当成老虎打了，汪寄清想抓也抓不到我们的把柄。”

“这个方案好，就这么干。不过，这件事必须办到，你要写个保证书，让肖明给你证明。这样，我才能放你儿子志义。”谢连长为把稳起见说。陈满想，今天只要把儿子让我领回家，什么事我都答应。于是谢武写了保证书，陈满按了手印，肖明也签了字。

志义被放出来，手里还拎着面条。陈满说：“谢连长喜欢吃面条，还不把面条留下，向谢连长道谢。”

志义把半篮子面条放在谢连长面前，说：“谢谢谢连长。”谢连长一听，好像把自己的姓重复了两遍，没听出“谢谢”的意思。不过只要我的“借刀杀人”计有了着落，也不计较那个“谢”字了。

临走时，谢连长突然叫住了陈满，说：“趁夜黑，你把这支土枪背回去，里面的火药和铁砂子都灌好了，你不要动，防止走火。完事了，再送回来。明天谢武到现场监督。如果你不把谈启发干掉了，我就会‘扩’你的儿子。”

“是是是。”陈满满口答应。

肖明、陈满、志义三人在马灯的弱光中往回走。肖明问："你真听谢连长的，用这'土家伙'干谈保长？"

"我们陈家的为人，你们是知道的，伤天害理的事是不干的。"陈满说。

"有你这句话，我就放心了。"肖明拍拍陈满的肩膀说。

第二天太阳快要下山时，谢武带着两个兵，穿着老百姓的衣服，拎着黄鳝笼子带着锹装成挖黄鳝的，来到陈满门前小塘的株树下。陈满看见株树下有人就知道是谢连长派人来了，连忙把土枪背到树下。谢武先检查土枪不对劲，扳机有点潮湿，再把枪管的火药和铁砂子倒出来，都有点潮湿，问是怎么回事？

陈满说道："昨晚看不见路，一脚踩到田沟里，土枪掉到水里去了，我还以为不要紧，谁知火药都弄湿了。"谢武迅速倒出湿火药和铁砂子，重新换上干燥的火药和铁砂子。他让陈满靠在株树上，举着土枪对准目标。

这时，一个高个子，穿着灰色长袍戴着礼帽的人向螺塘这边走来，正是长林保保长谈启发。一会儿，谈启发走上塘埂进入射击圈，谢武眼盯着"目标"，右手向陈满一挥："开枪"。谢武没听到枪响，但听到"咯哒"的扳机声。"怎么回事？再扣。"又没响。"再扣。"

眼望着谈启发走出射击范围，陈满把枪口朝下山的太阳连续扣动了几下扳机，"轰"一声，铁砂子散开成一个圆形飞向太阳，一会儿太阳不见了。有诗《人》曰：

> 枪藏树后暗思时，欲喊惊天语又迟。
> 忠厚人家无诡计，枪开日落有谁知。

谈启发听到枪声吓得一惊，回头看看枪响处，有三个人拎着黄鳝笼子，拿着锹，其中一个人背着一杆枪，向盛桥方向走去。菜坝的住户听到枪声，都走出门看看是怎么回事？何老三看到三个人走来，就问背枪的："刚才是你们打的枪？打到了兔子还是野鸡？"

"刚才你们的谈保长走这里路过，陈满躲在那个小塘上头的株树下，想用这个枪打死他，要报‘扩兵’之仇。幸好我们走这里路过，把他的枪夺来朝天上放了一枪。”谢武添油加醋地瞎说道。

后来，何老三就把谢武的话传出去，有的人还信以为真，传说就更有点稀奇了。有的说，陈满不厚道，人家从你陈满家门口过，躲在树底下开暗枪，真不识好歹。有的说，茨山庵的菩萨就是灵，让做坏事的人不能得逞，陈满举枪打谈启发时，菩萨捂住枪口打不响，陈满举枪再打时，菩萨又把枪口向上一抬，结果人没打着，把太阳打掉到戴公山下了。

彭荣华经常跑赌场，因为赌场上人多信息也多，比如，谢连长昨晚又敲了谁家新媳妇的门，谢武又看上哪家小姑娘，不知道从哪里弄来一只鸭，晚上送上门。陈满枪打谈启发的事，也在赌场传开来。彭荣华在赌场听了这些，感到很纳闷，没听说谈保长得罪过谁呀？尤其是陈满，他为何要置他于死地呢？

这天晚上，彭荣华从上马石赌场回家，路过陈满家想问个究竟。陈满一听大吃一惊，这下我掉到黄河也洗不清了。确实也“洗不清”，枪是自己举的，也对着谈启发开了枪，还有谢武等三个人在场可以作证。

陈满听了这些风言风语很是委屈，拉着彭荣华就去菊花茶馆找肖明诉说，最后肖明带着陈满来到茨山庵保公所。

汪寄清听说谈启发在小庆自己生日回家，路过陈满家门口时，陈满躲在背后开他的黑枪，也大吃一惊。第二天来到茨山庵保公所要弄个清楚明白。谈保长听了先是一惊，然后又平静地一笑，说：“这可能是想开我枪的人，自己又不能亲自动手，想‘借刀杀人’，结果没有得逞就嫁祸于人。”

谈启发的话音刚落，肖明领着陈满走进了设在茨山庵里的保公所，彭荣华也来了。肖明说：“谢连长逮住志义要挟陈满，要他在背后放保长的枪。陈满为了儿子志义的安全，假装满口答应，土枪还是谢连长给的，在回家的路上，陈满向我表示，绝不做这样的事。”

“我听说，你还真向谈启发开了枪？”汪寄清问。

陈满连忙解释道：“谢连长把装好铁砂子和火药的土枪交给我，我背回家向枪筒里灌了水，第二天被来监督我的谢武发现，又换上新药和铁砂子。这时谈启发已进入射击圈，紧急情况下，趁他们盯着谈保长，我在引火药上吐唾液，第一枪没打响。谢武要我连续扣动扳机，等扳机发热枪响时，谈保长已经走出射击范围了。”

谈启发一想，是这么回事：自己走到小塘埂上，正在他们的枪下时他们没开枪，等自己上了罗塘埂枪才响。彭荣华听清了来龙去脉，原来是汉奸们的勾当。

第四十五章 太丰大刀会设佛堂 地方新四军遭祸殃

“皖南独立方面军”的谢连长想“借刀杀人”，消除他们在盛桥长林保这一带的活动障碍，可是“流产”了。正当他们庆幸时，谈玉礼和自己的宗家谈启无来到了茨山庵娘的家里，想看看茨山庵抗日小组，顺便看看宗亲谈启发。娘看到谈玉礼，忙端来两碗茶递给他们，一回忆起赵莹，眼泪都倾满眼眶。

唐开春也来了，介绍了赵莹哥哥赵邦发牺牲的情况，谈玉礼默默地听着。沉静片刻，问起赵明才，为防止再受到伤害，他被家人送到外乡去了。正在说话时，赵爸到保公所找来了谈保长。

为了走出哀痛，唐开春问谈玉礼：“你在圩区的活动情况怎样？听说大刀会比较疯狂。”

谈启发说：“我们都想听听。”

谈玉礼接过娘给他泡的茶，满满地喝了几大口说：“赵莹被害后，我回到圩区不久，在新四军游击队员周友兴的介绍下，与俞世进、梁清荣一道参加了南繁芜游击大队领导的抗日活动。实际上，日军主要在芜湖市区活动，很少进入圩区。但大刀会成为新四军游击队在这里活动的障碍。”

“大刀会我早已听说，它到底是个什么样的组织？又干些什么？你在圩区与他们有接触，详细地给我们介绍介绍。”谈启发说，

“他参加过大刀会，请他向你们介绍介绍。”谈玉礼指了指谈启无说。

“大刀会是明末清初遗留下来的封建迷信团体。最初，其成员及首领系明朝散官，掩护其唯一的“灭清复明”企图，目的未得逞，反遭打击，其组织大

部被满清摧毁。”谈启无在大刀会里，目睹其组织的活动，总给人非常邪乎的感觉，便找理由退出来了。他简单地介绍了大刀会的由来。

“抗日战争爆发以后，大刀会被内外反动势力所把持、利用；有的成为打家劫舍、杀人越货的土匪集团；有的成为破坏革命的工具。南陵大刀会的出现及其活动情况也正是这样。”谈玉礼介绍着大刀会性质的变化。

谈启无喝了一口茶，接着说：“前些年，南陵太丰乡来了几个不速之客，即大刀会的汤美卿（泾县人）、郭小谱与郭正谱（江北人）。他们与陶荣堂、马至贵勾结起来，陶、马二人同意与汤、郭合伙，把大刀会引入太丰乡的马园、董万等地，建立本地大刀会的武装组织。民国三十二年（1944年）初，在南陵太丰成立大刀会总会，由六乡联防中队长张道政兼任大刀会的总会长。”

“这个大刀会成立后，会徒们要求晚上集中练功，每个会徒头用白布包着，白布边沿镶着黑布带。他们身着一套紧身黑衣，腰间有五寸宽的白色绑带束紧，裤角也用绑腿带裹紧。”谈启无又向在场的人描述大刀会会徒的装束。

“我还听说，大刀会有练文功和练武功之分。练文功时，道师装神弄鬼约两小时左右，有的会徒也跟着乱讲一通，手舞足蹈，又跳又唱，说自己是某某神，不怕枪炮子弹，刀枪不入。”唐开春说。有诗《大刀会》曰：

大刀横立设香坛，跪拜祈求成大仙。
妄想金钟身外罩，弹穿不透勇无前。

“大刀会的文功确实是这样练的，武功有练‘走刀’。”谈启无说，“所谓‘走刀’，就是把十把刀安在刀架上，先是道师在刀口上走，然后会徒轮流在上面走过。还有一种武功叫练‘砍刀’，会徒要脱掉上身衣服，右手拿着木槌使劲地在刀背上打几下，一般是在软组织肌肉上练砍刀。”

“还有一种练武功的方法是碰‘尖子刀’，就是把尖刀放在四方桌上，刀尖对外，刀柄用二三十斤的石头压在桌子上，会徒赤膊，双手叉腰，鼓足气，挺起肚皮小跑步地对准刀尖一掀，把刀子推下桌子。”谈玉礼说自己回到奎湖偷偷看过。

“碰‘尖子刀’非常危险，我在湖南老家时，我的一个表兄参加大刀会，就死在碰‘尖子刀’上。因为刀尖锋利，用力过猛，戳通肚皮，也戳破了肠子，抬回家就死了。但大刀会找借口说是我家表兄心存杂念，神不附体，受佛惩罚。”陈满路过这里，也听过圩区大刀会的欺骗行径。

“这就是大刀会的所谓‘刀枪不入’的神话。大刀会的每一个香坛都有一座佛堂，堂内有供桌和香案。供桌边插有白旗一面，白旗中间有黑布做成的“佛”字，打仗的时候就扛着这面旗走在前面。”谈启无介绍着大刀会的香坛。

“大刀会打仗时，坛长拿着扇子，谐音‘散子’，意思就是把打来的子弹扇开，避免枪炮子弹打上身。坛主打伞，能把子弹散开打不着会徒，意思是能‘逢凶化吉’。”谈启无继续讲道。

“打起仗来，真能‘散子’，逢凶化吉吗?”赵爸惊奇地问。

“大刀会的什么‘散’子弹，刀枪不入，只是他们自己欺骗自己的神话。你想想看，飞出枪膛的子弹速度快，对人体的冲击力也大，能够形成很大的瞬时空腔，在人体发生爆裂。即使你是把铁扇子，也不可能挡住枪弹。”谈玉礼揭穿大刀会的“神话”说。

“民国三十三年(1944年)初，南陵成立的大刀总会，南陵六乡联防队长张道政任总会会长，会徒万余人。3月，在南陵长沟子突然袭击正在渡河的新四军游击队，使其伤亡重大。一天，张道政得悉新四军游击队要进攻日伪据点，便立即率会徒千余人，首先向新四军游击队进攻，仅在老鹳嘴祠堂前，就砍死新四军游击队30余人，将两名被俘新四军战士眼睛挖去，剖腹而死，其余被俘者用铁丝穿手、臂或大腿，然后逐一砍死，仅这一次就杀害新四军100余人。不久，马至贵联络六乡联防中队，率会徒数千人包围新四军南繁芜游击队，许多新四军战士跳入荷塘，被会徒砍死于水中，许多战士被杀。”谈玉礼具体回答了宗亲谈启发开始提出的“大刀会干了什么”的问题。有诗《南陵大刀会》曰：

大刀举起向谁头，应砍小关烧我楼。

“在日本这个大敌当前的时候，我们要团结，要一致对外。大刀会袭击抗日队伍，这是不能容忍的。我们龙泉乡，尤其是我们长林保，要维护各方力量，支持各方力量抗日，尽量避免出现破坏抗日的现象。”谈启发保长说。

“我的宗家说得不错，中共南繁芜地区地方组织为解救会徒，决定强行解散大刀会。如果解散不了，就要进行一次反击，消除那些对抗日不利的因素。我这次来，是要告诉地下的赵莹，我要上战场抗日为她报仇。其次来看看在座各位，感谢你们以前对我和赵莹的关心，尤其是兰英姐还有强斋婆。今天我把谈启无带来，让宗家认识一下，有什么事也好互相联系。”谈玉礼情绪有点激动道。

“看来，你好像要参加对大刀会的行动?”谈启发问道。

“是的，这次反击大刀会，是南繁芜游击队副大队长李寿和、一中队指导员宦守根领导的，我要求参加。”谈玉礼在谈到消除抗日障碍时，心情非常迫切。

“祝老兄立头功。”唐开春预祝道。

“我真想拿枪去打鬼子，可我年纪老大不小的，家里老小十来个，走了他们都得饿死。”陈满想抗日，心有余而力不足。

中午，谈启发请两位宗家到自己家里吃饭，其余人因家近都回去了。

第四十六章 血滴大刀会哭英雄 枪指老虎头报雪恨

1945年6月南繁芜游击大队决定对南陵马家园、董万大刀会进行一次反击作战。南芜游击大队副大队长李寿和率领3个中队近600名民兵，向董万村大刀会发起了攻击。游击大队兵分二路，一路由一中队指导员宦守根率领，从芜湖县埭南出发；二路由游击大队副队长朱寿和率领，从南陵奎湖出发夹击大刀会总坛驻地——董万。谈玉礼、邓忠清、余海带、周金保、胡玉堂、朱猫子、任国良(联络员)、朱尚贵、吴其秀在班长邓绪蒲的带领下，参加了二路作战。

根据战前部署，游击队在吃过晚饭后出发，第二天零点发起攻击。南繁芜游击队一中队指导员宦守根率领的队伍按时赶到指定地点并在零点发起了攻击。战斗一开始，大刀会猝不及防，新四军一度攻占了大刀会的总坛，击毙了坛长，烧毁了坛所。游击大队副队长朱寿和率领的游击队被董万周边的大刀会会徒赶到堵击，导致一路和二路游击队不能按时迅速汇合，集中力量有效地打击大刀会。由于大刀会会徒在数量上已占绝对优势，游击队渐渐由攻转守，战场形势骤变。这时天已微亮，加上游击队中有许多是第一次参加战斗的民兵，战斗经验不足，队员素质较低，同时弹药已耗尽，游击队被大刀会冲乱，无法组织有效的反击。

天已大亮，于是大队副队长李寿和命令游击队迅速撤退，但此时退路已被大刀会切断，游击队被迫与大刀会混战。

班长邓绪蒲带领谈玉礼、邓忠清、余海带、周金保冲锋在前，与大刀会在南陵的创建人汤美卿、郭小谱、郭正谱带领的会徒进行面对面的刀矛格斗。

汤美卿露着肚皮上的刀痕，显然他练过‘尖子刀’，邓绪蒲双手紧握长矛，后退三步，忽然向前来了个猛虎扑食，直刺汤美卿。说时迟那时快，汤美卿身边的会徒们从两侧一拥而上挑开了邓绪蒲的长矛。那个练过‘尖子刀’的汤美卿吓得连忙逃到会徒中间。邓绪蒲迅速收回长矛，左右开“弓”，边杀向会徒们，边喊道：“糊涂的大刀会，不去抗日，却在‘抗’我新四军游击队。”终因寡不敌众，牺牲了。

南陵大刀会创建人之一郭小谱露着胳膊，胳膊上刀痕累累，这又告诉众人，他的“砍刀”功夫深厚。联络员任国良和谈玉礼手握带枪的刺刀并肩冲杀过去。郭小谱见有两把带枪的刺刀向自己刺来，吓得面无血色，连忙用大刀挑拨。谈玉礼正端起刺刀向郭小谱胸脯上的“砍刀”痕处刺过去，看看“砍刀”处有多硬时，身后扑上来两个大刀会会徒，举刀就向谈玉礼砍来。谈玉礼一个急转身，刺倒一个会徒，又借拔回刺刀的力量，利用枪托撞死另一个大刀会会徒。他转身去解救被大刀会围困的联络员任国良时，又被赶来的大刀会会徒围住，把他和任国良隔开围攻。谈玉礼对围上来的大刀会大声喝道：“且慢，我对你们大刀会有一事不明，想问清楚再战。”十几个大刀会的会徒们，举着大刀把谈玉礼围在中间，看他也跑不掉，个个把刀尖朝地，双手放在刀把上。

大刀会会长张道政站在圈外说：“你对我们大刀会有什么不了解的就问吧，我让你死个明白。”

“你们大刀会设佛堂，还张挂‘佛光普照’横幅，每天早晚拜佛、念经，祈求成仙、成佛，保佑生灵。但你们的所作所为恰恰与之相反，滥杀我抗日的新四军游击队。”

“我们设坛只是走走样子。会徒们举起刀，让他成‘佛’成‘仙’去吧。”张道政命令道。会徒们挥起大刀，将包围圈越缩越小。谈玉礼挥起刺刀迅速贴近一个会徒，将其抱住挡住那些砍来的刀，然后快速抽身冲出包围，可是他已负伤，而后面的退路已被荷塘挡住，唯一出路，只有跳塘。

谈玉礼带着伤跳入塘中，十几个手执长矛的会徒赶上来，同时刺向水中，只见一股鲜红涌出水面，随着河水流入长江，流入大海。

联络员任国良见谈玉礼跳出包围圈，在大刀围着自己，一起向他砍来时，就地一滚，绊倒两个会徒，挡住砍来的大刀。任国良顺坡滚向荷塘，被围攻谈玉礼的会徒拦住，十几根长矛又都刺向他。

民兵队长梁清荣带领邓忠清、余海带、周金保、胡玉堂、朱猫子，与大刀会的另两个头领陶荣堂、马至贵带领的会徒进行了肉搏战。梁清荣等六人背靠背与围上来的超过数倍的大刀会会徒刀矛格斗，在他们砍倒数十名会徒时，体力耗尽，个个负伤流血过多，紧紧抱在一起牺牲了。

游击队员朱尚贵、吴其秀、周友兴在副大队长李寿和的率领下，为掩护游击队员撤出战斗，在前方奋力阻挡会徒。但此时退路已被大刀会切断，朱尚贵、吴其秀、周友兴英勇杀敌，最后被大刀会刀砍矛戳全部牺牲。副大队长李寿和、一中队指导员宦守根被捕后，被大刀会众打得遍体鳞伤，李寿和当天被杀害。有诗《英雄》曰：

董万抽刀神鬼惊，香堂佛拜戮生灵。
英雄妖斩人心快，血洒漳河名记中。

次日，大刀会徒将宦守根押到大刀会董万村总坛，准备酒后用宦守根的头祭奠被游击队打死的大刀会坛长。宦守根趁敌不备挣脱绳子，抢了一把大刀奋力夺路冲出，为日后游击队的发展和对敌继续斗争留下了一颗种子。

为了实现谈玉礼的承诺，谈启无挑了米，再次来到茨山庵，救济兰英姐。他将谈玉礼英勇杀敌，光荣牺牲的情况告诉了宗亲谈启发和茨山庵抗日小组唐开春。

娘听了，又泪水汪汪地说："大兄弟，你救了小旺子，小旺子长大了还要报答你呢，难道你就不能好好地活着？"

赵爸说："你尽说稀奇话，侵略的杀抗日的，那些有奶便是娘的家伙也杀抗日的，让人能好好地活吗？"

"我想赵莹也不孤独了，在另一个'世界'你们好好团聚吧。"娘说。宗家谈启发听了谈玉礼牺牲的消息后，沉默不语。

唐开春听说谈玉礼在南陵东部为攻打大刀会已牺牲，决定在南陵西部再攻打一次盛桥老虎头碉堡，让“皖独”的李副官和谢连长吃几颗“炮子”。

由于叛徒的告密，张昌德又派李副官配合谢连长，在工山镇桥村逮捕了工山区党支部书记、游击队副队长易永泉，还在县城东门逮捕了新四军南繁芜游击队运输班长李世孝，还有新四军南繁芜游击队交通员兰荣炳、李昌元、海发生，以及新四军三支队战士汪木和，先后将他们杀害。不到半年的时间，六位新四军南繁芜游击队队员就牺牲在“皖独”手里。

新四军南繁芜游击总队队长王安葆，在新四军第七师的支持下，与“皖独”进行了十多次的激烈战斗，活动的范围也不断扩大，西到铜陵三条冲，南至戴汇、绿岭，东至奎湖、保大圩，北至沿江一线，到处寻机袭击敌人，均将敌伪击溃。

可是，“皖独”的谢连长，盘踞在盛桥老虎头，阻碍了新四军游击队根据地向东扩展。新四军南繁芜游击队早就想拔掉它。

这时，茨山庵抗日小组唐开春把“皖独“的谢连长在盛桥的疯狂之举，报告了王安葆，要求把谢连长送回“老家”。王安葆立即召开会议，研究对盛桥的作战方案，唐开春也参加了会议。

唐开春分析道：“盛桥虽然离县城日本小关和‘皖独’张昌德指挥部比较近，守城部队支援迅速，但盛桥北离板石岭、五华山，西离戴汇、绿岭都比较近，而且这些地方都是新四军游击队活动的地方。”

“为了避免南陵县城的守军支援，我们不妨运用一下孙子兵法。”王安葆的话音一落，与会人员一下精神起来，迫不及待地听总队长运用哪道孙子兵法。

“我们可以运用孙子兵法三十六计中的‘瞒天过海’。谢连长自认为自己紧靠主力，就容易放松警惕，麻痹大意，有所懈怠。秘密的计划隐藏在公开的行动里，而不是和公开的行动相对立。”

王安葆停下喝口水，接着又说：“‘瞒天过海’的方法就是以假乱真，真真假假，虚虚实实，最后以真代假，突然攻击的战术方法。使用此计的关键在于隐藏计划。瞒天过海就是利用谢连长依靠日本小关的心理,对于日本人活动在自己的范围内习以为常。当谢连长不怀疑的时候,以真代假,出其不意打击他们。”

“刚接到新四军第七师的情报,芜湖日本驻军司令松井龟一派一个排经过繁昌,由‘皖独’所属第三师师部驻繁昌县城的师长李志千护送至南陵增援小关防务。趁这个机会我们可以‘瞒天过海’。”新四军南繁芜游击队干部腾金柱提议道。

“日本这个排去南陵必须经过紫山岭,我们秘密将其‘吃掉’,然后换上他们的衣服,带上截获的秘密文件,直接智取盛桥老虎头。”唐开春建议道。

“你们的对敌方案,具有很好的可行性。我先派新四军繁昌游击大队配合你们在通往南陵公路的紫山岭边秘密干掉日本这个排。然后,唐开春为队长,腾金柱为副队长,带上繁昌游击大队的部分队员换上日军的‘黄狗皮’,从麻桥直奔盛桥老虎头碉堡。”王安葆做了布置。

第四十七章 紫山岭遇小郎弃战 滕金柱攻碉堡牺牲

盛桥老虎头的谢连长带一个排到城里轮训，谢武被提升副连长，带两个排守在盛桥老虎头。谢连长临走还交代谢武，今晚有皇军从繁昌经过这里，注意接应，也没说多少人到哪里。

紫山岭两边陡峭，中间夹着一条狭窄的砂石马路。半夜，日本一个排在“皖独”的护送下，向紫山岭进发。当他们走到童坝时，路边有一个小酒店还开着门，里面烧熟的野味香气迎面扑来。

“店老板”出门一看，日本军人荷枪实弹走在前面，“皖独”也派了一个排，背着枪护送在后。“店老板”等日本军人走过去，拦住“皖独”背盒子炮的说：“长官，刚刚从山上捕猎到的野鸡、野兔，你可闻到了香味？深更半夜的快来搞几盅。前面是日本人，我都不敢作声。这么好的野味，我是不会给他们享受的。”

“皖独”排长闻到香味，向前的步子都迈不动了，但又不敢停下来。正在迟疑时，“店老板”又拿出香烟，见人就发一支，又帮点着火。这时，在前的日本军人已看不见了。“皖独”排长要跟上去，“店老板”问道：“前面的日本人要到哪里去？还让你们护送？”

“他们是到南陵援防的，我们要安全护送到麻桥。”

“紫山岭翻过去就是麻桥，再说南繁两县都是你们‘皖独’的防务区，新四军游击队就有几根土炮筒子，碰到两三个日本人都够他们拼的，何况今天有这么多日本人，又背着新四军游击队梦中想都想不到的新式武器，就是从紫山岭新四军游击队的鼻子底下过，他们只能看着发呆，甚至‘馋’得口水挂到地，也不敢怎样。何必非要送到位？”

“这倒也是。”“皖独”排长向酒店转了转身。

三个班长也附和道：“紫山岭那边就是南陵，不远了。他们有枪有弹，就是碰到新四军游击队也能对付。我们又疲劳又饿，不如就在这里喝点小酒，尝尝野味，等到天亮回去复命。”

班长们的要求，正中“皖独”排长的下怀。于是小酒店坐满了人，猜拳喝酒热闹非凡。

当日军独自翻过紫山岭下坡时，忽然一个人迎面走来拦在前面问：“什么人？”

“哗啦哗啦”日军个个拉起枪栓把这个人围起来，又听一阵“哗啦哗啦”，新四军游击队个个拉起枪栓围在外圈。

两个领头的用手电筒互相照了照，都大吃一惊，好像认识，都把手向后示意放下枪。

“你就是茨山庵那个唱目连戏的唐开春吧？”

“你就是茨山庵那晚唱目连戏时，来给松井龟一还愿的小郎吧？”

小郎说：“我去芜湖接这些刚从日本征来的学生兵，到南陵增加防务。你这是……”

“我就是来拦截你们的，我们已经把你们包围了。我想让你身后的这些日本青年能够安全回到自己的家乡，将来为中日两国重建友谊留下种子。”唐开春对小郎寄托希望道。

“谁不希望呢？”小郎难过地说。有诗《情》曰：

岛上离家东海渡，紫山岭下欲交兵。
停戈不与呀呀闹，一线情留待后生。

小郎又担心地问道：“我这一个排的人，你怎么处理？”

“你们脱下军装，丢下装备，穿上老百姓的衣服，马上过江，送你们到解放区，一切安全我们负责。”唐开春说。

小郎为了“学生兵”的安全，按照唐开春的要求做了。

这时，总队长王安葆以酒店老板的身份，成功阻拦了“皖独”的护送，让他们在酒店喝得酩酊大醉，自己脱身来到紫山岭。唐开春把小郎介绍给了他。小郎等人穿上唐开春送来的老百姓衣服，总队长派繁昌警卫大队护送小郎他们过江，来到新四军第七师。

滕金柱把小郎他们脱下的日本军装，分发给每一个游击队员，再配上他们的装备，有模有样地向盛桥开来。凌晨时，唐开春和滕金柱他们到达盛桥老虎头，哨兵报告：“有日军经过我们哨卡，要连长送他们到南陵县城。

“你们送一下。”谢武刚睡下，懒得起来。哨兵刚转身就被滕金柱控制住，唐开春从床上拉起谢武。

谢武惊讶地说：“皇军，我送我送。”

“你是什么人？”

“我是副连长谢武，谢连长的兄弟。”

“我们要送你回老家。”唐开春说完拔出枪向谢武打去。

游击队听到枪声冲进老虎头碉堡，向熟睡的“皖独”士兵大喊一声：“缴枪不杀”。原来谢连长的这个连有一半是自己从家乡四川带来的，有一半是从本地招聘的协军，这些人都是来糊口饭吃的。一听到“缴枪不杀”，纷纷交出武器，举起了双手。

唐开春叫他们不要当汉奸，愿意当新四军游击队的就留下抗日，不愿的就回家。当地认识唐开春的就留下，有的回家干自己的老本行打长工去了。这些四川来的大部分都是谢连长的亲戚，回家又远，就是回去了，以后谢连长回家还是要找他们算账的。正在犹豫时，游击队的侦察员低声报告唐开春，谢连长带着部队回来了。唐开春让滕金柱带领游击队背起缴来的武器先迅速向茨山庵撤离，自己作掩护。

轮训结束，谢连长刚走到菊花茶馆门口，听到自己碉堡里的枪声，哨卡里也不见自己的哨兵，知道老虎头出事了。当谢连长接近自己的碉堡时，看见有许多黑影在撤离，他就命令向黑影开枪。唐开春也组织火力向开枪的方向边打边撤离。

在盛桥老虎头碉堡西北边的繁昌保卫大队和西南边工山毛竹园埋伏的临江团部分战士，听到枪声也包抄上来。谢连长见自己被新四军游击队包围了，正回头向城里撤退，就被唐开春和滕金柱追过来拦住了去路。

滕金柱推开唐开春，拔出肩上的大刀向谢连长冲过来。谢连长急忙拾起自己身边被打死士兵的带刺刀的“汉阳造”，与大刀格斗起来。正当大刀将横拦的“汉阳造”仰面压倒时，忽然一颗子弹从碉堡的门口向滕金柱的背后射来。

唐开春连忙夺过对方士兵手中的“汉阳造”接连刺倒几个向自己扑来的士兵。他也听到碉堡边有枪声，猛然回头，有个黑影举着枪歪歪倒倒，向这边瞄准。唐开春举起枪向黑影扫去，黑影应声倒下。

谢连长见滕金柱倒下，又见新四军游击队包围过来，趁唐开春的注意力转移到开枪人的身上时，趁机溜到自己的队伍里逃跑了。

唐开春看到滕金柱倒在血泊中，抱起来喊道：“金柱，金柱。”见他已牺牲，又喊道：“谢连长，总有一天，我会找你算账的。”有诗《化雨》曰：

一柱倾斜竹度墙，擎天与月念成殇。
春来化雨新芽出，奋茁排云当自强。

不远处的谢连长一听声音好熟。这时唐开春放下滕金柱，再去碉堡边看看那个倒下的黑影，原来是谢武。他被唐开春击伤后，昏死过去。等他醒过来，抓起藏在枕头底下备用的另一支手枪，爬到碉堡外，在火光中，忽然看到自己的哥哥谢连长将要被一个大刀压倒砍死，就站起来，举枪射过去。他刚要举枪再向唐开春射击时，被眼疾手快的唐开春一枪撂倒。

盛桥这一战，以“瞒天过海”的计谋，直接进入老虎头碉堡，使谢连长损失了一个多排的兵力和两个排的枪支弹药，又失去了自己的兄弟谢武。“皖独”司令张昌德又派李副官帮谢连长在其他连队抽人带武器，又重组了两个排，开到盛桥老虎头碉堡继续守防。

几天之后，谢连长才缓过神来，晚上到菊花茶馆来喝点酒压压惊。

菊花把酒菜端上桌，说："谢连长，听说你的碉堡被日本鬼子袭击了。还打死了你的兄弟？日本鬼子和你们不是一家吗？"

"什么日本鬼子？那是南繁芜的新四军游击队。他们假冒皇军经过我的哨所，谎称是增防的，用'瞒天过海'的奸计麻痹我的兄弟谢武，让谢武中计送了性命。我的人员跑了一半，死伤一半。"谢连长边喝酒边把碟子敲得当当响。

"这个敢冒充皇军的人，真吃了豹子胆。"

"这个人我好像认识。"谢连长思忖道。

"你在这里认识的人，当了新四军游击队？你真粗心大意，不怪你被人炸了'老窝'。"菊花"责怪"谢连长的大意。

菊花又端一碟炒肉丝放在桌上问道："你说认识那个冒充日本鬼子的，你能猜出他是哪一个？我认识不认识？"

"这个人好像是唐开春，他穿上日本军服，又是晚上，谁也认不出来。但我从他说话的声音中能听出来。"谢连长以声音来辨别人。

"那个枪打的叭叭响，谁说话也听不见，更何况听声音认人。"菊花不相信是唐开春。

"当时，战场上打死了新四军游击队的一个头领，有个人愤怒地喊道：'谢连长，总有一天，我会找你算账的。'我听得非常清楚，这个就是唐开春的声音。"谢连长肯定地说。

"你经常请他帮你做事，比如搜粮，拆茨山庵。什么时候他也参加了新四军游击队？我有点不信。"菊花怀疑道。

"不管怎样，我总要找个新四军游击队的来偿还我家兄弟谢武的命。"谢连长说完，倒满一杯酒一饮而尽，暗下决心，非要为兄弟报仇，尤其是那个打死谢武的唐开春。

"你可不能瞎来，茨山庵的地藏王菩萨在看着你。你家兄弟是不是抗日分子，如果是'帮日分子'，被杀了这就是报应。如果你为'帮日分子'去杀抗日分子，就像钱三一样会遭到恶报的。我是好心提醒你，多喝点酒去做梦，比想着去报复谁好。"菊花劝道。

第四十八章 学生军走进根据地 谭司令揭露战争罪

小郎和他的学生军被繁昌警卫大队安全送到新四军第七师，曾希圣政委又把他们转送到苏皖新四军俘虏教育基地。这时新四军刘大林副团长已升任团长调往苏皖新四军根据地，他听了转送负责人的介绍后，对小郎他们主动放下装备，来到苏皖根据地表示欢迎。

学生军听说自己被送到新四军根据地，有的心惊胆战，有的学着日本武士喊着要剖腹。

“你们年纪轻轻，为什么不珍惜生命，要剖腹?”

刘团长回头一看，立即转身敬礼道：“报告谭司令，这是刚送来的日本学生军。”

“你们谁想剖腹？站出来。”谭震林面带和蔼地说。呼啦一下站出十来个。“你叫什么名字?”谭司令站到领头的面前问道。

“他叫次郎。”小郎站在一旁回答道。

“我听说你们刚来到中国，你们手上还没有沾中国人的血，是干净的。但灵魂被污染了。需要在我们这里看看，听听，想想。等几天后，你们有人，尤其是次郎还想剖腹，给你一把刀。”

谭司令侧过头来，对刘团长说：“这些孩子就交给你，帮他们把‘腹’剖开好好地洗洗。”

“是。”

小郎在刘团长的安排下，先让这些日本学生军参观苏皖新四军根据地，根据地的新四军个个精神抖擞，刻苦操练。

忽然，刘团长从正在进行军事训练的操场上，叫来一个满头大汗的新四军小战士，让他站在次郎面前，问道："你为什么刻苦训练？"

"为赶走日本侵略者。"

"你敢于牺牲吗？"

"为了正义，不怕牺牲。"

"你们来中国是为什么而战？"刘团长转身问次郎。

"我们在学校读书时，书上就写着，我们日本是'神的国家'，发动战争是'自存自卫'，是'解放亚洲'的正义之战。我们来到战场是'为国捐躯的英灵'。"次郎很自豪地说。

"这是我们日本的'皇国史观'，被奉为大和民族的纲领。"小郎解释道。

"实际上，这是一场侵略战争，让你们这些正在读书求知的孩子，为侵略战争卖命身亡，还美其名曰'为国捐躯的英灵'，可笑之极。"刘团长气愤地说。次郎和这些刚来的学生军，看到面前这个中国军人发怒了，个个又喊着要剖腹为国捐躯。

刘团长想，这些学生受日本军国主义的教育，观念已根深蒂固，马上让他们思想转弯是不现实的。他又走到次郎面前问："你知道剖腹是什么精神吗？"

"武士道精神。"

"你又为什么崇拜这种精神呢？"

"武士道精神就是樱花精神，因为我爱樱花。"次郎回答得很直接。

"你们这些孩子热爱大自然，热爱大自然中的樱花，日本军国主义者，就用樱花比喻武士，教育你们要像大自然中樱花那样美。只有当了武士，才能实现。"刘团长面对小郎说。

"因为单个的樱花很漂亮，但成片的樱花聚在一起就更加美丽。这和日本武士的集团精神是很相似的。还有樱花最美的时候并非是盛开的时候，而是凋谢的时候，樱花花期不长，但凋谢的特点就是一夜之间满山的樱花全部凋谢，没有一朵花留恋枝头。这是日本武士崇尚的精神境界，在片刻耀眼的美丽中达到自己人生的顶峰、发挥自己最大的价值，之后毫无留恋地结束自己的生命。”小郎解释了利用樱花比喻武士道精神的原因。

“可惜，日本武士道精神，是个狭隘的集团精神，它不是爱国精神。把某个武士集团精神比喻成美丽的樱花，真是玷污了樱花。”刘团长叹息道。有诗《樱花》曰：

一片粉红花见时，嫣然欲笑梦生痴。
辉煌不念春长久，甘洒深泥种出诗。

小郎接着又说：“武士自杀的主要原因是感到自己已经尽到最大的努力了，自己的心愿已经了结，自己的一生已经不可能有更大的辉煌了，此时此刻就应该像樱花一样毫无留恋地凋谢。”

“真是一派胡言，花开花落，是迎春接夏，孕育着金秋。小郎和次郎你们都还年轻，反对战争，维护和平是需要你们做出努力的，和平的这一辉煌时刻正等待着你们，怎么能说‘心愿了结’要‘凋谢’呢？”刘团长鼓励他们树立正确的理想。

晚上，刘团长在根据地特意为小郎他们安排了一场文艺晚会。

晚会首先由新四军女干部婉芬演唱了一曲《松花江上》。这首歌反映了“九一八”事变给中国人民带来的灾难、痛苦，再加上众多演员被迫离家流浪的表演，让这些学生军看了一脸疑惑。

刘团长亲自上台，参加了《保卫黄河》大合唱。歌声高亢昂扬，表现了中国人民前赴后继英勇不屈的献身精神。随着歌曲进入高潮，展开了一幅幅抗战的壮烈画面。次郎和这些从日本来的学生军仿佛看到了战马驰骋，硝烟弥漫，中国的抗日军民英勇驱赶侵略者的情景。

“保卫家乡，保卫黄河；保卫华北，保卫全中国。”最后的歌声又把抗日情绪推向了高潮。

“我们的入侵，使他们誓死保卫自己的家园。”小郎低声向次郎解释歌唱的内容。

新的节目又开始了，小郎和次郎他们眼前一亮，舞台上站着一个日本打扮的姑娘，缓缓地唱起了日文歌曲："夜半人静月更明，寒光斜射照进窗。期待在渺茫异国的丈夫啊！妻子和孩子非常寂寞和悲哀……"歌喉是那样的清脆甜润，又是那样的优美哀伤。小郎听了这歌声，是那样的熟悉，情不自禁地掏出内衣口袋中的"千人帕"，想起乔子，眼眶湿润了。他想着，这歌声多像自己的未婚妻乔子啊。

第二天，刘团长把小郎他们带到新四军训练场上，那里早已摆好了一个八仙桌作为主席台，还摆了几张椅子，这大概是给贵宾坐的。桌前整齐地摆着十几条板凳，刘团长示意小郎带这些学生军依次坐在桌前的板凳上。

次郎挨在小郎身边坐在前排的中间，他一抬头，就看见主席台后方挂着"反战同盟报告会"的横幅。

报告会由新四军刘大林团长主持，谭震林司令出席讲了话。"反战同盟"盟员秋山良照作反战报告。

谭司令首先详细地介绍了日本发动的"九一八"事变和"卢沟桥"事变，以及南京大屠杀。这些日本学生军听了小郎的翻译后，个个瞠目结舌，在日本闻所未闻，学校老师根本就没讲过。谭司令在热烈的掌声中，结束了讲话。接着，刘团长介绍了秋山良照。

他说："秋山良照是日本山梨县人，他参军来到中国，在一次郑家屯战斗中，秋山良照负伤被俘。"次郎他们一听，秋山良照是俘虏，个个都投去鄙视的目光。次郎还说："真耻辱，不剖腹，失去了樱花精神。"

"起初他认为被俘是大日本皇军的耻辱，一定要找机会逃回自己的部队。然而，过了一段时间，他逃跑的念头渐渐消失。这是因为，他也亲眼看到日本士兵杀死中国老百姓，特别是残害妇女和儿童的场景。我相信你们在座的也像秋山良照一样，想做个正直、善良的日本人，我们大家都很友好。下面我们用掌声请秋山良照给大家做报告。"刘团长说完，台下只有小郎响应鼓掌。

秋山良照也不在意什么掌声，说："今天很高兴，见到我家乡的孩子们。我为什么站在这场战争的对立面？产业工人出身的日军士兵坂谷义次郎，不堪忍受日军官兵对中国人的枪杀、抢掠和侮辱，率先向新四军投诚，后来他牺牲在战场。在他之后，南通汇龙镇有14名日军士兵向新四军投诚；日军炮兵丰川秀雄等两人，携带步枪和手枪向新四军投诚；日军山本师团八二二部队兵长渡边和其妻子一同向新四军投诚；日军军曹田井达三和上等兵中孝次郎等3人，携带步枪3支、子弹300发、指挥刀一把，向新四军投诚；日军宪兵伊山志雄的父亲、哥哥被强迫征兵后战死，嫂子和妹妹又被强迫送到中国战场，受尽凌辱，伊山志雄满腔悲愤地向新四军投诚。”“次郎他们听了后，不屑一顾，认为这都是贪生怕死之辈。

秋山良照喝了口水又说：“有个飞行员山田井马，他是日军陆军航空兵驻山东一个飞行联队的中尉飞行员。令人没想到的是，他还是日本侵华派遣军总司令冈村宁次的远房侄子。一天，他奉命驾机去青岛，途中飞机因发生机械故障而坠落在东利渔村附近，被抓个正着，成为日军在整个山东战场少有的一名被俘飞行员。”

次郎大声喊道：“我相信山田井马宁愿剖腹，也不会投降。”

秋山良照指了指次郎说：“这个孩子说的对，山田井马经常转移，每当通过封锁沟时，他靠近日军炮楼时都拼命挣扎，想方设法趁机逃跑。但八路军对山田井马的‘逃跑’，没有给予任何惩罚，反而依旧优待他。渐渐地，山田井马感觉到共产党八路军与他了解的其他中国军队不一样。他消除了恐惧心理，也打消了逃跑的念头。”

小郎趁秋山良照休息之机，向次郎他们说：“我在南陵亲眼看到小关在澡堂杀死卖油的刘侉子，还杀了平民赵莹。烧杀、强奸是经常发生的事。”次郎他们听了都目瞪口呆。

“最后冈村宁次用中国的俘虏换回山田井马，让他继续驾机去轰炸八路军，但他拒绝了。最后他被派到东南亚战场与美军作战而牺牲。”

第四十九章 乔子含泪倾诉遭遇 小郎相拥惊喜投降

“人的生命只有一次，我们要珍惜。更不要去剖腹，扭曲了樱花精神。”秋山良照说完，次郎低下了头，其余的都鼓起了掌。

忽然，一个日本姑娘款款走到主席台前，用茶碗把一幅画的边压在桌子的前沿，向下展开。桌前听报告的日本学生军看了，顿时号啕大哭。原来上面画着一轮明月，月亮里站着一名妇女，月亮下是一座孤零零的碉堡，形单影只的士兵在站岗。

次郎看了画，想起了自己的娘，想起了自己的亲人，泪水禁不住地流着。有词《江城子·相望》曰：

樱花飘落海茫茫，不知量，所怀忘。千里亲离，谁不见凄凉。富士山登人守望，星月下，鬓凝霜。

夜来换岗总怀乡，读书窗，问红妆。时代昭和，怎有血成行。滚滚长江孤影卷，沙拐处，立陵冈。

小郎看完了画，掏出千人帕擦了擦眼泪，再看看放画人，眼前一亮，这不是乔子吗？他怀疑是幻觉，再用千人帕把眼睛蒙上，轻轻地把眼泪拭干，向前走几步仔细一看，果真是乔子。小郎控制不住激动的心情，“乔子——”边喊边向乔子扑去。

乔子也非常诧异，自己日夜思念的小郎怎么也在这里？两人惊喜地注视了片刻，然后紧紧地抱在一起，热泪簌簌地流着。

乔子缓缓放开小郎，擦干激动的眼泪，扫视了一下次郎他们，说道："我和小郎在长崎读高中，是同班同学。我俩确立恋爱关系后，决心上东京最好的大学，将来从事科研工作，为世界做贡献。可惜，我们刚读完高中课程，小郎就被征兵派到中国战场，我也被强征到中国，受尽折磨。"

婉芬端来一碗茶递给乔子，乔子一饮而尽，又说："我们一批姑娘被送到芜湖日军指挥部，先让日军军官任意蹂躏，然后再送到慰安所，让前线下来的士兵发泄兽欲。"

"乔子，我听龟一大佐说你怀孕了，回日本生产去了。你怎么……？"小郎心疼地问道。

"龟一大佐看到我比其他日本来的姑娘要漂亮，又读过高中，就要把我留下来。当晚，他脱光我的衣服，因为我害怕，全身颤抖。这时我下身流了血，溅了龟一大佐一身。龟一大佐恼羞成怒，问是怎么回事？我谎说自己已怀孕三个多月了，这是受到你的惊吓流产了。"乔子叙说自己在龟一大佐那里的经过。

"后来怎么样了？"小郎又急切地问。

"龟一大佐看我满身是血，又擦擦自己身上的血，感到晦气，命令几个士兵用被子裹住，把我送到芜湖凤宜楼。"

"乔子，你这是脱离了魔掌，又入虎窝。"小郎又气愤又心痛地说道。

"我到了凤宜楼，前线下来的士兵一窝蜂地涌向凤宜楼，看我脸蛋很漂亮，都抢着掀开我的被子，一股腥气扑向他们，又看我下半身全是血，都捂着鼻子失望地离开了。"

"后来呢？"小郎迫不及待地又问。

"后来，他们把我送到日本自己办的慰安所。我血染半身，天气又冷，全身蜷缩不断地打战。他们说我得了伤寒，暂时没有药治，不能留在慰安所，要把我送走。当晚就有人用绳子连着被子把我捆起来抬出了门。我还看到有人拖着铁锹，跟在我后面。"

"他们要把你送到哪里去？"次郎急了问。

“我也不知道，但一会儿，我听到有风声和波浪声，好像来到了江边。又走了一会儿，有人说，这就是羊毛埂，再往江边上去一点。又有人说，你俩挖坑，自己到埂上去望风，看有没有新四军游击队过来。只听说话的那人‘咚咚’地走了。”

“羊毛埂下面的两个人，对你干了什么？”小郎心急得都快要蹦出来了。

“下面两个人，其中一个问另一个人说，坑要挖多深？另一个说，只要把人埋进去，略微盖一点土就算了。其中一个又说，如果埋浅了，她会被狗拖吃了。这个世道，人天天死，狗天天肥起来了。他俩的话音刚落，就听有人喊道：‘干什么的？’那两人拔腿跑走了。”

“这是些什么人？对你又怎样了？”小郎又急着问道。

“就是这位刘团长带队到江那边侦察。我被被子捆着抛到坑里，一听有人来，我就大声哼着。刘团长听到坑里有声音，忙叫战士们把我抬上来。刘团长扒开裹着我头部的被子，用手摸摸我，留着长发，又是光着臂膀，断定我是女的又没有穿衣服，还活着，就命令新四军战士们抬着我来到根据地。”小郎听完忙下跪谢刘团长。

“我一到这里，刘团长就把我交给了婉芬大姐。婉芬大姐解开我的被子，差一点被血腥味冲晕了过去，我全身是血迹。婉芬大姐知道我是日本人，但她对日本侵略者的仇恨没有放到我身上，没有趁机来报复我。她不怕脏，也不怕我有什么瘟病，打来热水，帮我洗了澡，把她自己的衣裳给我换上，至今我还穿着她的衣服。”乔子说完亲热地挽着婉芬的胳膊。

“你和谁结婚怀孕三个月了？这一折磨，你会留下病根的。”小郎失望地问。

“实际上，我没有结婚，更谈不上怀孕。因为那天我月事来了，保全了自己，也得到了‘贵人’搭救。”乔子说完又把头靠在婉芬的肩上，还流着泪。

“我在芜湖，龟一大佐告诉我，你怀孕已足月，回日本生产去了。原来，他是在骗我。”小郎一提龟一大佐就恨得咬牙切齿。

小郎听完了乔子的叙述，一把从婉芬身边拉开乔子抱在自己怀里，激动得泪流满面。乔子也依偎在小郎怀里哭泣着。这时，次郎和这些学生军也都跑上来围抱着乔子和小郎，泣不成声。

“孩子们，这就是事实，不是在杜撰。我们日本军人在中国的枪杀、抢掠和强奸，这些血腥残暴的罪恶名声，我们下一代怎能背得起？我们世世代代都要反省。”秋山良照皱着眉说。

正在这时通信员来报告，指挥部有电话。谭司令看了这个场面，欣慰地点点头走了。

乔子说：“大家看看这幅画，这是我创作的。”次郎他们看了想起了家乡的母亲，想起了自己的初恋情人，个个又泣不成声。

“昨晚那首‘夜半人静月更明’的歌也是你唱的吧。你唱得太悲凉了，我们都很难受。”次郎说。

“一听歌声，我就知道是你，但我不敢相信。还是这‘千人帕’保佑了我俩。”小郎从内衣口袋里掏出“千人帕”说。

“孩子们，像我们这些爱好和平的日本人，在中国成立了‘反战同盟’，为反战做点我们力所能及的事。”秋山良照亲切地说。

后来，在苏皖根据地也成立了“反战同盟”小组，小郎担任组长，次郎担任副组长，乔子也担任副组长，负责宣传工作。

这天，小郎组织召开了一个“战后日本发展方向”研讨会。在会上，小郎深刻分析了日本发展的原因，说：“日本明治维新（1868年）后，对外侵略扩张，实行殖民统治，靠战争和掠夺来积累资本，刺激本国的工业发展，给亚洲许多国家带来深重的灾难。眼看这条发展之路是用血铺出来，是不可行的。”

乔子接着发表自己的看法，说：“我认为，一个国家的经济发展，要立足本国，首先要发展教育。因为发展经济的优势之一是丰富的劳动力资源。因此，日本应该努力发展国民教育，以提高劳动者的素质。同时，日本要通过‘危机意识’的灌输，使国民自觉地努力工作。”

“教育发展了，科技才能得到发展。作为一个国家，尤其是我们日本自然资源匮乏，必须重视科技，必须依靠科技立国。”小郎说。

次郎疑惑地说：“现在，中日还在战争期，不知道谁胜谁败。如果中国战败了,日本统治了这个国家,我们又怎么发展这个泱泱大国?”

“日本侵略中国的目的,是为了掠夺资源。”刘团长说。

“现在世界已组织了‘国际反法西斯同盟’,有26个国家签署了《联合国家宣言》。今年初,美、英、苏三国首脑在雅尔塔召开会议,决议打败德国以后,要对德国实行军事占领,彻底消灭德国的法西斯主义。在德国投降后三个月内,苏联参加对日作战。”刘团长接着说。

“三个月前,我们在芜湖羊毛埂抬回乔子时,德国已经投降了。苏联正在我国东北积极准备对日作战。”

刘团长话音刚落,通信员进来说:“报告团长,美国在日本的广岛、长崎投下两枚原子弹,两城全毁。现在日本已宣布无条件投降,谭司令请你去指挥部部署新的工作。

小郎和乔子听了,眼前一黑,自己在长崎的家没有了。还有住在广岛的次郎和参加研讨会的学生军都哭了起来,自己的家都没有了。

刘团长安慰道:“孩子们,你们是幸运的,战争的结束,让你们无需做出不必要的牺牲,你们的生命有保障了。我们将送你们回国,你们就按照今天研讨的议题,为自己国家经济的恢复和发展作出贡献。但要永远记住这段侵略历史,要世世代代反省这段历史。重建中日友好的重担就落在你们身上。”

顿时,响起一片热烈的掌声,小郎和乔子带领次郎这些学生军向刘大林团长敬礼。

第五十章 张昌德伪造先遣军 茨山庵愤惩恶汉奸

南陵县城的老鲁和老瘦，天还没亮就分别在自己门前挂上八年前过春节时挂过的红灯，然后又拿出八年前过春节时剩下的鞭炮放起来。大街小巷的老头老奶奶个个披衣起床来看个究竟，心里都嘀咕道，这个年头哪家敢这么张扬做喜事?"

南陵城十字街的老人们都围在老鲁家门前，城北门的老人们都围在老瘦家门前。老鲁和老瘦脸上挂着八年来都没有出现过的笑容。他俩分别站在自家门前，端着八年都没端过的紫砂壶，站在门口边品着清茶，边笑着说："告诉大家一个天大的好消息。"

老人们有些纳闷，我们只听过"好消息"，还没听说过"好消息"比天大。难道这两个老头在哪里捡到什么元宝，发财了……也不对，这么一张扬，"皖独"司令张昌德来了，一定说这元宝是他丢的，收归已有。

几个老人们正疑虑重重时，老鲁和老瘦在两边同时说："小日本，昨天宣布投降了，小关昨晚就带着他的小队逃到芜湖去了，还是我们两老头送他们到龙门桥上船的。"

老人们听了个个脸上都笑开了花，皱纹又添了几道，嘴张得都能塞进一个小猪崽。后来听说日本发动侵略战争的战犯，在国际法庭上得到了审判，松井龟一的上司谷寿夫在南京上了绞刑架。有诗《历史的审判》曰：

无端战火起神州，滚滚黄河不忘仇。

火炬茅房如雨泣，血淋城邑似江流。

劳工鞭肉随亡殁，淑女囚笼任践蹂。

累积罪行终有报，法庭审判魄魂丢。

有的说，自己今天就到乡下把子女们接回来，八年都不敢回家。有的说，不要高兴得太早，小关的“狗”还没有走，防止被“它”咬了。

“谁是小关的‘狗’？你们在骂我们吗？”李副官听到十字街这边放鞭炮，带着几个扛枪的来看看是怎么回事？偶尔听到这些老人们在指桑骂槐。

老鲁故意“讨好”李副官说：“这些老头老太太都不知天高地厚，认为日本人一走，这里就是他们的天下了。他们站在大街上就骂你们是小关的‘狗’。”

李副官听了老鲁的话后，挤进人群站到老鲁家的门槛上，非常“亲切”地说：“各位父老乡亲，南陵没有‘皖南独立方面军’，更没有小关的‘狗’。我们是中华民国‘先遣军’，张昌德是我们‘先遣军’的司令。”

老头老太太们听了，一片哗然。原来投靠日本的“皖独”一下就变成国军的“先遣军”，这比白骨精变化还快。有的老头问：“小关最崇拜武士道精神，他就这么轻易地投降了？”

“你老人家说对了，小关死活不投降，是我们‘先遣军’用枪把他们赶走的。如果不是上面有政策，不准打投降的，小关早就被我们‘先遣军’用枪打了，为我们死难的同胞，尤其是赵莹报仇了。”李副官表现出一副“英雄气概”。

正在这时，通信员跑来报告说：“国民政府南陵县书记袁维民带着县机关及自卫队来到东门城头要进城，司令命令你带一个营阻止他们进城。”

“是！”李副官立即走下门槛要走，被老鲁和几个老头拦住，问道：“你们现在不是国军的‘先遣军’吗？袁维民也是国民政府的，怎么不让进城？”老鲁这一喊，老瘦那边的人都跑过来，把李副官团团围住不能脱身。李副官说：“你们让这些在外逃亡都一年多的人回来干吗？”

“但他们比你们跟在小关后面哈着腰有面子。”老瘦说。

“从现在起，任何人不准说我们是‘皖独’，小关的‘狗’之类的话。张司令的枪不是吃素的。”李副官一听这些话愤怒了，拍拍腰上的枪说。

“我们不能让你们独占南陵，让我们南陵人自己来管理南陵。”老鲁抗议道。

“大家放我走，我好把你们的意见带给张司令。”这时老头老太太们才让开了路。

茨山庵更是热闹了，由娘和菊花组织了秧歌队。我到三姑的村里把李家发也找来参加了秧歌队，菊花把自己的儿子肖贺和女儿肖欢都带来参加了秧歌队。这些小男孩扎辫子“冒充”小姑娘，还有赵明才这个小伙子也扎上辫子冒充大姑娘跳秧歌。茨山庵门前的场基上站满了人，比看目连戏的人还多。

秧歌还没有开始之前，谈启发保长拿起日本鬼子进占南陵时，召开抗日大会用的元宝铁皮喊话筒，说：“长林保的各位乡亲，日本宣布无条件投降，中国山河光复，举国欢腾，大家尽情地去庆祝这一胜利。”

娘听了高兴地拉着我的手说：“小旺子，这下好了，我们能过上太平日子了，能去芜湖医院给你赵爸治病了。”

“菊花今天打扮得这么漂亮，自从日本鬼子进占南陵，就没有看见过你打扮过，天天像个霜打的茄子。”刘大爷取笑道。

娘今天也高兴地打扮了自己，把当年做新娘时三姑送的黑色镶嵌着波浪红绸布的长罗裙拿出来穿在身上，格外醒目。

赵家大姥姥也把锦屏送来参加秧歌队。娘也给她扎了两根小辫子，还化了妆打扮了一番。肖欢也要自己的娘菊花把自己打扮的和锦屏一样，扎两根小辫子。菊花按照女儿肖欢的要求做了，两个小姑娘高兴得又蹦又跳。

谈保长拉着唐开春的手说：“日本人回老家了，将来的‘路’怎么走，你那边都有什么想法？”

“我们已被战火烧怕了，愿意联合起来，恢复经济，让大家有碗饭吃，过个太平日子。”唐开春说出了自己这边的希望。

“何尝不是，这个‘联合’的希望实现了，又要少流多少血啊，你我就能毫无顾忌地推杯换盏了。”谈启发保长的希望中，又藏着一缕淡淡的愁。

唐开春敲着鼓，刘大爷吹着唢呐，赵爸敲着锣。在一阵锣鼓和唢呐声中，娘和菊花带领我们跳起了秧歌，一曲下来掌声不断。有诗《扭秧歌》曰：

唢呐一声排起阵，红绸旋舞步连颠。
顶灯赶脚摸杆望，了尽烽烟终见天。

正在大家庆祝抗日胜利的时候，南陵城里的老鲁和老瘦来到茨山庵，也没看舞秧歌，直接找到谈保长，说有要紧事，要进庵去说。在保公所里，谈保长让他们坐下，亲自倒上开水。

老鲁喝了口水，急忙说："小关投降回老家了，但投靠日本的'皖独'，摇身一变成了国军的'先遣军'，张昌德仍然是司令。"

老瘦接过话茬说："现在的南陵书记袁维民，要我们反映这个'司令'在小关统治时期，是否干了不利于人民的事。"老瘦的话音一落，就听到外面有哭喊声，锣鼓唢呐都停了，跳秧歌的也停了。

原来是赵莹的父亲和母亲一路走一路哭着，来找谈保长说："谈菩萨，行行好，帮我们状告张昌德。他杀了我无辜的女儿赵莹，还强征了我三十担稻。又以'疑似'为借口用十八刀杀了我儿子赵邦发。"二老边哭边跪下。

"赵家二老，你来得正是时候，老鲁和老瘦就是来问我们，张昌德在长林保干了什么？你们二老的诉求我记下了，让老鲁和老瘦带到城里，送给南陵党部书记袁维民，请他们再报告南京国民政府，让老蒋来惩罚张昌德。"谈启发安慰着赵家二老。

娘停止了秧歌舞，也跟着赵家二老进了保公所，听说要告张昌德，连忙从外面拉进赵爸，还抱来了宝英，说："你们看，这个老的面黄肌瘦，小的毛黄皮皱。都是因为李副官和谢连长找借口扩兵，没兵'扩'就征粮。就把我家的口粮全'征'走了，我们靠吃山芋度日，老的病越来越严重，小的营养严重不良。"

"我也要告张昌德，他已经有十个老婆了，还把我村的刘雪姐姐拉去了。她才十六岁，正是欢乐的少女。他为了拉关系又把她妹妹刘霜献给小关，又失去了少女的欢乐。他在南陵犯下的罪行，天都不饶恕。”李家发对失去两个小姐姐耿耿于怀。

“这一条，我也记下了。”

唐开春又进来告状说：“张昌德伙同小关杀害了许世春、滕金柱、马厚兴等抗日干部和战士，这个罪责也难逃，要记上。”

“张昌德仗着小关的势力，大肆制造‘疑似’的罪名，借机罚粮，有多少个像宝英这样的孩子缺粮，不能正常成长。地藏王菩萨的因果报应，对他们来说太轻了。”赵明才也愤愤地控诉道。

“据我所知，日寇投降后，该军先被改编为‘第四路先遣军’，张昌德通过活动被委任为国防部少将参军。”老鲁在城里听说。

“我也听说，张昌德认为自己从此以后也就无事了，就飞回重庆去拜见刘湘的遗孀，结果被她打了几个耳光，并质问‘你把刘湘的兵带哪儿去了？’，闹了个灰头土脸。”老瘦在城里也听到传说。

“我在龙泉乡开保长会时，汪寄清副乡长说，这个家伙贪财之心还未死，又到成都与中央军校学生争房子（该房原为其所有），以至于被告被抓入监狱，消息传出，南陵各界纷纷行动起来，收集张昌德的材料，向法庭控告其罪行。”谈保长说。

通过整理，张昌德指使其爪牙李副官和谢连长在长林保尤其是在茨山庵犯有如下罪行：

一、通敌卖国（投靠小关）；二、杀人罪（杀害赵莹兄妹等人）；三、妨害婚姻家庭（已讨十个老婆，还占有人家小姑娘）；四、强取豪夺（征粮导致民不聊生）。

老鲁和老瘦整理好罪状，小心地揣在口袋里离开茨山庵，来到县城呈递给了南陵书记袁维民。袁维民连夜送到南京，转交给了蒋介石。

第五十一章

皖独终因宿殃短命
南繁又遭恶趣横生

国民政府决定对张昌德进行公审。法庭针对茨山庵民众控诉的罪状，对张昌德进行了调查和审问。张昌德在法庭上自我辩解说："南陵茨山庵控诉我是汉奸，这一条，不能怪我，是有人要撤销我部队的番号，逼我投靠小关的。我虽然投靠了小关，但我没有伤害一个国民党的人。茨山庵控告我杀人，我杀的都'疑似'新四军游击队。又控告我不应该讨十个老婆，一夫多妻是中国的传统，难道又是罪？最后一条，控告我不应该找借口征粮，我的这些兵早上爬起来，张口就问我要吃，我不来点手段，让他们饿死呀。"

"你还说没有伤害国民党的人，李副官和谢连长'借刀'暗杀长林保保长谈启发，是不是你指使的?"法官程邻芳问道。

"谢连长驻守在盛桥老虎头，多次告状说，他们经常到茨山庵周围去搞点粮食，总是受到暗通新四军的谈启发保长的干扰，便想以'疑似'新四军游击队的罪名逮捕他，但一点依据找不到，也无法找到借口。所以，他和李副官商议运用孙子兵法的'借刀杀人'，消除'障碍'，但未遂。"张昌德辩解道。

"虽然未遂，你的动机已存在，也罪责难逃。今天，你的一切辩解都是多余的。政府对你'一夫十妻'已有明确指示……"

"什么指示?"张昌德急切地打断国防部军法局法官程邻芳的话问。

"今天晚上，给你最后一次加餐，吃得饱饱的吧。"实际上这是给张昌德吃的断头餐，张昌德听了一下瘫软了。有诗《张昌德》曰：

英雄多少出夔关，血战沙场人未还。
尔为改编民族忘，马偏大道石崖攀。
南陵肆意成牢狱，鬼怪纵情挥剑镮。
唯有魂归桑梓地，耳光一扇葬无山。

张昌德伏法，南陵县城欢腾起来了，李副官躲在营房里不敢出来，盛桥老虎头的谢连长更是惶惶不可终日。赵莹的父母天天去碉堡哭着要谢连长还他们的女儿赵莹和儿子赵邦发。

正在这时，张昌德的先遣军奉令调往泾县，由国民党二十一军将其士兵编入新七师，军官包括李副官和谢连长全部送入国民党在无锡所办的第十七军官总队收容。

龙泉乡副乡长汪寄清在茨山庵召开保长会议，就目前形势及如何开展乡保工作，做了认真的分析和讨论。副乡长汪寄清说："去年3月，国民政府军万余人，对皖南中共游击队进行清剿，还并村移民。这下，我们的乡保工作就难做啦。我们乡长保长都要敏锐一点，我们反对的是那些损害国家利益和人民利益的人。"

"比如说，潘效安、朱合喜、王安葆等人在我家打长工，'皖独'驻盛桥的谢连长几次带人，说我家藏了新四军游击队。为了息事宁人，我让他们下田劳动去了。我在家备了一桌酒和菜，陪谢连长喝个够，一再说明家里只有几个打长工的。如果你谢连长把打长工的都当新四军游击队给逮了，你以后又到哪里去征粮呢？谢连长倒也听话，酒足饭饱后，手搭在盒子炮上摇摇晃晃地走了。"汪寄清又向保长们介绍着自己应付形势的经验。有诗《汪寄清》曰：

寄情山水日华开，古道戈抡马点埃。
观化听风将借鉴，今知忆昔更虚怀。
清门静舍容天下，风雪寒饥起灶台。

“我非常赞赏副乡长汪寄清的做法，现在，只要是对乡民有益的事，我们就去做，要谨慎。”谈启发保长说。

正在这时，娘急匆匆跑到茨山庵找谈保长，进门一看他们在开会，就想退出来。谈保长看见了，说：“刘兰英，你有什么急事？进来说。”

娘一见汪寄清，就要下跪。汪寄清连忙起身，把娘扶住，说：“刘兰英，有什么需要我们帮忙的你就说。”

“我那当家的，黄痨病越来越严重，急等送到芜湖医院治疗。听说‘皖独’走了，又来了什么‘新独立十三旅’。他们把紫山岭封锁了，不准任何人通过，说要将南繁芜的游击队一网打尽。我那当家的又不是游击队，也拦着不让过。”娘双眼流着泪水。

“这个新编独立十三旅的旅长许午言是何许人也？”谈保长有点紧张地问。

“他是四川眉县人，37岁，陆军大学毕业。原任国民党陆军总司令部第一署少将副署长，兼徐州司令部第一科科长（徐州司令部总司令是顾祝同）。但他认为长期搞幕僚工作，不如带兵升官快，发财大。当建立新编十三旅时，他就找人推荐自己，政府批准了。于是，他就走马上任，当上了十三旅旅长。”这是汪寄清从南陵县党部得知的。

“这个年轻后生不知天高地厚，被南京国防部命令担任京、浔段江防指挥官并对皖南游击队进行清剿，大有帮助国民党挽救‘乾坤’之势。我们大家都要小心。”汪寄清又提醒道。

“兰英大姐的事，是人命关天的事，我们怎么安排？”谈保长问道。

“我开张龙泉乡的介绍信，请你谈保长带着，跟着病人，到紫山岭看关卡怎么说。”汪寄清说。

第二天，娘请了四个邻居抬着赵爸，娘和谈保长也跟在后面，经紫山岭去芜湖看病。当娘他们走到弯子店时，被负责清剿五华山的独立旅团营营长党国权拦住。娘上前忙说是去芜湖看病的。党国权摇摇头说：“现在的游击队非常狡猾，装病的，装傻的，装乞丐的。我知道有个鲍成昌是南繁芜游击队的，有人向我们告密，他在麻桥乡徐冲疗伤。你这抬的是不是他？”

原来的茨山庵抗日小组，现在改为江南游击小组，组长唐开春，成员有鲍成昌，高恒发、高守余，赵明才，由王安葆和朱合喜领导。由于“独立十三旅”的残酷清剿，他们分散隐蔽活动。鲍成昌已暴露。

谈保长忙上前解释说：“抬的这个人确实不是那个游击队的鲍成昌，他是黄痨病，家人抬他到芜湖求医，是否能救他一命？”

“你是他什么人？”

“我是龙泉乡长林保的保长谈启发，特带来了龙泉乡的介绍信，请求你们放他们去芜湖治病。”

“我们独立十三旅一来到五华山，就听说茨山庵有个谈启发，虽然是保长，但与游击队纠缠不清，所以那里的游击队活动频繁。你还真是‘菩萨’，亲自送你保里的百姓去看病。我看这里……”

赵爸听党国权说到这里，一骨碌爬起来，一把抱住党国权说：“我就是游击队，你把我枪毙了吧，让我死得快一点，反正我是要死的人。”

党国权吓了一大跳，连忙推开赵爸拔出手枪，要开枪，但仔细一看这人不但脸色发黄，眼珠也全是黄的，确实是个病入膏肓的人。党营长叫通信员取来开水和毛巾，把毛巾放到开水里浸泡好，擦身上被赵爸抱过的地方。

娘又央求道：“长官，能不能行行好，让我们过去？”

“让病人过去可以，但谈保长要留下来。”党营长说。娘一听，傻眼了，半天没说话。

赵爸有气无力地说：“算了吧，不能为了我的病，害了谈保长，还是回去吧。”

“你暂且还不能走，等我把你的身份调查清楚了，才能让你走。”党营长指着赵爸说。

“你把他带到你的营部住下来，供给他吃喝。你再派人慢慢调查去。”娘故意将病人推给党营长转身就走。

“我负责带兵清剿五华山，最近清剿麻桥乡徐冲时，有人向我举报说，有个南繁芜游击队队员叫鲍成昌，在这里养伤。我派兵挨家挨户搜查，结果把这个‘家伙’搜到了。他跟你一样躺在床上，说自己生了重病，还说是我们独立十三旅封锁，不能进城治病造成的。”党营长得意地说。

“人家生病，不让人家病人进城治疗，还说是游击队员假装的。你们独立十三旅把这里的草木都当成游击队了。”娘冲着党营长说。

“不是吗？在徐冲那个疗伤的鲍成昌不就是游击队吗？通过我们调查，他参加游击队又加入了中国共产党，还升为班长。新四军北撤时，这个家伙留在皖南，在八都何、马仁寺、东三柏、乌龟墩、五华山、徐冲等地开展游击活动，以保卫所谓的‘人民的抗战胜利果实’。实际上，是留下来扩大游击队在江南的根据地。”党营长忿忿地说。

“你肯定又把他杀了？”娘猜测地问。

“这个事实确凿的共产党小头目，不杀，许旅长能答应吗？告诉你们，我们的旅长年轻有魄力，蒋委员长挽救不了的，他都能挽救过来。比如说，解放军在各个战场上，每战必胜，已快要逼近长江了。蒋委员长都无法挡住，我们的许旅长决心把江南的游击队清剿得一个不留，解放军就怕了，不敢过江了。”党营长对他的许旅长十分钦佩地说。

谈保长听了心里想，这个年轻人，空上了陆军大学，头脑里全是浆糊，也不为自己留条后路，尤其是这些跟着他的兵。不但自己死无葬身之地，这个旅一万多人也要葬身江南。

“谈保长，我们独立十三旅一来，就听说五华山的游击队经常到你那个长林保活动，茨山庵不但是你的保公所，还是游击队活动的秘密据点。有一个游击队组长唐开春和你联系密切。”党营长指着谈保长说。

第五十二章

高恒发与桂花同香

谈启发和『共党』齐罪

龙泉乡的副乡长也来证明赵爸是个老病号，他想当新四军，但他们不要，可是党营长不相信。汪寄清说：“如果你独立十三旅要，赵玉发就留下来跟着党营长。”

党营长连忙摇手说：“算了，算了，快抬回去吧。”

正在这时，通讯员来报告：“刚才我们在板石岭搜山时，发现一个‘疑似’新四军游击队的。我们把他关在普化寺。真正身份我们还不明确。”

一听报告，党营长马上把汪寄清和谈启发拦住，说：“请你们二位去帮我们辨认一下，逮着的人是谁？”

汪寄清和谈启发无可奈何，只好跟着党营长来到板石岭普化寺。他们两人一见被逮之人，心里都咯噔一下，这不是高恒发吗？高恒发也认识他俩。他们三人对视了一下，顿时冷静下来。

党营长问：“二位认识这个人？”

“他不是我长林保的人，不认识。”谈保长答道。

“他也不是我们龙泉乡的人，我也不认识。”汪寄清副乡长摇着头说。

“你认识这两个人？”党营长又问高恒发。“我认识，他俩都是为党国效力的人。”高恒发很镇静地说。

“你是怎么知道他俩是为党国效力的人？”

“他俩跟着你来的，反正跟着你的人都是党国的人。”

“真是荒唐。那我再问你是为谁效力的人？”党营长问道。

“我是种田的，是为土地效力的人。”

“我也知道，我这样问也是在白费口舌。你俩暂时回去吧，有什么游击队的消息，再来报告。”党营长向汪寄清和谈启发摆了摆手。

“谈保长，这一次我们回来都要小心。那个许午言求功心切，南繁芜被他清剿的不见天日，防止我们也被他清剿了。”汪寄清提醒道。

“这个高恒发，我们想个什么法子救他呢?”谈启发问。

“现在没法子进来救他。让他家人出面，我们暗地捐点钱，打通‘关节’，看能否赎出来。”汪寄清说。

“也只有用这一招试试看了。”两人边走边商议怎样救高恒发。

普化寺里，党营长要高恒发招供，说：“只要你把游击队主要人物的活动情况告诉我们，比如王安葆、朱合喜藏在哪里？经常在茨山庵活动的唐开春现在在哪里？长林保的保长谈启发是什么时候暗地参加了游击队的？还有那个副乡长汪寄清是不是也投靠了共产党？我可以饶你一命。”

“报告营长，我们在高恒发的疗伤处发现了一张条子。”通信员把一张发黄的纸递给了党营长。党营长一看，上面有汪寄清、谈启发和唐开春的名字，懊悔了，刚才不该放走他们。“把那个主动揭发高恒发的潘途带到我这里来，我要他当面揭露这个顽固的游击队员。”

“是。”通信员把潘途带到党营长面前，党营长指了指高恒发问潘途：“这个人你是怎么认识的?”

“报告党营长，他叫高恒发，是我在板石岭竹海里挖冬笋时认识的。他趁在竹海深处没人的时候，就动员我当‘马虎子’。他说先把日本鬼子赶走，再把你们打败，到那时‘马虎子‘就当家做主了。”潘途弓着腰，低着头说。

“‘马虎子’是谁?”

“这是我们这里对当地新四军游击队的‘尊称’，因为他们经常戴着马虎帽，夜里去摸日本鬼子的岗哨。”潘途解释道。

“那你面前这个‘马虎子’，在‘马虎子’的队伍里干什么?”

“报告党营长，他就是联三本地人，民国三十二年(1944年)4月，他就参加了本地交通递步哨担任联络员，在‘马虎子’的队伍里工作非常认真负责，不久担任交通联络站站长。”潘途非常嫉妒地揭发道。

“他是‘马虎子’的联络站站长，负责联络哪些地方？”党营长又问道。

“他扮成小贩，常在县城、麻桥、工山、沙滩脚等地侦查‘我方’情报、传送情报。”潘途已把自己纳入独立十三旅了。

“还有今年春，他得知‘我们’独立十三旅的军队进山清剿的消息后，及时告知游击队王安葆、朱合喜他们，使‘我方’至今没有抓到这两个‘马虎子’的主犯，扑空而返。还有这个‘马虎子’高恒发送密信至沙滩脚遇‘我方’盘查，急中生智将信吞入腹中，保住了机密。据统计，他送信100多次，从没出过事故。”对高恒发的‘罪行’，潘途做了深入揭发。

高恒发听了潘途对自己的揭发，愤怒地说：“人在做，天在看，你会有报应的。”

潘途用手掌拦着嘴，在党营长耳边低声说：“他还有三个儿子都是‘马虎子’，其中大儿子守财、二儿子守贵已被‘我方’干掉了，唯三儿子守余躲在竹海里与‘我方’作对。”

党营长听了，对高恒发说：“潘途告诉我，你家老祖坟冒青烟了，‘满家红’，全家都是‘马虎子’，这下好了，你的大‘马虎子’和二‘马虎子’都掉到‘陷马坑’里被‘埋’了，赶快把你三儿子高守余交出来。你高家也要留个传宗接代的，不然你高家就断子绝孙了。如果你家老三高守余有文化，我把他推荐到许旅长身边当作战参谋。”

高恒发对党营长的引诱无动于衷，这下党国权火了，说：“这个家伙要动大刑。来人，把他反绑起来吊在普化寺的大梁上，给我用碗粗的檀木棍子前后用力扫。”

“报告营长我们不敢扫。”执棍士兵说。

“为什么？”党营长问。

“在菩萨眼皮底下扫死人，这不要遭报应吗？”

“那就把他拖到竹海深处去扫吧，让他的三儿子高守余来救他，我们逮他个正着。”党营长得意地说。

一会儿，士兵报告说：“我们已打断了他的胳膊，但他仍不哼一声。我们见他不屈服,又拽光了他的胡子,他终于说话了。”

“他说了什么?”

“那个高恒发冷冷地说:‘要砍要杀随你们的便,要我喊儿子下山,别白日作梦!”

“这个家伙就是一根筋,我不知道当‘马虎子’有什么好处?把头拎在手里,有时饭都弄不饱。还让儿子当‘马虎子’,白送了两个儿子,马上自己的老命还要丢,那个三儿子高守余丢命是早晚的事,还不悔思改。板石岭就是他高恒发的坟墓。你们去再扫几棍子,让他咽了气,在千年老桂花树下挖个坑把他埋了,让他的魂随着桂花的香气飘荡吧。我也是菩萨心肠,让他少受点痛苦。”党国权营长不但“惋惜”还发“慈悲”地说。高恒发就这样被棍打牺牲了。有诗《高恒发》曰:

竹海穿行风雨急,千年丹桂作长亭。
麻桥侦探山清剿,哨所盘查怀隐情。
英勇克承三汉子,功名并著一峰青。
林中血洒天浮翠,满树花香裹地灵。

“潘途,那个游击队唐开春经常在茨山庵活动,你带人指认一下,把他逮了,五华山的清剿就接近尾声了。”党营长给潘途部署任务了。

“要想在茨山庵逮住唐开春,必须先把谈启发保长逮了。有谈启发作‘保护伞’,唐开春的影子你们都摸不着。”潘途建议道。

“我们以什么理由逮谈启发呢?”党国权做事不想给人留下口实。

“高恒发是游击队,我们在高恒发住处搜到的纸条上又有汪寄清、谈启发、唐开春的名字,说明他们之间都在秘密联系。如果不是游击队,他们又联系什么呢?”潘途帮党营长分析道。

“嗯,你分析的有道理,要先逮住谈启发,用‘风’把唐开春的这个‘保护伞’卷了,让这个‘无法无天’的唐开春‘晒晒’我这个‘太阳’。”党营长开始欣赏潘途了。

“据我了解，谈启发保长还‘以权谋私’。他在长林保都要‘三抽一，五抽二’去参军。但他有弟兄四个，一个都没有‘抽’。”潘途无中生有地“揭露”道。

“通信员。”

“到！”

“你去平沟铺，请三十六团一营营长罗修文带兵帮我去茨山庵把谈启发逮到平沟铺来，跟罗营长说谈启发利用保长的身份掩护自己真正游击队的身份。然后再去南陵县城找联防大队队长林作如，要他一定在长林保逮住唐开春。我在板石岭还要清剿三天。”党国权道。

罗修文营长接到党营长的支援请求后，立即带兵到茨山庵，把正在保公所的谈启发保长逮到平沟铺，以‘疑似’新四军游击队队员的罪名关押起来。

两天了，儿子阿龙没有看见父亲谈启发回来，也没见父亲托人带信说自己去了哪里。于是，阿龙跑到茨山庵来找父亲。强斋婆见阿龙来找他的父亲谈保长，就告诉他说：“你的父亲被一伙扛枪的逮走了。”

阿龙回去一说，家里顿时炸开了锅。阿龙娘边哭边让阿龙的三叔四叔赶快去找乡长，问他们怎么办？龙泉乡乡长段保斌听了，说：“我们的保长被人逮走了是个麻烦事，会牵累我们。”

“这个人，我们必须找到，把他救出来。”汪寄清心里想。

“但我们不知道是哪个逮走的，为什么要逮他？”段乡长说。

“你们知道是谁逮走的吗？”汪寄清问阿龙道。

“强斋婆告诉我说，她看见那些人戴的帽子上都有个圆形蓝底白太阳的徽章。不知道是谁，因为强斋婆不出茨山庵半步，认不清是哪个部队。”阿龙说。

“你知道这些人把你父亲逮到哪里去了吗？”汪寄清又问。

“强斋婆说，向东边龙泉方向走的。”阿龙指了指方向说。

“我知道了，肯定是独立十三旅三十六团一营营长罗修文来人把谈启发逮到平沟铺去了。”段保斌乡长判断道。于是，龙泉乡的几个领导计划了一下，决定去平沟铺找独立十三旅的罗修文营长问个清楚明白，谈启发犯了什么罪？如果任由独立十三旅戴“帽子”扣罪，不久就会给自己也戴“帽子”扣罪的。

这一天，汪寄清、段保斌、桂镇乡乡长徐义成、南陵县联防大队队长林作如分乘四顶大轿来到平沟铺，要罗修文告诉他们，谈启发犯了什么罪，也不通知他们一声，就把人逮来了。

他们在平沟铺罗修文营长的指挥部前，乡长段保斌向站岗的报了自己的身份，也说明了来意。还没等站岗的去报告，罗营长在里面听见了，就走出来说：“党营长说谈启发以保长为掩护，干着游击队的事。还有人告发他以权谋私。另外，我们发现从江北过来的朱合喜，逃到茨山庵，被他掩护起来了。”

第五十三章
罗营长一条条指控
汪寄清一句句驳回

四顶大轿子摆在平沟铺大街上，汪寄清等四人站在罗营长的清剿指挥部前，开始了“群儒舌战”，就罗营长对谈启发的指控，逐一辩驳。段保斌乡长说：“首先，罗营长指控谈启发身为保长，干着新四军游击队的事，请拿出证据。”

罗营长拿出一张纸条说：“这是党营长在板石岭，从那个民国三十二年(1943年)参加了新四军南繁芜游击队的高恒发疗伤的地方搜到的纸条，上面签有谈启发和汪寄清的名字。”

段乡长接过条子一看，读道：“因家庭贫困，今借到汪寄清粮食五担。借粮人高恒发，担保人谈启发。民国二十九年(1940年)。”段乡长看后哈哈大笑起来，把借条递给汪寄清说：“你看荒唐不荒唐？”

汪寄清接过借条一看，也哈哈大笑起来：“你说高恒发是民国三十二年年参加的新四军南繁芜游击队。写这借条时，高恒发还是个平头百姓，怎么能说谈启发在上面担保，就是私通新四军游击队呢？真是荒唐。”

“高恒发向你汪寄清借粮，这张借条应当在你手上，他怎么自己写的借条自己揣着？”罗营长疑惑不解道。

“十年前，高恒发是向我借过五担稻，以度饥荒，写了借条，还要谈启发做担保人。但我不要他写借条。当时我说过，什么时候有粮食什么时候还，没有也不要紧。高恒发是个淳朴讲诚信的汉子，把这张借条揣在身上，让自己不要忘记还我的粮。”汪寄清解释道。

汪寄清心里想，这是在罗营长这里，如果在党营长那里，我这话就没办法说，也没办法交代。因为在党营长那里他说过自己不认识高恒发。

罗营长心里责怪起党营长来，这借条时间和高恒发参加新四军的时间是个明显的矛盾，他都看不出来。同时也怪自己没有认真看，害得自己难堪。

“其次，你说谈启发以权谋私，谋了什么私？”汪寄清问。

“党营长在电话中告诉我，他在长林保清剿时，茨山庵有人控告谈启发，身为保长，不带头遵守‘国策’，三抽一，五抽二，自己家弟兄四个却不抽壮丁。”

“可以说，这个情况不实。谈启发家的老二谈启财在抗战时，就被抽送到戴安澜远征军的部队，我们县联防大队绕开小关和张昌德盘踞的南陵县城护送他到宁国，在郭军长那里集训，准备去缅甸参加对日作战。”林作如证明道。

“去缅甸参加对日作战的，能活着回来的极少。他怎么回到家里优哉优哉地赶鱼捉虾？还不是依仗自己家老大谈启发是保长，保护着他？这些都是‘有人’告发的。”谈启财闲着的时候，喜欢拿着渔网下塘赶鱼虾，罗营长认为一般的人家没有这样的“闲”。

“我是副乡长，我了解。谈保长是有弟兄四个，按国民政府规定，老大谈启发是保长，虽然没有入伍穿军装，但也算一个壮丁名额。他家老四有病在身，很难治愈，应该是不需要在他家抽壮丁了。可是谈启发还是把他家老二谈启财抽去参加远征军。在宁国集训时，郭军长的夫人李艾宝发现谈启财就是自己娘家茨山庵的二哥，就向郭军长要求把他调到军部后勤来，烧烧饭，好弄饱肚子。这个谈启财做事勤快，讲卫生，每棵菜都洗得干干净净，让军部的人吃得放心。集训期满后，那些与谈启财同来的壮丁都开往缅甸前线。谈启财也要走，可是军部的人不干了，一致要求郭军长把他留下来做后勤，让军部的人都吃上一碟放心的菜。

一年后，郭军长换防，要走了。郭军长夫人李艾宝问谈启财，他是跟着走，还是想回去？谈启财想想家里还有妻儿老小，需要养活，所以他就回来了。”汪寄清详细地介绍了谈启发家的老二谈启财回来的经过。

“如果你罗营长不相信，就请许旅长打电话向郭军长核实一下。”汪寄清补充道。

罗营长心里想，南陵县的联防大队长，龙泉乡的副乡长都证明谈启发没有以权谋私，我不能强加人家罪名，何况我只是帮党营长调查的。

“谈启发掩护了新四军头目朱合喜，逃出了我的清剿圈子，这是事实。”罗营长认为对谈启发的最后一条指控是板上钉钉的事，赖不掉的。

“你怎么知道朱合喜跑到茨山庵，是谈启发藏起来的？”段保斌乡长问。

罗营长身边的一个连长说：“我知道，那天我带着一个连清剿到官塘，有三个背着粪筐捡粪的可疑家伙。我拦着其中一个家伙，要让他接受检查。当他走到我们面前时，把粪筐举得高高的，都快要贴近我们的鼻子了，我臭得差点吐了。后来我仔细搜了他的全身也没有短家伙，所以我捂着鼻子连忙挥挥手，让他快滚。”

那个连长接着说：“我们拦住了后面那两个家伙，就地一审问，他们说自己不是游击队。我们发现他们不说真话，就让这两个人站在板凳上，再把他们的十个手指用十根钉子钉到墙上，然后再把板凳抽掉。他们全身的重量全挂在钉了钉子的十个手指上，痛得受不了才招供说，前面那个背粪筐的，就是中共无为县委书记朱合喜，手枪放在粪筐里，上面盖着狗粪。当时我们立刻追上去，追到茨山庵就不见了。我带人进了茨山庵，发现一个泥巴菩萨地藏王外，还有一个人就是长林保的保长谈启发，你说这个朱合喜不是他藏起来的是谁藏的？”

“官塘到茨山庵必须经过坝头上，你们是不是看见朱合喜向坝头上逃跑的？”段保斌乡长问。

“是的。”

“坝头上的何家是朱合喜的舅舅家，老表又多，只要他一进这个村子，你们谁也找不到。罗营长，如果是你的嫡亲姑老表，有人在追杀他，你藏还是不藏？”段乡长说。

“我肯定先藏起来再说。”

“你这位连长，可能遇到误会了。你想，你们从官塘追到坝头上，一路上有树有房，朱合喜不可能总是在你的视线内，一会儿树挡了你的视线，一会儿房子挡了你的视线。当朱合喜一进坝头，何家那么多老表，都会出来把他藏起来。你能找得到吗？”汪寄清的意思是说有人民拥护。

“当追到坝头上时，我亲眼看见一个和朱合喜模样相同的人，向茨山庵那边跑去。”那个连长肯定地说。

“我认为那个朱合喜，一进村子就被‘调包’了。因为他与老表何义廷、何义安年龄相仿，长相都很相似，他和老表换穿了衣服，又隔那么远，你能认得清吗？等你们进了村子，他们故意向茨山庵跑去，把你们引走。等你们离开了坝头上，朱合喜在他的老表家就悠闲了，搞不好朱合喜还吃了表嫂煎的荷包蛋才走的。”汪寄清分析道。

罗营长气得愤怒起来：“我要把坝头上的何家扫平。”

“千万使不得，坝头上有个亲戚姓李，是给蒋委员长开飞机的，最后你独立十三旅没‘扫’倒他们，他们的亲戚开飞机来把你们‘扫’了。”汪寄清提醒道。

罗营长想想也是，说：“但我们要把那个‘调包’的抓住问清楚，跑到茨山庵是不是谈启发把他藏起来的？”

“谈启发真是菩萨了，没出门还闯了祸。朱合喜的老表就是本地人，地形太熟了，就是不跑到茨山庵，他从这个冲拐到那个塝，你们也很难捉住他。”徐义成也是本地人，告诉罗营长不要瞎逮人。

“如果，你们再想找理由，给谈启发戴新四军游击队的帽子，我们也没办法。我们都走吧，到南京找蒋委员长去。这个乡保的基层工作我们没办法做了，动不动就被人扣个‘帽子’给逮了，还要丢命。”汪寄清故意发起牢骚来。

罗营长一惊，他们这一招还是灵的。张昌德不就是南陵各界纷纷向法庭控告其罪恶，以至于蒋委员长无法袒护被枪决的，我不能走张昌德的路，于是让放人。

“我有点不理解，有些是党营长的‘生意’，尤其是谈启发保长这笔‘生意’，你怎么揽过来了？”段保斌乡长问。

“党营长是我的老表，请我帮个忙，不好推却。”

“这是烫手的山芋，他要甩给你，让你挨‘烫’，痴货一个。”徐义成责怪道。

朱合喜带着两个侦察员，以捡粪为掩护，在平沟铺转了一圈，暗访一些老农，了解到独立十三旅驻繁的六个月内，残酷清剿，杀人如麻，杀害游击队员达200多人。有诗《新编十三旅》曰：

剑气冲云卷大江，京浔妄筑九重墙。
举刀血滴平沟铺，惊望红旗咫尺扬。

朱合喜为这个年轻的独立十三旅旅长许午言而惋惜，做事如此极端，不留后路。他逃脱罗修文营长的清剿后，由坝头上的老表何义廷护送到龙泉乡副乡长汪寄清家。

党国权手中有个重点清剿对象，就是唐开春。他对南陵县联防大队队长林作如说：“林队长，看在你的面子上，我叫罗营长把长林保保长谈启发放了。但你想办法也要把那个游击队的唐开春‘送’给我，这样我们就扯平了。”

林作如分析道：“要想捉到唐开春，必须拿潘途作诱饵。游击队是决不允许叛徒存在的，何况，潘途还在唐开春的活动范围内，唐开春肯定想尽一切办法要收拾这个家伙。”

党营长又分析说：“唐开春在茨山庵一带活动，你们把潘途送到长山头叶定坤茶馆，花钱找个美女天天陪他喝酒，表示我们对他的奖赏。然后，在茶馆的四面埋伏着你们联防队的人。唐开春经常路过这个茶馆，有时还坐下来喝口茶。当他发现潘途，必然要杀潘途，等唐开春把潘途杀了，你们一拥而上，将唐开春擒获。”

林作如听了党营长的分析与做法，竖起大拇指说：“党营长真是‘军事家’。就拿捉唐开春这件事，你连用了孙子兵法中的三个计，‘美人计’当诱饵引诱潘途。你们不想收留叛变的潘途，先利用唐开春的手，杀掉潘途，这是‘借刀杀人’，然后再捉拿唐开春，这又运用了‘抛砖引玉’。”

唐开春针对独立十三旅的清剿非常担忧，因为他们采取的方法是：整顿保甲，实行五家联保，十家联防，每乡一个护乡队，突击清查户口。交通要道设盘查哨、联络哨、游动哨、农民哨（实为反动地主）等，构成警备网，昼夜检查来往行人，军队派便衣侦探考察监督，到处张贴布告，群众隐藏、掩护游击队者格杀勿论，捉到者论功行赏……同时进行砍山开村，将山区丛林地带每隔一定距离，砍出纵横一两丈宽的交通路，设哨巡逻，使游击队无法在山林中活动，更便利调动军队入山清剿。将零散、可疑的住户及小村落，并入地主、富农集中的大村庄，派兵日夜巡逻，使游击队失去基本群众，断绝消息、粮食，使他们无法进行活动。

唐开春想，这个叛徒潘途要想办法把他除掉，他存在，游击队队员的生命就会受到严重威胁。

于是，唐开春就从茨山庵去汪寄清那里，找王安葆、朱合喜等领导商量对策。当他路过长山头叶定坤的茶馆时，突然发现门里有个年轻女子与一个男人在举杯喝酒，定睛一看正是自己要找的出卖高恒发的潘途。

第五十四章 举枪锄奸不幸被捕 烧香冲罗可怜已晚

唐开春从后门溜进茶馆，突然拔出匕首刺向潘涂，见潘涂血流如注倒地后，他转身再从后门溜出时，四条枪已拦住他的去路，将其逮捕交给了南陵县联防大队长林作如。林大队长请示党国权营长，党营长说自己清剿的事太忙，没时间处理这个案子，就让林大队长做个笔录，就地“办了”。

独立十三旅逮谈保长的目的，就是要从他身上找到汪寄清勾结新四军的证据。他们来驻防南繁时，已了解汪寄清与潘效安等共产党人交往密切，谈启发也效仿他暗地“勾结”他们。要想除掉汪寄清，必须先除掉谈启发，谁知计划落空。这时，谈启发因受过独立十三旅的逮捕，无法营救唐开春，怕被继续迫害，汪寄清又被江北来人接过了江。

林作如对唐开春说：“你民国三年（1914年）出生，民国二十九年（1940年）参加新四军南繁芜游击队，隐蔽新四军游击队副排长的身份，在茨山庵活动。我们掌握的这一条，你的小命就很难保。因为你参加新四军游击队的时间越长，在新四军游击队里担任的职务越高，你的罪就越大。刚才，你又杀了潘途，这要一命抵一命。另外，你带一个排袭击盛桥老虎头碉堡，打死了副连长谢武，还消耗了国军将近两个排的力量，这应当也算一条罪状。我就不上报党国权营长了，不然又要加你一条罪。”林作如大队长网开一面地说。

“盛桥老虎头碉堡里的谢武和他的哥哥谢连长都是张昌德的部队，投靠了日本小关，打死他们，我也有罪？”唐开春愤怒地问道。

“你就晓得躲在茨山庵这一小块打打杀杀，实际上，张昌德投靠日本是保存实力，这一点你都不懂，我也不知道你这个副排长是怎么升上来的？不懂，我也不算你有罪。”林作如想唐开春明白自己是好人。

娘听说，唐开春被逮到茨山庵，正在接受审问，连忙煮了两个鸡蛋。这鸡蛋还是大姥姥送来给她生病的兄弟赵玉发吃的，因为唐开春救了小旺子，所以娘征求了赵爸的同意，省下两个蛋煮给唐开春吃，想来求求情。

娘捧着鸡蛋进了庵，强斋婆迎上来，说：“女施主来得及时，我怎么求情，那个林大队长也不听，还要治唐开春的罪。”

娘一看，唐开春被绑在最后面的一个小厢房里的木柱上，眼泪又扑簌簌地掉下来，说：“赵邦发救了我家小旺子，谢连长说他是新四军游击队，把他刺了十八刀。你也救了我家小旺子，林大队长也说你是新四军游击队，是不是……”娘不敢说下去。

强斋婆把鸡蛋剥了壳，要喂给唐开春吃，林大队长阻止道：“不是我要绑他的，也不是我说他是新四军游击队队员的。我是受党营长之命，没办法。如果你们给他吃了鸡蛋，谁要报告给党营长，我吃罪不起。”

娘抢过强斋婆手里的鸡蛋，背对着林作如，把鸡蛋塞到唐开春的嘴里，说：“你要吃饱了，好好地跟这家伙斗一斗。”

林作如想来把鸡蛋没收了，可没来得及，说：“情有可原，他毕竟救了你儿子小旺子，这是最后一次感谢人家救命之恩。”

“你们想把唐开春怎么样？”娘问林作如。

“对唐开春具体怎么发落，我还要等党营长的指示。你放心吧，近几天应当不会怎么样的。”林大队长敷衍道。

“大兄弟，我明天送饭来，别让他们把你饿着。”娘说着转身回家照顾已不能起床的赵爸去了。

当晚，林作如去了党营长那里说：“一个唐开春，让我夜不能寝，跑了说是我放的，关着让我不得安宁。”

“快刀斩乱麻，杀了。”党营长轻松地说。

“你们独立十三旅这样毫无顾忌地杀杀杀，连逃荒的都杀，如果共产党过了江不会饶过你们的。”林作如顾虑重重地说。

“长江是天险，他们哪有那本事？前几天，‘那头’的陈洪、陈木寿、陈高泉率南下支队干部队94人，从繁昌保定乡团洲村过江潜入江南，为迎接大军过江做准备。过江后被我们发觉，当即派三十六团团长张亦若率两个营围追堵截，结果全歼。许旅长还命令参谋长古让泉将他们的小头目陈木寿的头颅挂在芜湖江边示众三天，以炫耀其战绩。长江是一道天然屏障，共产党就永远待在江北吧。”党营长信心十足地说。

“我看你们太低估了共产党，难道你就忘记了他们当时飞夺泸定桥的历史？蒋委员长认为，只要把红军赶到大渡河，毛泽东就是第二个石达开，红军就会像太平军一样被大渡河‘吞’掉了。谁知红军面对滔滔河水，一‘飞’就过去了。这长江在解放军面前，不就像一条小田沟，一步就跨过来了。”林作如提醒独立十三旅不要妄自尊大。

“你尽说人家的威风。关于新四军副排长唐开春，尽快把他的人头挂到城门头上。”党营长说。

“应该叫解放军副排长唐开春了吧？”林作如想纠正党营长的称呼。

“解放地区的军队叫解放军，唐开春在江南，又没有解放，怎么能叫他解放军？”党营长认为按原来称呼没错。

林作如带着党营长的命令，回到南陵县城，准备找刽子手老戡。因为老戡被独立十三旅请到平沟铺负责“砍人”，刀举的太频繁了，累得正在发高烧。老戡说休息一天，后天起早去茨山庵。当晚，林大队长又回到茨山庵，亲自看管唐开春，防止谈保长叫强斋婆和刘兰英来把他偷放了。

自从弯子店被党营长拦住，不准赵爸去芜湖看病后，赵爸只好回到家里。大姥姥来看赵爸，发现自己的三兄弟病情越来越严重，顿时大哭起来。娘说：“既然没办法到医院救治，我们得找个民间的法子来帮他治病。”

“听说布店的老鲁会点民间医术，不如去求求他。”大姥姥边哭边说。

连晚老鲁和我们一道走在路上时，赵明才说起唐开春被关着的事。老鲁说：“许旅长太残忍了，想救没办法下手，就指望关的时间越长越好。”

老鲁一进门，看了看躺在床上的赵爸，说：“你上次到城里找我买布做鞋，还精神着，说倒下怎么就倒下了呢？”

娘含着泪说：“病上身时，就去看，结果小关进了南陵。这下病重了，想到芜湖大医院去看，可惜独立十三旅把去芜湖的路封了。”

我的三姑看到李家发牵牛路过自家门口，眼含泪水说：“春生，我一看到你，就想起小旺子。他的命真苦，自己有父亲不顾他，能顾他的赵爸，现在病得又不行了。”

“三姑，我想去看看小旺子。”李家发跟我着称呼三姑。

三姑跟三姑爷打声招呼，牵着小春生，来到茨山庵看望我。一进门，李家发就牵着我的手，说：“不用怕，我很快就长大了，会帮助你们的。”我一见春生哥，擦擦眼泪，寸步不离地跟着。

老鲁说赵爸是给藤木和大郎这两个鬼魂给缠住了，给赵爸又是画符又是烧纸钱，很快天要黑了，三姑跟娘说，要把小旺子带回自己家。我也要跟着李家发走。娘怕给赵爸治病的过程吓着孩子，就让三姑带着两个孩子走了。

第五十五章

春生捧土埋葬英雄

张华指明前进方向

当天晚上，赵爸突然清醒，从床上坐起来，向娘要肉吃。娘高兴了，老鲁不是医生，可比真正的医生还要厉害。

但老鲁还是皱着眉头，他心里清楚，赵玉发患的是黄痨病，由于战争延误了治疗，已到了晚期。他说的鬼魂缠身更是子虚乌有，也只是给他以及家人心理上的安慰。

娘从宝英碗里夹起一块宝英不舍得吃的肉，放到赵爸的嘴边。赵爸刚张开嘴，但又闭上，推了推娘的手，要抱抱宝英。他还问："唐开春现在放了没有？我刚才还梦到他已经没有头了，还扶着我一道走进没有阳光的黑胡同。我要下床把唐开春的头找到，让下一代记住……"赵爸突然往后一倒。娘一摸鼻子就哭起来。

大姥姥边哭边说："刚才不是好了吗？怎么就走了呢？"

老鲁说："这是回光返照。"

赵爸去世后，娘给他做了个棺材，很干净地装殓了起来，一路把他送上了山安葬起来。李家发和三姑送我回家，也参与了送葬。

正在这时，有人来说，茨山庵对面的马路坡下，有个人被杀了，直接被砍了脑袋。送赵爸的一路人，都赶过去看是什么人被谁杀了？

娘听了这个消息，心里咯噔一下，唐开春可能遇害了。她跑去一看，认出是唐开春穿的衣服。因为娘在送煮鸡蛋去茨山庵给唐开春吃时，看见他穿的就是这件灰色对襟布扣的大褂，灰色裤子。他的鞋掉了，赤着双脚。

娘又哭着说："你救了我家小旺子，又帮忙救妹妮，阻挠谢连长他们在长林保搜粮，又借"五猖"除掉了两个日本鬼子，带头打死了投靠小关的谢连长的兄弟谢武，又成功说服了小郎，你是个英雄，死得不如一介平民赵玉发。"

党国权营长，催促林作如尽快将唐开春押赴刑场，不能让他在江南接应解放军过江。林大队长也趁娘办丧事的机会，叫来老戡。老戡提着大刀起早来到茨山庵，趁机向林大队长要了一瓶酒，来到山上的刑场，先喝一口喷在大刀上，然后，又将酒瓶对着自己的嘴咕咚咕咚地喝完，趁着酒力举起了大刀……

老瘦看到一个人头挂在县城北门的城墙头上，就去找老鲁问个明白。听说老鲁被请到茨山庵当"医生"了。于是，老瘦就来到茨山庵，想了解谁又杀了谁？

茨山庵的老小都非常懊恼，面对长天叹着气。李家发更是惊呆了，这个世道怎么了？生了病的人，不能得到治疗；一心要改变战乱局面的人，又遭到杀害。

赵明才把义愤埋在心底，和刘大爷、老鲁一起动手把唐开春葬了，让他入土为安。

娘说："不能就这么下葬，好歹用什么把他包起来吧。我家还剩两根木头，再在山上找几根树并起来，做个棺木。我家后屋檐还挂着葫芦，拿来放在棺木里当头吧，也让他有个全尸。"

老鲁说："你们安葬时，要做个标记，将来共产党来人能找到他。"

赵明才和刘大爷把坑挖好，恭恭敬敬地把唐开春抬着放下坑里，送赵爸的一路人都动起手来帮忙，有的挑土，有的捧土，李家发用衣角兜土，也跑得最勤，将唐开春坟垒得比赵爸的坟高两倍，像个小山头，在长山头的马路边非常显眼。有诗《唐开春》曰：

烽火南繁扛起刀，岗楼摸进又听嚎。
永林溪水污流洗，孤影长山挽碧涛。

李家发带着有病无医，为民丧命的疑问，离开茨山庵往家走。当他走到自己屋后的竹园，一抬头，看见一个陌生人站在那里。那人剃着平头，圆脸，浓眉下的两眼疲惫不堪。他穿着灰旧衣服，虽脏了些，但不失精神。

李家发虽然人小，也有自己的认人经验。他的第一感觉这人不像讨饭的那样眼光游离不定，在这个人的眼光里，可以发现他的心里有一种信仰和精神，有一种力量无法抗拒。于是，李家发就说："大哥，你恐怕遇到了什么难事？请跟我来。"李家发把来人领到牛笼后面自己住的小屋。

来人看看面前的李家发，一头乌发微微蓬起，黝黑的脸庞棱角分明，两道浓浓的眉毛下一双丹凤眼，冷俊中藏着热情，圆挺的鼻子，微翘的上唇，好像一切艰难险阻都见而屈服。"我看你是个有志向的人，并是为志向而敢于付出的人。我叫张华，辽宁人，原来是个八路军，做电话通讯工作。现在江北的八路军和新四军都改名解放军了。"

李家发的父亲李继成见儿子带一个陌生人进了自己小屋，也过来看个究竟。当他走到牛笼时，就听到了两人的对话，心里想，这个解放军怎么跑到了独立十三旅的防区？他们在南繁日夜清剿，一旦抓住，非死不可。"咳咳。"李继成故意咳嗽了两声，进了屋站在他俩面前。李家发正要解释，李继成说："你们说的话我都听见了，这里很危险。春生，你背上腰子盆，把他送到泉塘湖的小岛上的小鸭蓬里藏起来，你佯装放鸭送饭过去。等我到适当时候，再把他接回来和你住。"这时李家发的母亲戚元香喊吃晚饭，李家发便拉着张华一起吃饭。

几天之后，父亲李继成叫儿子李家发把张华从泉塘胡的小岛上接回来。

父亲上前指着张华对李家发说："如果有人来问，就说这是长期在外做木工的二哥李长华。因身体有病回来治疗。"

"二哥，我要练习喊顺口，以后在紧急的时候，才不露馅。"

正在这时，忽然听到门外有人喊道："我们是独立十三旅党营长的部下，谁家藏了过江的解放军张华，赶快交出来。"

李家发的父亲听到喊声，让张华迅速换上自己穿的打满补丁的黑褂子，头扎毛巾，叫李家发扶着躺在床上。几个端着长枪的进门搜查看见了，问：

“那个头扎毛巾的是不是解放军张华?”

“这是我的二哥李长华,生病发着高烧。我前几天在茨山庵看到一个穿解放军衣服的被人杀了,可能就是你们要追的张华。”李家发灵机一动,引开追兵的注意力说。

“你看见那人长得什么模样?”领头的追兵问道。

“那人的头没了,听说送到你们旅长那里领赏去了。”李家发故作惊吓地说。领头的追兵不相信。这时三姑来了,证明道:“这个小家伙说的一点不错,我也看见了,不信我领你们去看看。”

“你们尽说胡话,那个被杀的是新四军副排长唐开春,还是党营长派我们来茨山庵监督南陵县联防大队队长林作如杀的。”领头的追兵说。

“头儿,我们到茨山庵怎么没看见?”其中一个追兵问。

“我们来迟了一步,唐开春提前被执行了。”

这时,李家发扶着二哥李长华坐起来,对领头的追兵说:“让你看清楚,他是不是解放军张华?”

追兵也不认识什么解放军张华,这是奉党营长之命来挨家挨户搜查的。就像小猴子听说“咕咚”来了,就拼命地跟着跑。老猴子问什么是“咕咚”,小猴子也不知道。这群追兵就像小猴子,问他们谁是张华,他们也不知道。

领头的追兵心里想,如果真是那个解放军张华,这个小家伙早就吓得发抖了,还敢说是他“二哥”? 如果把这小家伙的“二哥”当解放军张华抓了,他这一家人也不会轻易放过我们的。解放军在江北节节胜利,过江是早晚的事。在这种形势下,我们的许旅长还叫党国权营长追追杀杀,不知道怎么想的,我们还是多一事不如少一事。

李家发的父亲说:“他真是我的二儿子‘李长华’,我的邻居三姑已经证明了,不信把全村人都可以喊来证明。”

“只要不窝藏解放军就好。如果有陌生人来了,就向我们报告。”领头的掉过枪口向三姑家走去。

晚上,在李家发的小房间里,张华拨亮油灯,看看少年李家发,心想,自己有责任指明他要走的路。于是,他端坐在李家发的对面,说:“告诉你,我就是独立十三旅追的解放军张华。”

李家发一听，先是一惊，后又兴奋起来，问：“你真是解放军？”

“对，我是南下支队干部，从繁昌保定乡团洲村过江潜入江南，为开辟江南地区，迎接解放军过江做准备。过江后被独立十三旅发觉，当即派三十六团团长张亦若率两个营围追堵截。我们一共来了94人，只有我一人跑出他们的包围圈，还被他们追到这里，遇着了你。”

“在我记事时，就知道天天打仗，那是打日本鬼子。日本被打败好几年了，现在天天又在打仗，不知为哪般？”李家发不解地问。

“实际上，你二哥李长华早已去世了，你父亲让我顶替来保护我。但你二哥李长华过去长期在外打长工，这是事实。为什么要打长工？因为你家没有土地，即使有土地，也很少，必须打长工才能勉强维持生计。打长工就受人剥削。现在是大部分土地被少数人占有，大部分农民没有土地种。这样就出现了“富人”和“穷人”，因为他们占有的土地多少不一样。”解放军张华说。

“解放军打仗，就是为了让没有土地种的农民有土地种，人人都有饭吃，人人都有衣穿，不打长工不受人剥削。”李家发认识到这一点。

“解放军打仗的目的，不仅仅是农民这一方面，工厂的工人也受剥削，因为工厂是私人办的。解放军要解放这些工人，不让工厂的老板任意增加工人的劳动时间，不让工厂老板任意压低工人工资，从而剥削工人，要充分保障工人的收入能满足家庭生活的需求。”

“我二哥李长华是木匠，如果在世的话，解放了开个家具厂，我坚决不让他剥削工人。”李家发坚定地说。

“解放军解放了全中国，还要办好学校，让所有的孩子都能上学读书，一直要读到大学，利用科学种田，让每亩田能收三四十担稻，还要利用科学养猪养牛养鸡鹅鸭，让人人有牛奶喝，天天有肉吃。”

“哇。”李家发惊讶地指指身边的稻箩说，“一亩田用这个大稻箩，满满地要挑三四十下，真不敢想象。如果我有牛奶喝，天天有肉吃，现在我就和你一样高，当解放军了。”

“那是肯定的。我们还要利用科学发展国防，制造导弹，我在你家一按电钮，就能把入侵上海的飞机打下来。到那时，日本再也不敢当‘鬼’侵犯我们了，否则，在你家一按电钮，导弹就飞过去把他们的家炸了。”李家发听了笑得合不拢嘴，不停地拍着手。

“我们的未来，科学发展了，每年人均收入几万元，每家每户都进城买房住高楼大厦，开着小包车上班种田。”解放军张华向李家发描绘着中国的未来。

李家发听了，睁大了眼睛惊呆了，问：“什么是小包车？我怎么没看见过？”

张华要李家发拿纸和笔来画给他看，可惜，一时找不到纸和笔。张华就用手指蘸着碗里的水在桌子上画了个小包车，告诉他，人坐在里面开，还可以坐一家人，放假开车去旅游。

李家发也学着画起来，说：“争取以后也要买一辆，多挣钱支援解放军建设国防。”

“不过，我们还有很多地方没有解放，还需要流血牺牲。比如，你今天在茨山庵看到的唐开春，他就是为了你们将来能住高楼大厦坐小包车而抛了头颅。还有千千万万像他一样，为实现这个美好的愿望而抛了头颅的英勇战士。所以，你要记住这些烈士，继承他们的遗志，不怕牺牲继续奋斗，完成他们没有完成的任务。”解放军张华像一位老师，激励着少年李家发。

夜已经很深了，李家发还要“二哥”继续讲解放军的故事。

“二哥”说：“不早了，先睡吧，明天我再告诉你解放军更多的故事。

李家发在睡梦中，几次呼唤着解放军。张华被呼声惊醒，又带着微笑进入了梦乡。有诗《少年梦》曰：

书包肩挂手牵牛，茅塞需开奇字求。
绳系叶凝杨柳树，门开堂挂洞庭舟。
吟风弄月心生画，役志勤精人住楼。
头戴红星枪握手，烽烟弥漫一声收。

第五十六章 卜廷芳解甲离红尘 板石岭开会遇危险

卜廷芳刚从南京回到盛桥老家，长林保保长谈启发就上门拜访了他。卜廷芳同时还派家人去请龙泉乡副乡长汪寄清来做客。几个时辰过后，家人回来说，解放军已在江北扎营，为了防止受独立十三旅的“清剿’，把汪寄清接过江了。

卜廷芳告诉谈启发以及家人：“解放军已取得辽沈战役、平津战役和淮海战役的胜利，很快就要打过长江了。蒋委员长幻想着凭借‘不可逾越的天堑长江’，做起了南北分治的美梦。但蒋委员长下野回老家浙江溪口了，他的家人已坐船被护送到台湾。”

“先生是怎么回来的？”谈启发问道。

“南京国民政府的各个部门开始撤离，向成都迁移。我趁这个机会向交通部部长余大维请求‘解甲归田’，回南陵老家。”卜廷芳说明回家的原因不是逃跑。

“俞大维部长为人通情达理，不近人情的事不做。他不但批准了我的请求，还嘱咐我，如果共产党执政了，要诚恳接受他们对你的意见和对你的要求，多做一些对家乡人民有利的事。”

“可是，那个独立十三旅在南繁芜大肆封山清剿游击队，昨天还把你曾经认识的，在茨山庵发表抗日讲话的唐开春杀了。我和汪寄清都无能为力。”谈启发万分自责道。

针对独立十三旅的“疯狂”举动，卜廷芳看着窗外的戴公山沉默不语，然后转过脸对在座的家人说："我在国民政府部级单位供职，都'解甲归田'，我的家人如果还有在国民政府做事的，希望不要做流血的事，希望放下你手中的武器，善待你身边的人。"卜廷芳的家人在旁边听了都点头称是。

茶饭过后，谈启发回到茨山庵保公所，召开了长林保保队会议，说："我们龙泉乡副乡长汪寄清，已被解放军接到江北。今天，我又拜访了刚从南京国民政府辞职回来的卜廷芳先生，对当前的形势，我已很清楚。解放军已做好了横渡千里长江的准备，任何人都阻挡不了。"

"保长今天召集我们开会，让我们做什么？"副保长何义廷问道。

"在这个新的政权即将诞生，旧政权即将退出时，我们还是要尽最大努力做好过渡工作。比如，各家各户要做好自我保护，防止被无辜清剿，也防止已无路可走的人趁机偷盗抢，争取把长林保安全地交给新政权。最后，我们也要做点有益的事。"谈启发要求道。何义廷等参会人员都表态同意。

1948年秋，独立十三旅被改编，调往苏北，被解放军歼灭，余部逃亡苏南。汪寄清在解放军渡江先遣队的护送下回到南陵。当晚，他在茨山庵召开保长会议，准备迎接解放军过江。

原新四军团长刘大林，现在是解放军师长了，他把原来新四军南繁芜游击队的陈作霖、朱合喜、王安葆、王龙飞等又秘密派回南繁建立地方革命政权。

第二年2月，他们在板石岭老虎宕召开迎接解放军渡江会议时，被三山至铜陵地段担任防御解放军渡江任务的国民革命军八十八军的三一三师发现。师长苏维忠立即命令南陵县联防队赶往板石岭，准备将他们一网打尽。

南陵联防大队队长林作如接到命令，心里想，我在独立十三旅党营长的监督下，杀了游击队队员唐开春，这已让我背了一条人命案子，解放军过了江，这就是死罪。现在还要我去板石岭逮那些共产党在南繁的首要人物，这不是要我死无葬身之地吗？林作如带着联防队无精打采地来到盛桥，正路过菊花茶馆。他灵机一动，走了进去。

菊花一见林大队长，说："张昌德的部下谢连长依靠日本小关在盛桥杀了'疑似'新四军游击队的赵邦发，你又在茨山庵起早偷着杀了游击队的副排长唐开春。为什么这个天下就是容纳不了这个游击队？你用扇子扇扇地，尘飞‘猪毛’现。听说以前的新四军，现在改名为解放军的队伍是毛泽东和朱德领导的吧，我们南陵这里出现‘猪毛’，我看南陵这个地盘就是毛泽东朱德的。你还背着枪在这里跟他们作对，怎么不识相呢？”

“杀唐开春是被逼的，今天又有人命令我去板石岭逮共产党的南繁书记，不去行吗？”林作如表现得很无奈。他在菊花的碗橱顶上拿下扇子，扇了扇脚前面的地，尘土飞移，果然出现一根根“猪毛”，顿时好像是冷水灌身地颤抖起来，但他又迅速控制住，喝了口菊花泡来的茶。

“听说，哪里有‘猪毛’哪里就是解放军的，你自己在这里扇的，我们这里有‘猪毛’，说明南陵就是解放军的。”

有诗《朱毛》曰：

潮汕进剿上谁山，鼓角相闻岂等闲。
朱上井冈嬉戏虎，毛编长索敢拘仙。
龙牵赤水循环渡，锄举南泥弯拐翻。
竹海排云新日照，乌丝出地一壶悬。

林作如心里想，朱德率领的起义军在广东潮汕被击败后，到了井冈山和毛泽东会师，什么“老虎”“神仙”都不怕，牵着我们的大军四渡赤水，真是孙武在世。他们还跑到南泥湾自己“拱地”，自己种吃的，结果把自己养的“滚肥”。这下好了，“猪毛”落得大江南北遍地都是。

“你赶快去找没有‘猪毛’的地方种地或砍柴，看能不能过你安定的日子？”菊花的话让林大队长顾虑重重。

“他们秘密跑到板石岭老虎宕黄木匠家开会，要迎接解放军过江。什么‘秘密’？一开会，就被发现。因为板石岭是南陵的辖区，命令我们去逮他们，将来把这个‘账’又算在我的头上，拿我的头去抵‘账’。”林大队长绝望道。

菊花听了，非常着急。忽然娘路过这里，她叫住娘说明了情况，娘说：“我赶紧去茨山庵，找谈保长想办法把信送出去。你在茶馆多拖延他们一点时间，让信快于联防队送到板石岭。”

一会儿，菊花又端着葵花籽，走到前堂，说：“林大队长，先嗑嗑瓜子，等我给你烧几碟下酒菜，喝足了，吃饱了再去。”

林大队长想，你国军三一三师就守在板石岭的后边，翻个山头就能把他们像“捡”乌龟一样“捡”到“笼子”里。非要我们本县人，捉本县的将来大领导。捉到了，你们把他们杀了，解放军过了江，我又跑不掉。如果捉不到……林作如猛喝了三杯，紧锁的眉头轻轻地舒展了一下。

娘跑到茨山庵，见谈保长在茨山庵地藏王隔壁的保公所里，坐立不安。娘说：“南繁芜游击队的王安葆、朱合喜，在板石岭老虎宕黄木匠家开会，还有个大领导陈作霖。但这个消息走漏。林大队长要逮他们，现已带人到盛桥了，正往那里赶。”

谈保长听完非常吃惊。事不宜迟，谈启发转身出门去找汪寄清商量办法。

谈启发想，由于形势的紧张，汪寄清在解放军渡江先遣队的护送下回到南陵家里，先遣队住他家里，侦察地形路线和敌军的布防，接应解放军过江。这件事他一定能帮上忙。

汪寄清看到谈保长急匆匆赶来，一定有要事。因为在龙泉乡，唯有这个保长有思想，为人诚而善，淡薄钱财，办事尽心稳妥。汪寄清连忙将他迎进议事房。因为汪家客厅的客人来往较多，说话不便，所以，汪寄清特腾出一个小厢房单独议事。

汪寄清亲自泡上茶，递给谈启发，说：“你坐下喝口茶，有什么要事慢慢说。”

“这事十万火急。”于是，就把娘从菊花那里得来的信息，又向汪寄清复述了一遍。汪寄清听了，感到事态严重，立即写了个纸条：“老虎宕开会，立即撤离。”叫自家一个放牛的小毛揣着，抢在背枪的联防队之前赶到板石岭，交给甲长张绍富。

因为，解放军有一个营，前不久偷渡过江，住在普化寺，甲长张绍富和板石岭的群众都积极送米送肉。汪寄清想，让板石岭的甲长张绍富接到纸条上的信息，通报开会的比较可靠。

小毛从桥张出发，沿着麻桥河一路向北朝板石岭跑去。正当他跑到联山过桥时，不幸被石头绊倒滚到河里。如果不是有人路过，小毛就被河水淹了。正当他被过路人拉上河埂时，看见一队人马背着枪，急匆匆向小毛这边赶来。小毛想爬起来跑，可惜膝盖摔伤了，不能走，这下可急坏了小毛。小毛急中生智，叫住救他的人，说："张绍富是我'舅舅'，请你背着我，抢在那些背枪的人前面，送我到他家。"板石岭的人乐善好施，没说二话，背起小毛就跑。

这时，甲长张绍富腰挂竹刀上山砍竹，当他走出板石岭村口时，忽然发现一队人马背着枪向村里跑来。根据直觉，这些人肯定是来逮什么人的，而被他们逮的人，很可能在村后最隐蔽的老虎宕，因为那里只住着一户人家黄木匠。

张绍富转身就向村里跑，联防队看见有人向村里跑，就知道是报信的，紧追不舍。当他敲开黄木匠的大门时，果然有许多人在里面。门外已响起枪声，还有人喊道："快快束手就擒，免得我的子弹打穿你们的胸膛。"

黄木匠屋内，南繁游击区主要领导正在召开重要会议，首任中共繁昌县委书记陈作霖和首任中共繁昌县县长王安葆，正部署解放军过江和地方工作事宜。

忽然，有人推开大门，又听到外面打枪，有人喊要来逮他们。黄木匠关上大门，带领陈作霖他们从房间到灶屋，推倒通向后山的竹编墙，一个个撤离到茫茫竹海里。

陈作霖刚跨出墙根上山，就被竹枝挂掉眼镜，由于他高度近视，没法找到眼镜，又看不清路，后面的追兵又破门而入，寻路追来。正在危急关头，护送在后的张绍富，背起陈作霖向竹海深处跑去。

联防队员追到黄木匠的后山，隐隐约约还看到他们的身影，有队员问道："林大队长，他们就在前面，我们追还是不追？"

林作如说："你们这些蠢货，山那边就是繁昌，这些人已跑到了繁昌地界，应当由繁昌的联防大队去逮。我们跑到人家地界上去逮人，不是狗捉耗子，多管闲事。”

走在回城的路上，有的总结道：“队长，如果今天我们先派人，穿插到黄木匠的后屋，再从他家大门闯入，南繁这些将来的‘大领导’，就会被一网打尽。老虎宕就‘填’起来了。到那时，南繁的‘大领导’恐怕就是你了。”

“尽说胡话，你是解放军吗？盛桥的卜廷芳，在国民政府交通部做那么大的官，都辞职还乡。他还警告自己的家人，要识时务。你们这些人，还在拼命地逮啊，杀啊。自己还没看见解放军的刀已架在自己的脖子上了？这一次幸好他们都跑到繁昌去了，不然我又多了一笔血债。”林作如冲着自己的队员说。

张绍富将陈作霖他们送到安全地带，回到黄木匠的屋后，正碰上小毛被人背着跑过来。小毛实际上不认识甲长张绍富，背的人放下小毛说：“这就是你家‘舅舅’。”

“‘舅舅’，我有信送给你。”说着从内衣口袋里掏出一张纸条递给了张绍富。张绍富先是感到莫名其妙，而后才明白什么意思，“嗯”了一声接过纸条一看，说：“你来迟了，亏得我反应快，及时报了信。不然，板石岭就会发生载入历史的血案，到那时，什么千年丹桂，万亩竹海都不能让板石岭美好起来。”

张绍富又望了望小毛，说：“我这个‘舅舅’不记得你的名字了，你叫……”

“我叫小毛，在汪寄清家放牛，是东家汪寄清让我来送信的。因为赶路过急，被石头绊倒，滚到你家前面河里，耽误了送信的时间。”

第五十七章 茨山庵组织志愿队 长山头迎接解放军

渡江先遣队在汪寄清家接到解放军二十七军电告:“我渡江大军定于4月20日发起渡江战斗。”并电令,先遣渡江侦察队北移至繁昌,策应大军渡江。”副政委朱合喜,又回到长林保为迎接解放军渡江发动群众。

这时,国民党麻桥乡乡长孔繁佩就派人送信给游击队说:“贵部什么时候要麻桥乡的枪支,我们就什么时候送来。”

龙泉乡听到这个消息后,也不甘落后。汪寄清在茨山庵又召开保长会议,渡江支前副政委朱合喜也参加了会议,就解放军渡江的重要意义做了简要说明,支前迎接解放军要做那些工作,也做了部署。

汪寄清还做了具体要求,说:“我们龙泉乡的‘枪支’,早就‘随了’新四军游击队。解放军过江解放全中国,必经南繁路,而南繁路又贯穿长林保,为了欢迎解放军,我们要做好以下几件事:

一、配合游击队。他们到任何一家借用工具,如老虎钳剪电话线,锯子锯电话杆,不得以任何借口推脱不借;二、沿线要设立粮草和茶水供应站;三、南繁路沿线住户的墙壁上要张贴欢迎解放军的标语;四、组织志愿队支援解放军。”

会议一结束,长林保的保长谈启发就挨家挨户动员,以实际行动欢迎解放军过江。

娘找到菊花,就在盛桥茶馆设立了一个茶水供应站,让解放军路过喝口热水,还煮好大米粥。

赵明才组织了茨山庵志愿队，李家发也参加了志愿队。解放军张华，自从那天离开自家，又秘密回去了江北，现在肯定又要过来，自己第一个要接到他。

住在茨山庵螺塘西岸边的谈朝柏，长期在南方的深山老林中帮人放牛，听说自己的家乡茨山庵要来解放军了，也跑回家参加志愿队。

游击队员高守余的任务是配合侦察队，按照渡江支前副政委朱合喜的部署，准时实施剪断国军军政电话线的工作。当他来到长山头，看到一根根电线杆，从国军八十八军的江防指挥部，通向驻守南陵县城的第四十九师。他必须中断他们之间的联系，他想爬上电话杆，剪断电话线，可是杆子又粗又光滑，无法爬杆剪线。

高守余已知道麻桥乡和龙泉乡的乡长都开了动员会，以实际行动迎接解放军过江。于是，他就到茨山庵找到赵明才的志愿队帮忙锯杆剪线。

李家发说："我们放牛时，经常比赛爬树爬电线杆，谁也没有我爬得快。爬杆剪线就交给我。"

赵明才说："李家发的家还在茶林，剪电线的老虎钳，我去借。"

谈朝柏说："我长期在山里边放牛边锯木料，有的电话杆光滑很难爬上去，我有锯子，可以把电话杆锯断。"高守余对他们这样积极支持解放军，非常赞赏。

"李家发年纪最小，但和解放军早就有缘分啦。解放军张华被独立十三旅追到他家，他父亲让张华顶替他二哥李长华，才蒙混过了关。张华要归队时，李家发这个小家伙，还缠着不让走，也要跟着去当解放军。这回听说解放军过江要到茨山庵来，你看这就不回去了，非要等到他的'二哥'。"高守余听了谈保长的介绍高兴得笑起来。

"这个赵明才跟着游击队副排长唐开春，救落水的小旺子，以唱目连戏为掩护，'闷'掉了两个日本侵略者，阻碍'皖独'在长林保征粮扩兵，炸盛桥老虎头谢连长的碉堡，不过甩手榴弹时忘记拉线，没成功。"高守余正在喝水，听了笑得茶水喷了一地，还是向赵明才竖起了大拇指。

谈保长接着又介绍了谈朝柏，他是个热血青年，虽然长期在山里打长工，但早就有决心要做对国家有利的事。高守余听完介绍，非常高兴，说："我们解放军如'鱼'，人民群众如'水'。今天我这条浅滩上的'鱼'又得到了'水'，解放军怎能不胜利？"然后又说："你们先分头去借剪刀和锯子，多借几把。我们还有游击员在等着。李家发跟着我在茨山庵等着。"

天黑了，高守余说："我们的任务是切断盛桥长山头以北至竹丝塔以南的电话线。现在，我们先剪断盛桥菊花茶馆后面的电话线，然后一路向长山头这边剪，最后剪到竹丝塔。"

"高叔叔，我们只要剪断一处，他们的电话就打不通了，为什么要处处剪？还要锯断电线杆？"李家发善于提问题。

"我们也不是处处剪，只是多剪几处，让国军在短时间内很难修复，锯断电线杆，他们就更难架线了。只要他们的通讯班一出现在断线现场，我们游击队就来逮个正着，保证他们有来无回。"高守余解释道。

他们先来到盛桥菊花茶馆，李家发要爬杆，菊花说："硬爬费力，我家有梯子，搬来靠上。"

李家发要上梯，肖明一把拉住说："在我家门口，怎么能让你这个小家伙爬高，我来上梯剪线。"三下五除二，肖明把杆上的线剪了。

谈朝柏要锯杆，菊花说："不用锯，在我家屋后，国军的通讯班是不敢来的，他一来我就报信。"

高守余想想也是。于是，他们每隔三五个杆子剪一次，锯一根。当来到长山头，唐开春的墓边时，高守余带头站到唐开春墓前，弯腰三鞠躬，李家发、赵明才、谈朝柏也跟着三鞠躬。

高守余说："唐开春，你就在这里笑迎解放军吧，我们一定要为你建个纪念碑，让后人向你学习。"

墓边有一根电线杆。李家发说："开春大哥，我替你爬杆剪线，迎接解放军。"

就在高守余带着志愿队切断盛桥至长山头的电话线的当天晚上，谈保长把卜廷芳请到茨山庵，书写欢迎解放军过长江的标语，刘宗芳、肖明、赵明才的小兄弟赵明义，趁着黑夜在南繁路两边张贴。

第二天，也就是1949年4月22日，中国人民解放军第三野战军第九兵团二十七军渡过长江，浩浩荡荡从南繁路开向南陵。有词《满江红·解放南陵》曰：

春不平凡，风敲竹，问花消息。如梦令，残云飞尽，不同今昔。帆满长江才渡过，旗飘云岭都相识。莺歌啭，鲜艳蝶追来，红流急。

当年事，因知识。前日汉，崖留迹。望山河遭踏，乱云浮日。影入狼烟弓箭发，身埋沙土弦歌泣。看江南、换了一重天，千峰碧。

娘起早来到菊花茶馆，帮忙烧开水，煮粥，将开水和粥用桶装着摆放在马路边。解放大军源源不断路过门口。娘和菊花不停地喊解放军渴了喝口水，饿了喝口粥。

这时一位骑着白马的女解放军，梳着齐耳短发，带着五角星的军帽，眉清目秀，穿着一身军装，走在队伍中。一到盛桥菊花茶馆前，就被肖明认出是小姨妹婉芬，连忙招手喊道："婉芬——婉芬——"婉芬听到喊声，向门口一望，一眼就认出是姐夫肖明。

菊花听到肖明的喊声抬头一看，只见肖明跑到白马前，抓住缰绳，将白马牵到门口，又扶着婉芬下了马。"姐夫，姐姐，我非常高兴，在这不同凡响的时刻见到你们。"久别重逢，婉芬抱着姐姐菊花不放。

"阿姨好。"肖贺和肖欢也懂礼貌地喊着从来没有见过的解放军阿姨。

婉芬看着姐姐菊花一家，说："我姐和姐夫就是聪明机智，在这战火不断的年代里，仍然过得好好的。这下好了，解放了，你们会更好的。"

娘在门口招待过路解放军喝水，听说刚才骑白马的女解放军就是菊花的妹妹婉芬，曾经和自己一样也是童养媳。她舀了一碗开水递给婉芬，说："我也是童养媳，可是我的命苦，去繁昌找谭震林的新四军，他们走了。不然我也像你一样穿着解放军的衣服。"娘说完，两眼又嵌满了泪。

"这位姐姐——"婉芬疑惑道。

菊花说："她叫刘兰英，妹夫刘大林是她娘家兄弟，她从小失去父母，被彭荣华家领来做童养媳，和彭荣华结了婚生了两个孩子。抗战时，又被彭荣华赌输了，卖给一个患有黄痨病的赵玉发，现在赵玉发又死了，独自带着两个孩子。”

“刘大林的姐，也是我的姐，天下像我们一样的都是姐妹。现在解放了，不允许领童养媳了，婚姻自由了，我们妇女权利会得到更好的保护，你过去的苦日子，已经到头了。”婉芬拉着娘的手亲热地说。

娘含着泪问：“我那娘家兄弟刘大林，怎么没看到？”

“是啊，我的妹夫怎么没有和你一道过江？”菊花也问。

“他带着部队解放上海去了。等全国解放了，他会回来看你们这些姐妹的。”婉芬告诉他们说。

强斋婆忙完了茨山庵里的佛事，也来到盛桥帮忙供应解放军的茶水，走进菊花家，看娘和一个女解放军在交谈，也凑过去问道：“解放军施主。”

婉芬连忙纠正道“我们不叫施主，叫同志。”

“解放军同志，现在解放了，我还能在茨山庵里当主持，烧香拜佛吗？”

“他是我们茨山庵的主持强斋婆，新四军游击队经常在她那里活动，长林保的保公所也设在她的庵里，都认为很放心。”菊花介绍道。

“强主持，你放心，我们共产党允许宗教信仰自由。”婉芬安慰强斋婆说。

解放军穿着黄军装，背着枪一排排地从盛桥走过。李家发、赵明才、谈朝柏羡慕极了，梦想自己也能穿上这军装。李家发踮着脚伸着头，在解放军的队里寻找张华，过去了好多队伍，都没有看到，他回头拉着菊花，要她问问阿姨婉芬。

菊花拉着李家发，来到婉芬面前，要他自己问。婉芬看看站在自己面前的是一个十五六岁的少年，清秀腼腆，问道：“你叫什么名字？”

“我叫李家发。”

“你要找谁？”

“我要找我的解放军‘二哥’。”

“你的‘二哥’叫什么名字？”

“我的‘二哥’叫李长华，不对，叫张华。”

“这是怎么回事?”婉芬不解地追问道。菊花向婉芬解释了事情的缘由。

“原来是这样,你们家为我们解放军做了贡献,我代表解放军感谢你的父母,感谢你们全家。你要找的‘二哥’张华,已奉命调往苏北,去歼灭独立十三旅现改编为八十一军二三〇师。如果你要找他,可以帮你带封信给他。”婉芬很有信心地告诉李家发。

李家发毕恭毕敬地站在婉芬面前,不愿离开,半天才从嘴里蹦出一句早已想说的话:“我想当解放军。”赵明才和谈朝柏听李家发说想当解放军,两人也跑到婉芬面前,说自己和李家发一样也想当解放军。

婉芬安慰道:“你们青年想当解放军,我们非常欢迎。现在正忙着向南挺进,南陵马上成立地方政府,你们想参加解放军的事,可以到南陵县地方政府去报名。

第五十八章 龙泉乡召开动员会 李家发参加志愿军

解放的曙光刚刚驱散茨山庵的风雨蒙蒙，谁知“溪云初起日沉阁，山雨欲来风满楼”。

原先的保甲制废除了，还保留着龙泉乡，乡长是魏生福。原国民政府的龙泉乡副乡长汪寄清，已调到江北无为县法院工作。长林保现在改名为长林村，老贫农何义高当了村主任，季学根当了民兵营长。

茨山庵门前人头攒动，长林村村主任何义高在赵明才的帮助下，把地藏王菩萨前的香案搬到门外场基上，李家发从强斋婆那里拿来抹布，擦洗香案。谈朝柏搬来几条板凳，摆在香案边，赵明才又找来上次在这里召开抗日大会用的铁皮喊话筒，放在香案的右边，一个开会的主席台就这样安排好了。民兵营长季学根负责会场安全，带着民兵站在各个路口，迎接着参会人员。

这是个夏天，虽然天阴，但炎日还包裹着人们。这时，从茨山庵门对面的大路上，有几个挂着手枪的领导，骑着大马向这边走来。骑马的到了茨山庵会场，都挥手向到会的人群致意问好。

长林村村主任何义高和民兵营长季学根来到马前，分别接过缰绳递给李家发、赵明才和谈朝柏他们，并把来人引到主席台上就座，台下的群众看到骑马来的可能是解放军的大领导，都鸦雀无声。娘也拉着我站在主席台前不远的地方，要听听开会后有没有需要自己做的事。菊花又像上次开抗日会议一样，紧紧地挨在娘的身边。

“今天很荣幸，龙泉乡的抗美援朝报名暨捐献大会在长林村茨山庵召开。下面请龙泉乡乡长魏生福主持大会。”长林村村主任何义高拿起铁皮喊话筒做了简短介绍后，又把喊话筒递给身边的魏乡长。

“我们今天的会议，非常重要，南陵县委书记李峰同志、麻桥区区长张家道同志、麻桥区武装部部长华永禄同志都亲自来参加会议。”魏乡长接过铁皮话筒，首先介绍了坐在主席台中间的县委书记和坐在他两边的区长和区武装部部长。

“下面我们请南陵县委书记李峰同志讲话。”会场顿时响起一片掌声，所有参加大会的群众，个个头上都冒着汗，但没有一个喊热的，都在静听着领导讲话。

县委书记李峰站起身，接过魏生福乡长手中的铁皮喊话筒，向面前的群众投去亲切的目光，用北方话自我介绍说：“龙泉乡的乡亲们，大家好！在这炎日的天气，都来开会，我很感动。我是河北人，很早就参加了八路军，并参加了各种对日游击战。前年我又渡江来到江南。根据需要，我接前任县委书记陈作霖的班，担任你们南陵县委书记。陈作霖离开南陵时，交代我说，有机会要我帮他感谢龙泉乡，尤其是茨山庵的百姓，因为在板石岭开会，被国军得知，你们及时送信，欲保游击队不受损失。虽然信送迟了一步，但行为值得称赞。”

李书记放下喊话筒，喝了口水接着又说：“我们抗战了十四年，用烈士的鲜血冲走了日本侵略者。后来，老蒋不愿意联合，又刀对刀，枪对枪地搞了几年，好不容易新中国成立了。这下好了，美国又要侵犯我们了。”李书记的话一落音，会场一阵骚动。

菊花听了又吓得一把抱住娘的胳膊，嘀咕道：“美国人来了不会又像日本鬼子那样，到处抓姑娘吧？”

“这下他们来了，不抓你这个老姑娘了，可能要抓你的女儿了，谁让你的女儿那么漂亮。”娘故意吓唬道。

菊花喊道：“在场的小青年，谁愿意第一个去拦住那些美国人，不让他们进入中国，我就把女儿嫁给他。”

“肖欢年龄尚小,你就许配人家了?”

“不是肖欢,我还结了个干女儿,名叫周玉华。”

“我听说周玉华已经和春生指腹为婚了。”

“如果春生不第一个报名参加志愿军,就是指腹为婚了,我这个干妈也可以做主……”

这时,李家发,赵明才、谈朝柏等青年,都卷袖子攥拳头,蠢蠢欲动。

李书记又说:“美国人侵占朝鲜后,说什么‘在历史上,鸭绿江并不是中朝两国截然划分的、不可逾越的障碍。’意思很明确,他们要打过鸭绿江,到中国来。现在,美国飞机已多次侵入中国领空,轰炸丹东地区,战火即将烧到鸭绿江边。”

龙泉乡的青年听不下去了,李家发第一个站到李书记面前,说:“我要去把那些美国佬拦住,决不让他们脚上沾一粒中国的泥土。”接着,赵明才、谈朝柏、朱义正、万才发等青年纷纷跑到李书记面前,要报名去和美国佬面对面地好好较量一番。

“各位青年不要着急,听李书记把话说完。”魏生福乡长伸起双臂,向下摆了摆,示意大家先安静下来,听李书记把话说完。

“龙泉乡青年的爱国热情,让我感动。我县已有5983名青年被批准参加志愿军。现在,我县开展抗美援朝捐献活动,争取全县人民的捐献款能购买飞机大炮,随你们青年去见美国佬。非要让他们向你们,向中国点头哈腰。”李书记情绪激昂道。

魏生福乡长接过李书记手中的铁皮喊话筒,说:“我们让李书记休息一下,喝口水。现在我们请麻桥区武装部部长华永禄同志讲话。”

华永禄站起身接过铁皮喊话筒,说:“乡亲们啦,这个小日本不让我们‘消停’,正像李书记说的,是我们用鲜血把他们赶走了。我们还没‘消停’几天,美国佬又不让我们‘消停’了。”华永禄是湖北咸阳人,梳着背头,穿着对襟白衬衫,腰系武装带,挂着手枪。他是弃家参加了新四军,随部队向东来到泾县云岭开展抗日活动的。皖南事变后,他被泾县顶塘的群众藏在地窖里而幸存。他的咸阳方言较重,但不让“消停”的意思大家还是能听得明明白白的。

“我在县里开会时，听说了美国佬要以朝鲜为跳板，想做第二个日本，侵犯我们，气得我拔出手枪就要到鸭绿江去，要和他们比个高低。李书记劝我，说我已为抗日作出了许多牺牲，和他们理论的事，就让下一代去做吧。现在，我看到你们这些青年爱国热情这样高，我也就放心了。”华永禄部长看到眼前的热血青年非常兴奋，他指了指自己面前第一个要报名的青年，问：“你叫什么名字？”

“我叫李家发。”李家发也学着军人的样子，立正回答道。

“你向大家说说，为什么报名参加志愿军？”华永禄部长把铁皮喊话筒递给了小青年李家发。

“日本小关侵占南陵时，不但杀人放火，还强占花季少女。赵莹姑姑、赵邦发叔叔也被他们杀了，还有许多新四军都遭到杀害。那时，我就想扛起枪抗日。可是，我还是个不足十岁的孩子。现在我长大了，要扛起枪，学你们老一辈的抗日精神，决不让美国佬跨进中国领土半步。”李家发年纪虽小，但志气很大，顿时会场上响起了一片热烈的掌声。

“李家发第一个报名参加志愿军，我批准了。”华永禄部长提起笔在报名表上记下了李家发的名字。有诗《李家发抗美援朝》曰：

大洋彼岸舰开来。欲把中朝拦己怀。
鸭绿江横谁跨过，一拳伸出水深埋。

县委书记李峰举起双手鼓起掌来，会场上又跟着响起热烈的掌声。

接着，赵明才、谈朝柏、朱义正、万才发等青年都争前恐后地在华永禄部长面前报名。

报名参加志愿军一结束，娘拉着菊花走到李家发身边，对着大家说：“乡亲们，刚才菊花跟我说，今天谁第一个报名参加志愿军，她的漂亮女儿就嫁给谁。大家都见证了，李家发第一个报的名，华部长也是第一个记下他的名字。”娘又拉着李家发站到菊花的身边，说：“李家发，他的女儿将来就嫁给你了。在场的领导和龙泉乡的乡亲都是你的证婚人，快喊丈母娘。”

乡亲们也起着哄:“李家发,快喊丈母娘。”

李家发面红耳赤,低着头对菊花说:“谢谢你对志愿军的厚爱,我要上前线,不能让你女儿去牵挂,还有让你们担心。”

菊花想,我只是跟兰英姐说着玩的,可兰英姐当真了,当着这么多的人的面,说我的女儿要嫁给李家发,这让我多难堪,尤其是县里的大领导都在这里,如果说不同意,都要指责我,更重的会骂我,不热爱志愿军。好歹李家发志向远大,还不接受这门婚事,反而使我更喜欢这个小伙子了,我的女儿还非李家发不嫁呢。菊花想到这里,走进人群把周玉华拉出来,和李家发并排站着。大家看到玉华梳着两条齐肩短辫,齐眉刘海,脸若满月,眼如明星,穿着大襟白底红色碎花褂,绿色长绸裤,楚楚动人。

“就按兰英姐说的,也有大家的见证,我的女儿嫁给第一个报名参加志愿军的人,也表达我对抗美援朝的支持,也做了保家卫国的事。”菊花的话音一落,又响起一片掌声。

“菊花在忽悠人,周玉华本来就是李家发指腹为婚的未婚妻,怎么说是你的女儿? 拿她来做人情,说自己怎么怎么爱志愿军,这是欺骗。”会场上有人指责菊花。

周玉华连忙站出来说:“她是我的干妈,我就是她的女儿。”大家又高兴地鼓起掌来。

这时,县委李书记又接过铁皮话筒,说:“我代表大家做李家发和周玉华的证婚人,等李家发过了鸭绿江,立了大功,我再来主持她们的婚礼。”

周玉华兴奋地挽着李家发的胳膊,深情地望着他说:“我们姑娘最爱志愿军。”有词《相见欢·未婚妻》曰:

婀娜不嫁红楼,敢操钩。马策边烽一举定千秋。
狼烟断,芳心乱,月消愁。欣照窗前亲密在床头。

魏生福乡长对着喊话筒说:“下面,我们请麻桥区区长张家道同志讲话。”

“我们欣喜地看到,新一代青年继承了我们老一代的抗日精神,踊跃报名去保家卫国。但我们的志愿军不能徒手去，那就要带个‘家伙’和他们交手。这个‘家伙’怎么来，要靠我们捐款买或造。第一次开展抗美援朝捐献活动时，全县人民就捐献购买飞机大炮款63241元，我们麻桥区龙泉乡不能落后。据说豫剧表演艺术家常香玉就曾进行过多次义演，筹款为志愿军捐献了一架飞机。我们茨山庵在抗战时期不唱过目连戏吗？为什么不学常香玉来个义演筹款？”区长张家道是无为人，长期在江北领导抗日活动，这次是奉命随解放军过江，来麻桥建区领导土地改革的。他试问着大家。

“抗战时期唱目连戏的几个主角，如扮演地藏王菩萨的唐开春，扮演目连母亲的赵莹，扮演鬼差的谈玉礼，还有负责放‘五猖’的赵邦发，都牺牲了。现在只剩我这个扮演目连的人还在，还报了名参加志愿军，马上就要跨过鸭绿江了，要把这个唱目连戏的班子再组织起来，义演捐款，一时很难办到。”赵明才介绍了茨山庵目连戏班子的现有状况。

“现在，我们像自愿报名参加志愿军一样，自愿报名你准备捐什么，以实际行动来支援志愿军。”

娘第一个站出来，对着喊话筒说：“我知道鸭绿江那边冬天雪大，天气比我们这里要冷好多倍，我决定做棉鞋送给志愿军，让他们在坑道里穿着暖暖脚。日本小关在南陵时，就喜欢穿我做的鞋，但他们是侵略者，我不可能做给他们穿的。”

“刘兰英做鞋的布和棉花，我们县里想办法解决。会后，我回去派人送来。”李书记带着敬佩的语气说道。娘说：“不用了，当年刘大林、王安葆在我家吃饭时，丢了两块大洋，可以用来买鞋和布。”

“‘麻壳仙，两头尖，一人吃，两人添。’这就是我们茨山庵的特产。日本小关占领南陵时，第一件事就是要张昌德到长林保的茨山庵搞麻壳仙。李副官和谢连长从盛桥一直搜到茨山庵，一粒米都没搜到。今年，我种了好几亩麻壳仙，一收上来，留点做口粮，其余的捐给志愿军，让他们吃得饱饱的。”只要是为国家，刘宗芳大爷毫不吝啬。

第五十九章 情切切送走可爱人 雄赳赳跨过鸭绿江

谈启发在人群里站不住了，走到主席台的右侧面，站在一个小土坎上说："志愿军去朝鲜与美国佬较量，与抗日一样是我们国人的头等大事，捐献支持志愿军是我们义不容辞的事。过去茨山庵群众的抗日情绪高涨，现在的抗美保国的情绪比当年还高，真是荣幸。我这个旧日长林保的保长，正在改造自新，对新政府的号召不能落后，也要跟上，积极行为。今年，我和儿子阿龙开了荒山，种了一片山芋，等山芋一挖上来，洗成粉挂成粉丝，就送给鸭绿江那边的志愿军。这也是当年小关垂涎三尺的一道美食，他还要把我们茨山庵的所有山芋挂成粉丝送到日本去，给他的亲戚尝尝。但我们茨山庵的群众没有让他达到目的。"

李书记对龙泉乡的副乡长汪寄清，长林保的保长谈启发已有所耳闻。尤其是汪寄清，在抗战时期，以国民政府代表和龙泉乡副乡长的身份作掩护，积极支援新四军南繁芜游击队抗日救亡工作。解放战争时期，他不顾自身安危设法保护、保释共产党免遭迫害，还多次筹集军粮，护送南繁芜游击队到江北解放区，积极为南下解放军渡江做准备工作。解放军渡江先遣小分队安全驻扎在他家，侦察地形路线、敌军布防，接应解放军顺利过江，他为解放江南作出了不小的贡献。

李书记忙走下座位，向谈启发走来。谈启发见李书记向自己走来，也迎上去，握住李书记伸来的手。

"我听现任上海卢湾区区长朱合喜介绍过你，你虽然是过去的保长，但你在龙泉乡副乡长汪寄清的领导下，带领群众积极抗日。日本投降后，你仍然做着你该做的事，这是难得的，也是令人敬佩的。我们新政府还需要像你这样的民主人士，为新社会出勤出力。现在，汪寄清已被安排到无为县法院工作。朱合喜跟我们说过，也希望给你有个适当的安排。”李书记握着谈启发的手说。

“谢谢李书记的理解和信任。我会种田外，还会做木匠，能自食其力，养活家人，免得给你们政府添麻烦。”谈启发一再谢了李书记。

李峰书记回到座位上想，这也是有品格之人，为“别人”帮了忙，不标榜不要求，自愿回归原点。有诗《无题》曰：

天存两事正逢纷，刀剑相交门口人。
不愿村前留血迹，一边温酒两边斟。

父亲彭荣华把两只手拢在袖子里，独自蹲在竹丝埂上，区长张家道看见了，问道：“竹丝埂上蹲着的那一位是谁？这么大热的天还把手拢在袖子里？”

“他就是赌钱卖妻弃子的彭荣华。不过，他有时也参加本地的抗日，如配合过新四军许世春，在盛桥弯里山头上放火迷惑小关。为避免‘扩兵’，还向茨山庵的青年介绍‘扩兵’后怎样溜队。”村长何义高介绍道。

“你过来。”区长张家道向父亲彭荣华招了招手，笑着问道，“最近‘猴子’玩的怎么样？还不把玩‘猴子’的钱捐给志愿军？”

父亲彭荣华头发乱蓬蓬的，白衬衫有点发黄，布扣掉了也不缝上，露出胸口。他走到区长面前，听区长的话音是在批评自己，只是低着头，也不回答区长的话。区长看着父亲的怂样，最后说：“听村长说，你也为抗日做过事，也不追究你过去了。现在是新社会了，也要把自己改新了。赌钱是旧社会的毒瘤，我们发现就毫不留情地把它‘割’掉，希望不要把你也‘割’了。你也分得了田地，要以劳动为本。”父亲听了，也不说话，把头点得像小鸡吃米。

火红的太阳从茨山冉冉升起，微风吹拂着茨山的竹林，竹叶沙沙地唱着歌。螺塘的荷叶在初阳的照耀下，露珠晶莹剔透，荷花浮水映日，犹如杨妃出浴，西子临溪。

茨山庵锣鼓喧天，唢呐若凤啸龙吟。龙泉乡报名参加志愿军的青年，都到茨山庵集中换上志愿军服装。家人都给他们披上红绸，戴上光荣花，父母姐弟们围绕着，依依不舍。

李家发的大红花是玉华自己亲手扎的，母亲戚玉香在披的红绸带上还绣了“保家卫国”四个大字。华永禄部长风趣地说：“岳母在岳飞背上刺‘精忠报国’，李家发母亲在李家发胸前绣‘保家卫国’，这个传统‘传’得好。”

“春生啊，你还知道你的老祖宗是谁吗？”李家发的父亲李继成问道。

“我老祖宗不是你和爷爷他们吗？”春生很惊讶，父亲怎么问这个不是问题的问题。

“你的老祖宗是明朝开国功臣李文忠，他从小失去父母，舅舅朱元璋把他抚养成人。他横枪立马，作战骁勇，19岁率军增援池州，初建战功。你是他次子李增枝的第21世孙。这次过了鸭绿江，可要像老祖宗那样‘横枪立马，作战骁勇’哟。”父亲要求儿子继承家族的英勇传统。

“祖宗19岁横枪立马，我今年17岁了，也不落后，争取为我们这个家族再添一名功臣。”

父亲高兴地向儿子竖起了大拇指。母亲站在儿子一旁，也鼓励着儿子说：“春生啊，你还要像解放军‘二哥’张华学习勇敢，还要向他学习机智。”

李家发一个立正，向母亲敬礼道：“是，你们二老的话，我都记住了。”他们见自己儿子调皮的模样都笑了。

周玉华挽着李家发的胳膊，说：“你过了鸭绿江对美国佬说，你们到中国做客，我漂亮的未婚妻周玉华烧拿手菜欢迎，想端着枪到中国来，那是没门。”李家发连声承诺，保证把话传到。

这时，娘在人群里找到赵明才，拉着他来到李家发身边，一人给了一双棉布鞋说：“我日夜赶时间就做了这两双鞋，因为李家发经常来看望小旺子，脚的大小我知道。明才兄弟经常来茨山庵看望生病的玉发大哥，脚的大小我也略知一点，所以就先按你俩脚的大小做了两双鞋带着。我会继续赶时间做，争取每人都有鞋穿。”娘边说边回头向其他志愿军解释。

李家发接过娘手中的鞋说："谢谢小旺子娘。我们去把美国佬送回家，小旺子长大了，参军就不用再过鸭绿江去打仗了，参加国防建设。小旺子，对不对？"李家发拉起我的手，紧紧地握着。

"我扔手榴弹炸盛桥老虎头碉堡时，忘记拉线，谢连长没炸着。我过了鸭绿江，要加强军事训练，再扔手榴弹时，一定能把美国佬的大鼻子炸平，立战功来感谢这双对志愿军凝着深情厚谊的鞋。"赵明才总是念念不忘那次炸碉堡的失误，有点羞愧地说。

麻桥区武装部部长华永禄，手捧龙泉乡志愿军花名册，吹了一声口哨。所有的新参军的志愿军，听到集合哨音，都列队成排站好。

"立正——，向右——看齐——，向前——看——，稍息！"这些青年都是民兵，也经常参加乡里的民兵训练，军事基本动作比较熟练。所以随着部长的口令，动作齐刷刷地完成得敏捷利落。

"李家发、赵明才、谈朝柏、朱义正、万才发……"华部长点完名，说："从今天开始，你们就是一个真正的中国军人了，你们要把红军长征的精神，八路军新四军的抗日精神，解放军一心为人民服务的精神，带过鸭绿江，要让美国佬看到中国军人的精神是不可摧的，是战无不胜的。"

"是，保家卫国，绝不辜负家乡人民的希望。"李家发和战友们齐声答道。

"出发。"华永禄部长和魏生福乡长走在前头，带领着李家发他们向墩山路走去。南繁公路上，麻桥区区长张家道从县里开来几辆军用卡车，在那里等着。

"慢。"强斋婆拎来一桶热气腾腾的白面馒头，说，"这是我昨天做的，昨晚供奉在地藏王菩萨面前的香案上，我合掌念了一晚上《地藏菩萨本愿经》，要借地藏菩萨不可思议的神力，不可思议的智慧，撒在这馒头上，让我们志愿军吃了这馒头，赶美国佬就像赶羊一样，让他们乖乖地回家。"强斋婆从李家发开始，给每个志愿军手里塞两个热气腾腾的馒头。

"大家吃吧，这是茨山庵主持对你们最好的祝愿。"华部长说。魏乡长小声地对华部长说出自己的担忧，担心别人说这是在搞迷信活动。

华部长说："大军出征，我们接受来自各方的支持和祝愿，佛教的祝愿也是好的，我们只要不去相信迷信践行迷信活动就行。”魏乡长听了华部长的话点头称是。

年青的志愿军和家人告别上了车，汽车卷起尘土，向芜湖火车站开去。李家发在车上招手，玉华边招手边跟着汽车跑，一直追到看不见汽车，才停下来，两眼盈满了离别的泪水。

南陵的志愿军都在芜湖集中上火车，一路北上到鸭绿江。李家发第一次看到由茨山庵到墩山路这么长的火车，只要火车头的汽笛一鸣，后面的车轮都乖乖地跟着跑，还能左右拐弯，就像当年自己和十几个小朋友牵着刘霜姐姐玩老鹰捉小鸡的游戏，一溜长随着刘雪姐姐这只“老鹰”的左右“扑捉”而扭动。一想起刘雪和刘霜这两位姐姐的不幸遭遇，李家发眼含怒光。

火车进入黄河流域，一片青纱帐在阵风的吹拂下，一波推着一波，满眼青悠。李家发好像看到了当年抗日英雄青纱帐里逞英豪，端起了土枪洋枪，挥动着大刀长矛，保卫家乡……不知不觉地他带领赵明才、谈朝柏哼起了“二哥”张华教他唱的《保卫黄河》：“风在吼。马在叫。黄河在咆哮……”朱义正、万才发等一车厢的南陵志愿军都跟着唱起来。

在火车上，偶尔也有映入眼帘的被日本飞机大炮炸断的粗壮的白杨树干，一棵棵立在铁路边、河边、地头、村庄。赵明才指着车窗外说：“你们看，小鬼子在这里留下了他们的罪恶证据。”

“这次，我们跨过鸭绿江，也要向这里青纱帐里的英雄学习，端起枪，保卫家乡，保卫祖国。”谈朝柏自从参加了志愿军，懂得了自己的职责。

“这好像是自然展览馆，让我们牢记历史，保卫将来。”李家发觉得自己的责任沉重。

这时，一位女志愿军来到车厢说：“刚才你们唱的是抗日歌曲《保卫黄河》。现在我们是志愿军了，要会唱《中国人民志愿军战歌》。”

李家发向前一看，原来是女解放军婉芬。他激动地走到婉芬面前抬手边行军礼边喊道：“阿姨。”

婉芬先是一惊，转而欣喜地笑着说：“我知道了，你叫李家发，我过江时，在盛桥我的姐姐菊花家见过你，现在你们要学会唱《中国人民志愿军战歌》。”

“雄赳赳，气昂昂，跨过鸭绿江……”婉芬唱一句，车厢里年轻的志愿军都跟着唱一句。

1950年9月，美国侵略朝鲜，飞机多次侵入中国领空，轰炸丹东地区，战火即将烧到鸭绿江边。毛泽东做出“抗美援朝，保家卫国”的决策，迅速组成中国人民志愿军入朝参战。10月19日，解放军刘大林师长，在中国人民志愿军司令员兼政治委员彭德怀的率领下，第一个跨过鸭绿江，赶赴朝鲜战场，25日，揭开抗美援朝战争序幕。因为志愿军需要文艺生活，所以刘大林把自己的妻子婉芬也调到前线，参加文艺演出，给志愿军战士送去精神食粮。

“雄赳赳，气昂昂……”的嘹亮歌声，一路响彻到鸭绿江边。

当志愿军的火车开上鸭绿江的上桥时，李家发看到不足百米远的下桥断了，也横在鸭绿江上。他问身边教唱歌的婉芬：“阿姨，这鸭绿江上怎么还有一座断桥？”

“这座是我们支援朝鲜前线的交通大动脉，具有突出的战略地位，1950年11月8日至14日美国多次派出轰炸机轰炸，大桥终被拦腰炸断。你看，朝方一侧钢梁落入水中，并有三座桥墩被炸塌。”

“这个家伙该要教训了，看我们的。”车厢里小青年们个个摩拳擦掌。

夏天，鸭绿江笼罩在战争的阴影中，清澈见底的江水里，鱼儿们虽然成群结队，但失去了往日欢乐。天空中时不时会下起细雨，雨丝像千百条闪耀的银链，落入江水。放排是夏季江水丰盈的时候，对岸朝鲜的一种原始运木方式，木排是用树皮拧成的绳索连接在一起的，首尾相接约有70余米长，每组木排有三四个人各负其责，共同驾驭，他们不怕飞机大炮的轰炸，用来运送着战略物资。

“阿姨，这条江，为什么叫鸭绿江？”李家发好奇地问道。

“据唐朝著名史学家杜佑撰写的《通典》记载，由于江水像公鸭头上羽毛的绿色，所以叫鸭绿江。”

“原来这个江的名字，还是中国人起的。”赵明才感到骄傲。

过了鸭绿江，赵明才、谈朝柏、朱义正、万才发都分编到各个部队。李家发被编在中国人民志愿军六十七军一九九师五九五团一营一连二排六班。

第六十章 未婚妻信赞保家乡 金达莱获救嫁恩人

“不要沮丧，这是你第一次打枪射击，吃‘烧饼’是常有的事。‘三点对一线’射击静止目标，呼吸、据枪、瞄准，击发四者都要紧密结合。相互协调的越好，射击命中精度越高。在射击中如喘气，耸肩，眨眼，击发时腕关节变力、变位、变形等，都会破坏武器静止的状态，都会影响射击，甚至会出现射弹脱靶现象。”排长赵玉亭安慰着李家发这位新来的兵，并帮他总结第一次射击的经验。

排长赵玉亭越是安慰，李家发心里越是不安。他想，我的老祖宗李文忠是生在冷兵器时代，战场上是刀对刀，枪对枪，短兵相接。他使用的是八棱梅花亮银锤，凭此锤，19岁就能击退池州的元军，立下战功。正因为他夏练三伏，冬练三九，要起八棱梅花亮银锤来，只见寒星点点，银光皪皪，泼水不能入。有了超强的武艺，才能用以临敌，矢石所不能摧。当今是热兵器时代，两军相对于几百米之外，精准射击就能决定对方的存亡。虽然时代不同了，使用的兵器不一样，但都要苦练“武艺”。祖宗李文忠练的是八棱梅花亮银锤武艺，我练的是一枪打千米的武艺，我要继承李家传统。李家发还一直暗示自己，一个军人，不能让射击成了自己的软肋，我必须出彩。

朝鲜的冬天是寒冷的，有零下几十度。李家发回忆着排长讲的射击理论，利用休假时间，一人来到训练场趴在雪地上练习空弹射击。

李家发举枪时，心里还是发慌，手又抖动，但他想起排长对他说过，射击之前，必须要认识到，枪是你的战友，是你的生命。战场上，枪可以让你消灭死亡而生存，只有人枪合一，才能达到完美的射击境界。

“卧姿射击—跪姿射击—立姿射击—”他模仿排长给自己下着指令，心里只有一个目标：精准射击。

由于卧姿射击训练时间长，趴在雪地上，身子融化了下面的冰雪，雪水浸湿了裤子，再跪立射击时，裤子已结了冰。他又趴下射击，裤上的冰和地下的雪再一次融化，裤子浸湿的面积越来越大。再站起一会儿，两条腿就变成两根冰住了。李家发不怕冻伤仍不放松训练，反复对着靶子瞄准，假想射击。

李家发心里总是嘲笑着目标：“你跑得再快、跳得再高，面对我精确的枪法时，一切都没有用！你跑得没有我的子弹快，你跳得没有我子弹高吧！老祖宗李文忠19岁立战功，我也争取19岁立战功。”有诗《传承》曰：

举起八棱锤点月，少年兵率战池州。
祖先英勇今承继，愿卧严冰射技求。

“喂——，李家发同志，你的‘老婆’来信啦。”

李家发正在“卧雪尝冰”，听战友巩德修这么一喊，他伏在地上阻止道：“我们还没有结婚，就喊什么‘老婆’让人听了还不笑话死了。”

“不叫‘老婆’，叫‘烧锅’的。”

“也不对。”

“叫‘家(gā)里的’。”

“也不对，应该叫‘女朋友’吧。”

“你这个家伙，过了鸭绿江还没三天，就讲洋气了。”巩德修笑了一番，伸手拉李家发起来，可是他怎么也爬不起来。巩德修摸了一下李家发的裤腿，都被冻成冰柱了。他弯下身子，抱起李家发，立在雪中，两腿恰似两根冰柱，只能站着不能迈步了。巩德修把信往李家发的上衣口袋里一塞，背起就走。

班长刘义勇连忙搬柴起火，帮助升温化冰。排长赵玉亭见了，很感动，但不表露，仍然很严肃地对李家发说：“你这样往死里训练，射击水平提高了，可你冻坏了身子，不能上战场，你的苦练又有什么意义？”

“苦练+冻坏=零。”排长又心疼地给他立了一道方程式。

“下次如果再这样，我不会背你了，干脆叫你‘烧锅’的来背你。”巩德修取笑道，“女朋友这个洋气称呼，我还不顺口。”李家发裤子上的冰融化以后，他躺在床上，拆开了未婚妻玉华的信，信里的字迹显然不够熟练，但很工整：

春生哥：

你上次来信，说我们每个人都要读书掌握科学，将来才能更好地建设我们的家乡，过上小康生活。原来在国民政府交通部当大官的卜廷芳，回到家乡办了学校，我也入学读书了。我的同学担心地说，美国佬想过鸭绿江，打我们中国。我说：‘你们不用怕，我有春生哥在那里拦着他们。’同学们一听，个个都安心上课了。

李家发看了信，兴奋了一晚上，我能做保护神了。

第二天，十多架美国飞机突然窜入志愿军驻地上空，尖利的呼啸声音过后，是一片铺天盖地的爆炸声，石块、泥土，树枝在空中纷飞，到处溅落着灰黑的烟雾，不远处村庄里的朝鲜民房也被炸了。排长带着全排战友赶来了，李家发跑在最前头。一个村庄几十间房子，几乎全被炸毁了，战友们冲进正在燃烧的房子里救人，抢出村民屋里的粮食和生活用品。

李家发冲进一户烧毁的人家，看见一个奶奶一手端着粥碗，一手抱着孙子的头，可惜两人都被炸死了，可想而知，这是奶奶正在给孙子喂早餐，遭遇了飞机的轰炸。在另一间屋里，又看见一个老人的手和腿各被炸断了一只，奄奄一息。李家发和随后进来的战友将他抬出屋，让卫生员包扎急救。李家发看到这些情景，就想起在家时，父亲给他讲的南陵东门城墙根下罗铁匠一家，还有北门机坊老板蔡胜发的妻子，被日本飞机炸死的情景。

“麦克阿瑟在朝鲜战场上吃了败仗后，很是恼怒。他先派飞机，在他溃退的地方散传单，说他们美国人走了，志愿军来了，你们村庄里村民受苦了，他们要从天上往下投鱼肝油和饼干来救济。不久，果然投下许多东西来，但不是饼干和鱼肝油，而是死鱼、死老鼠和苍蝇、蚊子。志愿军知道了，派人来协助他们扑灭了细菌，采取了预防疾病的措施，免除了一场灾难。”排长赵玉亭说。

班长刘义勇接着说：“麦克阿瑟见这一招不灵，又出一招，春耕的季节到了，美国的夜航机飞过来，趁着夜静人们都睡熟的时候，向田地里投下许多定时炸弹，白天朝鲜的村民都到田里去犁田的时候，定时炸弹准时爆炸，既炸死了人，又炸死了牲口。志愿军听到了报告，就派人去田里寻找排除。志愿军冒着危险把田里的炸弹扫净，帮助大家完成了春耕。”

“麦克阿瑟在朝鲜战场失利后，被杜鲁门解除了职务。克拉克接任，但战线已固定，他又没有什么表现的机会，就梦想着用飞机轰炸这些疯狂野蛮的手段，迫使他的对手屈服让步。可是，他们的算盘完全打错了。”排长的话刚说完，李家发又听见了呼救声。

在一个小河边，木槿花正在开放着，一座民房正在燃烧着。屋内还有轻微的呼救声，李家发奋不顾身地向浓烟滚滚的屋里冲去，用脚踢开燃烧的门框木料，用手拨开压在朝鲜阿妈妮身上的炭火，扶起阿妈妮。随后冲进来的战友接过阿妈妮，背起冲出了火海。李家发把阿妈妮的还没有烧掉的衣服和财物一包包抢出来。他发现墙角还堆有粮食，又转身跳进火海，背出一袋袋粮食。

排长赵玉亭也跟着赶来了，发现李家发双手被灼得红肿，两只脚烙了好几个大泡，一双眉毛燃光了，裤腿和胸前还有火。班长刘义勇急忙上前帮李家发掐灭火星，谁知火星越来越多，李家发转身向小河边跑去，跳入水中灭火星。当他忍住烧伤的疼痛上岸时，忽然看见河边的草丛里躺着个十六七岁的姑娘。他急忙来到姑娘面前，把灼得红肿的手背放到姑娘的鼻子前，发现还有气息。

“排长——排长——，这里还有个人被炸了。”李家发边喊边扶起朝鲜姑娘要背她。

排长赵玉亭赶过来，说：“你先不要急于移动她，看她身上没有流血，十有八九是炸弹吓晕的。”

排长又向班长刘义勇招招手。

李家发说："不用叫班长，我能背得动。"

"这位姑娘不需要人背，我只要掐一下她的人中，她就会苏醒的。"

"那你就掐呗，要班长来干吗？"

"一个朝鲜大姑娘，躺在河边的草丛里，又有两个男志愿军在她身上摸摸捏捏。如果克拉克知道了，他会制造舆论，说我们志愿军到朝鲜来，对人家姑娘图谋不轨。我俩掉到黄河都洗不清白了。"排长谨慎地说。

"'图谋'了什么？'不轨'了什么？这位姑娘自己会说呀。"李家发心想，我们都是正经人。

"克拉克说我们趁姑娘昏迷时，'图谋'了'不轨'，姑娘醒来后，自己也说不清。为了稳妥起见，我们还是叫班长把阿妈妮背来看着我们急救这位姑娘。"李家发听排长说得有道理，不能让人家抓了小辫子。

阿妈妮在李家发战友的搀扶下来到小河边，一眼就认出自己的女儿脸朝天躺在草丛里，顾不得自己烧伤的疼痛，扑到女儿的身上哭起来。大娘哭了一会儿，坐起来，把手伸进女儿的胸前，还有微微起伏的感觉，喊道："我姑娘没有死，还有救。"大娘是延边人，会说中国话。

"阿妈妮，你女儿是被炸晕了，我来掐一下她的人中。"排长说。

排长赵玉亭让班长刘义勇、战士李家发、巩德修、罗福生、王启月站在旁边看着，学习如何掐人中，以便将来他们自己遇到这种情况，学会及时施救。

"摁压人中要让下颌抬起来，保证呼吸道的通畅。李家发你来把这个姑娘扶坐起来，让她靠在你的怀里，头搭在你的肩膀上，让下颌抬起来。"排长用命令的口吻说。

李家发战战兢兢地蹲下来，把这位漂亮的朝鲜姑娘扶靠在自己的身上，让她的头靠在他的肩上。姑娘的秀发不断地被风吹起，打在李家发的脸上，顿时他脸泛羞红。排长伸出拇指，摁压在姑娘的人中位置，说："这个大拇指要放在鼻唇沟的中上三分之一处，用拇指的指尖用力有节奏地摁压。"排长边说边用力示范着摁压。

谁知排长一用力，李家发支撑不住倒在地上，姑娘也倒在他的怀里。旁边的班长和战友差一点笑出声来。

“希望你把她的身子贴在你的身子上抱紧一点，就当抱的是你未婚妻周玉华。这是救人，而且救的是朝鲜人，这是国际主义行为，不是你想象的儿女私情。”排长把李家发的这一抱上升到新的高度。

排长又把拇指放到姑娘的人中，说：“摁压时用力要有节奏，每分钟20—40次。为什么要李家发抱着姑娘，头放在他肩上？这是因为要让姑娘的下颌抬起来，保证呼吸道的通畅。否则，用力往下摁压的时候，会造成气道的阻塞，甚至造成窒息。”

果然，在排长的几次反复摁压下，李家发抱着的姑娘的小腹，收缩了一下，接着姑娘呼出了长长的一口气，微微睁开眼，看见前面有几个军人在给自己做着什么，连忙转身拦腰抱住李家发，把头埋进他的怀里。李家发又不好推开，怕又吓着姑娘，只好让她抱着。

“金达莱，妈在这里，你已经没事了。”姑娘听到妈的声音，顿时抬起头，看了看自己抱着不放的人，原来是个年轻英俊的志愿军，而不是自己的娘，脸羞得连天上的云都红了。有词《相见欢·金达莱》曰：

轿岩山上娇红，恨春风。岂让寒流横渡怨浮空。
云啼破，断桥过，护怀中。鸭绿一弯留住诉情衷。

阿妈妮走过来，拉起金达莱，说：“你要感谢这些志愿军，是他们最关心我们，最爱护我们的。”金达莱这才松开自己的双手，连忙站起来，鞠躬致谢。

这次火场抢救回到班里，李家发病倒了，那位朝鲜阿妈妮知道后带着女儿金达莱来到志愿军驻地看他，还带来了苹果。班长刘义勇及时报告排长赵玉亭，说自己接待朝鲜客人，“规格”低了，请排“首长”亲自接待。

排长来到李家发身边，接过班长倒来的茶，递到阿妈妮和金达莱的手上，说：“阿妈妮啊，感谢你来看望李家发，感谢你对我们志愿军的关心。”

“不用感谢我，应该感谢的是你们志愿军救了我和女儿。李家发是为我们烧伤病倒的。志愿军啊，金达莱的父亲，在美国登陆时牺牲了，她的两个哥哥在拥护人民军撤退到鸭绿江时，也牺牲了。家里只剩下我娘俩。我家的老祖宗金乔觉，他出家到你们中国九华山当了地藏王菩萨。如果不是你们抢救及时，我娘俩又要葬送在这被炸的火海中，去见自己的老祖宗。”阿妈妮含着眼泪诉说着。

李家发听了一惊，说：“我家乡茨山庵的地藏王菩萨就是你家的老祖宗？”

“是啊。”阿妈妮听说金家的老祖宗金乔觉就在李家发的家乡，感到特别亲切，但又失望地说，“这个战争不知道什么时候结束。”

“阿妈妮别难过，这样的日子很快就会结束的。”排长赵玉亭安慰道。

“如果战争真的结束了，我们村的男孩大部分都为战争流血了，这个田地谁来种，我的女儿嫁给谁？今天，我的女儿金达莱是个大姑娘了，根据你们中国的习俗，姑娘长大了，被谁家男孩牵了手，就是谁家的媳妇。金达莱在小河边，还被你们志愿军抱在怀里，那就是你们志愿军的媳妇了。”阿妈妮说完指了指李家发。

“阿妈妮的意思是要把你女儿金达莱嫁给李家发？”

阿妈妮点点头，又说：“也算拿金家的老祖宗金乔觉换回他做我的女婿。我想招他为上门女婿，为我们老金家传宗接代。”

第六十一章

赠定情物平壤虹缎
跨庆岘山铁腿通信

李家发一听，惊出一身冷汗，说："我已经有未……"

"我知道你已有未来理想，朝鲜的战争结束了，回国建设社会主义。不过阿妈妮对我们志愿军，尤其是对你寄托的美好希望不能落空。"排长赵玉亭故意打断李家发的话说。

班长刘义勇也惊呆了，惊疑地问道："排长，你的意思是让李家发娶金达莱留在朝鲜？那他家里的未婚妻周玉华怎么办？"

"阿妈妮，你要把女儿金达莱嫁给志愿军，这个美好的愿望，我们志愿军领了。等战争一结束，我就向彭德怀司令报告，经批准后，就与李家发举行婚礼，我做主婚人。"排长没有回答班长的疑问，当即拍板答应了朝鲜阿妈妮的要求。

"金达莱，还不谢谢志愿军？"阿妈妮高兴地对女儿说。

"谢谢排长。"金达莱低着头捏着衣角望了望李家发说，"他还没同意呢。"站在阿妈妮和金达莱背后的班长刘义勇向李家发使劲地摇手，叫他不能同意。李家发看到班长摇手，连连点头。但李家发连连点头，恰好被排长和大娘母女俩看见了。

"金达莱，李家发连连点头，表示同意娶你。"排长知道李家发的点头是回应班长的。

金达莱高兴地脱下自己身上的"平壤虹缎"，穿在李家发的身上，说："这是我的定情物，不离不弃。"

“还不叫声‘妈’。”排长笑着对李家发说。李家发被排长逼得无奈，从牙缝里挤出一个音来：“妈”。尽管“妈”喊得不那么响亮，朝鲜阿妈妮听了心里也乐开了花。

“金达莱，你就留下来照顾我的‘女婿’，我先回去，在没有炸碎的坛子里，抓些泡菜送来，好让他下饭。”阿妈妮心疼“女婿”了。

“阿妈妮，我们这里是军营，是有纪律的。你俩先回去，等你‘女婿’烧伤一好转，就让他去帮你们修理被炸的房子。”排长安慰道。

“这下好了，你有两个未婚妻了，一个是中国的周玉华，一个是朝鲜的金达莱。在中国生的孩子就姓李，在朝鲜生的孩子就姓金。李金两家传代都不误。”班长刘义勇“嘲笑”道。

“排长，你明知我国内有个未婚妻周玉华，不让我说话解释，就答应了朝鲜阿妈妮的要求，把女儿金达莱嫁给我。我那未婚妻周玉华能答应吗？”

“难道金达莱不漂亮吗？”排长反问道，“金达莱是个人见人爱的姑娘，那你就忍心伤害她吗？”

“这话怎么讲？”李家发问道。

“因为战争，阿妈妮失去了丈夫和两个儿子，在家庭，她们失去了顶梁柱，精神已经到了崩溃的边缘，但娘俩正在这危难之时，又遇到轰炸，房毁人伤。我们志愿军救了她们，她们已经把志愿军当成了她们的亲人，当成她们的精神依靠了。金达莱嫁给了李家发，成了阿妈妮的上门‘女婿’，她们就等于吃了定心丸，没有后顾之忧了。假设不答应这门婚事，她们就失去了精神上的依靠，就等于失去了将来，她们会……”

“她们会怎样？”李家发追问排长。

“金达莱就会披头散发，袒胸赤脚到处乱跑。如果跑到你李家发的门前靠着，你会不管吗？”排长有点虚张声势道。

“阿妈妮倒在火海里，李家发不顾自己的安危，用手拨开炭火施救。漂亮的金达莱遇到再大的危险，李家发更会不顾一切地扑上去救她。如果金达莱真的靠在李家发的门旁，他会心疼死的。”班长刘义勇实际是在赞赏，但听起来好像是在嘲讽。

“不管怎样，我是不能娶金达莱的，我家的未婚妻周玉华正在上学读书，她还等着我回去教我读书。你们一提金达莱，我就想周玉华了。”说着说着，李家发眼里嵌满了泪。

“你都穿着金达莱的‘平壤虹缎’了，你想推，恐怕是推不掉了。明天，金达莱又要来看你了。”班长的意思是你要讲信用。

“不管怎样，金达莱的婚事，你先给我应付着，等她们娘俩的心理平静了，战争结束了，我自有办法处理好。”排长宽慰道。

“不管怎样，我要回家和未婚妻周玉华结婚。”

正在这时，战友巩德修送来了家乡寄来的信，李家发拆开一看是未婚妻周玉华写的。这次信上的字，比上一封信的字流畅多了：

春生哥：

老师在报纸上看到文章，写你冲进火海，救了朝鲜阿妈妮，在小河边救了她的漂亮女儿金达莱，还有她们家的粮食和衣物，我们全家可高兴啦。在学校里，老师和同学们都要我代表你讲体会，我可害羞了，不敢说。还是老师编了稿子，让我读的。

李家发看了信，非常高兴，未婚妻周玉华能读文章了。但他的“高兴”瞬息而过，一手捏着周玉华的来信，一手捏着金达莱送给他的，穿在身上的“平壤虹缎”，皱起了眉头。

李家发心里想，假设到时候，来个组织婚姻，排长说李家发服从组织安排，就留在朝鲜和金达莱结婚。到那时，我与日夜思念的未婚妻周玉华就天各一方了。

未婚妻周玉华和朝鲜的姑娘金达莱，等战争结束了，到底娶谁？还要听排长的“安排”，自己心里还没底。这个“心愁”已缠绕着李家发。

“李家发，排长让你去他那里，有任务交给你。”班长刘义勇转达了排长的通知。

“在金达莱的关照下，你的烧伤都好了吗？”排长赵玉亭边问边拉出李家发的手看了看。

“都好了。”

“我说嘛，有个漂亮姑娘金达莱来照看你，你烧伤就是好得快。现在有新的任务要交给你。”

“什么任务？”

“从庆岘山送信到玉女峰的前沿班。”排长说。

“当通讯员，保证出色完成任务。”

“你这话说得不要太早。排里的前任通讯员，我不便透露姓名，在他家乡人们都叫他秋生，可惜在送信的过程中，出了‘色’。现在被遣送回家了。”排长有点惋惜地说。

“什么是出了‘色’？”李家发不解地问排长，排长没有解答，并要求李家发记住一点：“通讯员”就要迅速地把信送到目的地，也要迅速地回来复命。李家发带着“色”字问题，回来问班长。

“玉女峰下有玉女，前任通讯员秋生，送信到这个玉女峰下，返回时，被那里的玉女拦住，要招他为女婿。秋生一再解释，自己有军务在身，不能违背军纪。”班长刘义勇对前任通讯员的事略知一二。

“玉女放了秋生吗？”

“没有。秋生违反了纪律，因为秋生是在境外出了‘色’，情况特殊，做了遣返处理。”班长回答道。

“排长要你接秋生的班，当通讯员，可要小心玉女峰下的玉女哟，她们的爱也深，情也深。”班长刘义勇提醒道。

“打仗我会出色的，当遇到玉女我是不会出‘色’的。因为一看到她们，我就会想起未婚妻周玉华。”

“你还有个朝鲜未婚妻金达莱，对你的情感有多深，我们都知道。大话可不要说早了。”

“班长又取笑了。”

李家发当了排里的通讯员，每天由庆岘山腰到玉女峰前沿班送信。可是从庆岘山到玉女峰要通过一片200多米的开阔地，美联军每天要向这里倾泻数以千计的炮弹。李家发第一次怀揣排长的信件，来到这片开阔地没有急于穿过，伏卧在一个弹坑里仔细观察，发现平均每一分多钟就有一颗炮弹射过来。他想要越过这块开阔地，必须在一分钟之内。如果在平坦的大道上，跑过200米，一分钟绰绰有余。可是，这200米虽然开阔，但布满弹坑，深达两米有余，如果绕坑穿行，路程要增加一倍，时间也要增加一倍。这样，更容易被飞来的炮弹击中，而且坑里的土石被炸飞，又落在坑旁，形成土堆。要顺利通过这片开阔地，必须连续跳越口径约有两米左右的弹坑。

李家发决定利用助跑，一口气跨越弹坑。李家发知道短跑的主要动力就是助跑，一定要练好，起步是一方面，速度也是很重要的，跑的时候腿尽量向前送，身体要向前微微倾斜，双臂要摆开，千万别八字脚。利用跑步的速度，挺身跃起跨越弹坑，再利用着地的反弹力，跃起跨越下一个弹坑。

第一次，李家发把信送到玉女峰，侥幸躲过五枚炸弹的袭击，回来的时候，反复练习跨越这开阔地。开始练习跨越这片开阔地时，有三颗炮弹飞来，这说明过这块地要三分钟，危险系数还是很大。他回头再跨过时，有两颗炮弹飞来，还不能躲过被炸的可能。于是李家发寻找原因，由于身背挎包和枪支，增加了重量，影响了速度。他回到连队就坚持负重练习跳越。

功夫不负有心人。李家发身背装备，负重几十千克，也能快速跑步跨越。当他等炮弹再次落到这块200米的开阔地时，开始跑步跨越弹坑，他通过开阔地钻入玉女峰时，才远远听到身后的炸弹在开阔地的爆炸声。

赵玉亭排长把信交给李家发，自己泡上一杯茶，等茶叶泡开，刚刚喝完，李家发连忙给排长倒满。排长感到很奇怪，说："我叫你送信，怎么还在这里？"

"我已送到了，不信，你看看玉女峰前沿的收信签字。"

排长看了，非常惊奇，连忙称赞道："你真是'铁腿通讯员'。"有诗《铁腿通讯》曰：

玉女峰前战火飞，危情速报笔高挥。

棘荆斩折坑翻越，信到辕门墨正肥。

第六十二章

赵排长来抱拳致歉
玉女峰下意外发生

李家发“铁腿通讯员”的赞誉，在部队传开，军部的文艺宣传队在婉芬的领导下来李家发的连队慰问演出。李家发听说非常高兴，又能见到婉芬阿姨了。晚上，在排长的带领下，他早早来到连队操场席地而坐。演出之前，婉芬告诉连长要见见李家发。连长的通信员来到操场把李家发领到连部，婉芬见到李家发高兴地说：“我这个姨侄女婿很了不起，‘铁腿通讯员’。你姨父刘大林听了也非常高兴，夸奖你呐。军部特意派我们来慰问演出。”

“姨父现在很忙吧？”

“他正在和参谋长少剑波布置奇袭白虎团。”

“红岩上红梅开，千年冰霜脚下踩，三九严寒何所惧，一片丹心向阳开。”婉芬的一曲《红梅赞》把慰问演出推向了高潮。接着是黄继光堵枪口的小品，让李家发精神振奋，让全连战士振奋，慰问演出是在“雄赳赳，气昂昂……”的全体大合唱中结束的。

军部的通讯员们都要来学习铁腿通讯员的经验，志愿军总司令彭德怀让李排长选个时间，开个现场会，让部队的通讯员分批来学习，并要求李家发给这些通讯员做个专题报告，把部队通讯工作的效率提到一个新的高度。

当天，通讯员都集中到军训场，上百号人都在等着李家发介绍怎样快速将信件送达前沿阵地或将前线的信息送回指挥部。可是，这天怎么也没有等到李家发的“铁腿”快速返回，来“取经”的人开始怀疑李家发的“铁腿”了。

主持现场会的赵玉亭排长急了，连忙拿出李家发的送信记录，向参加现场会的通信员解释道:“我们的驻地庆舰山到玉女峰前沿阵地有十来公里，有一块200米的开阔地，平均每分钟就有一发炮弹落在这里，全是弹坑，如果不在一分钟之内通过，就会有伤亡的可能，其余的都是陡峭的荆棘山道。李家发能在60分钟之内跑过来回，你们说，他是不是生了一双‘铁腿’？为什么不说他是‘飞毛腿’？因为‘飞毛腿’只适应于平地。而李家发这条腿，不但要越坑，还要攀峭壁，斩荆棘。你们说说，他这条腿硬不硬？是不是‘铁’做的？”

“今天让大家失望了，李家发早晨送信去玉女峰，没有按‘铁腿’的速度回来，一定是途中出现了状况，很抱歉，请大家再等一等。”赵玉亭排长说完，双手抱拳举起，不断地向来学习的通讯员致歉。

赵排长叫来班长刘义勇，让他带上巩德修、王启月和王五保三个战士，沿李家发行走的路线去寻找。排长还特别提醒班长，要留神玉女峰下的那些“玉女”。她们为了爱已拦路“绑”了我们前任通讯员，防止她们又“爱”不自禁，“绑”了我们现任通讯员。

班长刘义勇刚要出发，邮递员送来了一封李家发家里寄来的信。他接过信一看信封就知道是李家发的未婚妻寄来的，顺手揣在上衣口袋里出发了。

事实也正如排长所料。李家发这天也知道，其他连队的通讯员在等他信送到回来介绍经验。当他把信送到玉女峰，水也顾不得喝一口，转身就往回赶。下了玉女峰，经过小溪边，忽然，一个穿着绿裙的姑娘，用水罐从小溪里打满水，顶在头上，向自己走来。眼望姑娘很吃力地顶着水，一步一步接近自己。因为路窄，两边都是荆棘和坚硬的石块，李家发便侧身站到荆棘里的一块石头上，让姑娘先过去。

李家发仔细看了看走近自己的姑娘，十六七岁，乌黑的刘海，可爱的脸蛋，长长的睫毛，两只眼睛乌黑发亮，嘴唇微闭，这是顶水用力表情。洗得有点发白的绿裙裹着高挑的身材，她一手扶着头上的水罐，一手随着裙子款款地摆动着。李家发感觉似曾相识，好像在哪里见过。

突然，姑娘一个踉跄，水罐从头顶上甩到路边的石块上，罐碎水流，人也向荆棘中趴去。说时迟那时快，李家发一个箭步冲过来，抱住了姑娘。由于惯性，两人都摔倒了，姑娘倒在李家发的胸膛上，李家发倒在石头上。

许久，姑娘抬起头，几乎鼻尖对鼻尖地看着李家发，风吹着姑娘垂落的长发，在李家发的脸上微微飘动，姑娘看到李家发一对浓眉下微闭的眼睛，仍然神采奕奕。名不虚传，是个英雄人物。

“姑娘，你不能还压在我身上，快起来，我还有紧急任务。”李家发不愧年轻，学习新东西也快。金达莱陪护他几天，就教了他几天朝鲜语，他已经能用朝鲜语和这个姑娘交流了。

“我被脚下石头绊了一跤，正好趴在你的怀里，要是趴在荆棘上，我这花容月貌就毁了。我就等着做老姑娘了。你这个英雄，救了我这个美人，在中国叫‘英雄救美’，美女为了感恩，都要嫁给英雄。今天，我要感恩，我要嫁给你，答应了，我就起来。”

李家发想，今天我遇到个“无赖”了，哪有这样强人所难的。我在国内已经有了未婚妻周玉华，既爱学习又爱劳动，还有个可爱的朝鲜姑娘金达莱在“纠缠不清”，怎么又遇上你这么个姑娘，又来找麻烦？如果不答应，就这么睡在这里僵持着，被克拉克的飞机看见了，拍了照，报纸广播都要大肆宣传中国的志愿军和朝鲜姑娘在荒山野岭，这不是毁了我志愿军的美好声誉吗？李家发想到这里，只好答应了姑娘的要求，让她起来后再说。

“姑娘，你起来，我答应了。”

姑娘高兴地在李家发的脸颊上偷偷地吻了一下，准备爬起来。可又一想，我不能就这么轻易地起来，我要考验他是不是真的答应了。

“哎哟，刚才这一跤把腰摔折了，站不起来，你要抱我起来。”姑娘故意装出痛苦样。李家发没有办法，把姑娘轻轻推到一边，自己抽身站起来，再弯腰把姑娘扶起来，要背上她。可姑娘不同意，非要面对面抱着送她回家。李家发没有办法，只好按姑娘的要求抱着。当他抱起姑娘后，再看一看路面，本来这里没有石块的，怎么这路面突然多了一块石头。姑娘硬说就是这块石头把她绊倒了。

姑娘指引着李家发，来到一个人字架的小茅屋前，说自己到家了。这时从茅屋里走出一个年过半百的失去了一条腿的残疾老汉。

"阿爸,今天我为你找了个志愿军女婿。"姑娘一手挽着李家发的脖子,躺在他的怀里嘻嘻地笑着说。

"你这丫头,让人家小伙子抱着,真不知道害羞。看人家累得啥样?"老汉责怪起女儿。

姑娘听了,抬头看了看李家发,满头大汗,急忙挣脱他站到地上,掏出手帕,为李家发擦了擦汗。父女二人把李家发引进屋内坐下休息。姑娘迅速走进灶间,端来了开水。

人字架的茅屋里,陈设非常简单,只有一张吃饭的小桌子和两条小凳子。如果李家发真的做了上门女婿,吃饭时,只有和姑娘合坐一条小凳子了。桌子的旁边是石头垒砌,用小树棍担着的三尺小床,上面铺着掉了色的旧单被。显然,这是姑娘父亲睡的地方,挂着旧布帘的另一间小房是姑娘的卧室。

"唉。"老汉叹了口气,告诉李家发,"去年,8月8日的上午,农民们正吃早饭的时候,一群美国飞机,突然侵袭了这个小小的村庄。虽然这里一无桥梁,二无仓库,三无驻军,四无铁路公路,连普通城镇也不沾边,谁也不会认为这是'军事目标'。可是美国驾驶员对着这些茅屋和手无寸铁的老弱妇孺开始了猛烈地扫射和轰炸。火箭炮、炸弹、凝固汽油弹,像冰雹似地落在这些爬满葫芦、南瓜的茅屋顶上。一时血肉横飞,小小村庄成了一片火海。我就是在这次轰炸中失去了一条腿。那时我和女儿银达莱,还有她阿妈妮,正在村前田里干活,突然一颗炸弹落在我们身边,我猛扑到女儿银达莱的身上,在我的身体掩护下,她才免去一死,我失去了一条腿,更可惜她永远失去了自己的阿妈妮。幸运的是这个小屋只是被炸漏了,我们父女俩还有个住处。"

老汉说到这里,眼里充满着怒光。他拿起瓦罐又给李家发倒满了开水,接着又说:"后来,青黄不接,村里的母亲背着孩子光着脚上山挖野菜,孩子们饿得直哭叫。志愿军的耳朵是灵的,就每人节约二两米,战士们亲自背着,送进老乡家里。这样,村里的人,就又渡过了春荒。

入夏,雨水很缺,稻田不能插秧,后来下了场雨,需要三两天就抢种完,但人手太少，眼看是种不上了。志愿军知道了，干部、战士来了一群，卷起裤脚一齐下水，很快便把稻秧插得整整齐齐……村庄里，田野里，充满着生机。秋天到了，黄谷沉甸甸地垂着穗子，稻子已经泛出黄色，苞谷穗大的和牛角一样，洋麻开着鲜红的花。志愿军为了怕有谁不小心踩坏一棵庄稼，在各村路边插了许多小木桩子，小木桩子上系着绳子，绳子上挂着"勿踏青苗"的牌子。这样，连路边的每一棵小苗苗，都长得整整齐齐。每家的屋顶上，都爬满葫芦和南瓜，每家屋子后面的山上，梨子、苹果压弯了树枝。眼看秋收的季节就要到了，妇女们开始一筐筐从很远的地方顶来黄土，垫平门前的小打禾场。老人们坐在屋檐下修补准备盛粮食的草袋。他们辛苦地愉快地劳动着，准备迎接就要来的丰收。"

老汉又指了指自己的腿说："我这条腿就是志愿军帮我治好的，我的田地也是志愿军帮助种的。现在姑娘长大了，她有个心愿，就是要嫁给志愿军，感恩志愿军。"有诗《异国鱼水情》曰：

弹落村庄一片哀，硝烟卷血再难回。
钢枪背后人抬起，搭屋耕田粮送来。

"中国志愿军，在朝鲜所做的，都是为了和平。希望你们和平了，和世界先进国家建立好友谊，引进先进技术，重点发展经济，保证人民有好房住，有好衣穿，有好吃的，千万不要想着去打仗了。"李家发自从参加志愿军以来，进步很快，说起话来娓娓动听。

"我要嫁的是像你们志愿军这样的青年，有责任，敢担当。"银达莱在灶房里又烧了一罐水，提出来放在李家发面前的小桌上，看着李家发含情脉脉地说。

"你不是闪了腰，不能走路吗？"李家发用疑惑的目光盯着银达莱说。

"如果我不假装摔折了腰，你会抱着我送回家吗？我要亲自考验志愿军对我的关心和担当。绊我脚的那块石头，还是我从小溪里捡来放在脚下的。"银达莱嬉笑着道出了真相。

"你这个小丫头尽使坏点子。把我这个大志愿军给骗了。"李家发喝了一口水,停了片刻,皱着眉头又说:"不管你骗也好,不骗也好,你要嫁给志愿军的心愿可能……"

银达莱抢过李家发的话头说:"我嫁给志愿军的心愿一定能实现。因为我的表姐已经和志愿军定了亲,将来我要和表姐一道去中国,还要去拜见表姐的那位当了地藏王菩萨的老祖宗。"

"你的表姐嫁给了志愿军?"

"事情是这样的,美国的一次轰炸,银达莱的姑妈家的房子被炸倒燃烧,是一个年轻的志愿军闯进火海扶起她的姑妈,让另一个志愿军背出来。银达莱的表姐在小河里提水,,一颗炸弹落在了身边,顿时失去知觉。这个年轻的志愿军发现了,不顾自己的烧伤,跑过去抱在怀里抢救,才把姑娘从死亡线上拉了回来。这位姑娘的祖先金乔觉在九华山修炼成地藏王菩萨,又听说这位志愿军就是那里人。她的表姐要求嫁给这位年轻的志愿军,一是感恩,二是为了便于守在她的祖先身边。"银达莱的阿爸道出了缘由。

李家发一听,这个年轻的志愿军,好像是自己,那个银达莱的表姐好像是……

"银达莱决心也要嫁给志愿军,是想陪她的表姐,所以,天天在玉女峰下观察,是否有志愿军从这里路过。"银达莱的父亲打断了李家发的回想,接着说道,"如果遇到了年轻的志愿军就模仿她的表姐顶水,因为美国的飞机不会'配合',特意来投炸弹炸晕她,她就走到志愿军身边佯装被石头绊倒,利用志愿军的热心救她,从而接近志愿军,再提出要求嫁给这位志愿军。这不,遇上了你,你要做我的女婿了。"真是用心良苦,李家发感叹道。

"你那表姐叫什么名字?"李家发又问道。

"你猜。"银达莱为李家发倒上水,坐在他的身旁,挽着他的胳膊,亲昵地说。

正在这时,金达莱和班长刘义勇及战友巩德修、王启月、王五保跨进门。银达莱高兴地上前抱住表姐说:"姐,你找了个志愿军姐夫,我也为你找了个志愿军妹婿。"说完指了指李家发。李家发一惊,原来金达莱真的就是银达莱的表姐,刚才银达莱的父亲说的河边救人,就是我们。

班长看到李家发又被一个美女银达莱缠着,就从上衣口袋里拿出李家发的未婚妻周玉华寄来的信,塞给李家发,重重地说:“不要忘记了国内”李家发白了班长一眼,把信揣在裤兜里。

“妹妹,你弄错了,这是你的姐夫。”金达莱笑着告诉表妹。

“我不信。”银达莱的眼睛充满着疑惑。

李家发见状,从挎包里拿出“平壤虹缎”递给银达莱,说:“这是你表姐送给我的。”

银达莱接过“平壤虹缎”仔细看了看,确实是表姐的,因为上面有一只鸳鸯还是自己帮表姐绣的。“刚才你还抱着我回来的。”银达莱更羞红了脸。

“姐夫抱小姨子。”班长刘义勇笑着说。

“我正好来看舅舅,在路上遇到志愿军找他们的通讯员,我就知道,可能是被你这个丫头骗来了,果不出所料。”金达莱说完刮了一下银达莱的小鼻梁。

“你真要嫁给我们志愿军,你看我们的班长,喜欢不喜欢?”李家发指着刘义勇对银达莱说。

银达莱仔细地审视了一下班长,说:“我喜欢。”一转身跑到刘义勇身边,挽着他的胳膊。

“银达莱,真不好意思,你们还没有迎来和平。我们为了你们的和平,还要流血。等和平了,我们好说。”刘义勇轻轻推开银达莱说。

“原来,我的志愿军侄女婿来拜访。”金达莱的舅舅要留饭。

“谢谢了!我们部队的通信员还在等着李家发回去做报告呢。”班长刘义勇说完,带领李家发告别了金达莱、银达莱和银达莱的父亲,赶回部队。

第六十三章 轿岩山一战定时局 李家发滴血换和平

“今天的事都怪排长，天天强调，我们志愿军对朝鲜人民要热情，有困难必须伸出手去帮助。谁知这些姑娘，只要在困难的时候，你去帮她一下，她就爱上了你，非要嫁给你不可。更可怕的是银达莱姑娘，没有困难，制造困难，让我们志愿军去帮她，帮了她，她就要你娶她。真是‘别有用心’。耽误了我的大事。”李家发一路走一路抱怨道。

“你还抱怨排长，如果不是排长派我们来找你，你和前任通讯员一样，现在可能……嘴上抱怨，心里还不乐透了。”班长说留半截说半截。“

你不需要留话，不好意思说，我什么也不可能发生。”一提起朝鲜姑娘，李家发又想起了国内的未婚妻周玉华，连忙从裤兜里掏出刚才班长塞给他的信，打开看起来：

春生哥：

我参加了《中华人民共和国土地改革法》宣传小组，乡政府在茨山庵召开大会。在大会上，我宣讲了土地改革法。农民都分得了土地，开始实行农业合作化了。小旺子也能帮他娘种田了，会后来到我身边，告诉我，他娘做了许多鞋，要送给你们志愿军，我帮你们向他娘道谢了。

我看到报纸了，排长表扬你是‘铁腿通讯员’，我们全家高兴得唱起了‘雄赳赳，气昂昂……’家英小妹唱得最响。

我每天带着家英小妹上学，争取读好书，用科学种田。也希望你多立战功，为我们将来的子女做榜样。婆婆还说，等你打胜了仗，回来办喜事，她等着抱孙子呢。

信纸的空白处，未婚妻周玉华还画了画，一个梳着两条麻花辫的美丽姑娘温情地挽着一个志愿军的胳膊，头靠在他的怀里。李家发看后激动地吻了一下信中的画，揣到怀里。

李家发只希望朝鲜战争早点结束，回家与心爱的妻子像“树上的鸟儿成双对”。农忙时，他们夫妻双双还能去帮助小旺子的娘。

班长看出李家发的心思，笑着说：“一看到信，就想未婚妻周玉华；一看到‘平壤虹缎’，又舍不得金达莱。你这个家伙，脚踏两只船，也不怕翻了淹了你。刚才你要把小姨子银达莱嫁给我，如果我娶了银达莱，我也不会让你回去和那个漂亮的周玉华结婚，让金达莱与你结婚，留下来与我做伴。”

“我脚下只有一条船，那就是我的未婚妻周玉华。你说的金达莱那条船，是排长塞在我脚下的，但我的脚没有踏。”李家发坚定地说。有词《南歌子·想念》曰：

橄榄枝栖鸽，干戈铁铸犁。北韩出战正为伊，夜静窗前对月问归期。
袍袄藏怀镜，红绸盖艳妻。洞房花烛待何时，笑答三八线上两无欺。

“我知道你想打到三八线，停战了，和平了，回国结婚。可是我看到你把朝鲜姑娘的‘平壤虹缎’揣在兜里不离身。你的心里想啥？我还是能摸透的。”班长不“信任”地说。

“我揣金达莱的‘平壤虹缎’是防止别的朝鲜姑娘的非分之想。比如说，今天的银达莱姑娘，看到了‘平壤虹缎’，就打消了嫁给我的念头，不愿侵占别的姑娘的爱，她们的人品是令人刮目相看的。”李家发既赞扬了朝鲜姑娘，又为自己辩解道。

“这次回去，我要建议排长向连部反应，让你提前回国。如果你再在朝鲜待下去，打仗你都不要上战场的，指挥老婆上战场。”班长刘义勇和李家发一路取笑着来到排长面前复命。

这时，排长正在紧急集合队伍，来向李家发学习快速通讯的通讯员也都回去了。排长见到班长已找到李家发，来不及询问李家发这次送信没有迅速赶回来的原因，就让他们迅速归队。

“今年夏季反攻战役任务已经布置下来，金城战役就要打响了。这次战役要在朝鲜江原道金化金城地区突破敌人防线，为总攻部队开辟通道。我们所在的一连担任主攻轿岩山任务。”排长赵玉亭作战前动员道。

赵玉亭排长还说：“金城战役是志愿军力争向南推进拉直战线，促进朝鲜停战的最后一战。如果这一战胜利了，朝鲜就实现了和平，我们保家卫国的愿望也就实现了。

“我志愿军虽然在二十集团战将杨勇的指挥下，分东、中、西三个作战集团，突破防御，攻占金城以南突出部地区。但金城以南是美国全副武装的南朝鲜军第六师和第八师，特别是南朝鲜的首都师骁勇善战，该师以前与志愿军交战中几乎没有败绩。这个师的白虎团，听说享有‘国防军主力’的美名，是‘首都师’的王牌团。在‘三八线’以北的襄阳守备战中，一战成名，李承晚亲授‘虎头旗’，从此得名‘白虎团’。刘大林首长已和少剑波参谋长策划奇袭白虎团了。”李家发认真听排长对战情的具体介绍。

李家发所在的六十七军军长邱蔚，同兄弟军决定，在西起金城东至松室里9公里的地段上发起攻击，以一个师攻歼轿岩山南朝鲜第八师一个团和第六师一个营，然后配合东集团歼灭585.2高地之敌，以一个师攻歼官垈里西南的南朝鲜第六师一个营，割断烽火山之敌退路，并歼灭开野里之敌。再趁胜协同东、西集团歼灭梨船洞之敌。

轿岩山又是该军一九九师五九五团，即李家发所在的一连担任着主攻任务。李家发首先了解了轿岩山的具体环境。

轿岩山位于金城东南，北汉江西岸，方圆14平方公里，是敌人扼守金城一线的重要屏障。在进入轿岩山时必须经过一道鱼脊形山梁。敌人就在这山梁的一头架设了两道铁丝网，不远处的山腰都建有暗堡，机枪封锁。

作为一个战士，不但要了解自己的作战环境，还要考虑在作战过程中，如何应对战场上的瞬息万变。李家发又想起自己的老祖李文忠，19岁就以舍人的身份，率领朱元璋的亲军随军支援池州，第一次作战就立了功，击败在池州的赵普胜的兵，又攻下青阳、石埭、太平、旌德四个县，说明祖宗李文忠不但骁勇，更有谋略，掌握着战场的变化。

李家发又想起去年10月份，上甘岭战役中，黄继光用自己的胸口堵枪口。黄继光身上已经7处负伤，手雷也已全部用光。为了完成任务，减少战友的伤亡，他忍住剧痛英勇地扑向敌人的火力点，用自己的胸膛堵住正在扫射的敌机枪射孔，为反击部队扫清了前进的道路。

在金城战役中，尤其是攻克轿岩山主峰时，李家发想，自己该怎样把握，为胜利发挥最大作用。如果向祖宗李文忠学习战法，已时过境迁。冷兵器时代，战场上都是各自报上姓名，然后才将对将，矛对矛，零距离地你刺我挡。打不赢，可以回到阵地休息，一将战胜，全军得胜。

可是，现在是热兵器时代，将不对将，而是兵对兵，远隔百余米，一枪就让你毙命。有时，一颗炮弹从空中飞来，落地一炸，就倒一大片。你打了谁？谁又伤了你？只有那颗子弹知道。一个优秀战士，在对方一上战场，还没来得及举枪时，就应该让他们永远地趴下。

李家发决心做一个优秀战士。上甘岭战役中，黄继光遇到的险情，在这次金城战役中再次出现的话，他也要像黄继光一样奋不顾身地扑向枪口。后来，在攻占轿岩山主峰时，李家发的英勇事迹是这样被报道的：

7月13日晚上9时，夏季反攻战役在金城前线20公里宽的正面战场全线展开了。志愿军隐蔽在山顶上和山谷里的千百门大炮全都怒吼起来，轿岩山上冒起了一片火光。随着急袭炮火的延伸，一连战士翻过了潜伏的山岭。紧接着，又冲到山脚下，顺着鱼脊形的山梁向敌人逼近。

一连战士王启月炸开了鱼脊形山梁前的第一道铁丝网，踏雷受伤，但又出现了第二道铁丝网。李家发看到同乡王启月受伤了，仍要继续爆破，迅疾向排长请求爆炸任务。他滚过了地雷坑，直扑第二道铁丝网。一声轰鸣，部队随着浓烟迅速地越过了第二道铁丝网，并一气冲上了塄坎。眼看就要接近黄山包顶，突然间，山腰中敌人一个碉堡里喷出了一道道火舌，直向一连战士射来。排长受了重伤，战士被压在塄坎下。战士王五保迅速奋勇扑向碉堡，安上炸药包，一声巨响，敌人的碉堡被炸翻了。在炸药包爆炸的火光照射下，班长突然发现黄山包顶端有个最大的地堡正喷着强烈的火舌，挡住了部队前进的道路。班长立即大声命令："快去炸掉它！"李家发挺身而出，主动地接受了爆破任务。他带着两颗炸药手榴弹，避开敌人正面的机枪火力，勇敢机智地向敌地堡迂回前进着。只见红光一闪，李家发扔出一颗炸药手榴弹，将敌人大地堡右侧的护卫堡给炸翻了。这时，李家发的右脚负伤，左腿被打穿，身上七处负伤，剧烈的伤痛使他昏迷过去。

护卫堡被炸翻后，敌人大地堡里的重机枪却打得更凶了。此时，团指挥所督促一连迅速前进的信号弹一个接一个地升向天空。一连战士焦急万分，几次冲锋皆被敌人火力压倒。震耳欲聋的枪炮声将昏迷的李家发震醒。当他看到催促迅速前进的信号弹后，便强行爬了起来，咬紧牙关一步一步地向着敌人的大地堡爬了过去，奋力扔出第二颗手榴弹，同时高呼："同志们，冲呀！"一连战士随着李家发的呼喊声迅速冲了上去。谁知山顶端又出现了一个地堡，地堡里的重机枪疯狂地吼着，闪闪的火舌把战士们又压了下来。

此刻，李家发十分清楚，志愿军千军万马正在等着一连拿下轿岩山主峰，好从山下通过，杀向南方，夺取夏季反攻战役胜利。不能等待了，再也不能等待了，可是所带的两枚手榴弹已经用完，怎么办？照着黄继光的样子去做，也只有这样做才能压制火力，瞬息突破。想到此，李家发毫不犹豫地迅速滚到地堡跟前，手扶地堡站了起来，张开双臂向地堡机枪眼猛扑过去，用胸膛堵住了敌人的地堡机枪眼……受阻部队扫清了前进障碍，一连攻占了轿岩山主峰，而李家发为抗美援朝战争壮烈牺牲。

与李家发生前对战场的预料十分类似，他也遇到了与黄继光同样的战情，必须胸口堵枪口，生命换和平。李家发毫不犹豫地堵了枪口，真正做到了"学英雄，做英雄"。明朝开国将领李文忠与他的第25代世孙李家发都是19岁为国立功。有诗《轿岩山》曰：

鱼脊山梁铁网横，枪藏洞后路前攻。
火花屡闪南关锁，胸口须拦弹入空。
石溅硝烟开一角，血淋峻岭点千红。
号声惊醒家乡梦，拿我英雄换大功。

与李家发一道赴朝的赵明才、谈朝柏在朝鲜的另一个战场牺牲了，朱义正、万才发等有幸回到家乡。金城战役结束后，朝鲜实现了全面停战。中国人民志愿军在朝鲜打出了国威，打出了永久的和平。

第六十四章

茨山庵扫雪万病尽
读书声爽然清凉天

这时，家乡也掀起了学习英雄李家发，建设社会主义的新高潮。

南陵县委书记李峰召开全县乡镇干部会议，说：“我们党现在虽然处在新中国成立到社会主义改造的过渡时期，过渡时期总路线的最显著特点是体现了社会主义建设与社会主义改造同时并举的方针，其实质就是要发展生产力。李书记重点强调说：“我们现在生产力非常落后，要发展生产力必须要有大批的有文化的人。我国人口五亿多人，文盲就有四亿多人，文盲率达到百分之八十以上。现在我县人口近30万，照这样计算文盲也有近25万。这么多文盲怎么去发展生产力建设社会主义，还实现什么现代化？这次会议结束，回去把学校办起来，把达到入学年龄的孩子都送去读书。没有校舍，把那些祠堂庵庙‘借’来办学校。比如茨山庵，我在那里参加了抗美援朝志愿军报名大会，李家发就在那次会议上报的名。会后，我进去看了一下，容纳几十人的房间，就有八间，能否‘借’给我们办一所小学校？大家回去做好工作，希望各乡镇9月1日准时开学。”

县里会议结束的当天晚上，麻桥区就召开了区委会，讨论了县委会议精神，在全区“借”房办学。第二天，麻桥区区长张家道在长林村村主任何义高的陪同下，首先来到茨山庵。

强斋婆见庵里来了人，她认识区长和村主任，去年他们在茨山庵召开了抗美援朝动员大会，忙端来茶，笑着说：“欢迎二位领导来到本庵。”娘在门口看见茨山庵来了人，也来到这里，看强斋婆有什么需要帮忙的，我跟在后面。

张区长接过强斋婆的茶，喝了一口说："昨天县里开会，县委李书记说我们现在学习李家发精神，发展生产力，建设社会主义，关键是缺少文化人，文盲太多，需要借庵办学校。"

话音刚落，区武装部长华永禄领着刚聘来的教师高登荣、卜廷芳、李英走进茨山庵。强斋婆见又来了人，其中华永禄和卜廷芳她认识。李家发第一个报名参加志愿军就是华部长登记的，欢迎解放军渡江的大红标语就是卜廷芳在自己这个庵里写的。

华部长介绍说："我们区请来了三个教师，卜廷芳你认识，这个是高登荣老师，他原来在国民政府芜湖民政科工作，那个是石塘李的李英老师。"

娘听说这里要办学校，可高兴了。我也急忙转身跑出门，去肖贺、肖欢家报信，让他们快来上学，转头又跑到大姥姥家，告诉大姥姥也让锦屏来念书。

张家道区长说："他们马上就要借你这个庵办学校，你们三位教师，尽快家访招生，不能漏掉一个适龄学童。开学前，我们要来检查。"

区领导走了，三位老师仔细看了看，各位菩萨都有序地守在自己的"岗位"上，几乎没有空间摆课桌教学。根据领导的指示，这些大菩萨必须让"小菩萨"念书。怎么让……他们心里也没有数，只好先各自回家取行李去了。强斋婆想，我这个庵都住满了菩萨，周围上百个"小菩萨"还要来着读书。区领导也没有说怎么个借法？难道让我把菩萨请出去淋雨？或者是把这些菩萨……"砸？"强斋婆忽然想到，顿时一颤出了一身冷汗。

下午，娘、菊花、大姥姥还有边近有孩子可以念书的婶婶们都来到茨山庵，关心强斋婆的去向。娘说："你还是留下来，放假时在大菩萨面前念念佛诵诵经，上学时，帮这些'小菩萨'扫扫地。"

大姥姥说："这个庵就是你的家，你在这里缺一少二的我会帮助你的。"

菊花说："你继续留在庵里，我家的肖贺和肖欢的中餐就在你这儿吃，我也放心。"旁边的婶婶们也要强斋婆留下来。

茨山庵要办学校的消息传到南陵县城里，十字街卖布的老鲁和北门小猪行的老瘦听了一惊，为了"小菩萨"读书，大菩萨肯定要"挪窝"。于是，他俩一道来到茨山庵，看见强斋婆眼睛里浸满了泪水。娘这几天一有空就来陪着强斋婆，连忙帮强斋婆倒茶递给老鲁和老瘦，说这两天强斋婆茶饭不思。

老鲁问强斋婆庵里还有多少香都拿出来，老瘦说："让我们给地藏王菩萨上最后一次香吧。"娘看强斋婆很虚弱，就让她坐着不动，帮她到禅房里把剩余的各种燃香都搬了出来。

强斋婆说："你们要留一半下来，我还要给菩萨烧最后一次香。"

老鲁和老瘦点燃香跪在地藏王菩萨面前，连叩三个头。老鲁说："这次让你们菩萨'挪窝'与日本人小关让你们'挪窝'是有本质区别的。小关要你们'挪窝'，是为了拆庵建碉堡，驻守打我们中国人。现在让你们'挪窝'，是为了让孩子读书。"

老瘦举着燃烧的香说："菩萨，你们就受点委屈吧，不管用什么方式让你们'挪动'，望不要见怪他们。这个国家受到的灾难太大了，一时建不起学校，要想复兴就要靠这些有文化的后代了。"

娘在一旁听了，情不自禁地拿起香点燃，也跪在地藏王菩萨面前说："菩萨保佑，等这些孩子有文化了，我们富起来了，有了新的大楼学校，把这个地方还给你们，再把你们请进来，佛光普照我们。"

老鲁和老瘦上完香又安慰了一番强斋婆，然后一步三回头回去了。强斋婆望着他们的背影说："想当年，李副官带着荷枪实弹的部队，帮日本小关来拆庵建碉堡，我在前面的小桥上摆了个香案，想送这些菩萨走，结果一场龙卷风把李副官他们卷走了。这几天，我要日夜烧香诵经，告诉地藏王菩萨这里的情况。"强斋婆也知道孩子念书要紧，又没有学校，借庵办学也是迫不得已，摆香案烧香是想惊动地藏王菩萨，他的法力大，能不能从天降下学校，让孩子另有学校读书，庵里仍然能佛光普照。

晚上，山村田野在夜幕的笼罩下，蟋蟀把草丛和墙根当成自己的舞台，不停地高歌，有声胜无声，一片寂静，唯有螺塘的水面返照着天空，星光闪闪。茨山庵里的烛光通过窗户、瓦缝透射出来，与天上的星，螺塘的水交相辉映。茨山庵里传出阵阵木鱼声和阿弥陀佛的念佛声，打破了宁静的夜空，惊停了蟋蟀的歌声。这是强斋婆最后一次在茨山庵念佛诵经。当强斋婆闭目礼佛三拜时，朦胧中仿佛看到神犬谛听从天而降来到面前说话了："如果不用知识教化众生，专心科学，多生产粮食，多办医院，又如何让众生‘除饥馑劫，除疫病劫’呢？天天有饿死的，天天有病死的，地狱能空吗？让庵办学，就是普度众生，就是实现菩萨的大愿。”

“阿弥陀佛，刚才来庵里老鲁、老瘦等众生也是这么说的。不知我和庵里这些菩萨去向何处？”

“早有安排，你把地藏菩萨的幡幢举着，跟我走。”

强斋婆点燃庵里最后剩余的香，拜了每个菩萨，口中念道：“阿弥陀佛”，然后举着幡幢跟随谛听借着香雾向九华山方向飘去。

强斋婆用诵经的方法吟诵了李白的诗《地藏菩萨赞》：

本心若虚空，清净无一物。
焚荡淫怒痴，圆寂了见佛。
五彩图圣像，悟真非妄传。
扫雪万病尽，爽然清凉天。
赞此功德海，永为旷代宣。

茨山庵要开学了，高登荣、卜廷芳、李英、三位老师带着行李走进庵里一看，都惊呆了，强斋婆在佛榻上打坐圆寂了，所有的菩萨都成了一堆泥块。

在家做木匠的谈启发，还有刘宗芳大爷听说了，替代主持，把庵里原有两口水缸抬到后山上，将强斋婆坐缸火化了，娘和菊花还有其他孩子的家长，自发地在路边找了朵野花捏在手上，算是给强斋婆送了葬。遗骨因没有舍利塔可放，只有与常人一样入土为安了。“葬礼”结束，所有的家长包括来人，都帮忙“葬”了庵里的“菩萨”。

第二天是9月1日，开学了，我和肖贺、肖欢、锦屏，还有好多同学排着整齐的队，站在庵前临时竖起的旗杆下。麻桥区武装部长包片干部华永禄亲自主持升国旗仪式。华部长是湖北鄂州人，方言较重，旗下讲话学生不易听懂，老师高登荣和卜廷芳在国民政府任过职，只有李英老师年轻，烈士高恒昌在联三石峰打游击，有时“游击”到李英以前念书的地方，给他讲革命道理，所以安排他在国旗下讲话。

“同学们。”李英老师声音洪亮，我们精神一振，站直了身子昂首听着。“茨山庵是个了不起的地方，也可以说是个革命的地方。这里是新四军的秘密联络点，新四军的‘大人物’在这里活动过（刘大林、王安葆、朱合喜），这里消灭过日本鬼子（藤木、大郎），这里除过汉奸（钱三），最光荣的是李家发也从这里报名参加志愿军。同时也有革命烈士在这个地方牺牲了（唐开春、赵邦发），另外，还有为除汉奸而牺牲的革命群众（赵莹）。今天在茨山庵办学校，让你们有书读，这是烈士们粉身碎骨换来的。”

我想，李老师怎么不说强斋婆和菩萨也“粉身碎骨”让出他们住的地方给我们读书呢？

李英老师又激动地说：“同学们啊，你们一定要继承烈士们的遗志，学习他们的精神，努力读好书，用知识建设新中国，让我们的国家富强起来。”

“老师，现在又不打仗了，我们要向烈士英雄学习什么精神？难道还学习他们去打仗去堵枪眼吗？”我举手问道。

“这位新同学问得好，学习英雄，并不是让你们去打仗，我们国家的复兴离不开英雄的精神，它包含的内容广泛，比如抗美援朝的英雄李家发，他的精神有：好学进取的精神，为了提高战斗本领，虚心向老战士请教，苦练射击，你们学习文化，需要这种精神；务实机警的精神，他机警勇敢，起伏闪跃躲避敌人炮火，被誉为‘铁腿通讯员’，你们学习知识需要这个精神，才能不粗心大意，考出好成绩；上善若水的精神，李家发奋不顾身地冲进浓烟滚滚的房屋里，帮助老大娘抢救财物，朝鲜老大娘也关心李家发，拎着苹果来看望他。你们同学之间需要这种精神，互帮互学；兼容奋进的精神，李家发不但谦虚勤奋，还常常以英雄黄继光为榜样来鞭策自己。你们在学习上要多学习别人的长处，克服自己的短处；爱国奉献的精神，战场上，为了胜利，为了保卫祖国，敢于用胸口堵住敌人枪口。你们不但要刻苦学好知识，将来还要敢于为自己国家的繁荣富强，贡献自己的一切。”

李英老师一口气讲了李家发的五个精神，还教导我们怎样运用到学习上，生活中。李老师最后说：“总之，一句话，就是听毛主席的话，‘好好学习，天天向上’。”从此以后，茨山庵里每天都能听到琅琅读书声。

有词《永遇乐》曰：

晓日螺塘，泥融沙暖，鹅黄悠扬。望岁登丰，扶犁戴月，耕破浮地香。潺潺溪水，弯延春野，项伸欲饮长江。桃花浪，桥头让渡，问来路上康庄。　回头怎忘，烽烟一片，众生祈佛垂光。唤雨呼风，烟飞火灭，高岭难掩阳。新兴华夏，庙堂迁佛，读书万卷家当。繁荣梦，明朝可待，长篇大章。